Peter Christian Asbjørnsen
und Jørgen Moe

NORWEGISCHE MÄRCHEN

DIE ANDERE BIBLIOTHEK
Herausgegeben
von Hans Magnus Enzensberger

Peter Christian Asbjørnsen
und Jørgen Moe

Norwegische Märchen

Aus dem Norwegischen
von Friedrich Bresemann

Verlegt bei Franz Greno
Nördlingen 1985

NORWEGEN.

NEUNZEHN PHOTOGRAPHIEN

VON ANDERS BEER WILSE.

290. Nordfjord. Parti fra Loenvandet.
Rich

Eneret 1892
Axel Lindahl

1956 L
Eneret Wilse
Hornindalsvand - Nordfjord

Fra Nesflaten-Suldal

14671
Enerst-Wilse

29370
Wilse, Enerel

4201
Wilse
Hardanger Skibsbygger

9156
Wilse Christiania
Hallingdals Kaarkone

- Sætesdal -
31461
Wilse Eneret
Oslo

14318
Enerет-Wilse

34709
Wilse. Eneret

Valle. Setesdal

7530
Wilse Eneret
7530
Wilse -Eneret

Setesdal
31471
Wilse Eneret

Sellsmyren

Ved Ørskog

1.) VON ASCHENBRÖDEL, WELCHER DIE SILBERNEN ENTEN, DIE BETTDECKE UND DIE GOLDNE HARFE DES TROLLEN STAHL.

Es war einmal ein armer Mann, der hatte drei Söhne. Als er starb, wollten die beiden ältesten in die Welt reisen, um ihr Glück zu versuchen; aber den jüngsten wollten sie gar nicht mit haben. »Du da«, sagten sie: »taugst zu nichts Anderm, als in der Asche zu wühlen, Du!« — »So muß ich denn allein gehen«, sagte *Aschenbrödel.* Die beiden gingen und kamen zu einem Königsschloß; da erhielten sie Dienste, der eine beim Stallmeister, und der andre beim Gärtner. Aschenbrödel ging auch fort und nahm einen großen Backtrog mit, das war das Einzige, was die Ältern hinterlassen hatten, wonach aber die andern beiden nichts fragten; der Trog war zwar schwer zu tragen, aber Aschenbrödel wollte ihn doch nicht stehen lassen. Als er eine Zeitlang gewandert war, kam er ebenfalls zu dem Königsschloß, und dort bat er um einen Dienst. Sie antworteten ihm aber, daß sie ihn nicht brauchen könnten; da er indeß so flehentlich bat, sollte er zuletzt die Erlaubniß haben, in der Küche zu sein und der Köchinn Holz und Wasser zuzutragen. Er war fleißig und flink, und es dauerte nicht lange, so hielten Alle viel von ihm; aber die beiden Andern waren faul, und darum bekamen sie oft Schläge und wenig Lohn und wurden nun neidisch auf Aschenbrödel, da sie sahen, daß es ihm besser ging.

Dem Königsschloß grade gegenüber, an der andern Seite eines Wassers, wohnte ein Troll, der hatte sieben silberne Enten, die auf dem Wasser schwammen, so daß man sie von dem Schloß aus sehen konnte; die hatte sich der König oft gewünscht, und deßhalb sagten die zwei Brüder zu dem

Stallmeister: »Wenn unser Bruder wollte, so hat er sich gerühmt, dem König die sieben silbernen Enten verschaffen zu können.« Man kann sich wohl denken, es dauerte nicht lange, so sagte der Stallmeister es dem König. Dieser sagte darauf zu Aschenbrödel: »Deine Brüder sagen, Du könntest mir die silbernen Enten verschaffen, und nun verlange ich es von Dir.« — »Das habe ich weder gedacht, noch gesagt«, antwortete der Bursch. »Du hast es gesagt«, sprach der König: »und darum sollst Du sie mir schaffen.« — »Je nun«, sagte der Bursch: »wenn's denn nicht anders sein kann, so gieb mir nur eine Metze Rocken und eine Metze Weizen; dann will ich's versuchen.« Das bekam er denn auch und schüttete es in den Backtrog, den er von Hause mitgenommen hatte, und damit ruderte er über das Wasser. Als er auf die andre Seite gekommen war, ging er am Ufer auf und ab und streute und streute, und endlich gelang es ihm, die Enten in den Trog zu locken und nun ruderte er, all was er nur konnte, wieder zurück.

Als er auf die Mitte des Wassers gekommen war, kam der Troll an und ward ihn gewahr. »Bist Du mit meinen sieben silbernen Enten davongereist, Du?« fragte er. »Ja—a!« sagte der Bursch. »Kommst Du noch öfter, Du?« fragte der Troll. »Kann wohl sein«, sagte der Bursch. — Als nun Aschenbrödel mit den sieben silbernen Enten zurück zu dem König kam, wurde er noch beliebter im Schloß, und der König selbst sagte, es wäre gut gemacht. Aber darüber wurden seine Brüder noch aufgebrachter und noch neidischer auf ihn und verfielen nun darauf, zum Stallmeister zu sagen, jetzt hätte ihr Bruder sich auch gerühmt, dem König die Bettdecke des Trollen mit den silbernen und goldnen Rauten verschaffen zu können, wenn er bloß wolle; und der Stallmeister war auch diesmal nicht faul, es dem König zu berichten. Der König sagte darauf zu dem Burschen, daß seine Brüder gesagt hätten, er habe sich gerühmt, ihm die Bettdecke des Trollen mit den silbernen und goldnen Rauten verschaffen zu können, und nun solle er es auch, oder sonst solle er das Leben verlieren. Aschenbrödel antwortete, das hätte er weder gedacht, noch gesagt; da es aber nichts half, bat er um drei Tage Bedenkzeit. Als die nun um waren, ruderte Aschenbrödel wieder hinüber in dem Backtrog und ging am Ufer auf und ab und lauerte. Endlich sah er, daß sie im Berge die Bettdecke heraushängten, um sie auszulüften; und als sie wieder in den Berg zurückgegangen waren, erschnappte Aschenbrödel die Decke und ruderte damit zurück, so schnell er nur konnte. Als er auf die Mitte gekommen war, kam der Troll an und ward ihn gewahr. »Bist Du es, der mir meine sieben silbernen Enten genommen hat?« rief der Troll. »Ja—a!« sagte der Bursch. »Hast Du nun auch meine silberne Bettdecke mit den silbernen und goldnen Rauten genommen?« — »Ja—a!« sagte der Bursch. »Kommst Du noch öfter, Du?« — »Kann wohl sein«, sagte der Bursch. Als er nun zurückkam mit der goldnen und silbernen Decke, hielten Alle noch mehr von ihm, denn zuvor, und er ward Bedienter beim König selbst. Darüber wurden die andern Beiden noch mehr erbittert, und um sich zu rächen, sagten sie zum Stallmeister: »Nun hat unser Bruder sich auch gerühmt, dem König die goldne Harfe verschaffen zu können, die der Troll hat, und die von der Beschaffenheit ist, daß Jeder, wenn er auch noch so traurig ist, froh wird, wenn er darauf spielen hört.« Ja, der Stallmeister, der erzählte es gleich wieder dem König, und dieser sagte zu dem Burschen: »Hast Du es gesagt, so sollst Du es auch. Kannst Du es, so sollst Du die Prinzessinn und das halbe Reich haben; kannst Du es aber nicht, so sollst Du das Leben verlieren.« — »Ich habe es weder gedacht, noch gesagt«, antwortete der Bursch: »aber es ist wohl kein andrer Rath, ich muß es nur versuchen; doch sechs Tage will ich Bedenkzeit haben.« Ja, die sollte er haben; aber als sie um waren, mußte er sich aufmachen. Er nahm nun einen Lattenspiker, einen Birkenpflock und einen Lichtstumpf in der Tasche mit, ruderte wieder über das Wasser und ging dort am Ufer auf und ab und lauerte. Als der Troll herauskam, und ihn gewahr ward, fragte er: »Bist Du es, der mir meine sieben silbernen Enten genommen hat?« — »Ja—a!« antwortete der Bursch. »Du bist es, der mir auch meine Decke mit den goldnen und silbernen Rauten genommen hat?« fragte der Troll. »Ja—a!« sagte der Bursch. Da ergriff ihn der Troll und nahm ihn mit sich in den Berg. »Nun, meine Tochter«, sagte er: »nun hab' ich ihn, der mir meine silbernen Enten und meine Bettdecke mit den silbernen und goldnen Rauten gestohlen hat; setz' ihn jetzt in den Maststall, dann wollen wir ihn schlachten und unsre Freunde bitten.« Dazu war die Tochter sogleich bereit, und sie setzte ihn in den Maststall, und da blieb er nun acht Tage lang und bekam das beste Essen und Trinken, das er sich wünschen konnte, und so viel er nur wollte. »Geh nun hin«, sagte der Troll zu seiner Tochter, als die acht Tage um waren: »und schneide ihn in den kleinen Finger, dann werden wir sehen, ob er schon fett ist.« Die Tochter ging sogleich hin. »Halt mal Deinen kleinen Finger her!« sagte sie; aber Aschenbrödel steckte den Lattenspiker heraus, und in den schnitt sie. »Ach nein, er ist noch hart wie Eisen«, sagte die Trolltochter, als sie wieder zu ihrem Vater kam: »noch können wir ihn nicht schlachten.« Nach acht Tagen ging es wieder eben so, nur daß Aschenbrödel jetzt den Birkenpflock heraussteckte. »Ein wenig besser ist er«, sagte die Tochter, als sie wieder zu dem Trollen kam: »aber noch war er hart zu kauen, wie Holz.« Acht Tage darnach sagte der Troll wieder, die Tochter solle hingehen und zusehen, ob er jetzt nicht fett genug wäre. »Halt mal Deinen kleinen Finger her!« sagte die Tochter, als sie zum Maststall gekommen war. Nun hielt Aschenbrödel den Lichtstumpf hin. »Jetzt geht's an«, sagte sie. »Haha!« sagte der Troll: »so reise ich fort, um Gäste zu bitten; inmittlerweile sollst Du ihn schlachten und die eine Hälfte braten und die andre Hälfte kochen.« Als der Troll nun gereist war, fing die Tochter an, ein großes langes Messer zu schleifen. »Sollst Du mich damit schlachten?« fragte der Bursch. »Ja, Du«, sagte die Trolltochter. »Aber es ist nicht scharf«, sagte der Bursch: »ich muß es Dir nur schleifen, damit Du mich desto leichter ums Leben bringen kannst.« Sie gab ihm nun das Messer, und er fing an zu schleifen und zu wetzen. »Laß es mich jetzt an Deiner Haarflechte probiren«, sagte der Bursch: »ich glaube, es wird nun gut sein.« Das erlaubte sie ihm denn auch; aber sowie Aschenbrödel die Haarflechte ergriff, bog er ihr den Kopf zurück und schnitt ihr den Hals ab — und kochte dann die eine Hälfte und bratete die andere und trug es auf den Tisch. Darauf zog er die Kleider der Trolldirne an und setzte sich in die Ecke hin. Als der Troll mit den Gästen nach Hause kam, bat er die Tochter — denn er glaubte, daß sie es wäre — sie möchte doch auch kommen und mitessen. »Nein«, antwortete der Bursch: »ich will kein Essen haben, ich bin so betrübt.« — »Du weißt ja Rath dafür«, sagte der Troll: »nimm die goldne Harfe und spiele darauf« — »Ja, wo ist die nun?« sagte der Bursch wieder. »Du weißt es ja wohl, Du hast sie ja zuletzt gebraucht; dort hangt sie ja über der Thür«, sagte der Troll. Der Bursche liß sich das nicht zweimal sagen; er nahm die Harfe und ging damit aus und ein und spielte; aber wie er so im besten Spielen war, schob er plötzlich den Backtrog hinaus ins Wasser und ruderte damit fort, daß es nur so sauste. Nach einer Weile däuchte es dem Trollen, die Tochter bliebe gar zu lange draußen, und er ging hin, sich nach ihr umzusehen; da sah er aber den Burschen in dem Trog weit weg auf dem Wasser. »Bist Du es, der mir meine sieben silbernen Enten genommen hat?« rief der Troll. »Ja!« sagte der Bursch. »Du bist es, der mir auch meine Decke mit den silbernen und goldnen Rauten genommen hat?« — »Ja!« sagte der Bursch. »Hast Du mir nun auch meine goldne Harfe genommen, Du?« schrie der Troll. »Ja, das hab' ich«, sagte der Bursch. »Hab' ich Dich denn nicht gleichwohl verzehrt?« — »Nein, das war Deine Tochter, die Du verzehrtest«, antwortete der Bursch. Als der Troll das hörte, ward er so arg, daß er barst. Da ruderte Aschenbrödel zurück und nahm einen ganzen Haufen Gold und Silber mit, so viel der Trog nur tragen konnte, und als er nun damit zurückkehrte, und auch die goldne Harfe mitbrachte, bekam er die Prinzessinn und das halbe Reich, so wie der König es ihm versprochen hatte. Seinen Brüdern aber that er immer wohl; denn er glaubte, sie hätten nur sein Bestes gewollt mit Dem, was sie gesagt hatten.

2.) DER GERTRUDSVOGEL.

Als unser Herr Christus und St. Petrus noch auf Erden einherwandelten, kamen sie einmal zu einer Frau, die bei ihrem Backtrog stand und den Teig knetete. Sie hieß *Gertrud* und hatte eine rothe Mütze auf. Da beide den Tag über schon weit gegangen und daher sehr hungrig waren, bat der Herr Christus die Frau um ein Stückchen Brod. Ja, das sollte er haben, sagte sie und nahm ein Stückchen Teig und knetete es aus; aber da ward es so groß, daß es den ganzen Backtrog anfüllte. Nein, das war allzu groß, das konnte er nicht bekommen. Sie nahm nun ein kleineres Stück; aber als sie es ausgeknetet hatte, war es ebenfalls zu groß geworden; das konnte er auch nicht bekommen. Das dritte Mal nahm sie ein ganz ganz kleines Stück; aber auch das Mal ward es wieder zu groß. »Ja, so kann ich Euch Nichts geben«, sagte Gertrud: »Ihr müsst daher ohne Mundschmack wieder fortgehen; denn das Brod wird ja immer zu groß.« Da ereiferte sich der Herr Christus und sprach: »Weil Du ein so schlechtes Herz hast und mir nicht einmal ein Stückchen Brod gönnst, so sollst Du zur Strafe dafür in einen Vogel verwandelt werden und Deine Nahrung zwischen Holz und Rinde suchen, und nicht öfter zu trinken sollst Du haben, als wenn es regnet.« Und kaum hatte er die Worte gesprochen, so war sie zum Gertrudsvogel verwandelt und flog oben zum Schornstein hinaus; und noch den heutigen Tag sieht man sie herumfliegen mit einer rothen Mütze auf dem Kopf und schwarz über dem ganzen Leib; denn der Ruß im Schornstein hatte sie geschwärzt. Sie hackt und bickt beständig in den Bäumen nach Essen und piept immer, wenn es regnen will; denn sie ist beständig durstig.

3.) DER VOGEL DAM.

Es war einmal ein König, der hatte zwölf Töchter, und von denen hielt er so viel, daß er sie nie aus den Augen ließ; aber jeden Mittag, wenn der König schlief, gingen die Prinzessinnen spazieren. Einstmals, da der König wieder seinen Mittagsschlummer hielt, und die Prinzessinnen, wie gewöhnlich, spazieren gegangen waren, geschah es, daß sie nicht zurückkehrten, sondern ausblieben. Da entstand große Sorge und Betrübniß im ganzen Land; aber am betrübtesten von Allen war der König. Er sandte Boten aus durch sein ganzes Reich und in viele fremde Länder und ließ sie nachsuchen und ihnen nachläuten mit allen Glocken über das ganze Land; aber die Prinzessinnen waren fort und blieben fort, so daß Niemand wußte, wo sie gestoben oder geflogen waren. Da könnte man denn wohl begreifen, daß sie von irgend einem Trollen entführt sein mußten. Das Gerücht hievon verbreitete sich bald von Stadt zu Stadt, von Land zu Land, und endlich gelangte es auch zu einem König, der in einem Lande weit weit weg wohnte und zwölf Söhne hatte. Als die Söhne von den zwölf Königstöchtern erzählen hörten, baten sie ihren Vater um Erlaubniß, reisen zu dürfen, um die Prinzessinnen aufzusuchen. Der alte König aber wollte anfangs Nichts davon wissen; denn er fürchtete, daß er dann die Söhne niemals wiedersehen möchte; aber die Prinzen fielen ihm zu Füßen und baten ihn so lange, bis er endlich nachgab und sie reisen ließ. Er rüstete nun ein Schiff für sie aus und setzte zum Steuermann über dasselbe den Ritter *Röd,* der zu Wasser wohl erfahren war. Lange Zeit segelten sie nun umher und forschten in allen Ländern, wohin sie kamen, nach den Prinzessinnen; aber sie entdeckten keine Spur von ihnen. Es fehlten jetzt nur noch wenig Tage, so hatten sie schon sieben Jahre gesegelt. Da entstand eines Tages ein heftiger Sturm und ein solches Unwetter, daß sie glaubten, sie würden nimmer wieder an's Land kommen, und Alle mußten in einem fort arbeiten, so daß kein Schlaf in ihre Augen kam, so lange das böse Wetter anhielt. Aber am dritten Tage legte sich der Sturm, und es ward auf einmal ganz still. Alle waren nun von der Arbeit und dem schlimmen Wetter so müde geworden, daß sie sogleich einschliefen; nur der jüngste Prinz hatte keine Ruhe und konnte nicht schlafen. Während er nun auf dem Verdeck hin- und herging, trieb das Schiff an eine Insel, und auf der Insel lief ein Hündchen am Ufer und bellte und winselte gegen das Schiff an, als ob es hinauf wolle. Der Königssohn pfiff und lockte das Hündchen an sich; aber es konnte nicht zu ihm kommen und bellte und winselte nur um so mehr. Dem Prinzen däuchte, es wäre Sünde, das Hündchen dort umkommen zu lassen, das, wie er glaubte, von einem Schiff sei, welches in dem Sturm untergegangen wäre; aber er wußte nicht, wie er ihm helfen sollte, da er sich nicht im Stande glaubte, das Boot allein auszusetzen; denn alle die Andern schliefen, und er wollte sie nicht gern wegen des Hundes aufwecken. Aber das Wetter war so klar und so still; da dachte er denn, du mußt es doch versuchen, ob du das Thierchen nicht retten kannst, und er machte sich daran, das Boot auszusetzen, und es ging damit leichter, als er geglaubt hatte. Er ruderte nun ans Land und ging auf das Hündchen zu; aber so oft er es greifen wollte, sprang es zur Seite und lockte so den Prinzen immer weiter fort, bis dieser, eh' er es gewahr ward, sich in einem großen prächtigen Schlosse befand. Da verwandelte sich das Hündchen plötzlich in eine schöne Prinzessinn. Auf der Bank aber saß ein Mann, so groß und so häßlich, daß der Prinz darüber erschrak. »Du brauchst nicht bange zu sein«, sagte der Mann; — aber der Prinz erschrak noch mehr, als er seine Stimme hörte — »ich weiß wohl, Was Du willst: Es sind Eurer zwölf Prinzen, die suchen die zwölf verloren gegangenen Prinzessinnen. Ich weiß aber wohl, wo sie sind: sie sind bei meinem Herrn; da sitzen sie jede auf ihrem Stuhl und läusen ihn, denn er hat zwölf Köpfe. Nun seid Ihr sieben Jahre lang umhergesegelt, aber Ihr werdet noch sieben Jahre dazu segeln müssen, eh' Ihr sie findet. Was Dich betrifft, so könntest Du gern hier bleiben, und meine Tochter bekommen; aber Du mußt erst meinen Herrn tödten, denn er ist sehr strenge gegen uns, so daß wir seiner längst überdrüssig sind; und wenn er todt ist, werde ich König an seiner Stelle. Versuche aber nun, ob Du dieses Schwert zu schwingen vermagst«, sagte der Troll.

Der Königssohn wollte ein rostiges Schwert ergreifen, das an der Wand hing, aber er konnte es nicht vom Fleck rühren. »So mußt Du Dir einen Schluck aus dieser Flasche nehmen,« sagte der Troll. Als der Prinz das gethan hatte, konnte er das Schwert von der Wand nehmen, und als er noch einen Schluck genommen hatte, konnte er es aufheben; und als er endlich noch einen Schluck genommen hatte, konnte er es mit solcher Leichtigkeit schwingen, als wär' es sein eignes gewesen. »Wenn Du nun wieder an Bord kommst,« sagte der Trollprinz: »so mußt Du das Schwert in Deine Koje verstecken, damit der Ritter *Röd* es nicht zu sehen bekommt. Er ist zwar nicht im Stande, es zu schwingen, aber er wird Dich dann hassen und Dir nach dem Leben trachten. Wenn sieben Jahre um sind, bis auf drei Tage«, sagte er weiter: »dann wird es wieder eben so gehen, wie jetzt; es kommt dann wieder ein gewaltiges Unwetter mit Sturm und Hagel über Euch, und wenn das vorüber ist, werden Alle müde sein und sich in ihre Kojen legen; Du aber mußt dann das Schwert nehmen und ans Land rudern; alsdann gelangst Du zu einem Schloß, wo lauter Wölfe, Bären und Löwen als Schildwachen stehen; aber Du brauchst Dich nicht vor ihnen zu fürchten, denn sie werden Dir alle zu Füßen kriechen. Sobald Du darauf in das Schloß gekommen bist, siehst Du den Räuber in einem prächtig geschmückten Zimmer sitzen; aber zwölf Köpfe hat er, und die Prinzessinnen sitzen jede auf ihrem Stuhl und läusen ihn, und da kannst Du Dir wohl vorstellen, daß ihnen solche Arbeit nicht gefällt. Darnach mußt Du Dich beeilen und ihm den einen Kopf nach dem andern abhauen, eh' er aufwacht; denn geschieht das, so frißt er Dich lebendig auf.« Der Königssohn ging nun mit dem Schwert wieder an Bord und vergaß nicht, Was ihm der Troll gesagt hatte. Die Andern lagen noch alle und schliefen; er aber versteckte das Schwert in seine Koje, so daß weder der Ritter *Röd,* noch sonst Jemand von ihnen es bemerkte. Nun fing es wieder an zu wehen; da weckte der Prinz die Andern auf und sagte, es könne nicht angehen, daß sie noch länger da lägen und schliefen, da sie jetzt einen so guten Wind bekommen hätten. Niemand von ihnen hatte bemerkt, daß er weg gewesen war. — Die Zeit verstrich allmählich, und der Prinz dachte immer an das Abenteuer, das er bestehen sollte, zweifelte aber an dem glücklichen Ausgang. Als nun die sieben Jahre bis auf drei Tage um waren, geschah es ganz, wie der Trollprinz ihm gesagt hatte. Es entstand ein heftiges Unwetter, das hielt drei Tage lang an, und als das vorüber war, wurden Alle von der anstrengenden Arbeit müde und legten sich in ihren Kojen schlafen. Der jüngste Königssohn aber ruderte ans Land, und die Wachen krochen ihm zu Füßen, und so gelangte er ins Schloß. In einem der Zimmer saß der König und schlief, wie ihm der Trollprinz gesagt hatte, und die zwölf Prinzessinnen saßen jede auf ihrem Stuhl und läusten jede ihren Kopf. Der Königssohn winkte den Prinzessinnen, daß sie sich entfernen sollten; sie zeigten aber auf den Trollen und winkten ihm wieder, er solle schnell fortgehen; der Königssohn aber gab ihnen durch Mienen und Geberden zu verstehen, daß er sie befreien wolle; endlich merkten sie denn seine Absicht und entfernten sich leise eine nach der andern. Nun sprang der Prinz schnell hinzu und hieb dem Trollkönig die zwölf Köpfe ab, so daß das Blut wie ein großer Bach strömte. Als der Troll getödtet war, ruderte der Prinz wieder nach dem Schiff zurück und verbarg das Schwert. Es däuchte ihm, daß er jetzt Genug gethan hätte, und da er den Leichnam nicht allein aus dem Schloß schaffen konnte, so wollte er daß die Andern ihm helfen sollten. Er weckte sie daher auf und sagte, es wäre eine Schande, daß sie da liegen sollten und schlafen, während er die Prinzessinnen gefunden und sie von dem Trollen befreit hätte. Da lachten die Andern über ihn und sagten, er hätte wohl eben so gut geschlafen, als sie alle, und es hätte ihm bloß geträumt, daß er ein solcher Held wäre; denn wenn irgend Jemand die Prinzessinnen sollte befreit haben, so wäre es doch weit wahrscheinlicher, daß einer von ihnen es gethan hätte, als er. Aber der Königssohn erzählte ihnen, wie sich Alles zugetragen hatte, und als sie ans Land fuhren und zuerst den Blutbach erblickten und darnach das Schloß und den Trollen und die zwölf Köpfe und die Prinzessinnen, da sahen sie wohl, daß er die Wahrheit geredet, und halfen ihm nun die Köpfe und den ganzen Rumpf in die See werfen. Alle waren nun fröhlich und guter Dinge; aber Keiner war froher, als die Prinzessinnen, die nun nicht mehr nöthig hatten, den ganzen Tag über da zu sitzen und den Trollen zu läusen. Von all dem Gold und Silber und dem kostbaren Geräth, das sich im Schlosse vorfand, nahmen sie so viel mit, als das Schiff nur tragen konnte. Darauf gingen Alle an Bord, die Prinzen mit sammt den Prinzessinnen. Als sie aber eine Strecke weit in die See hinausgekommen waren, sagten die Prinzessinnen, daß sie in der Freude ihre goldnen Kronen vergessen hätten, die in einem Schrank auf dem Schlosse lägen, und die wollten sie doch gern mithaben. Da nun Keiner von den Übrigen sie holen wollte, sagte der jüngste Königssohn: »Hab' ich schon so Viel gewagt, so kann ich auch wohl die goldnen Kronen holen, wenn Ihr nur die Segel herablassen und so lange warten wollt, bis ich wiederkomme.« Ja, das wollten sie, sie wollten die Segel herablassen und so lange warten, bis er wiederkäme. Als aber der Prinz so weit von dem Schiff ab war, daß sie ihn nicht mehr sehen konnten, sagte der Ritter *Röd,* der gern selber der Vornehmste sein und die jüngste Prinzessinn haben wollte, es könne nichts nützen, daß sie da still lägen und auf ihn warteten; denn das könnten sie sich wohl denken, daß er doch nicht zurückkehren würde; sie wüßten überdies, sagte er, daß der König ihm (dem Ritter *Röd*) die Vollmacht gegeben hätte, zu segeln wann und wohin er wolle, und nun sollten sie sagen, er sei es, der die Prinzessinnen befreit hätte, und wenn Jemand anders sagte, dann solle er das Leben verlieren. Die Prinzen wagten nicht, anders zu thun, als der Ritter *Röd* ihnen befohlen hatte, und sie segelten nun weiter. Inmittlerweile ruderte der jüngste Königssohn ans Land und ging auf das Schloß, wo er auch sogleich den Schrank mit den goldnen Kronen fand; und er mühte sich so lange ab, bis es ihm gelang, denselben ins Boot zu schaffen. Als er nun aber in die See hinausgekommen war, konnte er nirgends das Schiff erblicken. Er sah sich um nach allen Seiten; aber von dem Schiff war keine Spur zu sehen; da merkte er denn wohl, wie es zugegangen war. Ihnen nachzurudern konnte nichts helfen, und er mußte daher umkehren und ans Land zurückrudern. Er fürchtete sich zwar, die Nacht allein im Schlosse zuzubringen, aber es war nun einmal kein andrer Rath. Er faßte daher Muth, verschloß alle Thüren und Pforten und legte sich in einem Zimmer, wo ein aufgemachtes Bett stand, schlafen. Aber angst und bange war er, und er ward es noch mehr, als es nach einer Weile anfing, oben im Dach und in den Wänden zu knacken und zu krachen, als ob das ganze Schloß bersten wollte. Auf einmal raschelte es neben sein Bett nieder wie ein ganzes Fuder Heu. Bald darauf aber hörte er eine Stimme, die rief ihm zu, er solle sich nicht fürchten.

»Der Vogel Dam ist hier,
Wo Du nicht kannst, da hilft er Dir«,

sprach die Stimme, und dann sagte sie: »Wenn Du morgen aufwachst, musst Du sogleich aufs Stabur* gehen und vier Tonnen Rocken für mich zum Frühstück holen; die muß ich erst zu Leibe haben, denn sonst kann ich Nichts für Dich thun.« — Als der Prinz am andern Morgen aufwachte, erblickte er neben seinem Bett einen entsetzlich großen Vogel, der hatte eine Feder im Nacken, die war so groß wie eine halb ausgewachsene Tanne. Der Königssohn ging nun aufs Stabur und holte vier Tonnen Rocken für den Vogel Dam. Als dieser sein Frühstück zu Leibe hatte, sagte er zu dem Königssohn, er solle ihm nun den Schrank mit den goldnen Kronen an der einen Seite um den Hals hängen und so viel Gold und Silber nehmen, daß es den Schrank aufwöge, und es ihm an der andern Seite um den Hals hängen, und dann solle er sich ihm auf den Rücken setzen und sich nur gut an der Nackenfeder fest halten. Als der Prinz das gethan hatte, ging es in einem Sausen fort durch die Luft, und es dauerte nicht lange, so waren sie über dem Schiff. Der Königssohn wollte gern an Bord, um das Schwert zu holen, das, wie der Troll ihm gesagt hatte, die Andern nicht sehen dürften; aber der Vogel Dam sagte zu ihm, das könne nicht angehen; »der Ritter *Röd* wird es nicht zu sehen bekommen«, sagte er: »kommst Du aber an Bord, so trachtet er Dir nach dem Leben, denn er will gern die jüngste Prinzessinn haben; aber für die kannst Du ganz ruhig sein, denn sie legt jede Nacht ein bloßes Schwert vor sich ins Bett.« — Endlich und zuletzt kamen sie bei dem Trollprinzen an, und da wurde nun der Königssohn so wohl aufgenommen, daß es gar nicht zu

* Ein auf Stollen oder Pfosten über der Erde aufgeführtes Gebäude, das als Speisegewölbe oder Vorrathskammer dient. Anm. d. Übers.

sagen ist. Der Trollprinz wußte nicht, Was er ihm all für Gutes erzeigen sollte, weil er seinen Herrn getödtet und ihn zum König gemacht hatte. Er hätte dem Königssohn gern seine Tochter und das halbe Reich dazu gegeben; aber der war nun einmal so in die jüngste von den Prinzessinnen verliebt, daß er nur an sie dachte und durchaus wieder fort wollte. Aber der Troll bat ihn, sich noch eine Zeitlang zu gedulden und sagte, daß die Andern beinahe noch sieben Jahre zu segeln hätten, ehe sie wieder nach Hause kämen. Von der Prinzessinn sagte der Troll Dasselbe, was der Vogel Dam gesagt hatte: »Für die«, sagte er: »kannst Du ganz ruhig sein; denn sie legt immer ein bloßes Schwert vor sich ins Bett. Und wenn Du mir nicht glauben willst, so kannst Du an Bord gehen, wenn sie hier vorüber segeln, und Dich selbst davon überzeugen und mir dann zugleich das Schwert wiederbringen; denn wiederhaben muß ich es durchaus.« — Als nun nach sieben Jahren die Andern dort vorübersegelten, war es vorher wieder ein heftiges Unwetter gewesen; und wie der Königssohn an Bord kam, schliefen sie alle insgesammt, und jede der Prinzessinnen schlief bei ihrem Prinzen, nur die jüngste Prinzessinn schlief allein mit einem bloßen Schwert vor sich im Bette, und auf dem Boden vor dem Bette schlief der Ritter *Röd*. Der Königssohn nahm nun das Schwert und ruderte wieder ans Land, ohne daß Jemand es bemerkt hatte, daß er an Bord gewesen war. — Der Prinz war indeß beständig unruhig und wollte immer wieder fort; und als endlich die sieben Jahre zu Ende gingen und nur noch drei Wochen fehlten, sagte der Trollkönig zu ihm: »Nun kannst Du Dich zur Reise fertig machen, da Du doch einmal nicht bei uns bleiben willst. Ich will Dir ein eisernes Boot leihen, das geht von selbst auf dem Wasser, wenn Du bloß sagst: ›Boot, geh vorwärts!‹ Im Boote liegt ein eiserner Kloben, und den Kloben sollst Du ein wenig in die Höhe heben, wenn Du das Schiff grade vor Dir siehst; dann bekommen sie einen solchen Fahrwind, daß sie vergessen, sich nach Dir umzusehen. Wenn Du dann neben das Schiff kommst, sollst Du den Kloben noch einmal aufheben; alsdann wird es ein solcher Sturm, daß sie wohl etwas Anders zu thun bekommen, als nach Dir auszugucken. Und wenn Du ihnen nun vorbei gekommen bist, sollst Du den Kloben zum dritten Mal in die Höhe heben; aber Du mußt ihn immer wieder vorsichtig niederlegen, denn sonst wird es ein solches Wetter, daß sowohl Du, als die Andern darin umkommen. Sobald Du nachher ans Land gekommen bist, brauchst Du Dich nicht weiter um das Boot zu bekümmern, sondern schieb' es dann nur umgewendet in die See und sprich: ›Boot, geh wieder nach Hause!‹« — Als der Prinz nun abreiste, bekam er so viel Gold und Silber und andre Kostbarkeiten und Kleider und Leinenzeug mit, das die Prinzessinn während der langen Zeit, die er auf der Insel zugebracht, für ihn genäht hatte, so daß er viel reicher war, als irgend einer von seinen Brüdern. Kaum hatte er sich nun ins Boot gesetzt und gesagt: »Boot, geh vorwärts!« so ging das Boot fort. Und als er das Schiff grade vor sich erblickte, hob er den Kloben ein wenig in die Höhe; da bekamen sie einen solchen Fahrwind, daß sie vergaßen, sich nach ihm umzusehen. Als er darauf neben das Schiff kam, hob er den Kloben noch einmal in die Höhe, und da ward es ein solcher Sturm und ein solches Wetter, daß der weiße Schaum rund um das Schiff stand, und die Wellen über das Verdeck hinschlugen, so daß sie etwas Anders zu thun bekamen, als nach ihm auszugucken. Und als er ihnen nun vorbeigekommen war, hob er den Kloben zum dritten Mal auf, und da bekamen sie so reichlich zu thun, daß sie gar keine Zeit hatten, sich nach ihm umzusehen. Er kam weit, weit früher ans Land, als das Schiff; und als er all seine Sachen aus dem Boot geschafft hatte, kehrte er es um, schob es hinaus in die See und sprach: »Boot, geh wieder nach Hause!« und da ging das Boot wieder fort.

Der Königssohn kleidete sich nun als ein Seemann aus — ob der Trollkönig ihm das gerathen hatte, oder ob es seine eigne Erfindung war, das muß ich ungesagt lassen — und begab sich nach einer armseligen Hütte zu einer alten Frau, zu der sagte er, er wäre ein armer Matrose, der auf einem Schiff gewesen, das untergegangen sei, und er wäre der Einzige von der ganzen Mannschaft, der sich gerettet hätte, und dann bat er sie, ihn nebst den Sachen, die er geborgen, bei sich beherbergen zu wollen. »Ach, Gott helf mir!« sagte die Frau: »ich kann Niemandem Herberge geben. Ihr seht wohl, wie es hier beschaffen ist; ich habe nicht einmal Betten, worauf ich selbst liegen kann, viel weniger noch für Andre.« Ja, das wäre einerlei, sagte der Seemann, wenn er bloß ein Dach über dem Kopf hätte, dann wär's ihm ganz gleich, wie er läge. Ein Obdach konnte sie ihm denn nicht versagen, wenn er so damit fürlieb nehmen wolle, wie sie's hätte. — Am Abend brachte der Seemann seine Sachen in die Hütte, und sogleich begann die Alte, die gern etwas Neues zu erzählen haben wollte, zu fragen, was für Einer er wäre, wo er wohl her sei, wo er gewesen, und wo er hin wolle, was das für Sachen wären, die er bei sich hätte, in welchem Geschäft er reiste, und ob er Nichts von den zwölf Prinzessinnen gehört hätte, die vor vielen lieben Jahren verschwunden wären, und dergleichen mehr, so daß es zu weitläufig sein würde, es alles zu erzählen. Der Seemann sagte aber, er befände sich so schlecht und hätte solche Kopfschmerzen von dem entsetzlichen Wetter, das da regiert hätte, daß er sich auf keine Sache recht besinnen könne; sie möchte ihm nur noch einige Tage Ruhe lassen, bis er sich von der schweren Arbeit, die er während des schlimmen Wetters gehabt, etwas erholt hätte, dann solle sie nachher schon Alles erfahren. Den andern Tag begann die Frau aufs neue zu fragen und ihn auszuforschen; aber der Seemann hatte noch solche Kopfschmerzen von dem bösen Wetter, daß er sich auf keine Sache recht besinnen konnte; doch ließ er so von ungefähr ein Wort fallen, als wüßte er wohl Etwas von den Prinzessinnen. Sogleich lief die Alte mit dieser Neuigkeit fort zu all den Klatschweibern rund umher, und nun kam die eine nach der andern gerannt und fragte nach den Prinzessinnen, ob der Seemann sie gesehen hätte, ob sie bald kämen, ob sie schon auf der Reise wären u. s. w. Der Seemann aber hatte immer noch Kopfschmerzen von dem bösen Wetter, so daß er nicht auf Alles Bescheid geben konnte; aber so Viel sagte er doch, daß wenn die Prinzessinnen nicht Schiffbruch gelitten hätten in dem heftigen Sturm, sie dann wohl um vierzehn Tage, oder vielleicht noch etwas früher, ankommen würden; er könne aber, fügte er hinzu: nicht mit Gewißheit sagen, ob sie noch am Leben wären; er hätte sie zwar gesehen, sie könnten aber wohl nachher in dem bösen Wetter umgekommen sein. Sogleich lief eins von den Klatschweibern zu dem Königsschloß und erzählte dort, es wäre in der

Hütte bei der und der Frau ein Seemann, der hätte die Prinzessinnen gesehen und hätte gesagt, sie würden wohl um vierzehn Tage, oder vielleicht noch etwas früher, ankommen. Als der König das hörte, schickte er sogleich zu dem Seemann und ließ ihm sagen, daß er zu ihm kommen und ihm die Sache selbst berichten solle. Der Matrose sagte: »Ich habe nicht solche Kleider und sehe nicht so aus, daß ich zu dem König gehen kann.« Der Bote aber sagte, er solle nur kommen, der König wolle und müsse ihn sprechen, einerlei, er möge nun so, oder so aussehen; denn es wäre noch Niemand da gewesen, der Nachrichten von den Prinzessinnen hätte bringen können. Da ging denn der Seemann endlich zu dem Schloß und trat zu dem König ein; der fragte ihn, ob es wahr wäre, daß er die Prinzessinnen gesehen. »Ja, das ist wahr«, sagte der Seemann: »aber ich weiß nicht, ob sie noch am Leben sind; denn als ich sie sah, war es ein solches Unwetter, daß wir Schiffbruch litten. Wenn sie aber damals nicht untergegangen sind, so mögen sie wohl um vierzehn Tage, oder vielleicht noch etwas früher, kommen.«

Als der König das hörte, war er beinahe außer sich vor Freuden; und als es nun um die Zeit war, daß die Prinzessinnen, wie der Seemann gesagt hatte, kommen sollten, zog der König ihnen in vollem Staat entgegen an den Strand — und groß war die Freude über das ganze Land, als endlich das Schiff mit den Prinzessinnen und den Prinzen und dem Ritter *Röd* ankam. Die elf ältesten Prinzessinnen waren fröhlich und guter Dinge; aber die jüngste, die den Ritter *Röd* haben sollte, welcher sagte, daß er es sei, der die Prinzessinnen befreit und den Trollen getödtet hätte, war immer traurig und weinte unaufhörlich. Dem König wollte das gar nicht behagen, und er fragte sie daher, warum sie nicht auch so munter und vergnügt wäre, wie die andern Prinzessinnen; sie hätte doch, meinte er, keine Ursache, betrübt zu sein, da sie nun von dem Trollen befreit wäre und einen Mann zum Gemahl haben solle, wie der Ritter *Röd* sei. Sie durfte aber Nichts sagen; denn der Ritter *Röd* hatte ja gedroht, wenn Einer erzählen würde, wie sich Alles wirklich zugetragen, dann wolle er ihn ums Leben bringen.

Als nun die Prinzessinnen eines Tages an ihrem Brautputz nähten, trat plötzlich Jemand in einer großen Matrosenjacke und mit einem Tabuletkasten auf dem Rücken zu ihnen ein und fragte, ob sie ihm keine Schmucksachen zu ihrer Hochzeit abkaufen wollten, er hätte, sagte er, außerordentlich seltne und kostbare Dinge von Gold und auch von Silber. — Ja, das könnte wohl möglich sein. Sie sahen die Waaren an, und sie sahen ihn an; denn es wollte sie bedünken, sie sollten ihn und auch manche von den Sachen kennen, die er hatte. »Der so viel prächtige Schmucksachen hat«, sagte endlich die jüngste Prinzessinn: »könnte auch wohl Etwas haben, das noch prächtiger und für uns noch passender wäre.« — »Das wäre wohl möglich«, sagte der Krämer. Aber die andern tuschten sie und sagten, sie möchte doch bedenken, womit der Ritter *Röd* ihnen gedroht hätte. — Einige Zeit darnach, als die Prinzessinnen eines Tages vor dem Fenster saßen, kam der Königssohn wieder in seiner großen Matrosenjacke und trug auf dem Rücken den Schrank mit den goldnen Kronen. Als er in den Schloßsaal eingetreten war, machte er den Schrank auf, und da nun die Prinzessinnen jede ihre goldne Krone wieder erkannten, sagte die jüngste: »Mir däucht, es ist billig und recht, daß Der, welcher uns befreit hat, den Lohn erhalte, der ihm zukommt, und das ist nicht der Ritter *Röd,* sondern Der, welcher unsre goldnen Kronen brachte — der hat uns befreit.« Da warf der Königssohn die Matrosenjacke ab und stand nun da weit stattlicher, als alle die Andern; und darauf ließ der König den Ritter *Röd* sogleich ums Leben bringen. Nun war die Freude erst recht groß im Königsschloß; und jeder Prinz nahm seine Prinzessinn und hielt mit ihr Hochzeit, so daß man sich in zwölf Königreichen davon zu erzählen hatte.

4.) DIE WORTSCHLAUE PRINZESSINN.

Es war einmal ein König, der hatte eine Tochter, die war so schlau und spitzfindig in Worten, daß Keiner sie zum Schweigen bringen konnte. Da setzte der König einen Preis aus und ließ bekannt machen, daß Der, welcher es könnte, die Prinzessinn und das halbe Reich haben sollte. Drei Brüder, welche dies hörten, beschlossen, ihr Glück zu versuchen. Zuerst machten sich die beiden ältesten auf, die sich am klügsten dünkten; aber sie konnten Nichts bei der Prinzessinn ausrichten und mußten noch dazu mit blauer Haut wieder abziehen. Darnach machte sich Aschenbrödel auch auf. Als er eine Strecke weit gegangen war, fand er am Wege ein Weidenreis, das nahm er auf. Eine Strecke weiter fand er eine Scherbe von einer alten Schüssel, die nahm er auch auf. Als er noch etwas weiter gegangen war, fand er einen todten Staar, und etwas darnach ein krummes Bockshorn; ein wenig später fand er noch ein krummes Bockshorn, und als er über das Feld zum Königshof gehen wollte, wo Dünger ausgestreut lag, fand er darunter eine ausgegangene Schuhsohle. Alle diese Dinge nahm er mit sich zum Königsschloß, und damit trat er zu der Prinzessinn ein. »Guten Tag!« sagte er. »Guten Tag!« sagte sie und verzog das Gesicht. »Kann ich nicht meinen Staar gebraten kriegen?« fragte er. »Ich bin bange, er birstet«, antwortete die Prinzessinn. »O, das hat keine Noth, ich binde dieses Weidenreis um«, sagte der Bursch und nahm das Reis hervor. »Aber das Fett läuft heraus«, sagte die Prinzessinn. »Ich halte dies unter«, sagte der Bursch und zeigte ihr die Scherbe von der Schüssel. »Du machst es mir so krumm, Du!« sagte die Prinzessinn. »Ich mach es nicht krumm, sondern es ist schon krumm«, sagte der Bursch und nahm das eine Horn hervor. »Nein, etwas Ähnliches hab' ich noch mein Lebtag nicht gesehn!« rief die Prinzessinn. »Hier siehst Du was Ähnliches«, sagte der Bursch und nahm das andre Bockshorn hervor. »Ich glaube, Du bist ausgegangen, um mich zum Schweigen zu bringen«, sagte die Prinzessinn. »Nein, ich bin nicht ausgegangen, aber diese hier ist ausgegangen«, sagte der Bursch und zeigte ihr die Schuhsohle. Hierauf wußte die Prinzessinn Nichts mehr zu antworten. »Nun bist Du mein!« sagte der Bursch, und darauf erhielt er die Prinzessinn und das halbe Königreich.

5.) DER REICHE PETER KRÄMER.

Es war einmal ein Mann, den nannten die Leute *den reichen Peter Krämer,* weil er ehedem mit Kram im Lande umhergefahren und viel Geld verdient hatte, so daß er nun ein reicher Mann geworden war. Dieser reiche Peter Krämer hatte eine Tochter, die hielt er so kostbar, daß er alle Freier, die sich um sie bewarben, abwies; denn es schien ihm kein Einziger gut genug für sie. Weil es nun so mit allen ging, kamen endlich gar keine mehr, und da nun die Jahre herankamen, befürchtete Peter, das Mädchen möchte zuletzt sitzen bleiben. »Es wundert mich«, sprach er zu seiner Frau: »daß gar keine Freier mehr zu unsrer Tochter kommen, die doch so reich ist. Das müßte sonderbar zugehen, wenn sich nicht Einer finden sollte, der sie haben wollte; denn Geld hat sie, und noch mehr bekommt sie. Ich glaube, ich muß mal zu den Sternguckern reisen und die fragen, Wen sie haben soll; denn es kommt hier ja Niemand.« — »Wie können die Sterngucker Dir das sagen?« fragte die Frau. »O, das lesen sie alles in den Sternen«, sagte der reiche Peter. Er steckte nun viel Geld zu sich und reiste damit zu den Sternguckern und bat sie, ihm doch den Gefallen zu thun und nach den Sternen zu gucken, und ihm dann zu sagen, was seine Tochter für einen Mann haben solle. Die Sterngucker sahen nach den Sternen, aber sie sagten, daß sie Nichts sehen könnten. Peter bat sie, noch besser zuzusehen und es ihm ja zu sagen; er wolle ihnen auch viel Geld geben, sagte er. Die Sterngucker sahen nun besser zu, und darauf sagten sie, seine Tochter solle das Müllerkind heirathen, das eben jetzt in der Mühle, die gleich unten bei des reichen Peters Gehöft läge, zur Welt gekommen sei. Peter meinte, es wäre gar zu ungereimt, daß seine Tochter Einen zum Mann haben solle, der eben erst zur Welt gekommen sei, und noch dazu einen so geringen Mann. Das sagte er auch zu seiner Frau und fügte hinzu: »Es müßte sonderbar zugehen, wenn sie mir den Buben nicht verkaufen wollten; alsdann aber wollen wir ihn schon quitt werden.« — »Ja, das mein' ich auch«, sagte die Frau: »es sind ja nur arme Leute.« Peter Krämer ging nun zur Mühle und fragte die Müllerfrau, ob sie ihm nicht ihren Sohn verkaufen wolle, sie sollte viel Geld dafür haben. Nein, das wollte sie durchaus nicht. »Ich weiß nicht, warum Du das nicht willst«, sagte Peter Krämer: »es ist ja nur die liebe Armuth bei Euch zu Hause, und der Bube, denk' ich, wird sie Euch nicht leichter machen.« Aber sie hielt so viel von dem Jungen, daß sie ihn nicht missen wollte. Als darauf der Müller eintrat, sagte Peter zu ihm dasselbe und versprach ihm sechshundert Thaler für den Buben; dafür könnten sie sich ein Gehöft kaufen, sagte er, und hätten dann nicht mehr nöthig, für die Leute zu mahlen und zu hungern, wenn sie kein Mahlwasser hätten. Das däuchte dem Müller nicht übel, und er sprach mit seiner Frau darüber, und endlich bekam denn der reiche Peter den Buben. Die Mutter weinte zwar und geberdete sich übel; aber Peter tröstete sie und sagte, daß er gut für den Burschen sorgen würde; nur mußten sie ihm versprechen, daß sie niemals nach ihm fragen wollten; denn er wollte ihn weit weg in andre Länder schicken, damit er fremde Sprachen lerne, sagte er. — Als Peter mit dem Buben nach Hause kam, ließ er einen Kasten verfertigen, den verklebte er inwendig mit Pech, legte den Müllerbuben hinein, drehte den Schlüssel einmal herum und schob dann den Kasten hinaus in den Fluß, so daß er mit dem Strom davon trieb. Nun bin ich ihn quitt, dachte Peter Krämer. Als aber der Kasten auf dem Fluß weit weggetrieben war, kam er zuletzt zu dem Wasser einer andern Mühle und gerieth ins Mühlrad, so daß die Mühle davon stehen blieb. Der Müller ging hin und wollte zusehen, Was die Ursache davon war, und da fand er denn den Kasten und trug ihn ins Haus. »Ich bin doch neugierig, Was wohl in diesem Kasten sein mag«, sagte er zu seiner Frau: »der ist ins Mühlrad gerathen und hat mir die Mühle gestopft.« — »Nun, das können wir bald erfahren«, sagte die Frau: »der Schlüssel steckt ja drin; mach nur das Schloß auf.« Als sie nun den Kasten öffneten, lag darin das schönste Kind, das man nur sehen kann, und sie waren beide so erfreut darüber und wollten den Buben als ihr eigenes Kind behalten; denn selbst hatten sie keine Kinder und waren auch schon in den Jahren, daß sie keine mehr bekommen konnten. — Als nun eine Zeit vergangen war, wunderte Peter Krämer sich wieder, daß sich gar keine Freier zu seiner Tochter einfinden wollten, die doch so reich wäre und so viel Geld hätte. Aber es zeigte sich keiner; und Peter reiste darum wieder zu den Sternguckern und bot ihnen Geld über Geld, wenn sie ihm bloß sagen wollten, Wen seine Tochter zum Mann haben solle. »Wir haben es Dir ja gesagt, daß sie den Müllerbuben haben soll«, antworteten die Sterngucker. »Ja, das ist recht gut«, sagte Peter Krämer: »aber der ist nun gestorben, und wenn Ihr mir darum sagen wollet, Wen meine Tochter jetzt zum Mann haben soll, dann wollt' ich Euch gern zweihundert Thaler geben.« Die Sterngucker sahen nun wieder nach den Sternen; aber da wurden sie ganz zornig und sprachen: »Sie soll gleichwohl den Müllerbuben haben, den Du in den Fluß ausgesetzt hast, um ihn zu tödten; denn er lebt noch und ist in der Mühle da und da.« Peter Krämer gab ihnen die zweihundert Thaler und dachte jetzt nur darauf, wie er es anfangen solle, um den Müllerbuben los zu werden. Das Erste, was er that, als er nach Hause kam, war, daß er zur Mühle ging. Da war der Bube schon so groß, daß er eingesegnet war und in der Mühle mithalf, und ein schmucker Bursch war er geworden. »Könntest Du mir nicht den Burschen überlassen, Du?« sagte Peter Krämer zu dem Müller. »Nein«, antwortete der Müller: »ich habe ihn als mein eignes Kind erzogen, und er ist so gut in die Art geschlagen, daß ich nun Hülfe und Nutzen von ihm in der Mühle haben kann; denn selbst werd' ich nach gerade schon alt und hinfällig.« — »Ja, so geht's mir auch«, sagte Peter Krämer: »und darum wollt' ich gern Einen haben, den ich zum Handel anlehren könnte. Wenn Du ihn mir daher überlassen willst, so will ich Dir gern sechshundert Thaler geben; dann kannst Du Dir ein Gehöft kaufen und in Deinen alten Tagen ruhig und in Frieden leben.« Ja, als der Müller das hörte, gab er dem Peter Krämer gleich den Burschen. Nun reisten beide weit umher mit Kram und handelten, bis sie einst zu einem Gehöft kamen, das dicht an einem Walde lag. Von hier aus schickte Peter den Burschen nach Hause mit einem Brief an seine Frau — denn wenn man den Richtweg durch den Wald ging, war es nicht so gar weit — und sagte zu ihm, er solle seine Frau von ihm grüßen und ihr sagen, sie solle so bald als möglich thun, Was in dem Brief stände. In dem Brief aber stand, sie solle augenblicklich einen Holzstoß errichten und den Müllerburschen darauf verbrennen, und wenn sie das nicht thäte, so solle sie selbst lebendig verbrannt werden. Mit diesem Brief ging der Bursch fort durch den Wald. Gegen Abend kam er zu einem Hause tief im Dickicht, und da ging er hinein; doch in dem Hause war kein Mensch zu sehen noch zu hören. In einem der Zimmer aber fand der Bursch ein aufgemachtes Bett, und auf das legte er sich quer hin. Den Brief hatte er an seinen Hut befestigt, und der Hut lag auf seinem Gesicht. Als die Räuber nach Hause kamen — denn das Haus gehörte zwölf Räubern — und den Burschen auf dem Bett liegen sahen, waren sie neugierig, was das für Einer wäre, und einer von ihnen nahm den Brief, brach ihn auf und las ihn. »Ha! ha!« sagte er: »der ist von dem Peter Krämer; aber nun wollen wir ihm einen Streich spielen; denn es wäre doch Jammer und Schade, wenn das alte Weibsstück einen so jungen wackern Burschen ums Leben bringen sollte.« Sie schrieben nun einen andern Brief an Peter Krämers Frau und befestigten ihn an den Hut, während der Bursch schlief, und in dem Brief hatten sie geschrieben, die Frau solle den Müllerburschen mit der Tochter verheirathen, und es solle augenblicklich die Hochzeit gehalten werden, und dann solle sie ihnen Pferde und Vieh und Hausgeräth geben und sie völlig auf dem Gehöft einrichten, das unten am Berg läge, und sofern das nicht alles geschehen sei, wenn Peter Krämer nach Hause käme, sollt's ihr schlecht gehen. Den andern Tag reiste der Bursch weiter, und als er auf Peters Gehöft ankam, übergab er der Frau den Brief und sagte, er solle grüßen von Peter Krämer, ihrem Mann, und sagen, sie möchte doch so bald als möglich thun, Was in dem Brief stände. Als die Frau den Brief gelesen hatte, sagte sie zu dem Burschen: »Du mußt Dich gut aufgeführt haben, daß Peter mir einen solchen Brief schreibt; denn als er abreiste, war er so böse auf Dich, daß er nicht wußte, wie er Dich ums Leben bringen wollte.« Sie machte nun sogleich Anstalten zur Hochzeit und gab den jungen Leuten Pferde und Vieh und allerlei Hausgeräth und richtete sie vollständig ein auf dem Gehöft unten am Berge.

Nicht lange darnach kam Peter Krämer zu Hause, und das Erste, wonach er sich bei seiner Frau erkundigte, war, ob sie gethan hätte, wie er in dem Brief geschrieben. »Ja, das, däucht mir, war auch nett!« sagte sie: »aber ich durfte ja nicht anders.« Nun fragte Peter, wo denn die Tochter sei. »Ih nun, das kannst Du Dir ja wohl denken«, sagte die Frau: »sie ist bei ihm auf dem Gehöft unten am Berg, so wie in dem Brief stand.« Als Peter nun die ganze Geschichte erfuhr und den Brief sah, ward er so zornig, daß er aus der Haut fahren wollte, und lief sogleich auf das Gehöft zu den jungen Leuten. »Meine Tochter hast Du zwar bekommen«, sagte er zu dem Müllerburschen: »aber wenn Du denkst, sie zu behalten, so mußt Du erst zu dem Drachen von Dübenfahrt und mir drei Federn aus seinem Schwanz holen«; — denn Wer die hatte, konnte Alles bekommen, was er sich wünschte. — »Wo soll ich aber den Drachen von Dübenfahrt finden?« fragte der Schwiegersohn. »Das weiß ich nicht«, sagte Peter Krämer: »das mag Deine Sorge sein.«

Der Bursch begab sich nun getrost auf den Weg, und als er eine Zeitlang gewandert hatte, kam er zu einem Königsschloß. »Hier will ich einkehren und vorfragen«, dachte er: »denn solche Leute wissen besser in der Welt Bescheid, als Unsereiner, vielleicht daß ich hier den Weg erfahre.« Gedacht, gethan. Der König fragte ihn, wo er her sei, und in welchem Geschäft er reise. »O, ich soll zu dem Drachen von Dübenfahrt und drei Federn aus seinem Schwanz holen«, sagte der Bursch: »wenn ich ihn bloß finden könnte.« — »Dazu will viel Glück«, sagte der König: »denn ich habe noch nie gehört, daß Einer von solcher Reise zurückgekehrt ist. Wenn Du ihn aber antriffst, so kannst Du ihn von mir grüßen und ihn fragen, woher es kommt, daß ich niemals reines Wasser in meinem Brunnen habe; ich hab' ihn schon so oft säubern und ausmuddern lassen, aber nie kann ich reines Wasser bekommen.« — »Ja, ich will ihn wohl fragen«, sagte der Bursch. Auf dem Schloß ließ er's sich wohl sein und bekam noch dazu Lebensmittel und Geld auf den Weg.

Gegen Abend kam der Bursch zu einem andern Königsschloß. Als er in die Küche eintrat, kam der König heraus und fragte ihn, wo er her sei, und in welchem Geschäft er reise. »O, ich soll zu dem Drachen von Dübenfahrt und drei

Federn aus seinem Schwanz holen«, sagte der Bursch. »Dazu will viel Glück«, sagte der König: »denn ich habe noch nie gehört, daß Einer von daher zurückgekehrt ist. Wenn Du aber zu ihm kommst, so kannst Du ihn von mir grüßen und ihn fragen, wo wohl meine Tochter wäre, die vor vielen Jahren verschwunden ist; ich habe nach ihr suchen und forschen lassen überall, aber ich habe nie das Geringste von ihr erfahren können.« — »Ich will ihn wohl fragen«, sagte der Bursch. Auf dem Königsschloß lebte er gut und wohl, und als er den andern Tag fortging, bekam er sowohl Essen, als Geld mit auf den Weg. Gegen Abend kam er wieder zu einem Königsschloß.

Hier kam die Königinn heraus in die Küche und fragte ihn, wo er her sei, und in welchem Geschäft er reise. »Ich soll zu dem Drachen von Dübenfahrt und drei Federn aus seinem Schwanz holen«, sagte der Bursch. »Dazu will viel Glück«, sagte die Königinn: »denn ich habe noch nie gehört, daß Einer des Weges zurückgekehrt ist. Aber solltest Du ihn antreffen, so kannst Du ihn von mir grüßen und ihn fragen, wo ich wohl meine goldnen Schlüssel wiederfinden soll, die ich verloren habe.« — »Ich will ihn wohl fragen«, sagte der Bursch. Am andern Morgen wanderte er weiter, und als er ein Ende gegangen war, kam er zu einem großen breiten Fluß. Während er nun da stand und nicht wußte, wie er hinüber kommen sollte, kam ein alter krummgebückter Mann auf ihn zu und fragte ihn, wo er hin wolle. »Ich soll zu dem Drachen von Dübenfahrt«, sagte der Bursch: »wenn ich bloß wüßte, wo er zu finden ist.« — »Das kann ich Dir sagen«, sprach der Mann: »denn ich setze hier Alle über, die zu ihm wollen. Er wohnt hier grade gegenüber; wenn Du dort oben auf dem Hügel bist, kannst Du schon sein Schloß sehen; — und wenn Du ihn dann zu sprechen bekommst, so kannst Du ihn von meinetwegen fragen, wie lange ich hier noch übersetzen soll.« — »Ich will ihn wohl fragen«, sagte der Bursch. Der Mann nahm ihn nun auf den Rücken und trug ihn über den Fluß; und als der Bursch auf den Hügel gekommen war, sah er das Schloß grade vor sich und ging hinein. Als die Prinzessinn, die nur allein zu Hause war, ihn erblickte, rief sie: »Ist es möglich! darf denn eine Christenseele hieherkommen? Das ist noch nicht geschehen, so lange ich hier bin. Für Dich ist es aber am besten«, sagte sie: »Du siehst zu, daß Du wieder fortkommst so schnell wie möglich; denn kommt der Drache zu Hause, so riecht er Dich und frisst Dich sogleich auf, und mich machst Du dann dazu unglücklich.« — »Nein«, sagte der Bursch: »ich kann nicht eher fort, als bis ich drei Federn aus seinem Schwanz habe.« — »Die bekommst Du nun und nimmermehr«, sagte die Prinzessinn.

Aber der Bursch wollte nicht fort; er wollte warten, bis der Drache nach Hause käme und wollte die Federn aus seinem Schwanz und Antwort auf seine Fragen haben. »Ja, wenn Du denn durchaus darauf bestehst, so will ich zusehen, ob ich Dir helfen kann«, sagte die Prinzessinn: »Versuche aber, ob Du das Schwert aufheben kannst, das dort an der Wand hangt.« Nein, der Bursch konnt's nicht vom Fleck rühren. »So mußt Du einen Trunk aus dieser Flasche thun«, sagte die Prinzessinn. Als nun der Bursch einen Trunk aus der Flasche gethan hatte, konnte er das Schwert ein wenig bewegen. »Du mußt noch einen Trunk thun«, sagte die Prinzessinn: »und dann erzähle mir ausführlich Deinen Auftrag.« Der Bursch that nun noch einen Trunk, und darauf erzählte er der Prinzessinn: ein König hätte ihn gebeten, den Drachen zu fragen, woher es käme, daß er kein reines Wasser in seinen Brunnen bekommen könne; für einen andern solle er fragen, wo seine Tochter geblieben sei, die vor vielen Jahren verschwunden wäre; und für eine Königinn solle er den Drachen fragen, wo ihre goldnen Schlüssel geblieben wären; und endlich solle er für den Fährmann fragen, wie lange der noch die Leute über den Fluß setzen müsse. — Als der Bursch nun das Schwert anfaßte, konnte er es aufheben; und als er endlich noch einen Trunk gethan hatte, konnte er es schwingen. Gegen Abend sagte die Prinzessinn: »Nun kommt der Drache bald nach Hause, und damit er Dich nicht sogleich umbringt, mußt Du unter das Bett kriechen, und da mußt Du ganz still liegen, daß er Dich nicht bemerkt. Wenn wir uns dann niedergelegt haben, werde ich ihn ausfragen. Du mußt aber gut zuhören und genau darauf Acht geben, Was er antwortet; und unter dem Bett mußt Du liegen bleiben, bis Alles still ist, und der Drache eingeschlafen; alsdann aber kriech leise hervor und nimm das Schwert zu Dir. Und wenn er darnach aufsteht, mußt Du mit *einem* Hieb ihm den Kopf abschlagen und im selben Augenblick die drei Federn aus seinem Schwanz rupfen; denn sonst reißt er sie sich selbst aus, damit sie keinem Andern zu gute kommen sollen.«

Als nun der Bursch unters Bett gekrochen war, kam auch schon der Drache an. *»Es riecht hier so nach Menschenfleisch!«* rief er, als er eintrat. »O, es kam ein Rabe geflogen mit einem Menschenknochen im Schnabel und setzte sich auf das Dach«, sagte die Prinzessinn: »das muß es sein, was Du riechst.« — *»Na so!«* sagte der Drache. Nun trug die Prinzessinn das Essen auf, und als sie gegessen hatten, legten sie sich zu Bett. Aber als sie eine Weile gelegen hatten, schlief die Prinzessinn so unruhig, und plötzlich wachte sie auf. »Au! au!« schrie sie. *»Was fehlt Dir?«* fragte der Drache. »O, ich schlafe so unruhig«, sagte die Prinzessinn: »und dann hatte ich einen so wunderlichen Traum.« — *»Was träumte Dir denn?«* fragte der Drache. »O, mir träumte, es käme ein König hieher und fragte Dich, wie er es anfangen solle, um reines Wasser in seinen Brunnen zu bekommen«, sagte die Prinzessinn. *»Ach, das könnte er wohl von selbst wissen«,* sagte der Drache: *»wenn er bloß den Brunnen umgräbt und den alten verfaulten Stock herausnimmt, der auf dem Boden liegt, dann wird er schon reines Wasser bekommen. Aber liege jetzt ruhig und träume nicht wieder!«*

Als die Prinzessinn eine Weile still gelegen hatte, ward sie wieder unruhig, warf sich im Bette hin und her und wachte endlich wieder auf. »Au! au!« — *»Was ist denn nun wieder los?«* rief der Drache. »O, ich schlafe so unruhig, und dann hatte ich einen so wunderlichen Traum«, sagte die Prinzessinn. *»Das ist doch auch gewaltig mit Deiner Träumerei!«* sagte der Drache: *»Was hat Dir denn jetzt geträumt?«* — »O, mir träumte, es käme ein König hieher und fragte Dich, wo seine Tochter geblieben wäre, die vor vielen Jahren verschwunden sei«, sagte die Prinzessinn. *»Das bist Du«,* sagte der Drache: *»aber Dich bekommt er in seinem Leben nicht mehr zu sehen. Laß mich aber jetzt in Ruhe, bitt' ich Dich, und träume nicht wieder, sonst brech ich Dir die Rippen entzwei.«*

Die Prinzessinn hatte nicht lange geschlafen, als sie wieder anfing, unruhig zu werden, und dann aufwachte. »Au! au!« rief sie. *»Nun, schon wieder? Was ist denn jetzt wieder los?«* rief der Drache und war so wild, daß er beinahe aus der Haut fahren wollte. »O, Du mußt nicht böse werden«, sagte die Prinzessinn: »aber ich hatte einen so wunderlichen Traum.« — *»Das ist doch auch zum Kukuk mit Deiner Träumerei! Was träumte Dir denn jetzt?«* — »O, mir träumte, es käme eine Königinn hieher, die fragte Dich, ob Du ihr nicht sagen könntest, wo sie ihre goldnen Schlüssel wiederfinden solle, die sie verloren hätte.« — *»O, sie kann nur zusehen zwischen den Büschen, wo sie lag, damals, wie sie wohl weiß, dann wird sie sie wohl finden«,* sagte der Drache: *»Aber laß mich nun endlich in Ruhe mit Deinen Träumen!«*

Beide schliefen nun eine Weile; aber darnach begann die Prinzessinn wieder unruhig zu werden, und plötzlich wachte sie auf. »Au! au!« — *»Ich merke wohl, Du wirst nicht eher ruhig, als bis ich Dir das Genick zerbreche«,* sagte der Drache und war so wüthend, daß ihm die Funken aus den Augen sprühten: *»Was hast Du denn nun wieder?«* — »O, Du mußt nicht böse auf mich sein«, sagte die Prinzessinn: »ich kann ja nicht dafür; aber ich hatte einen so wunderlichen Traum.« — *»Eine solche Träumerei ist mir doch noch nicht vorgekommen«,* sagte der Drache: *»aber Was träumte Dir denn jetzt?«* — »Mir träumte, der Fährmann hier unten am Sund sei gekommen und fragte Dich, wie lange er noch die Leute über den Fluß setzen müsse.« — *»Das dumme Vieh! davon könnte er bald befreit werden«,* sagte der Drache: *»Wenn Jemand kommt, der hinüber will, so braucht er ihn nur mitten in den Fluß zu werfen und zu sagen: ›Setz' nun Du über, bis Du abgelöst wirst!‹ dann wird er frei. Aber laß mich jetzt in Ruhe mit Deinen Träumen, sonst wird es ein andrer Tanz!«*

Die Prinzessinn ließ ihn nun in Frieden schlafen. Aber sobald es still ward, und der Müllerbursch hörte, daß der Drache schnarchte, kroch er hervor und nahm das Schwert von der Wand. Ehe es noch Tag geworden war, stand der Drache auf; aber kaum war er mit beiden Füßen aus dem Bett gekommen, als der Bursch ihm den Kopf abhieb und die drei Federn aus seinem Schwanz riß. Das war eine große Freude. Und der Bursch und die Prinzessinn nahmen so viel Gold und Silber und Geld und andre Kostbarkeiten mit, als sie nur fortschaffen konnten, und als sie zu dem Sund kamen, setzten sie den Fährmann durch Alles, was er für sie hinübertragen mußte, so in Erstaunen und Verwirrung, daß er ganz und gar vergaß, zu fragen, Was der Drache gesagt hätte, bis alles Gepäck und der Bursch und die Prinzessinn dazu hinüber waren. »Es ist wahr«, sagte er, als sie eben fortgehen wollten: »fragtest Du den Drachen, wie ich Dir sagte?« — »Ja«, antwortet der Bursch: »er sagte, wenn Jemand käme und hinüber wolle, so solltest Du ihn nur mitten in den Fluß werfen und sagen: ›Setz' nun Du über, bis Du abgelöst wirst!‹ so würdest Du frei.« — »O, twi!« sagte der Sundmann: »hättest Du mir das früher gesagt, dann hättest *Du* mich ablösen sollen.«

Als sie zu dem ersten Königsschloß kamen, fragte ihn die Königinn, ob er den Drachen nach ihren goldnen Schlüsseln gefragt hätte. »Ja«, sagte der Bursch und flüsterte ihr ins Ohr: »Er sagte, Du solltest nur zusehen zwischen den Büschen, wo Du lagst, damals, wie Du wohl weißt.« — »Still! still! sag' ja Nichts!« sagte die Königinn und gab dem Burschen hundert Thaler. — Als er zu dem zweiten Königsschloß kam, fragte der König ihn, ob er sich bei dem Drachen nach seiner Tochter erkundigt hätte. »Ja«, sagte der Bursch: »das hab' ich, und hier ist Deine Tochter!« Darüber ward der König so froh, daß er dem Müllerburschen gern die Prinzessinn und das halbe Reich gegeben hätte. Aber da dieser schon eine Frau hatte, gab er ihm zweihundert Thaler und Pferde und Wagen und so viel Gold und Silber, als er nur fortschaffen konnte. — Wie er nun zu dem dritten Königsschloß kam, fragte ihn der König, ob er seinen Auftrag bei dem Drachen ausgerichtet hätte. »Ja«, versetzte der Bursch: »er sagte, Du solltest nur den Brunnen umgraben und den alten verfaulten Stock herausnehmen, der auf dem Boden liegt, dann würdest Du schon reines Wasser bekommen.« Da gab der König ihm dreihundert Thaler. Von hier reiste der Bursch gradesweges nach Hause, und er war so ausstaffirt mit Gold und mit Silber und so prächtig gekleidet, daß es nur so glitzerte. Als nun der reiche Peter die Federn aus dem Drachenschwanz erhielt, hatte er Nichts weiter gegen die Heirath einzuwenden. Da er aber all den Reichthum sah, den sein Schwiegersohn mitgebracht hatte, fragte er ihn, ob noch mehr da wäre. »Ja«, sagte der: »es sind noch ganze Wagen voll da, und wenn Du nur hinreisen willst, so wirst Du wohl so Viel finden, als Du gebrauchst.« Ja, Peter Krämer wollte gleich hinreisen. Nun sagte ihm sein Schwiegersohn den Weg so genau, daß er nicht nöthig hatte, weiter darnach zu fragen; »aber die Pferde«, sagte er: »lässt Du am besten an dieser Seite des Flusses; denn der Sundmann hilft Dir schon wieder herüber.« Peter reiste nun fort und nahm einen guten Schnappsack voll Eßwaaren mit und viele Pferde, die ließ er aber an dieser Seite zurück, wie der Bursch ihm gesagt hatte. Als er nun zu dem Fluß kam, nahm ihn der Sundmann auf den Rücken und trug ihn fort bis in die Mitte, da warf er ihn ins Wasser und sprach: »Nun kannst Du hier übersetzen, bis Du abgelöst wirst!« Und wenn keiner ihn abgelöst hat, so geht der reiche Peter Krämer noch den heutigen Tag da und setzt die Leute über.

6.) ASCHENBRÖDEL, DER MIT DEM TROLLEN UM DIE WETTE ASS.

Es war einmal ein Bauer, der hatte drei Söhne; es ging ihm aber nur dürftig, und er war schon alt und schwach, und die Söhne wollten nicht recht an die Arbeit. Zu dem Gehöft gehörte ein großer schöner Wald, und in dem, wollte der Vater, sollten die Burschen Holz hauen, damit sie Etwas von der Schuld abbezahlten.

Endlich brachte er sie denn auch auf den Trab, und der älteste Sohn sollte zuerst ins Holz. Als er nun in den Wald gekommen war und anfing, eine alte borkige Tanne umzuhauen, trat plötzlich ein ungeheurer Troll auf ihn zu. *»Wenn Du in meinem Wald hauest, so tödte ich Dich«,* sagte der Troll. Als der Bursch das hörte, warf er die Axt weg und lief, was er nur konnte, wieder nach Hause. Er kam ganz athemlos an und erzählte, Was ihm begegnet war. Aber der Vater sagte, er wäre ein Hasenherz; die Trollen hätten ihn niemals am Hauen gehindert, als *er* noch jung gewesen, meinte er.

Den andern Tag sollte der zweite Sohn in den Wald; aber dem gings justement eben so. Als er ein paar Hiebe gethan hatte, trat der Troll auf ihn zu und sprach: *»Wenn Du in meinem Wald hauest, so tödte ich Dich.«* Der Bursch wagte kaum, ihn anzusehen, warf die Axt weg und machte sich auf die Beine, eben so, wie der Bruder. Als er nach Hause kam, meinte der Vater wieder, da *er* noch jung gewesen, hätten die Trollen ihn niemals gehindert.

Den dritten Tag wollte Aschenbrödel sich aufmachen. »Ja, Du«, sagten die beiden ältesten: »Du sollst wohl Was ausrichten, der Du nie hinter dem Ofen hervorgekommen bist.« Aschenbrödel antwortete Nichts, sondern bat nur um einen guten Sack voll Lebensmittel. Die Mutter hatte kein Fleisch und hängte daher den Kessel über's Feuer, um einiges

Gemüse für ihn zu kochen; das that er in seinen Schnappsack, und damit machte er sich auf. Als er in den Wald gekommen war und eine Zeitlang gehauen hatte, kam ebenfalls der Troll auf ihn zu und sprach: *»Wenn Du in meinem Wald hauest, so tödte ich Dich.«* Der Bursch aber, nicht faul, nahm sogleich einen Käse aus seinem Schnappsack und drückte ihn, daß der Saft herausspritzte. »Hältst Du nicht gleich Dein großes Maul«, sagte er zu dem Trollen: »so werd' ich Dich drücken, wie ich das Wasser aus diesem Stein drücke.« — »Nein, Freund, verschone mich!« sagte der Troll: »ich will Dir auch hauen helfen.« Ja, wenn's so gemeint sei, wollte ihm denn der Bursch auch Nichts thun; und der Troll haute darauf brav zu, so daß sie an dem Tage viele Klafter umhauten. Gegen Abend sagte der Troll: »Nun kannst Du mit mir nach meiner Wohnung kommen, denn das ist näher, als nach Deinem Hause.« Ja, dem Burschen war das recht. Als sie nun in dem Hause des Trollen ankamen, wollte dieser Feuer auf dem Herd anmachen, und der Bursch sollte Wasser zum Grützkessel holen. Aber da standen zwei eiserne Zuber, so groß und so schwer, daß der Bursch sie nicht einmal von der Stelle bewegen konnte; er sagte aber: »Es ist nicht werth, mit diesen kleinen Bütten zu plirren; ich will lieber hingehen und den ganzen Brunnen holen.« — »Nein, Freund«, sagte der Troll: »ich kann meinen Brunnen nicht entbehren. Mach Du lieber Feuer an, dann will ich hingehen und Wasser holen.«

Als der Troll mit dem Wasser zurückkam, kochten sie einen tüchtigen Kessel voll Grütze. »Willst Du, wie ich«, sagte der Bursch: »so wollen wir um die Wette essen.« — »Ja, laß uns das!« sagte der Troll; denn er dachte, hierin würde er es wohl mit dem Burschen aufnehmen können. Als sie sich aber zu Tische setzten, nahm der Bursch seinen Schnappsack und band ihn sich, ohne daß der Troll es bemerkte, vorn um den Leib, und nun schüttete er mehr in den Schnappsack, als er aufaß. Als der Sack voll war, zog er sein Taschenmesser hervor und machte einen Schlitz in seinen Bauch, es war aber der Schnappsack, in den er schnitt. Der Troll sah ihn an, aber sagte Nichts. Als sie eine gute Zeit gegessen hatten, legte der Troll den Löffel nieder. »Nein, nun kann ich nicht mehr!« sagte er. »Du mußt essen«, sagte der Bursch: »ich bin noch nicht einmal halb satt. Mach es, wie ich, und schneide ein Loch in Deinen Bauch, dann kannst Du so Viel essen, als Du willst.« — »Ja, aber das thut wohl gewaltig weh«, sagte der Troll. »O, es ist nicht der Rede werth«, versetzte der Bursch. Da nahm der Troll sein Messer und schnitt sich ein großes Loch in den Bauch, und als er das gethan hatte, fiel er todt zur Erde nieder. Der Bursch aber nahm nun all das Gold und Silber, das er im Berge vorfand, und damit ging er nach Hause; und nun konnte er wohl Etwas von der Schuld abbezahlen.

7.) VON DEM BURSCHEN, DER ZU DEM NORDWIND GING UND DAS MEHL ZURÜCKFORDERTE.

Es war einmal eine alte Frau, die hatte einen Sohn, und da sie schon sehr elend und gebrechlich war und nicht mehr recht fortkonnte, sollte der Bursch für sie aufs Stabur* gehen und Mehl holen. Der Bursch ging auch hin; als er aber wieder die Treppe hinunterstieg, kam der Nordwind gestoben, nahm ihm das Mehl weg und fuhr damit durch die Luft. Der Bursch ging noch einmal aufs Stabur; als er aber die Treppe hinunterstieg, kam der Nordwind abermals gestoben und nahm ihm das Mehl weg, und eben so geschah es auch das dritte Mal. Das verdroß den Burschen, und er meinte, es wäre Unrecht, daß der Nordwind ihm so mitspielen sollte, und er gedachte daher, ihn aufzusuchen und sein Mehl zurückfordern.

Er machte sich nun auf; aber der Weg war lang, und er ging und ging, und endlich kam er zum Nordwind. »Guten Tag!« sagte der Bursch. »Guten Tag!« sagte der Nordwind, und seine Stimme war so grob: »Was willst Du?« — »O«, sagte der Bursch: »ich wollte Dich bitten, mir das Mehl wiederzugeben, das Du mir auf der Staburstreppe nahmst; denn Wenig haben wir nur, und wenn Du uns das Bischen, das wir haben, noch dazu nimmst, so wird's nichts Anders, als Hungerpfotensaugen.« — »Ich habe kein Mehl«, sagte der Nordwind: »aber weil es Dir so dürftig geht, will ich Dir ein Tuch geben, das schafft Dir Alles, was Du Dir nur zu essen wünschest, wenn Du bloß sagst: ›Tuch, deck dich mit allerlei köstlichen Speisen!‹«

Damit war der Bursch sehr wohl zufrieden. Weil aber der Weg so lang war, daß er nicht in einem Tage nach Hause

* Siehe die Note Seite 16.

kommen konnte, kehrte er bei einem Gastwirth an der Landstraße ein. Als nun die Gäste, die schon vor ihm gekommen waren, zu Abend essen wollten, breitete der Bursch sein Tuch auf einem Tisch aus, der in der Ecke stand, und sprach dann: »Tuch, deck dich mit allerlei köstlichen Speisen!« Kaum hatte er das gesagt, so that das Tuch seine Schuldigkeit. Da meinten Alle, besonders die Wirthsfrau, das wäre ein gar herrliches Tuch. Wie es nun Nacht geworden war, und Alle lagen und schliefen, schlich sich die Wirthsfrau herbei und stipitzte das Tuch und legte dann ein andres an die Stelle, das eben so aussah, wie jenes, aber das konnte nicht einmal mit trocknem Brod aufdecken.

Als der Bursch am Morgen erwachte, nahm er sein Tuch und ging damit fort, und an diesem Tage kam er nach Hause zu seiner Mutter. »Nun«, sagte er: »bin ich beim Nordwind gewesen; das ist ein recht schicklicher Mann, denn er hat mir dieses Tuch gegeben, und wenn ich bloß sage: ›Tuch, deck dich mit allerlei köstlichen Speisen!‹ so bekomme ich Alles, was ich mir nur an Essen wünsche.« — »Ja, das mag wahr sein«, sagte die Mutter: »aber ich glaub' es nicht, eh' ich es sehe.« Sogleich stellte der Bursch einen Tisch hin, legte das Tuch darauf und sprach: »Tuch, deck' dich mit allerlei köstlichen Speisen!« Aber das Tuch deckte sich nicht einmal mit einem Stück Brod.

»Es ist kein andrer Rath, ich muß wieder zum Nordwind«, sagte der Bursch und machte sich auf den Weg. »Guten Tag!« sagte er, als er beim Nordwind ankam. »Guten Tag!« sagte der Nordwind: »Was willst Du?« — »Ich wollte gern Ersatz für's Mehl haben, das Du mir nahmst«, sagte der Bursch: »denn das Tuch, das Du mir gegeben hast, taugt nichts.« — »Ich habe kein Mehl«, sagte der Nordwind: »aber da hast Du einen Bock, der macht lauter Goldducaten, wenn Du bloß sagst: ›Bock, mach Gold!‹« Damit war der Bursch wohl zufrieden; weil er aber so weit nach Hause hatte, daß er an *einem* Tage nicht hinkommen konnte, nahm er wieder Nachtherberge bei dem Gastwirth. Eh' er aber Etwas zu essen verlangte, probirte er seinen Bock, um zu sehen, ob es auch wahr sei, was der Nordwind ihm gesagt hatte; die Sache verhielt sich aber wirklich so. Als der Gastwirth das Experiment sah, meinte er, das wäre ein prächtiges Thier;

und wie der Bursch eingeschlafen war, holte er sich den Bock und setzte einen andern an die Stelle, der machte aber keine Goldducaten.

Am andern Morgen ging der Bursch weiter, und als er nach Hause zu seiner Mutter kam, sagte er: »Der Nordwind ist dennoch ein guter Mann; er hat mir jetzt einen Bock gegeben, der macht lauter Goldducaten, wenn ich bloß sage: ›Bock, mach Gold!‹« — »Das könnte wahr sein«, sagte die Mutter: »aber es ist wohl nur wieder Schnickschnack, und ich glaub' es nicht, eh' ich es sehe.« — »Bock, mach Gold!« sagte der Bursch; aber es war kein Gold, was der Bock machte.

Da ging der Bursch wieder zum Nordwind und sagte, der Bock tauge nichts, und er wolle Ersatz für's Mehl haben. »Ja, nun hab' ich Dir nichts Anders zu geben«, sagte der Nordwind: »als den alten Stock, der da in der Ecke steht, der hat aber die Eigenschaft, daß, wenn Du sagst: ›Stock, schlag' zu!‹ er so lange zuschlägt, bis Du wieder sagst: ›Stock, steh' still!‹« — Weil nun der Weg nach Hause wieder nicht kurz war, so kehrte der Bursch auch an dem Abend wieder bei dem Gastwirth ein. Da er aber wohl so halbweges begreifen konnte, wie es mit dem Tuch und dem Bock zugegangen war, streckte er sich sogleich auf die Bank hin und fing an zu schnarchen. Der Wirth, der sich wohl denken mochte, daß der Stock zu Etwas tauge, suchte einen andern hervor, der diesem ganz ähnlich war und wollte ihn an die Stelle setzen, denn er glaubte nicht anders, als daß der Bursch schliefe. Wie aber der Gastwirth den Stock wegnehmen wollte, rief der Bursch: »Stock, schlag' zu!« Der Stock auf den Gastwirth los, daß dieser über Tisch und Bänke fuhr und rief und bat: »Ach Herrgott! Herrgott! laß bloß den Stock wieder aufhören, sonst schlägt er mich noch todt! Ich will Dir auch gern Dein Tuch und Deinen Bock wiedergeben.« Als es dem Burschen schien, daß der Gastwirth wohl Genug hätte, rief er: »Stock, steh' still!« Er nahm nun sein Tuch und steckte es in die Tasche, band dem Bock eine Schnur um die Hörner und nahm den Stock in die Hand, und fort ging er mit Allem, bis er nach Hause zu seiner Mutter kam; und nun hatte er guten Ersatz für's Mehl bekommen.

8.) DIE JUNGFRAU MARIA ALS GEVATTERINN.

Weit, weit von hier in einem großen Wald wohnten ein Paar arme Leute. Die Frau kam ins Kindbett und gebar ein allerliebstes Töchterchen; aber da die Leute so arm waren, wußten sie nicht, wie sie das Kind getauft bekommen sollten. Da mußte der Mann sich aufmachen und zusehen, ob er nicht Gevattern bekommen könne, die für ihn das Taufgeld bezahlten. Er ging den ganzen Tag von Einem zum Andern, aber Gevatter wollte Niemand sein. Gegen Abend, als er nach Hause ging, begegnete ihm eine sehr schöne Frau, die hatte so prächtige Kleider an und sah so gutmüthig und freundlich aus und erbot sich, das Kind zur Taufe zu schaffen, wenn sie es nachher behalten solle. Der Mann antwortete, er müßte erst seine Frau fragen. Aber als er nach Hause kam und ihr die Sache vorstellte, sagte sie platt aus nein. Am andern Tage ging der Mann wieder aus; aber Gevattern wollten sie Alle nicht sein, wenn sie selbst das Taufgeld bezahlen sollten, und wie viel der Mann sie auch bitten mochte, so half doch Alles nichts. Als er am Abend nach Hause ging, begegnete ihm wieder die schöne Frau, die so sanft aussah, und sie machte ihm wieder dasselbe Anerbieten. Der Mann erzählte nun seiner Frau, Was ihm abermals begegnet war, und die sagte darauf, wenn er auch den nächsten Tag keine Gevattern zu dem Kind bekommen könne, so müßten sie es wohl der Frau überlassen, da sie doch so gut und freundlich aussähe. Der Mann ging nun zum dritten Mal aus, bekam aber auch an diesem Tage keine Gevattern; und als ihm daher am Abend wieder die freundliche Frau begegnete, versprach er ihr das Kind, wenn sie es wollte taufen lassen. Am andern Morgen kam die Frau in die Hütte des Mannes und hatte noch zwei Männer bei sich. Sie nahm nun das Kind und ging damit in die Kirche, und da wurde es getauft; darauf nahm sie es mit sich, und das kleine Mädchen blieb bei ihr mehrere Jahre lang, und die Pflegemutter war immer gut und freundlich gegen sie.

Als nun das Mädchen so groß geworden war, daß es schon unterscheiden konnte, und Verstand bekam, wollte die Pflegemutter einmal eine Reise machen. »Du darfst in alle Zimmer gehen, in welche Du willst«, sagte sie zu dem Mädchen: »nur in diese drei Zimmer darfst Du nicht gehen«, und darauf reiste sie fort. Das Mädchen konnte es aber nicht unterlassen, die Thür zu dem einen Zimmer ein wenig zu öffnen — und wutsch! so flog ein Stern heraus. Als die Pflegemutter nach Hause kam, betrübte es sie sehr, daß der Stern herausgeflogen war, und so unwillig war sie auf ihre Pflegetochter, daß sie ihr drohte, sie fortjagen zu wollen. Aber das Mädchen bat und weinte so lange, bis sie endlich doch bleiben durfte. — Nach einiger Zeit wollte die Pflegemutter abermals verreisen und verbot nun dem Mädchen, beileibe nicht in die zwei Zimmer zu gehen, in welchen sie noch nicht gewesen sei. Das Mädchen versprach ihr nun auch, sie wolle diesmal gehorsam sein. Als sie aber eine Zeitlang allein gewesen war und sich allerlei Gedanken gemacht hatte, Was doch wohl in dem zweiten Zimmer sein möchte, konnte sie sich nicht enthalten, auch die zweite Thür ein wenig zu öffnen — und wutsch! flog der Mond heraus. Als die Pflegemutter zurückkehrte und sah, daß der Mond herausgeschlüpft war, ward sie wieder sehr betrübt und sagte zu dem Mädchen, nun könne sie sie durchaus nicht länger behalten, sie müsse jetzt fort. Aber da das Mädchen wieder so bitterlich weinte und gar zu artig bat, so durfte sie denn auch noch diesmal bleiben. — Nach einiger Zeit wollte die Pflegemutter abermals verreisen, und da legte sie es dem Mädchen, das nun schon halb erwachsen war, recht ernstlich ans Herz, es ja nicht versuchen zu wollen, in das dritte Zimmer zu gehen, oder auch nur hineinzugucken. Als aber die Pflegemutter eine Zeitlang verreist war, und das Mädchen so allein ging und sich langweilte, konnte sie es zuletzt nicht mehr aushalten. »Ach«, dachte sie: »wie artig es sein müßte, ein wenig in das dritte Zimmer zu gucken!« Sie dachte zwar erst, sie wollte es doch nicht thun, der Pflegemutter wegen; aber als sie wieder auf den Gedanken zurückkam, konnte sie sich doch nicht länger halten; sie meinte, sie solle und müsse durchaus hineingucken, und da machte sie die Thür ein ganz klein wenig auf — und wutsch! flog die Sonne heraus. Als die Pflegemutter nun zurückkehrte und sah, daß die Sonne hinausgeflogen war, ward sie so herzlich betrübt und sagte zu dem Mädchen, nun könne sie durchaus nicht länger bei ihr bleiben. Die Pflegetochter weinte und bat noch artiger, als zuvor; aber es half Alles nichts. »Nein, ich muß Dich jetzt strafen«, sagte die Pflegemutter: »aber Du sollst die Wahl haben, entweder das allerschönste Frauenzimmer zu werden und nicht sprechen zu können, oder das allerhäßlichste und sprechen zu können; aber weg von hier mußt Du.« Das Mädchen sagte: »So will ich denn lieber das allerschönste Frauenzimmer werden und nicht sprechen können«, — und das ward sie denn auch; aber von der Zeit an war sie stumm.

Als nun das Mädchen ihre Pflegemutter verlassen hatte und eine Zeitlang fortgewandert war, kam sie in einen großen, großen Wald; aber so weit sie auch ging, so konnte sie doch nie das Ende erreichen. Als es Abend wurde, kletterte sie auf einen hohen Baum, der oberhalb einer Quelle stand, und setzte sich darin zum Schlafen nieder. Nicht weit davon aber lag ein Königsschloß, und aus diesem kam früh am andern Morgen eine Dirne und wollte Wasser zum Thee für den Prinzen aus der Quelle holen. Als nun die Dirne das schöne Gesicht in der Quelle sah, glaubte sie, es wäre ihr eignes; sie warf sogleich den Eimer hin, lief nach Hause, hielt den Nacken steif und sagte: »Bin ich so schön, so bin ich auch wohl zu gut, um Wasser im Eimer zu holen.« Nun sollte eine Andre hin und Wasser holen; aber mit der ging es eben so: sie kam auch zurück und sagte, sie wäre viel zu schön und zu gut, um nach der Quelle zu gehen und Wasser für den Prinzen zu holen. Da ging der Prinz selbst hin; denn er wollte sehen, wie das zusammenhing. Als er nun zu der Quelle kam, erblickte er ebenfalls das Bild, und sogleich sah er nach dem Baum hinauf. Da ward er denn das schöne Mädchen gewahr, das dort in den Zweigen saß. Er schmeichelte sie herunter und nahm sie mit nach Hause und wollte sie durchaus zur Gemahlinn haben, weil sie so schön war. Aber seine Mutter, die noch lebte, machte Einwendungen: »Sie kann nicht sprechen«, sagte sie: »es mag daher wohl ein Trollmensch sein.« Aber der Prinz gab sich nicht eher zufrieden, bis er sie bekam. Als er nun eine Zeitlang mit ihr zusammengelebt hatte, ward sie schwanger, und wie sie gebären sollte, stellte der Prinz eine starke Wache um sie her. Aber in der Geburtsstunde schliefen alle ein; und als sie geboren hatte, kam ihre Pflegemutter, schnitt das Kind in den kleinen Finger und bestrich der Königinn mit dem Blute den Mund und die Hände und sagte: »Nun sollst Du eben so betrübt werden, als ich damals war, wie Du den Stern hattest hinausschlüpfen lassen«, und darauf verschwand sie mit dem Kinde. Als Die, welche der Prinz zur Bewachung hingestellt hatte, die Augen wieder aufschlugen, glaubten sie, die Königinn hätte ihr Kind aufgefressen, und die alte Königinn wollte daher, daß man sie verbrennen solle; aber der Prinz hatte sie so herzlich lieb, und nach vielem Bitten gelang es ihm, sie von der Strafe zu befreien, aber es war nur mit genauer Noth. Als die Königinn zum zweiten Mal ins Wochenbett sollte, wurde eine Wache um sie gestellt, die war doppelt so stark, als die erste. Aber es ging wieder eben so, wie das vorige Mal, nur daß jetzt die Pflegemutter zu ihr sagte: »Nun sollst Du eben so betrübt werden, als ich damals war, wie Du den Mond hattest hinausschlüpfen lassen.« Die Königinn weinte und bat, — denn wenn die Pflegemutter da war, konnte sie sprechen — aber es half Alles nichts. Nun wollte die alte Königinn durchaus, daß sie verbrannt werden sollte; aber der Prinz bat sie auch noch dieses Mal frei. Als die Königinn zum dritten Mal ins Kindbett sollte, ward eine dreidoppelte Wache um sie gestellt; aber es ging wieder ganz so, wie zuvor: die Pflegemutter kam, während die Wache schlief, nahm das Kind, schnitt es in den kleinen Finger und strich der Königinn das Blut um den Mund; nun, sagte sie, solle sie eben so betrübt werden, als sie selbst damals gewesen sei, wie sie die Sonne hatte hinausschlüpfen lassen. Jetzt konnte der Prinz sie auf keine Weise mehr retten, sie mußte und sollte verbrannt werden. Aber grade in dem Augenblick, da man sie auf den Scheiterhaufen brachte, erschien die Pflegemutter mit allen drei Kindern; die beiden ältesten führte sie an der Hand, und das jüngste trug sie auf dem Arm. Sie trat auf die junge Königinn zu und sprach: »Hier sind Deine Kinder, ich gebe sie Dir jetzt zurück. Ich bin die Jungfrau Maria, — und so betrübt, als Du nun gewesen bist, so betrübt war ich damals, als Du den Stern, den

Mond und die Sonne hattest hinausschlüpfen lassen. Jetzt hast Du für Das, was Du gethan, Deine Strafe erlitten, und von nun an sollst Du wieder sprechen können.« Wie froh da der Prinz und die Prinzessinn waren, das lässt sich wohl denken, aber nicht beschreiben; sie lebten nachher immer glücklich zusammen, und auch des Prinzen Mutter hatte von der Zeit an die junge Königinn recht lieb.

9.) *DIE DREI PRINZESSINNEN AUS WITTENLAND.*

Es war einmal ein Fischer, der wohnte nicht weit vom Schloß und fischte für des Königs Tisch. Eines Tages, als er wieder auf den Fang ausgegangen war, konnte er nicht *einen* Fisch bekommen; er mochte es anfangen, wie er wollte, und noch so viel fischen und angeln, so hing doch nie eine Gräte am Haken. Als es aber schon spät am Tage war, tauchte ein Kopf aus dem Wasser hervor und sprach: »Willst Du mir Das geben, was Deine Frau unter dem Gürtel trägt, so sollst Du Fische genug haben.« Der Mann sagte gleich Ja; denn er wußte nicht, daß seine Frau schwanger war. Darnach bekam er aber auch Fische den Tag, so viel er nur wollte. Als er am Abend nach Hause kam und erzählte, wie er all die Fische bekommen, fing die Frau an zu jammern und zu weinen, und sagte, Gott möge ihr gnädig sein wegen des Versprechens, das der Mann gethan hätte, denn sie trüge ein Kind unter dem Gürtel. Man sprach bald auf dem Schloß davon, daß die Frau des Fischers immer so betrübt wäre; und als der König das hörte und die Ursache erfuhr, versprach er dem Fischer, er wolle das Kind zu sich nehmen und es zu retten suchen. Die Zeit verstrich, und als die Frau gebären sollte, brachte sie einen Knaben zur Welt, den nahm der König zu sich und erzog ihn wie seinen eignen Sohn. Als der Knabe nun herangewachsen war, bat er den König eines Tages, seinen Vater auf den Fischfang begleiten zu dürfen, er hätte so große Lust zu fischen, sagte er. Der König wollte anfangs nicht, aber weil der Bursch so anhaltend bat, erlaubte er es ihm endlich. Der Sohn begleitete nun seinen Vater auf den Fischfang, und Alles ging den Tag über gut, bis am Abend, da sie wieder ans Land kamen. Da ward der Bursch gewahr, daß er sein Taschentuch im Boot vergessen hatte, und er wollte hingehen und es sich holen.

Kaum aber war er ins Boot gekommen, so sauste dieses mit ihm fort, daß nur das Wasser so schäumte, und wie sehr der Bursch auch rudern und arbeiten mochte, so half ihm doch Alles nichts; das Boot sauste fort, bis es weit weg an ein weißes Sandufer trieb. Da ging der Bursch ans Land, und wie er eine Strecke gegangen war, begegnete ihm ein alter Mann mit einem weißen Bart; den fragte der Bursch: »Wie heißt dieses Land?« — *»Witenland«,* antwortete der Mann; darauf fragte er den Burschen, wo er her wäre, und wo er hin wolle. Als dieser es ihm gesagt hatte, sprach der Mann: »Wenn Du diesen Strand entlang gehst, so kommst Du zu drei Prinzessinnen, welche in die Erde gesenkt stehen, so daß nur der Kopf hervorragt. Sobald sie Dich erblicken, wird die erste, welche die älteste ist, wohl rufen und Dich bitten, ihr zu Hülfe zu kommen, und eben so wird es mit der zweiten geschehen; aber zu keiner von diesen beiden sollst Du hingehen; beeile Dich nur, ihnen vorüberzukommen, und thue, als ob Du sie gar nicht bemerktest, aber zu der dritten sollst Du hingehen und thun, um Was sie Dich bittet; denn es wird Dein Glück sein.«

Als der Bursch nun zu der ersten von den Prinzessinnen kam, rief diese und bat ihn so flehentlich, er möchte doch zu ihr kommen; aber er ging ihr vorüber, als ob er sie ganz und gar nicht bemerkte, eben so auch der zweiten, aber zu der dritten ging er hin. »Willst Du thun, Was ich Dir sage, so sollst Du haben, Welche von uns Dreien Du willst«, sagte die Prinzessinn. Ja, das wollte der Bursch gern, und nun erzählte sie ihm, daß sie hier von drei Trollen wären versenkt worden; früher aber hätten sie auf dem Schloß gewohnt, das er dort drüben im Walde sehen könne. »Nun mußt Du«, sagte sie: »in das Schloß gehen und Dich von den Trollen eine Nacht für Jede von uns peitschen lassen; kannst Du das aushalten, so errettest Du uns.« — Ja, antwortete der Bursch: er wollt's versuchen. — »Wenn Du in das Schloß gehst«, sagte die Prinzessinn weiter: »so stehen da zwei Löwen in der Pforte, aber gehe nur mitten zwischen ihnen hindurch, so thun sie Dir Nichts. Gehe dann grade aus in ein kleines Zimmer, und da lege Dich nieder. Dann kommt der Troll an und schlägt Dich; aber wenn er Dich genug geschlagen hat, so wasche Dich nur mit dem Wasser aus der Flasche, die dort an der Wand hangt, dann wirst Du sogleich wieder gesund, und darnach nimm das Schwert, das neben der Flasche hangt, und tödte damit den Trollen.« Ja, der Bursch that, wie die Prinzessinn ihm gesagt hatte: er ging mitten zwischen den Löwen hindurch, als ob er sie gar nicht beachte, schritt dann grade aus in die kleine Kammer, und da legte er sich nieder. Die erste Nacht kam ein Troll mit drei Köpfen und drei Ruthen und peitschte den Burschen gottsjämmerlich; aber dieser hielt Alles ruhig aus, bis der Troll fertig war; da nahm der Bursch die Flasche und wusch sich damit die Wunden, ergriff dann das Schwert und haute dem Trollen den Kopf ab. Als er nun am andern Morgen zu den Prinzessinnen kam, standen diese bis an den Gürtel über der Erde. Die zweite Nacht ging es eben so; aber der Troll, welcher jetzt kam, hatte sechs Köpfe und sechs Ruthen und peitschte ihn noch weit ärger, als der vorige. Als aber der Bursch am Morgen zu den Prinzessinnen kam, standen diese nur noch bis ans Schienbein in der Erde. In der dritten Nacht kam ein Troll, der hatte neun Köpfe und neun Ruthen und schlug und peitschte den Burschen so lange, bis dieser zuletzt ohne Bewusstsein umfiel. Da nahm ihn der Troll und warf ihn gegen die Wand, aber bei der Gelegenheit fiel die Flasche herunter und bespritzte den Burschen über und über, so daß er augenblicklich wieder gesund ward. Er nun nicht faul, ergriff das Schwert und hieb damit dem Trollen den Kopf ab; und als er darauf am Morgen zu den Prinzessinnen kam, standen diese mit dem ganzen Leibe über der Erde. Nun heirathete er die jüngste von ihnen und wurde darauf König, und lebte glücklich und zufrieden mit ihr eine lange Zeit.

Da bekam er einmal so große Lust, wieder nach Hause zu reisen und seine Ältern zu besuchen. Das gefiel aber der Königinn, seiner Gemahlinn, gar nicht; weil er aber nun durchaus fort wollte und mußte, sagte sie zu ihm: »Eins mußt Du mir jedoch versprechen, daß Du nämlich bloß Das thun willst, um was Dein Vater Dich bittet, aber nicht Das, um was Deine Mutter Dich bittet«, und das versprach er ihr denn auch. Darauf gab sie ihm einen Ring, der hatte die Eigenschaft, daß Der, welcher ihn am Finger trug, zwei Wünsche thun konnte. Er wünschte sich nun nach

Hause, und als die Ältern ihn sahen, konnten sie sich nicht genug darüber verwundern, wie stattlich und prächtig er aussah.

Als er nun einige Tage zu Hause gewesen war, wollte seine Mutter, er sollte aufs Schloß gehen und dem König zeigen, was für ein Mann aus ihm geworden sei. Der Vater aber sagte: »Nein, das soll er nicht; denn alsdann können wir nicht länger die Freude haben, ihn bei uns zu sehen.« Aber es half nichts; die Mutter bat und quälte ihn so lange, bis er endlich ging. Als er nun auf's Schloß kam, war er weit stattlicher an Kleidern und in Allem, als der andre König; das war diesem nun gar nicht recht, und er sagte daher: »Ja, aber nun sollst Du meine Gemahlinn sehen; ich glaube nicht, daß Deine so schön ist, wie meine.« — »Gott gäbe, sie stände hier, so solltest Du es sehen!« sagte der junge König, und sogleich stand sie da; aber sie war sehr betrübt und sagte: »Warum hast Du mir nicht gehorcht und nur auf Das gehört, was Dein Vater Dir sagte? Nun muß ich wieder fort, und Du hast keine Wünsche mehr.« Darauf knüpfte sie ihm einen Ring ins Haar, worauf ihr Name stand, und wünschte sich wieder nach Hause.

Da ward der junge König sehr betrübt und dachte an nichts Anders, als wie er nur wieder zu seiner Gemahlinn kommen sollte. »Ich muß sehen, ob ich nicht irgendwo erfahren kann, wo Witenland liegt«, dachte er und begab sich auf den Weg. Als er ein Ende gegangen war, begegnete ihm Einer, der war Herr über alle Thiere im Walde, und sie kamen zu ihm, wenn er nur in sein Horn blies; den fragte der König nach Witenland. »Ich weiß nicht, wo es liegt«, sagte der Mann: »aber ich will meine Thiere fragen.« Darauf blies er sie herbei und fragte, ob nicht Einer von ihnen wüßte, wo Witenland läge; aber das wußte Keiner.

Da gab der Mann ihm ein Paar Schneeschuhe. »Wenn Du die anhast«, sagte er: »kommst Du zu meinem Bruder, der über hundert Meilen weit von hier wohnt; der ist Herr über alle Vögel in der Luft, Du kannst den fragen. Wenn Du aber dort angekommen bist, so kehre die Schuhe nur um, so daß die Spitze nach hier wendet, dann gehn sie von selbst wieder nach Hause.« Als der König nun an Ort und Stelle gekommen war, kehrte er die Schneeschuhe um, wie der Herr über die Thiere ihm gesagt hatte, und darauf gingen sie von selbst wieder nach Hause.

Er fragte nun wieder nach Witenland, und der Mann blies alle Vögel herbei und fragte sie, ob nicht Einer von ihnen wüßte, wo Witenland läge. Nein, das wußte wieder Keiner. Lange nach den andern Vögeln kam auch noch ein alter Adler, der zehn Jahre lang in der Fremde gewesen war, aber der wußte es auch nicht. »Nun«, sagte der Mann: »dann will ich Dir ein Paar Schneeschuhe leihen; wenn Du die anhast, kommst Du zu meinem Bruder, der hundert Meilen weit von hier wohnt; er ist Herr über alle Fische im Meer, Du mußt den fragen; vergiß aber nicht, die Schuhe wieder umzukehren, wenn Du dort angekommen bist.« Der König dankte dem Mann und legte die Schuhe an. Als er nun zu Dem gekommen war, der Herr über alle Fische im Meer war, kehrte er die Schuhe wieder um, worauf diese, eben so, wie die andern, wieder nach Hause gingen.

Der König fragte nun wieder nach Witenland. Da blies der Mann alle Fische herbei; aber auch von ihnen wußte Keiner Bescheid. Endlich kam ein alter, alter Hecht; der Mann hatte viele Mühe, ihn herbeizublasen, und als er ihn nach Witenland fragte, antwortete der Hecht: »Ja, da bin ich gut bekannt; denn ich bin da zehn Jahre lang Koch gewesen. Morgen soll ich wieder dahin; denn die Königinn, die ihren Gemahl verloren hat, macht morgen wieder Hochzeit.« — »Wenn es sich so verhält, so will ich Dir einen guten Rath geben«, sagte der Mann: »Hier draußen auf einem Erlenmoor stehn drei Brüder, die haben da schon hundert Jahre gestanden und sich um einen Hut, einen Mantel und ein Paar Stiefeln gebalgt. Wenn Einer die drei Dinge hat, so kann er sich unsichtbar machen und sich so weit weg wünschen, als er will. Du kannst sagen, Du wolltest die Sachen probiren und nachher zwischen ihnen das Urtheil sprechen.« Der König dankte dem Mann und that, wie er ihm gesagt hatte. »Was steht Ihr hier beständig und balgt Euch?« sagte er, als er zu den drei Brüdern gekommen war: »lasst mich die Dinge probiren, dann will ich das Urtheil zwischen Euch sprechen.« Ja, das wollten sie gern. Als er aber den Hut, den Mantel und die Stiefeln bekommen hatte, sagte er: »Wenn wir uns das nächste Mal wiedersehen, sollt

Ihr das Urtheil erfahren«, und damit wünschte er sich fort. Als er durch die Luft fuhr, traf er mit dem Nordwind zusammen. »Wo willst Du hin?« fragte ihn der Nordwind. »Nach Witenland«, sagte der König und erzählte ihm, Was ihm begegnet war. »Ja, Du fährst wohl etwas schneller, als ich«, sagte der Nordwind; »ich muß nun in jeden Winkel und wehen und pusten. Wenn Du aber an Ort und Stelle kommst, so stelle Dich nur auf die Treppe neben der Thür hin; dann werde ich gesaust kommen, als wollte ich das ganze Schloß umwehen. Wenn dann der Prinz, der Deine Gemahlinn haben soll, herauskommt und sehen will, Was es giebt, so faß ihn nur beim Kragen und wirf ihn hinaus; dann will ich schon zusehen, wie ich ihn fortschaffe.« Ja, der König that, wie ihm der Nordwind gesagt hatte: er stellte sich auf die Treppe hin, und als der Nordwind gesaust und gebraust kam und einen Griff ins Schloßdach that, so daß es bebte und krachte, ging der Prinz hinaus und wollte sehen, Was es gab. Aber in demselben Augenblick ergriff der König ihn beim Kragen und warf ihn hinaus. Da nahm ihn der Nordwind und fuhr mit ihm davon. Als der König so mit guter Manier den Prinzen quitt geworden war, ging er ins Schloß. Anfangs erkannte die Königinn ihn nicht, weil er durch das lange Wandern und seinen heftigen Kummer so bleich und mager geworden war. Als er ihr aber den Ring zeigte, ward sie herzlich froh; und nun wurde mit großem Jubel erst die rechte Hochzeit gefeiert.

10.) ES GIEBT NOCH MEHR SOLCHE WEIBER.

Es war einmal ein Mann und eine Frau, die wollten säen, aber sie hatten kein Saatkorn und auch kein Geld, sich etwas zu kaufen. Eine einzige Kuh hatten sie, und mit der sollte der Mann in die Stadt gehen und sie verkaufen, damit sie Geld zu Saatkorn bekämen. Als es aber zum Stücke kam, wagte die Frau es nicht, den Mann allein reisen zu lassen, denn sie fürchtete, er möchte das Geld vertrinken. Sie machte sich daher selbst mit der Kuh auf den Weg und nahm auch noch ein Huhn mit.

Dicht bei der Stadt begegnete ihr ein Schlachter. »Willst Du die Kuh verkaufen, Mutter?« fragte er sie. »Ja«, sagte die Frau. »Was willst Du denn dafür haben?« — »Für die Kuh verlange ich drei Groschen«, sagte sie: »aber das Huhn sollst Du für acht Thaler haben.« — »Das Huhn kann ich nicht gebrauchen«, sagte der Schlachter: »und das wirst Du schon los, wenn Du zur Stadt kommst; aber für die Kuh will ich Dir drei Groschen geben.« Sie verkaufte ihm nun die Kuh und erhielt ihre drei Groschen; aber in der Stadt war Niemand, der acht Thaler für ein magres schäbiges Huhn geben wollte. Die Frau ging deshalb wieder zurück zum Schlachter und sagte: »Gevatter, ich kann mein Huhn nicht los werden; Du musst es mir auch nur abkaufen, da Du doch einmal die Kuh bekommen hast.« — »Nun, wir werden schon Handels eins werden«, sagte der Schlachter. Darauf tractirte er sie mit Essen und gab ihr so viel Branntwein, daß sie trunken ward und Sinn und Verstand verlor.

Während sie nun da lag und schlief, tauchte der Schlachter sie in ein Theerfaß und legte sie dann in einen Federhaufen.

Als sie darauf erwachte, war sie über und über gefiedert und wunderte sich und sprach: »Bin ich's, oder bin ich's nicht? Nein, ich kann's nicht sein, das muß ein großer sonderbarer Vogel sein. Wie soll ich's doch nur erfahren, ob ich's bin, oder nicht? Ja, nun weiß ich's: wenn mich die Kälber lecken, und der Hund mich nicht anbellt, wenn ich nach Hause komme, so bin ich's.«

Der Hund aber sah kaum das Unthier, so fing er an zu bellen, als ob Schelme und Diebe auf den Hof gekommen wären. »Nein, das kann ich unmöglich sein«, sagte sie. Als sie in den Stall kam, wollten die Kälber sie nicht lecken wegen des strengen Theergeruchs. »Nein, das kann ich nicht sein«, sagte sie, stieg auf das Staburdach und fing an, mit den Armen zu schlagen, als ob es Flügel wären, und sie in die Höhe wollte. Als der Mann das gewahr ward, kam er mit der Büchse heraus und zielte nach ihr. »Ach, schieß nicht! schieß nicht!« rief sie: »das bin ich.« — »Bist Du es?« sagte der Mann: »was stehst Du denn da, wie eine Ziege? Komm herunter und thu mir Rechenschaft von Deinem Verkauf!« Sie kroch nun herunter, aber sie hatte nicht einen Heller; denn die drei Groschen, die sie vom Schlachter bekommen hatte, die hatte sie in ihrer Besoffenheit weggeworfen; und als der Mann nun hörte, wie Alles zugegangen war, ward er so zornig, daß er sagte, er wolle von Haus und Hof gehen und nicht eher zurückkehren, als bis er drei andre Weiber fände, die eben so unklug wären.

Er machte sich nun auf den Weg, und als er eine Strecke gegangen war, erblickte er eine neu aufgezimmerte Hütte, und ein Weib lief mit einem leeren Sieb aus und ein; aber so oft sie hineinlief, warf sie die Schürze über das Sieb, als ob sie Etwas drin hätte. »Warum thut Ihr das, Mutter?« fragte er die Frau. »O, ich will nur ein wenig Sonne hineintragen«, sagte sie: »aber ich weiß nicht, wie es recht zugeht: wenn ich draußen bin, habe ich die Sonne im Sieb, aber sobald ich hineinkomme, ist sie weg. Da ich noch in meiner alten Hütte wohnte, hatte ich Sonne genug, obgleich ich nie das Geringste hineintrug. Wenn mir nur Einer Sonne schaffen könnte, so wollt' ich ihm gern dreihundert Thaler geben.« — »Habt Ihr eine Axt«, sagte der Mann: »so will ich Euch schon Sonne verschaffen.« Er bekam nun eine Axt und damit haute er die Fensterlöcher hinein, denn die hatte der Zimmermann vergessen. Sogleich schien nun die Sonne hindurch, und er bekam seine dreihundert Thaler. »Das war Eine!« dachte der Mann und ging weiter.

Nach einer Weile kam er zu einem Hause, in welchem er ein entsetzliches Geschrei hörte. Er ging hinein, und da sah er nun eine Frau, die damit beschäftigt war, ihrem Mann den Kopf mit einem Waschbläuel zu bearbeiten; über den Kopf hatte sie ein Hemd ohne Halsloch gezogen. »Wollt Ihr Euern Mann todtschlagen, Mutter?« fragte er. »Nein«, sagte sie: »ich will nur ein Halsloch in dieses Hemd haben.« Der Mann schrie und geberdete sich übel und sprach: »Gott tröste Den, der ein neues Hemd anhaben soll! Wenn Jemand meiner Frau lehren könnte, ein Halsloch auf eine andre Manier ins Hemd zu kriegen, so wollt' ich ihm gern dreihundert Thaler geben.« — »Das soll bald gethan sein; gebt mir nur eine Schere«, sagte der Andre. Er bekam nun eine Schere, schnitt ein Loch ins Hemd und ging mit seinen Dreihundert davon. »Das war die Zweite!« sagte er bei sich selbst.

Endlich kam er zu einem Bauerhof, wo er sich eine Weile auszuruhen gedachte. Als er in die Stube trat, fragte die Frau ihn: »Wo seid Ihr her, Gevatter?« — »Ich bin aus Ringelreich«, antwortete er. »Nein, was Ihr sagt! seid Ihr aus dem Himmelreich?* Dann kennt Ihr auch wohl den zweiten Peter, meinen seligen Mann.« — Die Frau war nämlich zum dritten Mal verheirathet; ihr erster und ihr letzter Mann waren schlimm; darum glaubte sie, daß nur der zweite, der gut gewesen war, selig geworden sei. — »Ja, den kenn' ich sehr gut«, sagte er. »Wie geht's ihm denn?« fragte die Frau. »O, es geht ihm nur dürftig«, erwiederte der Ringelreicher: »er schlendert von einem Hof zum andern und hat weder Essen in der Schüssel, noch Kleider auf dem Leibe — an Geld ist nun gar nicht zu denken.« — »Ach, Gott helf mir!« rief die Frau: »er brauchte eben nicht so elend einherzugehen, er, der so Viel hinterlassen hat; hier hangt ein ganzer Boden voll Kleider, die ihm gehörten, und eine große Kiste mit Geld steht hier auch; wenn Ihr's mitnehmen wollt, Gevatter, so will ich Euch gern ein Pferd und einen Karren geben, damit Ihr's fortschaffen könnt; das Pferd kann er da behalten, und auf dem Karren kann er sitzen und von einem

* Im Norwegischen ist das Wortspiel: *Ringerige* und *Himmerige*. *Ringerige* heißt übrigens eine alte Provinz in Norwegen.

Hof zum andern fahren, denn er hat es eben nicht nöthig, zu Fuß zu gehen.« Der Ringelreicher erhielt nun eine ganze Karrenfuhre voll Kleider und eine Kiste voll blankes Silbergeld und so viel Essen und Trinken, als er nur wollte, und damit setzte er sich auf und fuhr davon. »Das war die Dritte!« sagte er bei sich selbst.

Aber draußen auf dem Felde ging der dritte Mann der Frau und pflügte, und da er Jemanden, den er nicht kannte, mit seinem Pferd und seinem Karren abreisen sah, ging er nach Hause zu seiner Frau und fragte sie, was Das für Einer wäre, der mit seinem blauen Pferd davon reiste. »Ach Der«, sagte die Frau: »das war ein Mann aus dem Himmelreich; er sagte, daß es dem zweiten Peter, meinem seligen Mann, so schlecht gehe, daß er von Hof zu Hof schlendern müsse und weder Kleider, noch Geld hätte; darum schickte ich ihm alle seine alten Kleider, die hier hangen, und auch die alte Geldkiste mit dem Silbergeld.« Als der Mann das hörte, merkte er sogleich, Was die Uhr geschlagen hatte, sattelte sein Pferd und ritt in vollem Galopp davon. Es dauerte nicht lange, so war er dicht hinter dem Ringelreicher. Wie dieser ihn aber gewahr ward, fuhr er den Karren ins Unterholz, riß dem Pferd eine Handvoll Haare aus und lief auf einen Hügel, wo er die Pferdehaare an eine Birke band; darnach legte er sich darunter auf die Erde hin und glotzte und stierte in die Wolken. »Nein! nein!« sagte er so bei sich selbst, als der dritte Peter geritten kam: »nein, so Was hab' ich noch in meinem Leben nicht gesehen!« Peter sah ihm verwundert eine Weile zu, endlich fragte er ihn: »Was liegst Du da und glotzäugst?« — »Nein, so Was hab' ich noch mein Lebtag nicht gesehen!« sagte der Andre: »Hier fuhr so eben Einer mit einem blauen Pferd grade zum Himmel hinauf; da siehst Du noch die Haare, die an der Birke hangen, und da oben in den Wolken siehst Du das blaue Pferd.« Peter sah bald zu den Wolken hinauf, bald nach Dem, welcher da lag und stierte; endlich sagte er: »Ich sehe Nichts, als nur die Pferdehaare an der Birke.« — »Nein, Du kannst es da auch nicht sehen«, sagte der Andre: »aber komm hieher und lege Dich auf diese Stelle hin, und dann mußt Du grade in die Wolken sehen, und die Augen nicht wegkehren.« Als nun der dritte Peter da lag und in die Wolken starrte, daß ihm die Augen voll Wasser liefen, schwang der Ringelreicher sich auf das Pferd und machte sich sowohl mit diesem, als mit dem Karren davon. Wie Peter es auf dem Wege rasseln hörte, sprang er auf; aber er war so verstört, als er den Andern mit seinen beiden Pferden und seinem Karren davon jagen sah, daß er sich nicht eher besann, ihm nachzueilen, als bis es zu spät war.

Er ließ die Ohren ziemlich lang hängen, wie er nach Hause kam; als ihn aber seine Frau fragte, wo er das Pferd gelassen hätte, sagte er: »O, ich hab' es ihm für den zweiten Peter mitgegeben; denn ich dachte, es wäre nicht werth, daß er im Himmel auf einem elenden Rumpelkasten sitzen und von Hof zu Hof karren solle; nun kann er die Karre verkaufen und sich einen Wagen anschaffen.« — »Dafür sollst Du Dank haben«, sagte die Frau: »ich hätte nie geglaubt, daß Du ein so guter Mann wärst.«

Als nun der Andre mit den sechshundert Thalern und der Karrenfuhre voll Kleider und der Geldkiste nach Hause kam, sah er, daß aller Acker gepflügt und besät war. Darum war die erste Frage, die er an seine Frau that, woher sie das Saatkorn bekommen hätte. »O«, sagte sie: »ich habe immer gehört: ›Wer da säet, wird auch ernten‹; darum hab' ich denn das Salz gesät, das Die vom Dovrefjeld hier abgesetzt haben, und wenn wir bloß Regen bekommen, wird's wohl aufgehen, sollt' ich meinen.« — »Verrückt bist Du, und verrückt bleibst Du, so lange Du lebst«; sagte der Mann: »aber es mag drum sein! denn die Andern sind auch nicht klüger, als Du.«

11.) EINEM JEDEN GEFALLEN SEINE KINDER AM BESTEN.

Ein Schütz ging einmal in einem Wald; da begegnete ihm die Bruchschnepfe. »Lieber Freund, schieß nicht meine Kinder!« sagte die Schnepfe. »Was sind denn das für welche, Deine Kinder?« fragte der Schütz. »Die schönsten Kinder, die im Wald gehen, sind meine«, antwortete die Schnepfe. »Ich will sie denn nicht schießen«, sagte der Schütz. Als er aber zurückkehrte, hatte er ein ganzes Bündel junge Bruchschnepfen, die er alle geschossen hatte, in der Hand. »Au! au! warum hast Du dennoch meine Kinder geschossen?« sagte die Schnepfe. »Waren diese denn Deine?« fragte der Schütz: »ich schoß die häßlichsten, die ich fand.« — »Ach ja«, antwortete die Schnepfe: »weißt Du denn nicht, daß einem Jeden seine Kinder am besten gefallen?«

12.) EINE FREIER-GESCHICHTE.

Es war einmal ein Bursch, der ging aufs Freien aus. Da kam er unter anderm auch zu einem Kathen, wo die Leute in purer Armuth und Dürftigkeit lebten. Als aber der Freier kam, wollten sie gern wohlhabend scheinen, kannst Du glauben. Der Mann hatte einen neuen Ärmel in seine Jacke bekommen. »Setz Dich nieder!« sagte er zu dem Freier: »aber 's sieht hier überall so stäubig aus!« und damit ging er umher und wischte und stäubte mit seinem neuen Jackenärmel überall auf den Bänken und Tischen herum; den andern Arm aber hielt er auf den Rücken. Die Frau hatte einen neuen Schuh bekommen, und mit dem stieß sie an alle Bänke und Stühle. »Es liegt hier so Viel herum«, sagte sie: »es sieht hier so unordentlich aus.« Darauf riefen sie die Tochter, sie sollte hereinkommen und aufräumen. Die hatte eine neue Mütze bekommen und steckte den Kopf zur Thür herein und nickte: »Ich kann denn doch auch nicht überall sein«, sagte sie. Ja, das waren rechte Wohlstandsleute, zu denen der Freier gekommen war.

13.) DIE DREI MUHMEN.

Es war einmal ein armer Mann, der wohnte in einer Hütte, weit weit weg in einem Walde, und ernährte sich mit der Jägerei. Er hatte eine einzige Tochter, die war außerordentlich schön. Da aber die Mutter schon früh gestorben, und das Mädchen nun schon halb erwachsen war, sagte sie eines Tages zu ihrem Vater, sie wolle sich bei andern Leuten in Dienst geben, damit sie lernen könne, sich hiernach selbst ihr Brod zu verdienen. »Ja, meine Tochter«, sagte der Vater: »Du hast bei mir freilich nichts Anders gelernt, als Vögel rupfen, aber Du magst es immerhin versuchen, Dir Dein Brod selbst zu verdienen.« Das Mädchen ging nun fort, um sich einen Dienst zu suchen, und als sie eine Weile gegangen war, kam sie zu einem Königsschloß; da blieb sie, und die Königinn mochte sie so wohl leiden, daß die andern Dirnen ganz neidisch auf sie wurden. Darum sagten sie eines Tages zu der Königinn, das Mädchen hätte sich gerühmt, ein Pfund Flachs in vier und zwanzig Stunden spinnen zu können; denn sie wußten, die Königinn hielt so viel auf Handarbeiten. »Ja, hast Du das gesagt, so sollst Du es auch«, sagte die Königinn zu ihr: »indessen macht es nichts, wenn Du auch etwas mehr Zeit dazu gebrauchst.« Das arme Mädchen wagte nicht, zu sagen, daß sie niemals gesponnen hätte, sondern bat nur um eine Kammer für sich allein; die bekam sie denn auch, und man brachte ihr einen Spinnrocken und Flachs. Da saß sie nun und war betrübt und weinte und konnte sich gar nicht rathen. Sie stellte den Rocken vor sich hin und kehrte und drehte ihn, aber sie wußte ganz und gar nicht, wie sie's anfangen sollte; denn sie hatte nie zuvor in ihrem Leben nur einmal einen Spinnrocken gesehen.

Als sie nun so betrübt da saß, trat eine alte Frau zu ihr ein. »Was fehlt Dir, mein Kind?« fragte sie. »Ach«, antwortete das Mädchen: »was kann es nützen, daß ich es Dir sage, denn Du kannst mir ja doch nicht helfen.« — »Man kann nicht wissen«, sagte die Frau: »es wäre doch möglich, daß ich

Rath für Dich wüßte.« Ja, ich kann es ihr ja wohl sagen, dachte das Mädchen und erzählte ihr nun, wie ihre Mitdienerinnen ausgesagt hätten, sie habe sich gerühmt, ein Pfund Flachs in vier und zwanzig Stunden spinnen zu können; »aber ich Arme!« sagte sie: »ich habe nie in meinem Leben einen Spinnrocken gesehen, geschweige denn, daß ich so Viel sollte in vier und zwanzig Stunden spinnen können.« — »Es mag nun drum sein, mein Kind!« sagte die Frau: »willst Du mich an Deinem Ehrentag Muhme nennen, so will ich den Flachs für Dich spinnen, und Du kannst Dich hinlegen und schlafen.« Ja, das wollte das Mädchen gern und ging hin und legte sich schlafen.

Am andern Morgen, als sie erwachte, lag aller Flachs gesponnen auf dem Tisch, und das so sauber und fein, daß man nie so schönes ebnes Garn noch gesehen hatte. Die Königinn freute sich sehr über das schöne Garn und hielt nun noch mehr von dem Mädchen, als vorher. Darüber wurden die andern noch neidischer auf sie und sagten nun zu der Königinn, jetzt hätte sie sich auch gerühmt, das Garn, das sie gesponnen, in vier und zwanzig Stunden weben zu können. Die Königinn sagte wieder, wenn sie das gesagt hätte, so solle sie es auch, aber es machte nichts, wenn sie auch nicht eben in vier und zwanzig Stunden damit fertig würde. Das Mädchen wagte auch diesmal nicht, ihre Ungeschicklichkeit zu bekennen, sondern bat nur um eine Kammer für sich allein, dann wollte sie es versuchen. Da saß sie nun wieder und war betrübt und weinte und wußte nicht, Was sie anfangen sollte. Es dauerte aber nicht lange, so trat wieder eine alte Frau herein und fragte: »Was fehlt Dir, mein Kind?« Das Mädchen wollte es ihr erst nicht sagen, aber zuletzt erzählte sie ihr denn, Was die Königinn von ihr verlangte. »Ei nun«, sagte die Frau: »es mag drum sein! willst Du mich an Deinem Ehrentag Muhme nennen, so will ich das Garn für Dich weben, und Du kannst Dich hinlegen und schlafen.« Ja, das wollte das Mädchen gern, und damit ging sie hin und legte sich schlafen. Als sie aufwachte, lag alles Garn so sauber und dicht gewebt auf dem Tisch, wie nur möglich. Sie brachte es nun der Königinn, und diese freute sich außerordentlich über die schöne Leinwand und hielt jetzt noch weit mehr von dem Mädchen, als zuvor. Aber darüber wurden die andern noch neidischer und erbitterter auf sie und dachten an nichts Anders, als Was sie jetzt angeben sollten, um ihr zu schaden.

Endlich verfielen sie darauf, zu der Königinn zu sagen, jetzt hätte sie sich auch gerühmt, all die Leinwand, die sie gesponnen, in vier und zwanzig Stunden zu Hemden aufnähen zu können. Es ging nun eben so, wie früher: das Mädchen wagte nicht, zu sagen, daß sie nicht nähen könne; sie erhielt wieder ihre Kammer für sich allein und saß da und war betrübt und weinte. Nun trat aber wieder eine alte Frau zu ihr ein und versprach ihr, die Leinwand für sie zu nähen, wenn sie sie an ihrem Ehrentag Muhme nennen wolle. Ja, das wollte das Mädchen gern und that wieder, wie die Frau ihr sagte, ging hin und legte sich schlafen. Am andern Morgen, als sie erwachte, war alle Leinwand zu Hemden aufgenäht, die auf dem Tisch lagen; eine so schöne Naht hatte man aber noch nie gesehen, und die Hemden waren alle hübsch gezeichnet und völlig fertig. Als die Königinn die Arbeit sah, freute und verwunderte sie sich so sehr über die schöne Naht, daß sie die Hände über dem Kopf zusammenschlug. »Nein, eine so schöne Naht habe ich noch nie gesehen«, sagte sie, und von nun an hatte sie das Mädchen so lieb, wie ihr eignes Kind. »Wenn Du jetzt den Prinzen haben willst, so sollst Du ihn bekommen«, sagte sie zu dem Mädchen: »denn Du hast niemals nöthig, Etwas aus dem Hause zu geben, da Du Alles selbst spinnen und weben und auch nähen kannst.« Weil das Mädchen nun so schön war, und der Prinz sie gern leiden mochte, wurde auch sogleich die Hochzeit gehalten. Als sich aber der Prinz mit ihr zur Tafel gesetzt hatte, trat plötzlich ein altes häßliches Weib herein mit einer langen langen Nase — die war gewiß drei Ellen lang.

Da stand die Braut auf, ging auf die Alte zu und sagte: »Guten Tag, Muhme!« — »Ist das die Muhme meiner Braut?« fragte der Prinz. Ja, das wäre sie. »Ja, so müssen wir sie denn wohl mit bei Tafel sitzen lassen«, sagte der Prinz; aber er sowohl, als die Andern meinten doch, sie wäre gar zu garstig, um mit ihnen bei Tafel zu sitzen.

Nicht lange darnach trat wieder ein altes häßliches Weib ein, die hatte einen Allerwerthesten, so dick und so breit, daß sie nur mit genauer Noth zur Thür herein konnte. Sogleich stand die Braut auf und grüßte sie und sagte: »Guten Tag, Muhme!« und der Prinz fragte wieder, ob das auch eine Muhme seiner Braut wäre. »Ja«, antworteten beide, und sie mußte sich nun ebenfalls an die Tafel setzen.

Kaum aber hatte sie sich niedergesetzt, so trat wiederum ein altes häßliches Weib ein, mit Augen, so groß, wie ein Paar Teller, und so roth und fließend, daß es ganz abscheulich aussah. Die Braut stand wieder auf und grüßte sie und sagte: »Guten Tag, Muhme!« und der Prinz bat auch sie, sich an die Tafel zu setzen, aber er er dachte bei sich selbst: »Gott steh mir bei wegen all der Muhmen, die meine Braut hat!« Als sie ein wenig gesessen hatten, konnte der Prinz sich nicht enthalten, zu sagen: »Wie in aller Welt kann doch meine Braut, die so schön ist, so häßliche und mißgestaltne Muhmen haben!« — »Das will ich Dir sagen«, versetzte die eine: »ich war eben so schön, wie Deine Braut, da ich in ihrem Alter war; aber daß ich eine so lange Nase habe, kommt daher, weil ich so viel gesessen und gesponnen und dabei den Kopf beständig gerüttelt und geschüttelt habe; davon hat sich die Nase ausgedehnt und ist so lang geworden, wie Du sie jetzt siehst!« — »Und ich«, sagte die zweite: »ich habe von meiner Jugend an auf dem Webstuhl gesessen und immer hin und her gehuppelt; davon ist mein Allerwerthester so groß geworden und so angeschwollen, wie Du ihn jetzt siehst.« Darauf sagte die dritte: »Ich habe, seit ich ganz klein war, immer da gesessen und auf das Nähzeug gestiert; davon sind meine Augen so häßlich und roth geworden.« — »Na, so!« sagte der Prinz: »das war gut, daß ich das zu wissen bekam, wie die Leute von Dergleichen so häßlich werden können; so soll denn nun meine Braut auch in ihrem Leben nicht wieder spinnen, noch nähen, noch weben!«

14.) DER SOHN DER WITTWE.

Es war einmal eine arme arme Wittwe, die hatte einen einzigen Sohn, für den quälte sie sich so lange ab, bis der Prediger ihn gefirmelt hatte. Da sagte sie, jetzt könne sie ihn nicht länger ernähren, er müsse nun fort und sich sein Brod selbst verdienen. Der Bursch wanderte darauf fort in die Welt, und als er eine gute Strecke Weges zurückgelegt hatte, begegnete ihm ein Mann, der fragte ihn, wo er hin wolle. »Ich will fort in die Welt und zusehen, ob ich nicht einen Dienst bekommen kann«, sagte der Bursch. »Willst Du bei mir dienen?« — »O ja, eben so gut bei Dir, als bei jedem Andern«, versetzte der Bursch. »Ja, Du sollst es gut bei mir haben«, sagte der Mann: »Du sollst mir bloß zur Gesellschaft sein, weiter verlange ich von Dir Nichts.« Der Bursch trat nun seinen Dienst bei dem Manne an; er führte ein herrliches Leben, hatte Essen und Trinken vollauf und nur Wenig oder gar Nichts zu thun; aber er sah sonst auch niemals eine Menschenseele.

Eines Tages sagte der Mann zu ihm: »Ich werde jetzt auf acht Tage verreisen; während der Zeit mußt Du hier allein bleiben, aber Du darfst ja nicht in eins von diesen vier Zimmern gehen; thust Du das, so kostet es Dir das Leben, wenn ich zurückkomme.« — Nein, sagte der Bursch, er wollt's gewiß nicht thun. Als aber der Mann drei oder vier Tage fort gewesen war, konnte der Bursch sich nicht länger halten, sondern ging in das eine der Zimmer. Er sah sich hier überall um, aber bemerkte Nichts, als nur eine Borte über der Thür, und darauf lag eine Dornruthe. »Das ist auch was Rechtes, um es mir so strenge zu verbieten, in dies Zimmer zu gehen, wenn hier weiter Nichts zu sehen ist!« dachte der Bursch. Als die acht Tage um waren, kam der Mann wieder nach Hause. »Du bist doch auch wohl in keins von den Zimmern gegangen«, sagte er. »Nein, ganz und gar nicht«, sagte der Bursch. »Nun, das werde ich gleich sehen«, sagte der Mann, und darauf ging er grade in das Zimmer, in welchem der Bursch gewesen war. »Ja, Du bist doch drin gewesen«, sagte er, als er zurückkam: »und nun muß ich Dich tödten.« Aber der Bursch weinte und bat so lange, bis er doch zuletzt mit dem Leben davon kam; aber tüchtige Schläge erhielt er. Als er die ausgestanden hatte, waren sie wieder eben so gute Freunde, als zuvor.

Einige Zeit darnach verreiste der Mann abermals; er sagte, daß er jetzt vierzehn Tage ausbleiben würde, und verbot dem Burschen wieder strenge, in irgend eins der Zimmer zu gehen, in welchen er noch nicht gewesen sei; aber in das, worin er schon gewesen, könne er immer wieder gehen, wenn er wolle. Es ging nun eben so, wie das vorige Mal, nur daß der Bursch sich jetzt acht Tage hielt, eh' er wieder in eines der verbotenen Zimmer ging. Er sah auch hier Nichts, als über der Thür eine Borte und darauf einen Feldstein und einen Wasserkrug. »Nun, das ist auch was Rechtes, um davor so bange zu sein!« dachte der Bursch. Als der Mann nach Hause kam, fragte er den Burschen wieder, ob er auch in irgend einem der Zimmer gewesen sei. Nein, sagte der Bursch, er wäre nicht drin gewesen. »Nun, das werde ich gleich sehen«, sprach der Mann, und da er nun sah, daß der Bursch dennoch drin gewesen war, sagte er: »Nun kann ich Dich nicht länger schonen, jetzt mußt Du das Leben verlieren.« Aber der Bursch weinte und bat so lange, bis er denn zuletzt wieder mit einer Tracht Schläge davon kam, aber die war denn auch nicht schlecht. Als er sich davon erholt hatte, führte er wieder ein herrliches Leben; und er und der Mann waren wieder eben so gute Freunde, wie zuvor.

Einige Zeit darnach wollte der Mann abermals verreisen; er sagte, daß er jetzt drei Wochen abwesend sein würde, und schärfte dem Burschen ein, beileibe nicht in das dritte Zimmer zu gehen; wenn er es dennoch thäte, sagte er, könne er sich nur sogleich darauf gefasst machen, das Leben zu verlieren. Nach vierzehn Tagen konnte der Bursch sich nicht länger halten, sondern ging auch in das dritte Zimmer; er sah aber darin Nichts, als nur eine Fallthür am Fußboden. Als er die aufhob und hinuntersah, erblickte er einen großen kupfernen Kessel und drinnen pruttelte und kochte es, ohne daß Feuer darunter war. Ich möchte doch wissen, ob's wohl warm ist, dachte der Bursch und steckte den Finger hinein;

als er ihn aber wieder herauszog, war er über und über vergoldet; er schabte und wusch ihn, aber die Vergoldung wollte nicht wieder ab; da band er einen Lappen darum. Als darauf der Mann nach Hause kam und ihn fragte, Was seinem Finger fehle, sagte der Bursch, er habe sich so arg geschnitten; aber da riß der Mann ihm den Lappen ab und sah nun sogleich, Was dem Finger fehlte. Erst wollte er den Burschen durchaus tödten; aber da dieser wieder so heftig weinte und so flehentlich bat, klopfte er ihn bloß so, daß er drei Tage lang zu Bette liegen mußte. Darauf nahm er einen Krug von der Wand, worin eine Salbe war, und bestrich damit den Burschen, worauf dieser sogleich wieder frisch und gesund aufstand.

Als einige Zeit vergangen war, wollte der Mann abermals verreisen und wollte nun einen ganzen Monat ausbleiben. Zu dem Burschen aber sagte er, wenn er es sich einfallen ließe, auch in das vierte Zimmer zu gehen, so könne er durchaus nicht hoffen, das Leben zu behalten; dieses Mal würde er ihn gewiß nicht schonen. Der Bursch hielt sich etwa drei ganze Wochen, aber länger konnt' er's nicht aushalten, sondern ging nun auch in das vierte Zimmer. Hierin stand ein großes Pferd mit einem Schmutztrog beim Kopf und einem Heutrog beim Schwanz. Dem Burschen däuchte das ungleich, und daher tauschte er um und setzte den Heutrog beim Kopf hin und den Schmutztrog beim Schwanz. Da sagte das Pferd: »Weil Du ein so gutes Herz hast und mir Etwas zu essen gönnst, will ich Dich erretten; denn kommt der Troll jetzt nach Hause und findet Dich hier noch vor, so tödtet er Dich ganz gewiß. Gehe aber nun in das Zimmer hier grade gegenüber und nimm eine von den Rüstungen; aber du darfst ja keine von den blanken nehmen, sondern Du sollst die allerrostigste nehmen, die Du da siehst, und auf gleiche Weise sollst Du auch Schwert und Sattel wählen.« Das that der Bursch; aber es war alles das sehr schwer für ihn zu tragen.

Als er mit den Sachen zurückkam, sagte das Pferd, nun solle er sich nackt auskleiden und in das Zimmer gehen, wo der Kessel stände und kochte, und in dem solle er sich gut baden. »Da werde ich wohl schön aussehen!« dachte der Bursch, aber er ging doch hin. Als er sich nun gebadet hatte, war er so schön und groß geworden und so roth und weiß, wie Milch und Blut, dazu weit stärker, als vorher. »Spürst Du eine Veränderung?« fragte ihn das Pferd. »Ja«, sagte der Bursch. »Dann versuch' einmal, ob Du mich aufheben kannst«, sagte das Pferd. Ja, das konnte der Bursch, und das Schwert konnte er schwingen, wie gar Nichts. Als das Pferd das sah, sprach es: »Lege mir jetzt den Sattel auf und Dir selbst die Rüstung an, und dann nimm die Dornruthe und den Stein und die Wasserflasche und den Salbenkrug; dann wollen wir fortreisen.«

Wie der Bursch das gethan hatte und auf das Pferd gestiegen war, ging es — hast Du mich nicht gesehen! auf und davon. Als der Bursch nun ein gutes Ende geritten war, sagte das Pferd: »Mir däucht, ich höre ein Geräusch; sieh Dich mal um, ob Du Etwas gewahr wirst.« — »Ich sehe Männer hinter uns«, sagte der Bursch: »wohl gegen zwanzig Stück.« — »Das ist der Troll«, sagte das Pferd: »er kommt mit seinen Leuten.«

Das Pferd trabte aber weiter, so lange bis Die, welche hinter ihnen waren, ganz nahe kamen. Da sagte das Pferd: »Wirf jetzt die Dornruthe hinter Dich, aber so weit Du nur kannst!« Das that der Bursch, und im selben Augenblick wuchs da ein großer dicker Dornwald auf. Nun ritt der Bursch wieder eine weite Strecke fort, während der Troll sich nach Hause begab, um Axt und Beil zu holen, damit er sich durch den Wald hauen könne. Endlich sagte das Pferd wieder: »Sieh Dich mal um, ob Du Etwas gewahr wirst.« — »Ja, eine große Menge«, sagte der Bursch: »wie eine ganze Kirchengemeine.« — »Ja, das ist wieder der Troll«, sagte das Pferd: »nun hat er noch mehr Leute mitgebracht. Wirf aber jetzt den Feldstein hinter Dich, aber so weit Du nur kannst.«

Als der Bursch das that, entstand plötzlich ein großer hoher Berg von Feldsteinen hinter ihnen. Nun mußte der Troll wieder nach Hause, um sich Geräthschaften zu holen, womit er sich durch den Berg minire, und während er das that, ritt der Bursch wieder eine gute Strecke weiter. Zuletzt sagte das Pferd wieder, er solle sich mal umsehen, ob er etwas gewahr würde; und als der Bursch sich nun umsah, bemerkte er ein ganzes Kriegsheer, und Alle trugen so blanke Rüstungen und Waffen, daß es nur so glitzerte. »Ja«, sagte das Pferd: »es ist wieder der Troll; nun hat er alle seine Leute mitgebracht. Gieß aber jetzt die Flasche mit Wasser hinter Dir aus; aber hüte Dich wohl, daß Du Etwas auf meinen Leib spritzest!« Das that der Bursch; aber wie sehr er sich auch in Acht nahm, so spritzte er doch einen Tropfen an den Schenkel des Pferdes. Augenblicklich entstand ein großes wogendes Wasser, und durch den Tropfen, den er auf das Pferd gespritzt hatte, kam dieses weit hinaus in dem Wasser zu stehen; aber es schwamm doch glücklich ans Land. Als der Troll nun zu dem Wasser kam, legte er sich mit allen seinen Leuten nieder, um es aufzutrinken, und da tranken sie so lange, bis sie barsten. »Nun sind wir sie quitt!« sagte das Pferd.

Als sie nun eine lange lange Zeit gereist hatten, kamen sie zu einer grünen Ebene mitten in einem Walde. »Lege jetzt Deine Rüstung ab und zieh wieder Deine Lumpen an«, sagte das Pferd: »nimm mir dann den Sattel ab und laß mich frei und hänge Alles hier in die große hohle Linde hin; darnach mußt Du Dir eine Perrücke von Tannenmoos machen, und geh dann hinauf zu des Königs Schloß, das hier in der Nähe liegt, und bitte dort um einen Dienst. Wenn Du mich dann nöthig hast, so komm bloß her und rüttle an dem Gebiß, dann werde ich zu Dir kommen.«

Ja, der Bursch that, wie das Pferd ihm gesagt hatte, und als er sich die Moosperrücke aufsetzte, war er so bleich und jämmerlich und elend anzusehen, daß Keiner ihn mehr erkennen konnte. Er ging nun zu dem Königsschloß, und da bat er zuerst um einen Dienst in der Küche; er wolle dem Koch Wasser und Holz zutragen, sagte er. Aber die Köchinn fragte ihn: »Warum hast Du die häßliche Perrücke auf? Nimm die ab«, sagte sie: »ich will sonst Nichts von Dir wissen, so häßlich Du aussiehst.« — »Das kann ich nicht«, sagte der Bursch: »denn mein Kopf ist nicht so recht rein.« — »Denkst Du, ich will Dich dann hier beim Essen haben, wenn es so mit Dir beschaffen ist?« sagte der Koch: »Geh hinunter zum Stallmeister! Du schickst Dich besser dazu, den Stall auszumisten.« Als aber der Stallmeister ihm sagte, er solle die Perrücke abnehmen, bekam dieser dieselbe Antwort, und nun wollte auch der ihn nicht behalten. »Du kannst zum

Gärtner gehen«, sagte er: »Du schickst Dich besser dazu, in der Erde zu wühlen, Du.« Beim Gärtner durfte er denn endlich bleiben; aber Keiner von den andern Bedienten wollte mit ihm zusammenschlafen; darum mußte er denn allein schlafen unter der Treppe im Lusthause, das stand auf Stollen und hatte eine sehr große Treppe; darunter bekam er einiges Moos, und da lag er nun und schlief, so gut er konnte.

Als er nun eine Zeitlang im Königsschloß gewesen war, geschah es eines Morgens, als die Sonne aufging, daß er seine Moosperrücke abnahm und da stand und sich wusch, und da war er so schön, daß es eine Lust war, ihn anzusehen.

Die Prinzessinn sah durch ihr Fenster den wackern Gärtnerburschen, und es däuchte ihr, einen so schönen Menschen habe sie noch nie gesehen. Sie fragte den Gärtner, warum er dort draußen unter der Treppe liege. »O, es will Keiner von den andern Bedienten mit ihm zusammenschlafen«, sagte der. »Laß ihn heute Abend heraufkommen und bei der Thür drinnen in meiner Kammer liegen«, sagte die Prinzessinn: »so werden sie sich nachher wohl nicht weigern, mit ihm zusammenzuschlafen.« Der Gärtner sagte das dem Burschen. »Meinst Du aber, ich werde das thun?« sagte der: »man möchte nachher sagen, es wäre Etwas zwischen mir und der Prinzessinn.« — »Ja, Du hast auch wohl Ursache, Dich vor solchem Verdacht zu fürchten«, sagte der Gärtner: »so wacker wie Du bist.« — »Nun, wenn Ihr's denn so wollt, dann will ich es wohl thun«, sagte der Bursch. Als er nun am Abend die Treppe hinauf sollte, schlarfte er so mit seinen Schuhen, daß sie ihn bitten mußten, leise zu gehen, damit der König ihn nicht gewahr werde. Als er in die Kammer der Prinzessinn gekommen war, legte er sich sogleich bei der Thür nieder und fing an zu schnarchen. Da sagte die Prinzessinn zu ihrem Kammermädchen: »Schleich Dich zu ihm und nimm ihm die Moosperrücke ab.« Aber als sie sie ihm abnehmen wollte, erwachte der Bursch, hielt mit beiden Händen die Perrücke fest und sagte, die könne sie nicht bekommen. Darauf legte er sich wieder hin und schnarchte. Die Prinzessinn gab dem Mädchen wieder einen Wink, und diesmal gelang es ihr, ihm die Perrücke abzunehmen. Da lag nun der Bursch so schön und so roth und weiß, wie die Prinzessinn ihn in der Morgensonne gesehen hatte. Nachher schlief der Bursch jede Nacht in der Prinzessinn ihrer Kammer.

Es dauerte aber nicht lange, so erfuhr der König, daß der Bursch jede Nacht in der Prinzessinn ihrer Kammer schlief, und darüber ward er so erbittert, daß er ihn beinahe ums Leben gebracht hätte. Er warf ihn in einen finstern Thurm, und seine Tochter sperrte er auf ihr Zimmer ein, und sie durfte nicht heraus, weder Tag, noch Nacht; so viel sie auch weinte und für sich und den Burschen bitten mochte, es half Alles nichts, der König ward darüber nur noch mehr erbittert.

Einige Zeit darnach entstand Krieg und Unfriede im Lande, und der König mußte sich gegen einen andern König rüsten, der ihm sein Land wegnehmen wollte. Als der Bursch das hörte, bat er den Kerkermeister, zum König zu gehen und ihm die Erlaubniß auszuwirken, Harnisch und Schwert tragen zu dürfen und mit in den Krieg zu ziehen. Alle lachten laut auf, als der Kerkermeister seinen Auftrag anbrachte und den König um einiges altes Gerümpel zu einer Rüstung für den Burschen bat, damit sie doch die Lust haben könnten, zu sehen, wie der arme Wicht in den Krieg zöge. Na, das bekam er denn auch und dazu eine alte Kracke, die hinkte auf drei Beinen.

Sie zogen nun gegen den Feind aus; aber sie waren noch nicht weit von dem Königshof gekommen, als der Bursch mit seiner Kracke in einem Moor stecken blieb und hupfte und jupfte: »Hei, willst du auf! Hei, willst du auf!« Daran hatten die Andern recht ihre Lust und lachten und hatten den Burschen zum besten, als sie an ihm vorbeiritten. Aber kaum waren sie vorüber, so lief der Bursch zu der Linde, legte seine Rüstung an und rüttelte an dem Gebiß, und sogleich kam das Pferd an und sagte: »Thue Du nun Dein Bestes, dann werde ich das meinige thun.« Als der Bursch sie einholte, hatte die Schlacht schon begonnen, und der König war in einer schlimmen Klemme. Aber ehe man sich's versah, hatte der Bursch den Feind in die Flucht geschlagen. Der König und seine Leute wunderten sich und konnten nicht begreifen, Wer es nur sein mochte, der ihnen so gute Hülfe geleistet; denn Keiner war ihm so nahe gekommen, um mit ihm sprechen zu können, und als die Schlacht vorüber war, da war er verschwunden. — Wie sie nun zurückzogen, saß der Bursch noch in dem Moor und hupfte und jupfte auf seiner dreibeinigen Kracke. Da lachten Alle wieder. »Nein, seh nur Einer! da sitzt der Narr noch und hupft und jupft!« sagten sie.

Als sie am andern Tage auszogen, saß der Bursch noch da. Sie lachten ihn wieder aus und machten sich über ihn lustig. Aber kaum waren sie vorüber, so lief der Bursch wieder zu der Linde, und Alles ging wieder grade so, wie den vorigen Tag. Alle wunderten sich und konnten nicht begreifen, was es für ein fremder Held sei, der ihnen Hülfe geleistet; denn Keiner war ihm wieder so nahe gekommen, um mit ihm sprechen zu können. Daß aber Niemand auf den Burschen rieth, versteht sich von selbst.

Als sie am Abend nach Hause zogen und sahen, daß der Bursch noch immer auf der Kracke saß, lachten sie ihn wieder aus, und Einer von ihnen schoß einen Pfeil auf ihn ab und traf ihn ins Bein. Da fing der Bursch gottsjämmerlich an zu schreien und zu lamentiren; aber der König warf ihm sein Taschentuch zu, und das band er sich um das Bein.

Als sie am dritten Morgen auszogen, saß der Bursch wieder im Moor. »Hei, willst du auf! Hei, willst du auf!« rief er zu der Kracke. »Nein, wahrhaftig! er wird da sitzen müssen, bis er todthungert!« sagten die Andern, als sie vorüberzogen, und machten sich wieder über ihn lustig. — Der Bursch lief aber wieder zu der Linde und kam eben in der Schlacht an, als Noth an den Mann ging. An diesem Tage tödtete er den feindlichen König, und damit war der Krieg auf einmal vorbei.

Nun aber erkannte der König den fremden Ritter sogleich an dem Taschentuch, den dieser sich um das Bein gebunden hatte; die vornehmsten Cavaliere nahmen ihn darauf in ihre Mitte und ritten mit ihm nach dem Königsschloß, und als die Prinzessinn ihn von ihrem Fenster aus sah, ward sie so froh, daß es gar nicht zu sagen ist. »Da kommt mein Bräutigam auch«, sagte sie. Er aber nahm den Salbenkrug und strich sich von der Salbe aufs Bein und bestrich auch alle Verwundeten damit, und da wurden sie augenblicklich alle wieder frisch und gesund. Hierauf bekam er die Prinzessinn zur Gemahlinn. Aber als er am Hochzeitstage in den Stall zu dem Pferd kam, stand dieses ganz betrübt da und wollte gar nicht fressen. Der junge König — denn er war jetzt König geworden und hatte das halbe Reich bekommen — fragte, Was ihm fehle. Da sagte das Pferd: »Jetzt hab' ich Dir durchgeholfen; aber nun will ich nicht länger leben. Nimm jetzt Dein Schwert und haue mir den Kopf ab!« — »Nein, das thu' ich nicht!« sagte der junge König: »Du sollst das beste Futter haben, das Du Dir wünschen magst, und sollst von nun an beständig in Ruhe leben.« — »Wenn Du nicht thun willst, Was ich Dir sage«, versetzte das Pferd: »dann muß ich *Dich* ums Leben bringen.« Da konnte der König nicht anders, sondern mußte thun, wie das Pferd wollte. Als er aber das Schwert aufhob, um zuzuhauen, da war er so betrübt, daß er das Gesicht wegkehren mußte, um den Hieb nicht zu sehen. Kaum aber hatte er ihm den Kopf abgeschlagen, so stand ein schöner Prinz da, wo vorher das Pferd gestanden hatte. »Wo in aller Welt kommst Du her?« fragte der König. »Ich war das Pferd«, antwortete der Prinz: »Ehedem war ich König in dem Lande, wo nachher der König regierte, den Du gestern in der Schlacht getödtet hast; er war es, der einen Zauberham auf mich geworfen und mich an den Trollen verkauft hatte. Weil er aber nun getödtet ist, bekomm' ich mein Reich zurück, und Du und ich werden Nachbarkönige; aber wir wollen nie mit einander Krieg führen.« Und das thaten sie denn auch nicht; sie blieben Freunde, so lange sie lebten, und kamen oft, einander zu besuchen.

15.) DIE TOCHTER DES MANNES UND DIE TOCHTER DER FRAU.

Es war einmal ein Mann und eine Frau, die heiratheten einander, und jeder von ihnen hatte eine Tochter. Die Tochter der Frau war faul und träge und mochte nicht das Geringste thun; aber die Tochter des Mannes war fleißig und flink, und doch konnte sie der Stiefmutter nie Etwas zu Dank machen. Einmal sollten die beiden Mädchen am Brunnen sitzen und spinnen. Die Tochter der Frau aber bekam Flachs zu spinnen, und die Tochter des Mannes nichts Anders, als Schweinsborsten. »Du bist nun immer so flink und ferm, Du«, sagte die Tochter der Frau: »aber dennoch fürchte ich mich nicht, mit Dir um die Wette zu spinnen.« Sie wurden nun darüber einig, daß Der, dem zuerst der Faden auslief, in den Brunnen sollte. Wie sie nun anfingen zu spinnen, so lief der Tochter des Mannes zuerst der Faden aus, und die mußte nun in den Brunnen. Sie fiel unverletzt bis auf den Grund; dort unten aber sah sie weit um sich her eine schöne grüne Wiese.

Sie ging nun fort und kam zu einem Reiserzaun, da wollte sie hinüber. »O, tritt nicht so hart auf mich!« sagte der Zaun: »ich will Dir auch ein andermal wieder gefällig sein.« Sie machte sich nun so leicht, als sie konnte, und stieg so vorsichtig hinüber, daß sie den Zaun nicht einmal berührte.

Nun ging sie eine Strecke weiter und kam zu einer scheckigen Kuh, die einen Milcheimer an den Hörnern trug; es war eine große schöne Kuh, und ihr Euter war so voll und rund. »O, sei doch so gut und melke mich!« sagte die Kuh: »denn mir ist das Euter so straff von der Milch; trinke so Viel Du willst und gieße den Rest auf meinen Huf; ich will Dir auch ein andermal wieder gefällig sein.« Das Mädchen that, wie die Kuh sie gebeten hatte; sowie sie nur die Zitzen anfaßte, spritzte die Milch in den Eimer; sie trank darauf, bis sie ihren

Durst gelöscht hatte, goß dann der Kuh den Rest auf den Huf, und den Eimer hängte sie ihr wieder an die Hörner.

Als sie ein Ende weiter gegangen war, begegnete ihr ein großer Schafbock, der war so dick und hatte so lange Wolle, daß er sie auf der Erde nachschleppen mußte, und an dem einen Horn hing eine große Schere. »O, sei doch so gut und scher' mich!« sagte der Bock: »denn ich erliege unter der Last meiner Wolle, und mir ist so heiß, daß ich beinahe ersticken möchte; nimm so Viel Du willst und wirre mir den Rest um den Hals; ich will Dir auch ein andermal wieder gefällig sein.« Das Mädchen zeigte sich sogleich bereit, zu thun, wie der Bock sie gebeten hatte, und dieser legte sich von selbst auf ihren Schoß, und da lag er ganz still; und sie schor ihn so behutsam, daß sie ihn auch nicht ein einziges Mal ins Fell schnitt. Darauf nahm sie von der Wolle so Viel sie wollte, und den Rest wirrte sie dem Bock um den Hals.

Etwas weiter hin kam sie zu einem Apfelbaum, der war so voll von Äpfeln, daß die Zweige sich zur Erde niederbogen, und an dem Stamm stand eine kleine Stange. »O, sei doch so gut und pflücke meine Äpfel ab!« sagte der Baum: »damit meine Zweige sich in die Höhe richten können; es ist so beschwerlich, immer so krumm zu stehen; die Du nicht mit der Hand erreichen kannst, schlage mit der Stange ab, aber schlage ja vorsichtig, damit Du mich nicht zu Schanden schlägst; iß dann so Viel Du willst und lege den Rest hübsch ordentlich unten an meinen Stamm hin; ich will Dir auch ein andermal wieder gefällig sein.« Das Mädchen pflückte nun so viel Äpfel ab, als sie mit der Hand erreichen konnte, und die übrigen schlug sie vorsichtig mit der Stange herunter; darauf aß sie sich satt und legte den Rest noch so sauber und nett unten an den Stamm hin.

Sie ging nun eine gute Strecke weiter, und endlich kam sie zu einem großen Hause, wo ein Trollweib mit ihrer Tochter wohnte. Da ging sie hinein und fragte, ob sie nicht einen Dienst bekommen könnte. »O, es kann nichts nützen«, sagte das Trollweib: »denn wir haben schon Viele gehabt, aber Keine von ihnen hat was getaugt.« Das Mädchen aber bat so artig und so flehentlich, sie doch in Dienst zu nehmen, bis sie sie denn endlich nahmen; und nun gab das Trollweib ihr ein Sieb und befahl ihr, Wasser darin zu holen. Es däuchte dem Mädchen zwar etwas ungereimt, Wasser in einem Sieb zu holen, aber sie sagte doch Nichts, sondern ging willig hin, und als sie zu dem Brunnen kam, sangen die Vöglein:

»Kleb' mit Lehm,
Stopf mit Stroh!
Kleb' mit Lehm,
Stopf mit Stroh!«

Ja, das that sie, und nun konnte sie das Wasser in dem Sieb tragen. Aber als sie damit nach Hause kam, sagte das Trollweib: »Das hast Du nicht aus Dir selber.«

Darauf sollte sie in den Stall gehen und ihn ausmisten und die Kühe melken. Als sie aber hineinkam, stand da eine Schaufel, die war so groß und so schwer, daß sie sie auf keine Weise handthieren, ja nicht einmal aufheben konnte. Sie wußte nun gar nicht, wie sie's anfangen sollte. Aber die Vögel sangen, sie solle nur Etwas mit dem Besenstiel hinauswerfen, dann würde all das Übrige nachfliegen. Kaum hatte sie das gethan, so war der Stall auf einmal so rein, als wäre er noch so sauber gemistet und gefegt. Jetzt wollte sie die Kühe melken; aber die waren so unruhig und schlugen und stießen, so daß sie gar nicht dazu gelangen konnte, sie zu melken. Aber da sangen die Vöglein draußen wieder:

»Kleinen Trunk,
Kleinen Strahl
Stripp zu den Vöglein
Allzumal!«

Ja, das that sie, sie strippte einen kleinen Strahl hinaus zu den Vöglein. Da standen alle Kühe still und ließen sich von ihr melken, ohne zu schlagen, oder zu stoßen, sie hoben nicht einmal das Bein auf.

Als das Trollweib sie mit der Milch ankommen sah, sagte sie wieder: »Das hast Du nicht aus Dir selber. Aber nun kannst Du die schwarze Wolle nehmen, die da liegt, und sie weiß waschen.« Das Mädchen wußte wieder gar nicht, wie sie das anfangen sollte; denn sie hatte nie gesehen, daß Jemand schwarze Wolle weiß waschen konnte; aber sie sagte Nichts, sondern nahm die Wolle und ging damit zu dem Brunnen. Da sangen die Vöglein, sie solle die Wolle in den großen Zuber werfen, der da stände, dann würde sie wohl weiß werden.

»Nein, nein«, sagte das Trollweib, als das Mädchen mit der Wolle ankam: »mit Dir hilft es nichts; denn Du kannst ja Alles ausrichten, was man Dir sagt, und ärgerst mich zuletzt noch zu Tode. Es ist am besten, Du erhältst Deinen Reisepaß.«

Nun setzte das Trollweib drei Schreine hin, einen rothen, einen grünen und einen blauen, und von diesen sollte es dem Mädchen erlaubt sein, als Lohn für ihren Dienst, sich einen zu wählen, welchen sie wollte. Das Mädchen wußte nun gar nicht, welchen sie wählen sollte; aber da sangen die Vöglein:

»Nimm nicht den grünen,
Nimm nicht den rothen,
Den blauen nimm jetzt,
Auf welchen wir haben
Drei Kreuze gesetzt.«

Da nahm sie den blauen, so wie die Vöglein gesungen hatten. »Twi Dich an!« sagte das Trollweib: »das sollst Du mir entgelten!« Als das Mädchen nun fortgehen wollte, warf das Trollmensch eine glühende Eisenstange hinter sie drein; aber das Mädchen sprang schnell hinter die Thür, so daß sie nicht getroffen ward, denn so hatten die Vöglein es ihr gesungen. Sie ging nun fort, so schnell sie konnte; aber als sie zu dem Apfelbaum kam, hörte sie ein entsetzliches Geräusch hinter sich auf dem Wege; es war nämlich das Trollweib mit ihrer Tochter, welche ihr nachkamen. Dem Mädchen ward so angst und bange, daß sie sich gar nicht zu lassen wußte: »Komm«, sagte der Apfelbaum: »ich will Dir helfen; verbirg Dich schnell unter meine Zweige; denn wenn sie Dich erwischen, nehmen sie Dir den Schrein weg und zerreißen Dich.« Das that sie denn auch. Kaum aber hatte sie sich versteckt, so kam schon das Trollweib mit ihrer Tochter an: »Hast Du nicht eine Dirne hier gehen sehen?« fragte das Trollweib. »Ja wohl«, sagte der Apfelbaum: »es lief hier eine vor einer Weile vorüber; aber die ist nun schon weit weg, die könnt Ihr nicht mehr einholen.« Da kehrte das Trollweib wieder um und ging nach Hause.

Das Mädchen setzte nun ihren Weg fort; aber als sie zu dem Bock kam, hörte sie wieder ein so entsetzliches Geräusch, daß sie sich gar nicht zu lassen wußte, so angst ward ihr; denn sie konnte sich wohl denken, daß es das Trollweib war, das sich bedacht hatte. »Komm, ich will Dir helfen«, sagte der Bock: »verbirg Dich schnell unter meine Wolle, dann sieht sie Dich nicht; sonst nimmt sie Dir den Schrein weg und zerreißt Dich.«

Kaum hatte sie sich verborgen, so kam auch schon das Trollweib angestoben. »Hast Du nicht eine Dirne hier gehen sehen?« fragte sie den Bock. »Ja wohl«, sagte der Bock: »ich sah eine vor einer Weile; aber sie lief so schnell, daß Du sie nicht wieder einholst.« Da kehrte das Trollweib wieder um und ging nach Hause.

Als das Mädchen nun weiter bis zu der Kuh gekommen war, hörte sie wieder ein entsetzliches Geräusch auf dem Wege. »Komm«, sagte die Kuh: »ich will Dir helfen; verbirg Dich schnell unter mein Euter; sonst kommt das Trollweib und nimmt Dir den Schrein weg und zerreißt Dich.« Es dauerte nicht lange, so kam das Weib an. »Hast Du nicht eine Dirne hier gehen sehen?« fragte sie. »Ja, ich sah eine vor einer Weile«, sagte die Kuh: »aber die ist nun schon weit weg, denn sie lief so schnell; die holst Du nicht mehr ein.« Das Trollweib kehrte nun wieder um und ging nach Hause.

Als das Mädchen nun ein gutes Ende weiter gegangen und nicht mehr weit von dem Reiserzaun war, hörte sie wieder ein so entsetzliches Geräusch auf dem Wege, daß ihr angst und bange ward; denn sie wußte nun wohl, daß es wieder das Trollweib war, das sich bedacht hatte. »Komm, ich will Dir helfen«, sagte der Zaun: »kriech schnell unter meine Reiser, daß sie Dich nicht sieht; sonst nimmt sie Dir den Schrein weg und zerreißt Dich.« Sie kroch nun schnell unter die Reiser des Zauns. »Hast Du nicht eine Dirne hier gehen sehen?« fragte das Trollweib, als sie zu dem Zaun kam. »Nein, ich habe keine Dirne gesehen«, antwortete der Zaun und war so erbittert, daß er knisterte, und dann machte er sich so groß, daß gar nicht daran zu denken war, hinüber zu kommen. Es war nun kein andrer Rath für das Trollweib, sie mußte wieder umkehren und nach Hause gehen.

Als nun aber das Mädchen wieder zu Hause ankam, waren die Stiefmutter und ihre Tochter nur noch neidischer auf sie; denn jetzt war das Mädchen noch weit stattlicher und so schön, daß es eine Lust war, sie anzusehen. Sie durfte aber nicht drinnen bei ihnen in der Stube bleiben, sondern sie jagten sie hinaus in den Schweinstall, da sollte sie wohnen. Hier wusch das Mädchen nun Alles sauber und rein, und darnach machte sie den Schrein auf, um zu sehen, Was sie zum Lohn bekommen hatte, und als sie den Schrein aufgemacht hatte, fand sie darin so viel Gold und Silber und so viel andre kostbare Sachen, daß sie sowohl die Wände, als den Boden damit behängen konnte; und es sah nun weit herrlicher in dem Schweinstall aus, als in dem prächtigsten Königsschloß. Als die Stiefmutter und ihre Tochter das sahen, waren sie ganz außer sich und fragten das Mädchen, wie denn ihr Dienst ausgefallen sei. »O, das könnt Ihr Euch wohl vorstellen«, sagte sie: »da ich einen so guten Lohn bekommen habe; es waren solche Leute und eine solche Frau, daß man Ihresgleichen nicht mehr findet.«

Da wollte nun die Tochter der Stiefmutter auch fort und dienen, damit sie auch einen solchen Goldschrein bekäme. Beide Mädchen setzten sich nun wieder hin, um zu spinnen; aber da sollte die Tochter der Frau Schweinsborsten spinnen, und die Tochter des Mannes Flachs, und Wem zuerst der Faden auslief, der sollte in den Brunnen. Es dauerte nicht lange, so lief der Frau ihrer Tochter der Faden aus, wie man sich wohl denken kann, und da warfen sie sie in den Brunnen.

Nun geschah es eben so, wie vorhin mit der Tochter des Mannes: sie fiel hinab bis auf den Grund, ohne Schaden zu nehmen, und befand sich nun auf einer schönen grünen Wiese. Als sie eine Strecke weit gegangen war, kam sie zu dem Reiserzaun. »Tritt nicht so hart auf mich! ich will Dir auch ein andermal wieder gefällig sein«, sagte der Zaun. »Ei, was scher' ich mich um einen alten Reiserhaufen!« sagte sie und trat auf den Zaun, daß es nur so knackte.

Etwas später kam sie zu der Kuh, deren Euter so straff von der Milch war. »O, sei doch so gut und melke mich!« sagte die Kuh: »ich will Dir auch ein andermal wieder gefällig sein; trinke so Viel Du willst, und gieße dann den Rest auf meinen Huf.« Ja, das that sie, sie melkte die Kuh und trank so Viel sie vermochte; dann aber war Nichts mehr übrig, das sie auf den Huf gießen konnte; das Eimer schleuderte sie über den Hügel und ging fort.

Als sie nun eine Strecke weiter gegangen war, kam sie zu dem Bock, welcher die Wolle nach sich schleppte. »O, sei doch so gut und scher' mich! ich will Dir auch ein andermal wieder gefällig sein«, sagte der Bock: »nimm so Viel von der Wolle, als Du willst, und wirre mir dann den Rest um den Hals.« Das that sie; aber sie benahm sich dabei so ungeschickt, daß sie dem Bock große Stücke aus dem Fell schnitt, und all die Wolle nahm sie mit.

Ein wenig darnach kam sie zu dem Apfelbaum, der wieder ganz krumm unter der Last seiner Frucht stand. »O, sei doch so gut und pflücke meine Äpfel ab«, sagte der Apfelbaum: »damit meine Zweige sich wieder aufrichten können! denn es ist so beschwerlich, hier so krumm zu stehen; aber nimm Dich in Acht, daß Du mir keinen Schaden thust; iß so Viel Du willst, und lege dann den Rest hübsch ordentlich unten an meinen Stamm hin.« Sie pflückte nun die nächsten Äpfel ab, und die sie nicht mit der Hand erreichen konnte, schlug sie mit der Stange herunter; aber sie kümmerte sich weiter um Nichts, riß und schlug große Zweige mit ab und aß so lange, bis sie zuletzt nicht mehr konnte, und dann warf sie den Rest hulterpulter unter den Baum hin.

Als sie nun noch ein kleines Ende weiter gegangen war, kam sie zu dem Hause, wo das Trollweib wohnte; da bat sie um einen Dienst. Das Trollweib sagte, sie wolle kein Dienstmädchen haben; denn entweder taugten sie nichts, oder sie wären auch allzu flink und betrögen sie um ihr Eigenthum. Aber das Mädchen ließ sich damit nicht abweisen, sondern sagte, sie wolle und müsse bei ihr dienen. Da sagte denn das Trollweib zuletzt, ja, sie wolle sie in Dienst nehmen, wenn sie zu Etwas tauge.

Das Erste, was sie zu thun bekam, war, Wasser im Sieb zu holen. Ja, sie ging auch zu dem Brunnen und schöpfte Wasser ins Sieb; aber sowie sie es oben hineinschöpfte, lief es unten immer wieder heraus. Da sangen die Vöglein:

»Kleb' mit Lehm,
Stopf mit Stroh!

Kleb' mit Lehm,
Stopf mit Stroh!«

Aber sie bekümmerte sich nicht um Das, was die Vögel sangen, sondern warf mit dem Lehm nach ihnen, so daß sie davon flogen; und sie mußte mit dem leeren Sieb wieder nach Hause gehen und bekam Gnickpümpe von dem Trollweib obendrein. Darauf sollte sie den Stall ausmisten und die Kühe melken. Dazu däuchte sie sich nun zwar viel zu gut, aber sie ging doch hin. Als sie in den Stall kam, konnte sie jedoch auf keine Weise die Schaufel handthieren, denn die war viel zu schwer und zu groß für sie. Die Vögel sagten ihr nun eben Das, was sie der Tochter des Mannes gesagt hatten, sie solle ein Wenig mit dem Besenstiel hinauswerfen, dann würde all das Übrige nachfliegen; aber sie nahm den Besen und warf damit nach den Vögeln. Als sie darauf die Kühe melken wollte, waren diese so unruhig und schlugen und stießen, und so oft sie ein Wenig in den Eimer bekommen hatte, schlugen sie ihn immer wieder um. Da sangen die Vögel:

»Kleinen Trunk,
Kleinen Strahl
Stripp zu den Vöglein
Allzumal!«

Aber sie bumpste und schlug die Kühe, warf nach den Vögeln mit Allem, was ihr in die Hände kam, und hielt eine Wirthschaft, daß es ganz entsetzlich war. Damit hatte sie aber, als sie zurückkam, weder den Stall ausgemistet, noch die Kühe gemelkt, und bekam nun tüchtige Hiebe und Schelte von dem Trollweib. Darnach sollte sie die schwarze Wolle weiß waschen; aber damit ging es um Nichts besser. Das war endlich dem Trollweib allzu arg. Nein, ein solches Dienstmädchen konnte sie nicht gebrauchen, denn sie taugte ja zu Nichts. Sie setzte aber drei Schreine hin, einen rothen, einen grünen und einen blauen; denn ihren Lohn sollte sie gleichwohl haben und sich einen von den drei Schreinen auswählen, den sie selbst wollte. Da sangen die Vögel:

»Nimm nicht den grünen,
Nimm nicht den rothen,

Den blauen nimm jetzt,
Auf welchen wir haben
Drei Kreuze gesetzt.«

Aber sie bekümmerte sich nicht um Das, was die Vögel sangen, sondern nahm den rothen, der am meisten schimmerte. Darnach begab sie sich auf den Weg und ging nach Hause. Sie durfte aber in guter Ruhe gehen; denn es war Niemand, der sie verfolgte. Als sie zu Hause ankam, war die Mutter sehr erfreut, und sie gingen beide sogleich in die große Stube und setzten da den Schrein hin; denn sie glaubten, es wäre nichts Anders, als lauter Gold und Silber drin, und meinten, sie wollten Wände und Boden damit vergolden; als sie ihn aber aufmachten, wimmelte lauter Gewürm und Ungeziefer hervor, und so oft das Mädchen den Mund aufthat, fielen Würmer und Kröten und all das Ungeziefer heraus, das man sich nur denken kann, so daß es zuletzt nicht mehr möglich war, mit ihr in *einem* Hause auszudauern. Das war der Lohn, den sie für ihren Dienst bei dem Trollweib bekommen hatte.

16.) HÄHNCHEN UND HÜHNCHEN IM NUSSWALD.

Hähnchen und Hühnchen gingen einmal in den Nußwald, um sich Nüsse zu pflücken; da bekam Hühnchen eine Nußschale in den Hals und lag nun da und zappelte und schlug mit den Flügeln. Nun sollte Hähnchen hinlaufen und dem Hühnchen Wasser aus der Quelle holen. Hähnchen lief auch hin, und als er zur Quelle kam, sagte er: »Ouelle, gieb mir Wasser, das Wasser geb' ich Hühnchen, meinem Schatz, das liegt auf den Tod im Nußwald.« Die Quelle aber antwortete: »Ich geb' Dir kein Wasser, eh' Du mir nicht Laub giebst.« Da lief Hähnchen zur Linde: »Linde, gieb mir Laub, das Laub geb' ich der Quelle, die Quelle giebt mir Wasser, das Wasser geb' ich Hühnchen, meinem Schatz, das liegt auf den Tod im Nußwald.« — »Ich geb' Dir kein Laub, eh' Du mir nicht rothes Goldband giebst«, antwortete die Linde. Da lief Hähnchen zur Jungfrau Maria: »Jungfrau Maria, gieb mir rothes Goldband, das rothe Goldband geb' ich der Linde, die Linde giebt mir Laub, das Laub geb' ich der Quelle, die Quelle giebt mir Wasser, das Wasser geb' ich Hühnchen, meinem Schatz, das liegt auf den Tod im Nußwald.« — »Ich geb' Dir kein rothes Goldband, eh' Du mir nicht Schuhe giebst«, antwortete die Jungfrau Maria. Da lief Hähnchen zum Schuster: »Schuster, gieb mir Schuh', die Schuh' geb' ich der Jungfrau Maria, die Jungfrau Maria giebt mir rothes Goldband, das rothe Goldband geb' ich der Linde, die Linde giebt mir Laub, das Laub geb' ich der Quelle, die Quelle giebt mir Wasser, das Wasser geb' ich Hühnchen, meinem Schatz, das liegt auf den Tod im Nußwald.« — »Ich geb' Dir keine Schuh', eh' Du mir nicht Borsten giebst«, antwortete der Schuster. Da lief Hähnchen zum Eber: »Eber, gieb mir Borsten, die Borsten geb' ich dem Schuster, der Schuster giebt mir Schuh', die Schuh' geb' ich der Jungfrau

Maria, die Jungfrau Maria giebt mir rothes Goldband, das rothe Goldband geb' ich der Linde, die Linde giebt mir Laub, das Laub geb' ich der Quelle, die Quelle giebt mir Wasser, das Wasser geb' ich Hühnchen, meinem Schatz, das liegt auf den Tod im Nußwald.« — »Ich geb' Dir keine Borsten, eh' Du mir nicht Korn giebst«, antwortete der Eber. Da lief Hähnchen zum Drescher: »Drescher, gieb' mir Korn, das Korn geb' ich dem Eber, der Eber giebt mir Borsten, die Borsten geb' ich dem Schuster, der Schuster giebt mir Schuh', die Schuh geb' ich der Jungfrau Maria, die Jungfrau Maria giebt mir rothes Goldband, das rothe Goldband geb' ich der Linde, die Linde giebt mir Laub, das Laub geb' ich der Quelle, die Quelle giebt mir Wasser, das Wasser geb' ich Hühnchen, meinem Schatz, das liegt auf den Tod im Nußwald.« — »Ich geb' Dir kein Korn, eh' Du mir nicht Brod giebst«, antwortete der Drescher. Da lief Hähnchen zur Backfrau: »Backfrau, gieb mir Brod, das Brod geb' ich dem Drescher, der Drescher giebt mir Korn, das Korn geb' ich dem Eber, der Eber giebt mir Borsten, die Borsten geb' ich dem Schuster, der Schuster giebt mir Schuh', die Schuh' geb' ich der Jungfrau Maria, die Jungfrau Maria giebt mir rothes Goldband, das rothe Goldband geb' ich der Linde, die Linde giebt mir Laub, das Laub geb' ich der Quelle, die Quelle giebt mir Wasser, das Wasser geb' ich Hühnchen, meinem Schatz, das liegt auf den Tod im Nußwald.« — »Ich geb' Dir kein Brod, eh' Du mir nicht Holz giebst«, antwortete die Backfrau. Da lief Hähnchen zum Holzhauer: »Holzhauer, gieb mir Holz, das Holz geb' ich der Backfrau, die Backfrau giebt mir Brod, das Brod geb' ich dem Drescher, der Drescher giebt mir Korn, das Korn geb' ich dem Eber, der Eber giebt mir Borsten, die Borsten geb' ich dem Schuster, der Schuster giebt mir Schuh', die Schuh' geb' ich der Jungfrau Maria, die Jungfrau Maria giebt mir rothes Goldband, das rothe Goldband geb' ich der Linde, die Linde giebt mir Laub, das Laub geb' ich der Quelle, die Quelle giebt mir Wasser, das Wasser geb' ich Hühnchen, meinem Schatz, das liegt auf den Tod im Nußwald.« — »Ich geb' Dir kein Holz, eh' Du mir nicht eine Axt giebst«, antwortete der Holzhauer. Da lief Hähnchen zum Schmied: »Schmied, gieb mir 'ne Axt, die Axt geb' ich dem Holzhauer, der Holzhauer giebt mir

Holz, das Holz geb' ich der Backfrau, die Backfrau giebt mir Brod, das Brod geb' ich dem Drescher, der Drescher giebt mir Korn, das Korn geb' ich dem Eber, der Eber giebt mir Borsten, die Borsten geb' ich dem Schuster, der Schuster giebt mir Schuh', die Schuh' geb' ich der Jungfrau Maria, die Jungfrau Maria giebt mir rothes Goldband, das rothe Goldband geb' ich der Linde, die Linde giebt mir Laub, das Laub geb' ich der Quelle, die Quelle giebt mir Wasser, das Wasser geb' ich Hühnchen, meinem Schatz, das liegt auf den Tod im Nußwald.« — »Ich geb' Dir keine Axt, eh' Du mir nicht Kohlen giebst«, antwortete der Schmied. Da lief Hähnchen zum Köhler: »Köhler, gieb mir Kohlen, die Kohlen geb' ich dem Schmied, der Schmied giebt mir 'ne Axt, die Axt geb' ich dem Holzhauer, der Holzhauer giebt mir Holz, das Holz geb' ich der Backfrau, die Backfrau giebt mir Brod, das Brod geb' ich dem Drescher, der Drescher giebt mir Korn, das Korn geb' ich dem Eber, der Eber giebt mir Borsten, die Borsten geb' ich dem Schuster, der Schuster giebt mir Schuh', die Schuh' geb ich der Jungfrau Maria, die Jungfrau Maria giebt mir rothes Goldband, das rothe Goldband geb' ich der Linde, die Linde giebt mir Laub, das Laub geb' ich der Quelle, die Quelle giebt mir Wasser, das Wasser geb' ich Hühnchen, meinem Schatz, das liegt auf den Tod im Nußwald.« Da jammerte den Köhler das Hähnchen, und er gab ihm Kohlen. Nun bekam der Schmied Kohlen, und der Holzhauer eine Axt, und die Backfrau Holz, und der Drescher Brod, und der Eber Korn, und der Schuster Borsten, und die Jungfrau Maria Schuh', und die Linde rothes Goldband, und die Quelle Laub, und Hähnchen Wasser, und das gab er Hühnchen, seinem Schatz, das auf den Tod im Nußwald lag; da ward Hühnchen wieder gesund.

17.) DER BÄR UND DER FUCHS.

Warum der Bär einen Stumpfschwanz hat.

Dem Bären begegnete einmal der Fuchs, der mit einem Bündel Fische angeschlichen kam, die er gestohlen hatte. »Wo hast Du die her?« fragte der Bär. »Die hab' ich mir geangelt, Herr Bär«, versetzte der Fuchs. Da bekam der Bär auch Lust, das Angeln zu lernen, und bat den Fuchs, ihm doch zu sagen, wie er es machen müßte. »Das ist eine leichte Kunst und sehr bald gelernt«, erwiederte der Fuchs: »Du musst nur aufs Eis gehen, Dir ein Loch hauen und den Schwanz hineinstecken, und dann musst Du ihn recht lange drein halten und Dich nicht darum bekümmern, wenn's ein bischen weh thut; denn das ist ein Zeichen, daß Fische dran beißen; und je länger Du's aushalten kannst, desto mehr Fische bekommst Du; aber wenn's zuletzt recht tüchtig kneift, dann musst Du aufziehen.« Ja, der Bär that, wie der Fuchs ihm gesagt hatte, und hielt den Schwanz so lange ins Loch, bis er darin festgefroren war. Da zog er auf — den Schwanz ab, und nun geht er noch da den heutigen Tag mit einem Stumpfschwanz.

Wie der Fuchs den Bären ums Weihnachtsessen prellt.

Der Bär und der Fuchs hatten sich einmal zusammen ein Viertel Butter gekauft, das wollten sie zum Weihnachten haben und verwahrten es daher unter einen dicken Tannenbusch. Darauf gingen sie fort und legten sich auf einem

Hügel in der Sonne schlafen. Als sie eine Weile gelegen hatten, sprang der Fuchs auf und rief: »Ja!« und damit lief er gradesweges zu dem Butterviertel, wovon er gut den dritten Theil auffraß. Als er aber zurückkam, und der Bär ihn fragte, wo er gewesen sei, daß er so fett ums Maul wäre, sagte er: »Meinst Du denn nicht, ich sei zu Gevatter gebeten, Du?« — »Na so!« sagte der Bär: »wie hieß denn das Kind?« — *»Angefangen«,* sagte der Fuchs.

Damit legten sie sich wieder schlafen. Nach einer Weile sprang der Fuchs abermals auf und rief: »Ja!« und lief wieder zu dem Butterviertel. Als er zurückkam, und der Bär ihn fragte, wo er gewesen sei, antwortete er: »Ach, wurde ich denn nicht wieder zu Gevatter gebeten, Du!« — »Wie hieß jetzt das Kind?« fragte der Bär. *»Halbverzehrt«,* antwortete der Fuchs.

Der Bär meinte, das wär' ein hübscher Name; aber es dauerte nicht lange, so fing er wieder an zu gähnen und schlief ein. Als er nun ein Weilchen gelegen hatte, ging es wieder eben so, wie die beiden vorigen Male: Der Fuchs sprang wieder auf und rief: »Ja!« lief zu dem Butterviertel und fraß nun auch den letzten Rest auf. Wie er zurückkam, war er wieder zu Kindtauf gewesen, und als der Bär wissen wollte, wie das Kind hieß, antwortete er: *»Den-Boden-geleckt.«* Damit legten sie sich wieder zur Ruhe und schliefen beide eine gute Weile. Darnach wollten sie hingehen und sich nach ihrer Butter umsehen. Als es sich nun aber fand, daß sie rein aufgezehrt war, beschuldigte der Bär dafür den Fuchs, und der Fuchs beschuldigte wieder den Bären, und der Eine behauptete immer, der Andre sei bei der Butter gewesen, während er da gelegen habe und geschlafen. »Nun«, sagte Reineke: »wir wollen's bald erfahren, Wer von uns die Butter gestohlen hat: wir wollen uns jetzt wieder auf dem Hügel schlafen legen, und Wer dann am fettsten unten beim Schwanz ist, wenn wir aufwachen, der hat sie gestohlen.« Ja, der Bär wollte gleich auf die Probe eingehen, und weil er bei sich selbst wußte, daß er die Butter nicht einmal gekostet hatte, legte er sich ganz ruhig auf dem Hügel schlafen. Da schlich Reineke sich aber fort nach dem Viertel und erwischte noch ein Klümpchen Butter, das in einer Ritze sitzen geblieben war; damit schlich er sich zurück zu dem Bären, bestrich ihn mit der Butter unten beim Schwanz und legte sich dann wieder schlafen, als wüßte er von Nichts. Als nun beide aufwachten, hatte die Sonne die Butter geschmelzt, und da war's denn gleichwohl der Bär, der die Butter gefressen hatte.

18.) GUDBRAND VOM BERGE.

Es war einmal ein Mann, der hieß *Gudbrand;* der hatte ein Gehöft, das lag weit weg am Abhang eines Berges, und darum nannten die Leute ihn *Gudbrand vom Berge.* Er lebte aber mit seiner Frau so zufrieden und verträglich zusammen, daß Alles, was der Mann that, der Frau so wohl gethan däuchte, daß es nimmermehr besser gemacht werden könne; wie er's auch anfangen mochte, sie mußte sich immer darüber freuen. Sie besaßen ihr Stück Ackerland, hatten hundert Thaler in der Kiste liegen, und im Stall hatten sie zwei Kühe im Joch stehen. Da sagte die Frau eines Tages zu Gudbrand: »Mir däucht, wir sollten die eine Kuh zur Stadt bringen und sie verkaufen, damit wir doch ein paar Ausgebeschillinge bekämen; wir sind so brave Leute und sollten doch ein paar Schillinge unter den Händen haben, so wie andre Leute es haben; die hundert Thaler in der Kiste dürfen wir nicht angreifen, und ich weiß nicht, Was wir mit mehr, als mit *einer* Kuh, wollen; und dann ist auch noch immer ein kleiner Gewinn dabei, daß ich alsdann nur auf die eine Kuh zu passen brauch, statt daß ich jetzt mich mit zweien placken muß.« Ja, das däuchte dem Gudbrand ganz recht und vernünftig gesprochen, und er nahm sogleich die Kuh und ging damit zur Stadt, um sie zu verkaufen. In der Stadt aber fand sich Niemand, der ihm die Kuh abkaufen wollte. »Ei nun!« dachte Gudbrand: »so geh' ich mit meiner Kuh wieder nach Hause; ich weiß, ich habe sowohl Stall, als Joch, für sie, und es ist eben so weit hin, als her«, und damit stiefelte er getrost wieder mit seiner Kuh heimwärts.

Als er ein Endchen gegangen war, begegnete ihm Einer, der hatte ein Pferd, das er verkaufen wollte. Nun däuchte unserm Gudbrand, es sei besser, ein Pferd zu haben, als eine Kuh, und darum tauschte er mit dem Manne. Als er noch etwas weiter gegangen war, begegnete ihm Einer, der trieb ein fettes Schwein vor sich her, und da meinte Gudbrand wieder, es sei doch besser, ein fettes Schwein zu haben, als ein Pferd, und tauschte mit dem Manne. Darauf ging er weiter, und nach einer Weile begegnete ihm ein Mann mit einer Ziege. »Es ist freilich immer besser, eine Ziege zu haben, als ein Schwein«, dachte Gudbrand und tauschte mit dem Mann, der die Ziege hatte. Nun ging er eine weite Strecke fort, bis ihm endlich ein Mann begegnete, der ein Schaf hatte, und mit dem tauschte er ebenfalls, denn er dachte: »Besser ist's immer, ein Schaf zu haben, als eine Ziege.« Als er nun noch weiter gegangen war, begegnete ihm ein Mann mit einer Gans, und nun vertauschte Gudbrand das Schaf gegen die Gans. Als er darauf ein weites, weites Ende gegangen war, begegnete ihm ein Mann mit einem Hahn; mit dem tauschte er nochmals, denn er dachte: »Im Grunde ist's doch besser, einen Hahn zu haben, als eine Gans.« Er schritt nun so lange fort, bis es schon spät am Tage war, und da nun der Hunger sich bei ihm einstellte, verkaufte er den Hahn für drei Groschen und kaufte dafür Etwas zu essen, »denn es ist doch besser, das Leben heimzubringen, als einen Hahn«, dachte Gudbrand vom Berge. Darauf setzte er seinen Weg nach Hause fort, bis er zu dem Gehöft seines nächsten Nachbars kam; da kehrte er ein. »Nun, wie ist es Dir in der Stadt gegangen?« fragten die Leute ihn. »O, das ist nun so so gegangen«, sagte Gudbrand: »ich kann mein Glück eben nicht loben und auch nicht verachten«, und damit erzählte er ihnen, wie sich Alles zugetragen hatte, vom Anfang an bis zu Ende. »Na, da wirst Du aber auch schön empfangen werden von Deiner Frau, wenn Du nach Hause kommst«, sagte der Mann von dem Gehöft: »Gott steh' Dir bei! ich möchte nicht in Deiner Haut stecken.« — »Mir däucht, es könnte weit schlimmer gegangen sein«, sagte Gudbrand vom Berge: »sei es aber nun übel, oder wohl gegangen, so habe ich doch eine so gute Frau, die mir nie Vorwürfe macht, wie ich's auch immer anfange.« — »Ja, das mag wahr sein«, sagte der Mann: »aber ich glaub's darum doch nicht.« — »Wollen wir wetten?« versetzte Gudbrand vom Berge: »Ich habe hundert Thaler in der Kiste liegen, hältst Du eben so Viel dagegen?« — »Topp!« rief der Nachbar; und als es anfing zu dämmern, begaben beide sich zu Gudbrand's Gehöft. Hier blieb der Nachbar draußen vor der Thür stehen, um zu horchen, während Gudbrand hineinging zu seiner Frau und mit ihr sprach.

»Guten Abend!« sagte Gudbrand vom Berge, als er eintrat. »Guten Abend!« sagte die Frau: »Na, Gott sei Lob! bist Du wieder da?« — Ja, das war er denn. Nun fragte die Frau, wie's ihm denn gegangen wär' in der Stadt. »Ach, so so!« antwortete Gudbrand: »ich kann mein Glück eben nicht sonderlich rühmen. Als ich zur Stadt kam, war da Niemand, der mir die Kuh abkaufen wollte; darum vertauschte ich sie gegen ein Pferd.« — »Ei! das muß ich Dir ja Dank wissen«, sagte sie: »wir sind so brave Leute, daß wir auch wohl zur Kirche *fahren* können, eben so gut, wie Andre, und wenn wir Rath haben, uns ein Pferd anzuschaffen, warum sollten wir es nicht? — Geht hin, Jungens, und zieht das Pferd ein!« — »Je«, sagte Gudbrand: »ich hab' das Pferd doch nicht; denn als ich ein Stück Weges gegangen war, vertauschte ich es gegen ein Schwein.« — »Nein!« rief die Frau: »das ist doch recht, als wenn ich's selbst gethan hätte! danke schön, lieber Mann! nun hab' ich doch Speck im Hause, um den Leuten Etwas anzubieten, die zu uns kommen. Was sollten wir auch wohl mit dem Pferd? Die Leute würden nur sagen, wir wären so vornehm geworden, daß wir nicht mehr zur Kirche gehen könnten, wie wir sonst gethan — Geht hin, Jungens, und bringt's Schwein herein!« — »Aber ich habe das Schwein doch auch nicht«, sagte Gudbrand: »denn als ich ein Ende weiter gegangen war, vertauschte ich es gegen eine Milchziege.« — »Jerum! wie Du Alles vortrefflich machst!« rief die Frau: »Was sollte ich auch mit dem Schwein, wenn ich's recht bedenke? Die Leute würden nur sagen: ›Die da fressen Alles auf, was sie haben.‹ Nein, hab' ich eine Ziege, so bekomm' ich Milch und Käse, und die Ziege bleibt mir dennoch — Jungens, laßt die Ziege ein!« — »Nein, ich hab' die Ziege doch auch nicht«, sagte Gudbrand: »denn als ich etwas weiter auf dem Weg gekommen war, vertauschte ich die Ziege und bekam dafür ein herrliches Schaf.« — »Nein!« rief die Frau: »Du hast Alles gemacht, wie ich's mir nur wünschen kann, grade, als wär' ich selbst dabei gewesen. Was sollten wir auch mit der Ziege? Ich müßte dann immer dahinterher laufen und bergan und bergab klettern. Hab' ich aber ein Schaf, so hab' ich Wolle und Kleider im Hause und Essen obendrein — Geht hin, Jungens, und bringt das Schaf 'rein!« — »Aber ich hab' das Schaf auch nicht mehr«, sagte Gudbrand: »denn als ich etwas weiter gegangen war, vertauschte ich es gegen eine Gans.« — »Ei, tausendmal schönen Dank!« sagte die Frau: »Was sollte ich auch wohl mit dem Schaf? Ich habe ja weder Rocken, noch Spindel, und frage auch nicht darnach, mich zu placken und zu quälen und Kleider zu weben; wir können ja unsre Kleider kaufen, wie wir sonst gethan haben. Nun bekomm' ich doch mal Gänsefleisch zu schmecken, wonach ich schon so lange gejankt habe, und kann mir Dunen in meinen Pfülk stopfen — Geht hin, Jungens, und holt die Gans 'rein!« — »Je, ich hab' die Gans aber auch nicht«, sagte Gudbrand: »denn als ich noch ein Stück Weges gegangen war, vertauschte ich sie gegen einen Hahn.« — »Gott weiß, wie Du auf Das verfallen bist!« rief die Frau: »es ist grade Alles, als ob ich's selbst gemacht hätte. Ein Hahn, das ist eben Dasselbe, als ob Du eine Weck-Uhr gekauft hättest; denn jeden Morgen kräht der Hahn um Vier, und dann können wir zu rechter Zeit auf die Beine kommen. Was sollten wir wohl mit der Gans? Ich versteh' mich nicht darauf, Gänsefleisch zu pökeln, und meinen Pfülk kann ich mir ja mit Seegras stopfen — Geht hin, Jungens, und holt den Hahn 'rein!« — »Aber ich habe doch den Hahn auch nicht«, sagte Gudbrand: »denn als ich noch etwas weiter gegangen war, bekam ich einen entsetzlichen Hunger und mußte den Hahn für drei Groschen verkaufen, daß ich nur das Leben heimbrachte.« —»Na, das war recht, daß Du das thatst!« rief die Frau: »Wie Du's auch anfängst, so machts Du Alles, wie ich's nur wünschen kann. Was sollten wir auch mit dem Hahn? Wir sind ja unsre eignen Herren, und können des Morgens liegen bleiben, so lange wir wollen. Na, Gott sei Lob! wenn ich nur Dich wieder habe, der Du Alles so gut machst, brauch ich weder Hahn, noch Gans, noch Schwein, noch Kuh.« Nun machte Gudbrand die Thür auf. »Hab' ich jetzt die hundert Thaler gewonnen?« rief er; und da mußte denn der Nachbar gestehen, daß er es hätte.

19.) KARI TRÄSTAK.

Es war einmal ein König, der war Wittwer geworden. Mit seiner Gemahlinn hatte er eine Tochter, die war so gut von Herzen und so schön, daß Niemand gutmüthiger und schöner sein konnte. Der König trauerte lange um seine Gemahlinn, weil er so viel von ihr gehalten hatte; zuletzt ward er aber des ledigen Standes überdrüssig und verheirathete sich mit einer Königinn-Wittwe, die hatte auch eine Tochter, aber die war eben so häßlich und böse, als die andre gut und schön war. Die Stiefmutter und ihre Tochter waren nun neidisch auf die Königstochter wegen ihrer Schönheit; aber so lange der König zu Hause blieb, wagten sie nicht, ihr Etwas zu Leide zu thun, weil er so viel von ihr hielt.

Als aber eine Zeit vergangen war, bekam der König Krieg mit einem andern König und zog in die Schlacht. Nun, meinte die Königinn, könnte sie thun, Was sie wollte, schlug die Königstochter, ließ sie hungern und stieß sie in alle Ecken herum. Zuletzt war Alles zu gut für die Königstochter, und sie mußte endlich die Küche hüten. So trieb sie nun mit den Kühen hinaus und weidete sie in dem Wald und auf dem Berg. Essen bekam sie nur wenig, oder gar nicht; sie ward bleich und hager und war fast immer betrübt und weinte. Unter der Heerde, die sie weidete, war auch ein großer blauer Stier, der sich immer so sauber und blank hielt, der kam oft zu der Königstochter und ließ sich von ihr den Kopf krauen. Einmal, als sie da saß und so betrübt war und weinte, kam er auch zu ihr und fragte sie, warum sie immer so traurig wäre. Sie antwortete ihm aber nicht, sondern fuhr fort zu weinen. »Ja, ich weiß wohl, Was Dir fehlt«, sagte der Stier: »wenn Du es mir auch nicht sagen willst; Du weinst, weil die Königinn immer so schlimm gegen Dich ist und Dich beinahe todthungern lässt. Aber für Essen und Trinken sollst Du nicht sorgen: In meinem linken Ohr liegt ein Tuch, wenn Du das herausnimmst, und es ausbreitest, bekommst Du sowohl zu essen, als zu trinken, Was Du nur verlangst.« Das that sie, sie nahm das Tuch heraus und breitete es auf den Rasen hin, und da deckte es sich mit den schönsten Gerichten, die man sich nur wünschen kann, und Wein und Meth und Honigkuchen war auch da. Sie kam nun bald wieder zu Kräften und ward so voll und roth und weiß, daß die Königinn und ihre holzdürre Tochter grün und gelb vor lauter Ärger wurden. Die Königinn konnte gar nicht begreifen, wie ihre Stieftochter bei so schlechter Kost ein so gutes Aussehen bekommen konnte; darum sagte sie zu einer von ihren Dirnen, sie sollte ihr im Walde nachgehen und zusehen, wie das zusammenhinge; denn sie glaubte, daß irgend einer von den Dienstleuten ihr Etwas zu essen gäbe. Die Dirne ging ihr nun im Walde nach und beobachtete sie, und da sah sie denn, daß die Stieftochter das Tuch aus dem Ohr des blauen Stiers nahm und es auf dem Rasen ausbreitete, worauf es sich mit den schönsten Gerichten deckte, wovon dann die Tochter aß und sich gütlich that. Das erzählte die Dirne zu Hause der Königinn. — Jetzt kehrte der König heim und hatte den Sieg über den andern König davon getragen, gegen den er zu Felde gezogen war. Da war nun große Freude im ganzen Schloß, doch Niemand freute sich mehr, als des Königs Tochter. Die Königinn aber stellte sich krank an und gab dem Doctor viel Geld, damit er sagen solle, sie könne nicht wieder gesund werden, wenn sie nicht das Fleisch von dem blauen Stier zu essen bekäme. Sowohl die Königstochter, als die Leute im Schloß fragten den Doctor, ob nicht etwas Andres helfen könne, und baten für den Stier, denn sie hielten alle so viel von ihm und sagten, einen solchen Stier gäb's nicht mehr im ganzen Königreich; aber nein, er sollte und mußte geschlachtet werden, es war kein andrer Rath. Als die Königstochter das hörte, ward sie sehr betrübt und ging hinunter in den Stall zu dem Stier. Der stand auch da und ließ den Kopf hangen und sah so betrübt aus, daß sie anfing, darüber zu weinen. »Warum weinst Du?« fragte der Stier. Da erzählte sie ihm, der König wäre zu Hause gekommen, und die Königinn hätte sich krank angestellt und den Doctor dahin vermocht, zu sagen, sie könne nicht wieder gesund werden, wenn sie nicht das Fleisch von dem blauen Stier zu essen bekäme, und nun sollte er geschlachtet werden. Der Stier aber sagte: »Wenn sie erst mich getödtet haben, dann werden sie Dich auch bald tödten; wenn Du aber so willst, wie ich, so machen wir uns beide noch diese Nacht davon.« Die Königstochter meinte zwar, es wäre schlimm, ihren Vater zu verlassen, aber schlimmer doch wär' es noch, im Hause bei der Königinn zu bleiben, und versprach darum dem Stier, mit ihm zu reisen.

Als es Abend geworden war, und alle die Andern sich zur Ruhe begeben hatten, schlich die Königstochter sich hinunter in den Stall; da nahm der Stier sie auf den Rücken und machte sich mit ihr davon, so schnell er nur konnte. Als darnach am Morgen die Leute aufstanden und den Stier schlachten wollten, war dieser fort; und als der König aufgestanden war und nach seiner Tochter fragte, da war die auch fort. Der König schickte Boten aus nach allen Enden der Welt, sie aufzusuchen, und ließ ihr nachläuten mit allen Glocken; aber es konnte Niemand eine Spur von ihr entdecken. — Inzwischen trabte der Stier mit der Königstochter fort durch viele fremde Länder, und endlich kamen sie zu einem großen kupfernen Wald, wo sowohl die Bäume, als die Zweige und Blätter und Blüthen von lauter Kupfer waren.

Ehe sie aber weiter reisten, sagte der Stier zu der Königstochter: »Wenn wir nun in den Wald kommen, mußt Du Dich wohl in Acht nehmen, daß Du auch nicht ein Blättchen anrührst, sonst ist's aus mir Dir und mit mir; denn es wohnt hier ein Troll mit drei Köpfen, welchem dieser Wald gehört.« Nein, den Kukuk! sie wollte sich wohl in Acht nehmen und ja Nichts anrühren. Darauf gingen sie sehr vorsichtig in den Wald; die Prinzessinn schmiegte und biegte sich und hielt die Zweige mit den Händen zurück; aber der Wald war so dicht, daß es fast nicht möglich war, hindurch zu kommen, und wie sehr sie sich auch in Acht nahm, versah sie's doch, daß sie ein Blatt abriß und es in der Hand behielt.

»O weh! Was machst Du da?« sagte der Stier: »jetzt muß ich mich schlagen auf Leben und Tod; aber verwahre nur gut das Blatt.« Sie hatten bald darauf das Ende des Waldes erreicht. Da kam ein großer Troll dahergeschnoben, der hatte drei Köpfe. *»Wer hat meinen Wald angerührt?«* rief er. »Das ist eben so gut mein Wald, als Deiner«, sagte der Stier. *»Das wollen wir erst ausmachen!«* schrie der Troll. »Laß uns das!« sagte der Stier. Beide rannten nun an einander, und der Stier stieß und schlug aus allen Kräften; aber der Troll schlug nicht schlechter, und es dauerte einen ganzen Tag, eh' der Stier ihn bezwingen konnte. Da war er aber auch so mit Wunden bedeckt und so erschöpft, daß er nicht mehr von der Stelle zu gehen vermochte. Sie mußten sich nun den ganzen Tag ausruhen; darauf sagte der Stier zu der Königstochter, sie solle das Salbenhorn nehmen, das an dem Gürtel des Trollen hing, und ihn mit der Salbe überall bestreichen. Als sie das gethan hatte, ward der Stier sogleich wieder frisch und gesund, und am folgenden Tage setzten sie ihre Reise fort. Sie reisten nun manchen lieben Tag, und endlich kamen sie zu einem silbernen Wald; hier waren sowohl die Bäume, als die Zweige und die Blätter und Blüthen von lauter Silber.

Ehe sie aber ihre Reise weiter fortsetzten, sagte der Stier zu der Königstochter: »Wenn wir nun in den Wald kommen, mußt Du Dich ja sehr in Acht nehmen; Du darfst durchaus Nichts anrühren, und auch nicht so Viel, als nur ein Blättchen, abreißen; sonst ist es aus mit Dir und mit mir; denn hier wohnt ein Troll mit sechs Köpfen, welchem dieser Wald gehört, und mit dem, glaub' ich, werd' ich's nicht aufnehmen können.«

Nein, sagte die Königstochter, sie wollte sich sehr in Acht nehmen und auch nicht das Geringste anrühren. Als sie aber in den Wald kamen, war er wieder so dicht und so eng, daß sie beinahe nicht vorwärts kommen konnten. Die Königstochter war so vorsichtig, wie nur möglich, und bog die Zweige, die ihr im Wege saßen, mit den Händen zur Seite; aber jeden Augenblick schlugen ihr die Zweige in die Augen, und wie sie's auch anfangen mochte, so riß sie doch wieder ein Blatt ab.

»O weh! Was hast Du gemacht!« rief der Stier: »Nun muß ich mich wieder schlagen auf Leben und Tod; denn der Troll, welcher hier wohnt, hat sechs Köpfe und ist noch einmal so groß, als der vorige; verwahre aber nur vorsichtig das Blatt.«

Es dauerte nicht lange, so kam der Troll an. *»Wer hat meinen Wald angerührt?«* rief er. »Das ist eben so gut mein Wald, als Deiner«, sagte der Stier. *»Das wollen wir erst ausmachen!«* schrie der Troll. »Laß uns das!« sagte der Stier, fuhr auf den Trollen zu, bohrte ihm die Augen aus und rannte ihm die Hörner mitten durch den Leib, so daß die Gedärme dabei hingen; aber der Troll wehrte sich dessen ungeachtet tapfer, und es dauerte drei ganze Tage, eh' der Stier ihm den Garaus machte. Da war er aber auch so elend und hinfällig, daß er sich kaum noch rühren konnte, und über und über war er mit Wunden bedeckt, aus welchen das Blut herausfloß. Da sagte er zu der Königstochter, sie solle das Salbenhorn nehmen, das an dem Gürtel des Trollen hing, und ihn überall mit der Salbe bestreichen. Das that sie denn auch, und darauf heilten die Wunden sogleich wieder zu. Aber so matt war der Stier, daß sie eine ganze Woche lang sich ausruhen mußten, eh' er im Stande war, weiter zu gehen.

Endlich machten sie sich wieder auf den Weg; aber der Stier war immer noch sehr schwach, und es ging daher im Anfang nur langsam. Um ihn zu schonen, sagte die Königstochter, sie wäre jung und leicht zu Fuß, sie könnte ja gern gehen; aber das litt der Stier durchaus nicht, sie mußte sich wieder auf ihn setzen. Nun reisten sie eine lange lange Zeit und kamen durch viele Länder, und die Königstochter wußte gar nicht mehr, wo sie in der Welt waren. Aber endlich und zuletzt kamen sie zu einem goldnen Wald, der war so schön, daß das Gold davon heruntertröpfelte; denn sowohl die Bäume, als die Zweige und die Blätter und Blüthen waren von purem Golde. Hier ging es nun wieder eben so, wie in dem kupfernen und dem silbernen Wald. Der Stier sagte zu der Königstochter, daß sie durchaus kein Blatt anrühren dürfe; denn hier wohne ein Troll mit neun Köpfen, dem der Wald gehöre, der wäre noch weit größer und stärker, als die beiden andern zusammen, und den glaubte er nun ganz und gar nicht bezwingen zu können. — Nein, sie wollte sich wohl in Acht nehmen und durchaus Nichts anrühren, darauf könne er sich verlassen. Als sie aber in den Wald kamen, war dieser noch weit dichter und enger, als der silberne, und je weiter sie hineinkamen, desto schlimmer ward es: der Wald wurde immer dichter und enger, und zuletzt schien ganz und gar kein Durchkommen mehr. Die Königstochter schmiegte und biegte sich und bog die Zweige mit den Händen zurück; aber jeden Augenblick schlugen sie ihr in die Augen, so daß sie zuletzt nicht mehr vor sich sehen konnte, und eh' sie sich recht besann, hatte sie einen goldnen Apfel in der Hand. Nun wurde sie entsetzlich bange und fing an zu weinen und wollte den Apfel wieder wegwerfen; aber der Stier sagte, sie solle ihn nur behalten und ihn wohl verwahren, und tröstete sie, so gut er konnte, meinte aber doch, es würde ein harter Kampf werden, und wußte nicht, ob's diesmal so gut ablaufen würde.

Es dauerte nicht lange, so kam der Troll mit den neun Köpfen an. *»Wer hat meinen Wald angerührt?«* rief er. »Das ist eben so gut mein Wald, als Deiner«, sagte der Stier. *»Das wollen wir erst ausmachen!«* schrie der Troll. »Laß uns das!« sagte der Stier, und damit rannten sie an einander, daß es ganz entsetzlich war, und die Königstochter fiel beinahe in Ohnmacht. Der Stier bohrte dem Trollen die Augen aus dem Kopf und rannte ihm die Hörner durch den Leib, so daß die Eingeweide herausfielen; aber der Troll kämpfte dessen ungeachtet gleich tapfer; denn sobald der Stier einen Kopf getödtet hatte, bliesen die andern sogleich wieder Leben hinein, und es dauerte wohl eine ganze Woche lang, eh' es dem Stier gelang, den Trollen gänzlich zu tödten. Aber da war er auch so elend und hinfällig, daß er sich nicht rühren konnte, und nicht einmal war er im Stande, zu sagen, die Königstochter solle das Salbenhorn von dem Gürtel des Trollen nehmen und ihn mit der Salbe bestreichen; aber sie that es schon von selbst, und da ward es wieder besser mit dem Stier; aber wohl über drei Wochen mußten sie hier verweilen, eh' er wieder so viel Kräfte gesammelt hatte, um die Reise fortsetzen zu können.

Endlich ging es wieder so allmählich vorwärts; denn der Stier sagte, sie müßten noch etwas weiter. Als sie nun eine Zeit gereist und über viele mit dichten Wäldern bewachsene Berge gekommen waren, gelangten sie endlich zu einem Felsen. »Siehst Du Etwas?« fragte der Stier. »Nein, ich sehe Nichts, als den Himmel und die wilde Felsgegend«, versetzte die Königstochter. Als sie aber tiefer ins Gebirge kamen, wurde die Gegend ebener, so daß sie eine weitere Aussicht hatten. »Siehst Du jetzt Etwas?« fragte der Stier. »Ja, ich sehe ein kleines Schloß weit in der Ferne«, sagte die Prinzessinn. »Nun das Schloß ist eben nicht so klein«, sagte der Stier. Endlich kamen sie zu einem großen Gehäge mit einer schroffen Felswand. »Siehst Du jetzt Etwas?« fragte der Stier wieder. »Ja, nun sehe ich ganz nahebei das Schloß; jetzt ist es weit größer, als vorher«, sagte die Königstochter. »Da sollst Du hin!« sagte der Stier: »Gleich unten beim Schloß ist ein Schweinstall, wenn Du da hineinkommst, so findest Du dort einen hölzernen Rock, den mußt Du anziehen und damit ins Schloß gehen und sagen, Du heißest *Kari Trästak**, und um einen Dienst bitten. Jetzt aber sollst Du Dein Messer nehmen und mir damit den Kopf abschneiden; alsdann streife mir das Fell ab und lege darein das kupferne Blatt, das silberne Blatt und den goldnen Apfel, und verwahre Alles unten bei der Felswand. Am Berge steht ein Stock, und wenn Du dann von mir nachher Etwas willst, so klopfe bloß mit dem Stock an die Felswand.«

Anfangs konnte die Prinzessinn sich durchaus nicht dazu entschließen, dem Stier den Kopf abzuschneiden. Wie dieser ihr aber sagte, das sei der einzige Dank, den er für Das, was er für sie gethan, von ihr fordre, da konnte sie denn nicht anders: sie nahm das Messer und schnitt ihm, so weh es ihr auch that, damit den Kopf vom Rumpf, streifte ihm das Fell ab, legte darein das kupferne Blatt, das silberne und den goldnen Apfel, und verwahrte dann Alles unten bei der Felswand.

Als das geschehen war, ging sie weinend und voll großer Betrübnis in den Schweinstall; da zog sie den hölzernen Rock an und begab sich damit zum Königsschloß. Sie trat zuerst in die Küche ein, und bat um einen Dienst und sagte, sie heiße Kari Trästak. Ja, sagte der Koch, einen Dienst könne sie bekommen, wenn sie im Schloß aufwaschen und rein machen wolle, denn Die, welche das früher gethan hätte, sei davon gelaufen; »aber wenn Du eine Zeitlang hier gewesen bist, wirst Du's auch wohl überdrüssig und läufst auch davon«, sagte er. Nein, das wollte sie gewiß nicht.

Sie blieb nun auf dem Schloß und verrichtete ihr Geschäft ordentlich und pünktlich. Eines Sonntags, als man Fremde erwartete, bat Kari um Erlaubniß, dem Prinzen das Waschwasser hinaufbringen zu dürfen; aber die Andern lachten über sie und sagten: »Was willst Du bei dem Prinzen?

* d. i. Holzrock.

Glaubst Du, der Prinz will Etwas von Dir wissen, so wie Du aussiehst?« Aber sie gab sich nicht zufrieden, sondern bat so lange, bis man es ihr erlaubte. Als sie nun die Treppe hinaufstieg, machte sie ein solches Geräusch mit ihrem hölzernen Rock, daß der Prinz herauskam und fragte: »Was bist Du für Eine?« — »O, ich wollte nur das Waschwasser zum Prinzen hinauftragen«, sagte sie. »Glaubst Du, ich will das Wasser haben, das *Du* mir bringst?« sagte der Prinz und goß es ihr über den Kopf. Sie mußte nun unverrichteter Sache wieder abziehen, bat aber um Erlaubniß, in die Kirche zu gehen, und das konnte man ihr denn nicht abschlagen. Erst aber ging sie zu dem Berg und klopfte mit dem Stock an die Felswand, so wie der Stier ihr gesagt hatte. Sogleich öffnete sich diese, und es trat ein Mann heraus, der fragte sie, Was sie wolle. Die Königstochter sagte, sie hätte Erlaubniß bekommen, in die Kirche zu gehen und den Prediger zu hören, aber sie hätte keine Kleider anzuziehen. Da gab der Mann ihr ein Kleid, das war so blank, wie der kupferne Wald; und Pferd und Sattel erhielt sie auch. Als sie nun in die Kirche kam, war sie so schön und stattlich, daß Alle sich darüber verwunderten und gar nicht begreifen konnten, Wer sie sei. Fast Keiner hörte auf Das, was der Prediger sagte, weil Alle nur sie betrachteten. Der Prinz selbst war so in sie verliebt, daß er kein Auge von ihr abwandte.

Als sie nun aus der Kirche gehen wollte, kam der Prinz ihr nach und machte die Kirchenthür hinter ihr zu, und da geschah es, daß er den einen von ihren Handschuhen in der Hand behielt. Als sie darnach ihr Pferd bestieg, trat der Prinz auf sie zu und fragte sie, wo sie her wäre. »Ich bin aus dem Waschland«, sagte Kari, und indem der Prinz den Handschuh hervorzog, um ihr denselben zu überreichen, sprach sie:

»Hinter mir dunkel, und vor mir hell!
Auf daß der junge Prinz nicht sieht,
Wohin mich trägt mein Roß so schnell!«

Der Prinz hatte noch nie einen so schönen Handschuh gesehen, und er reiste weit umher und fragte nach dem Lande, aus welchem die vornehme Dame sei, die ihren Handschuh im Stich gelassen hatte; aber Niemand konnte ihm sagen, wo es lag.

Am nächsten Sonntag sollte Einer hinaufgehen zum Prinzen und ihm ein Handtuch bringen. »Ach, darf ich nicht hinaufgehen?« sagte Kari. »Warum nicht gar!« sagten die Andern, die in der Küche waren: »Du weißt wohl noch, wie es Dir das letzte Mal ging.« Kari gab sich aber nicht zufrieden, sondern bat so lange, bis man es ihr erlaubte, und darnach lief sie die Treppe hinauf in ihrem hölzernen Rock, daß es nur so rasselte. Der Prinz kam auf den Lärm heraus, und als er Kari erblickte, riß er ihr das Tuch aus der Hand und warf es ihr an den Kopf. »Pack Dich, Du abscheuliches Trollmensch!« sagte er: »Glaubst Du, ich will mich in einem Handtuch abtrocknen, das Du mit Deinen schmutzigen Fingern angefasst hast?«

Darnach begab der Prinz sich in die Kirche, und Kari bat um Erlaubniß, auch dahin zu gehen. Die Andern sagten aber, Was sie in der Kirche wolle, da sie nichts Anders anzuziehen habe, als ihren hölzernen Rock, der so schmutzig wäre und so abscheulich aussähe. Aber Kari sagte, der Prediger däuchte ihr ein so wackerer Mann in seiner Rede, und sie hätte davon so großen Nutzen. Da ließ man sie denn hingehen. Erst aber ging sie zu dem Berg und klopfte mit dem Stock daran. Sogleich trat wieder der Mann heraus und gab ihr ein Kleid, das war noch weit schöner und prächtiger, als das erste; es war überall mit Silber besetzt, so daß es glänzte, wie der silberne Wald; und ein schönes Pferd mit silbergestickter Decke und silbernem Gebiß erhielt sie auch.

Als sie zur Kirche kam, und die Kirchleute, die vor der Thür standen, sie sahen, waren alle höchlich verwundert und konnten gar nicht begreifen, Wer sie sei, und der Prinz trat sogleich hinzu, um ihr das Pferd zu halten, während sie abstieg. Aber sie sprang schnell herunter und sagte, es wäre nicht nöthig; denn ihr Pferd wäre so wohl abgerichtet, daß es still stände, wenn sie es beföhle, und auf ihren Wink ginge und käme. Darauf gingen Alle in die Kirche; aber fast Keiner hörte auf Das, was der Prediger sagte, weil Alle nur sie betrachteten. Der Prinz aber entbrannte diesmal noch weit mehr von Liebe, als das vorige Mal. — Als nun der Gottesdienst vorbei war, und sie aus der Thür ging und ihr Pferd besteigen wollte, da trat der Prinz wieder auf sie zu und fragte sie, wo sie her wäre. »Ich bin aus dem Handtuchlande«, sagte die Königstochter, und im selben Augenblick ließ sie ihre Reitgerte fallen. Als nun der Prinz sich bückte, um sie aufzunehmen, sprach sie:

»Hinter mir dunkel, und vor mir hell!
Auf daß der junge Prinz nicht sieht,
Wohin mich trägt mein Roß so schnell!«

Fort war sie, und Niemand wußte, wo sie gestoben oder geflogen war. Der Prinz reiste nun wieder weit umher und fragte nach dem Handtuchlande; aber es konnte ihm Keiner sagen, wo es lag, und er mußte unverrichteter Sache wieder heimkehren.

Am nächsten Sonntag sollte Einer einen Kamm zu dem Prinzen hinaufbringen. Kari bat wieder um Erlaubniß, damit hinaufzugehen; aber die Andern erinnerten sie daran, wie es ihr das letzte Mal gegangen war, und schalten sie, daß sie sich vor dem Prinzen wollte sehen lassen, so schwarz und häßlich, wie sie aussähe in ihrem hölzernen Rock. Aber sie hörte nicht auf, zu bitten, bis man sie endlich gehen ließ. Als sie die Treppe hinaufrasselte, kam schnell der Prinz heraus, riß ihr den Kamm aus der Hand und warf ihn ihr an den Kopf, indem er sagte, sie solle sich sogleich packen. Darnach begab der Prinz sich in die Kirche, und Kari bat um Erlaubniß, auch dahin zu gehen. Sie fragten sie wieder, Was sie da wolle, da sie ja so schwarz und häßlich wäre, und nicht einmal Kleider hätte, sich vor den Leuten sehen zu lassen. »Wenn der Prinz, oder sonst Jemand Dich bemerkt«, sagten sie: »dann wird es sowohl Dir, als uns schlecht gehen.« Aber Kari meinte, sie hätten wohl nach etwas ganz Anderm zu sehen, als nach ihr, und hörte nicht auf, zu bitten, bis man sie zuletzt gehen ließ.

Nun ging es wieder eben so, wie die beiden vorigen Male; Kari ging zu dem Berg und klopfte daran mit dem Stock. Da kam wieder der Mann heraus und gab ihr ein Kleid, das war noch weit prächtiger, als das vorige; denn es war von purem Golde und mit vielen Diamanten besetzt; und ein Pferd mit golddurchwirkter Decke und goldenem Gebiß erhielt sie auch.

Als die Königstochter zur Kirche kam, standen der Prediger und die Kirchleute noch vor der Thür und warteten auf sie. Der Prinz wollte ihr das Pferd halten; aber sie sprang schnell herunter und sagte: »Es ist nicht nöthig; denn mein Pferd ist so gut abgerichtet, daß es von selber still steht, wenn ich es befehle.« Hierauf gingen Alle in die Kirche, und der Prediger stieg auf die Kanzel. Aber Keiner hörte auf Das, was er sagte, weil Alle nur sie betrachteten und sich den Kopf darum zerbrachen, wo sie doch wohl her sein möchte. Der Prinz aber entbrannte jetzt noch mehr von Liebe, als das vorige Mal; er hörte und sah nichts Anders, als nur sie.

Wie der Gottesdienst beendigt war, und die Königstochter aus der Kirche gehen wollte, hatte der Prinz eine Bütte voll Theer in der Vorhalle hingegossen, damit er ihr behülflich sein könne, wenn sie hinüber wollte; aber sie bekümmerte sich nicht darum, sondern setzte den Fuß mitten in den Theer und sprang hinüber; aber da blieb der eine von ihren goldnen Schuhen am Boden sitzen. Als sie ihr Pferd bestiegen hatte, trat der Prinz wieder auf sie zu und fragte sie, wo sie her wäre. »Ich bin aus dem Kammlande«, sagte Kari. Als ihr aber der Prinz den goldnen Schuh reichen wollte, sprach sie:

»Hinter mir dunkel, und vor mir hell!
Auf daß der junge Prinz nicht sieht,
Wohin mich trägt mein Roß so schnell!«

Der Prinz wußte nun wieder nicht, wo sie geblieben war, und reiste eine lange Zeit in der Welt herum und fragte nach dem Kammlande; da ihm aber Niemand sagen konnte, wo es lag, ließ er bekannt machen, daß Diejenige, welcher der goldne Schuh passe, seine Gemahlinn werden solle. Es fanden sich nun Schöne und Häßliche ein von allen Enden der Welt; aber Keine hatte einen so kleinen Fuß, daß ihr der goldne Schuh paßte. Endlich kam auch die böse Stiefmutter der Kari Trästak mit ihrer Tochter an, und der letztern paßte der Schuh. Aber sie war so häßlich und sah so recht vergrätzt aus, daß der Prinz nur ungern sein Wort hielt. Es wurde jedoch zur Hochzeit angerichtet, und die Tochter ward aufgeputzt wie eine Braut. Als aber der Prinz mit ihr zur Kirche ritt, saß da ein kleiner Vogel in einem Baum, der sang:

»Ein Stück von der Ferse,
Ein Stück von der Zeh!
Kari's Schuh ist voll Blut,
Das thut der Braut so weh.«

Und als sie zusahen, da hatte der Vogel recht gesungen; denn das Blut sickerte aus dem Schuh heraus. Nun mußten alle Dienstdirnen und alle Frauensleute, die auf dem Schloß waren, den Schuh anprobiren; aber es war keine einzige darunter, die ihn anbekommen konnte. »Wo ist denn aber Kari Trästak?« fragte endlich der Prinz, da alle Andern den Schuh anprobirt hatten; denn er verstand sich gut auf Vogelgesang, und wußte wohl, wie's geklungen hatte. »Ach, die!« sagten die Andern: »mit ihr kann's nichts nützen; denn sie hat Beine, so groß wie Pferdefüße.« — »Kann sein!« sagte der Prinz: »aber da alle Andern den Schuh anprobirt haben, so soll sie ihn auch anprobiren. — Kari!« rief er zur Thür hinaus, und Kari die Treppe herauf in ihrem hölzernen Rock, daß es nur so rasselte. »Nun sollst Du auch den Schuh anprobiren und Prinzessinn werden!« sagten die andern Dirnen und lachten und hatten sie zum besten. Kari aber nahm den Schuh, steckte den Fuß hinein wie gar Nichts, warf ihren Holzrock ab und stand nun da in ihrem goldnen Kleid, daß es nur so glitzerte; und an dem andern Fuß trug sie den andern goldnen Schuh. Als der Prinz sie nun wieder erkannte, war er über alle Maßen froh, lief auf sie zu, umarmte und küßte sie. Und als er nun erfuhr, daß sie eine Königstochter war, da freute er sich noch mehr, und darauf wurde die Hochzeit gehalten.

Un ßnipp, ßnapp, ßnuut!
So is dat Leuschen uut.

20.) DER FUCHS ALS HIRTE.

Es war einmal eine Frau, die ging aus und wollte sich einen Hirten miethen. Da begegnete ihr der Bär. »Wo willst Du hin?« fragte der Bär sie. »O, ich wollte mir nur einen Hirten miethen«, antwortete die Frau. »Willst Du mich zum Hirten haben?« fragte der Bär. »Ja, wenn Du bloß hübsch locken kannst«, sagte die Frau. »Hö—i!« sagte der Bär. »Nein, Dich will ich nicht haben«, sagte die Frau, als sie das hörte, und ging weiter.

Da begegnete ihr der Wolf. »Wo willst Du hin?« fragte der Wolf. »O, ich wollte mir nur einen Hirten miethen«, antwortete die Frau. »Willst Du mich zum Hirten haben?« fragte der Wolf. »Ja, kannst Du auch hübsch locken?« sagte die Frau. »Uh—uh!« sagte der Wolf. »Nein, Dich will ich nicht haben«, sagte die Frau.

Ein Ende weiter hin begegnete ihr der Fuchs. »Wo willst Du hin?« fragte der Fuchs. »O, ich wollte mir nur einen Hirten miethen«, antwortete die Frau. »Willst Du mich zum Hirten haben?« fragte der Fuchs. »Ja, wenn Du bloß hübsch locken kannst«, sagte die Frau. »Dil—dal—holom!« sagte der Fuchs noch so hübsch und artig. »Ja, Dich will ich haben«, sagte die Frau und nahm den Fuchs zum Hirten bei ihrem Vieh an.

Am ersten Tage, wie der Fuchs das Vieh auf die Weide trieb, fraß er alle Ziegen auf, den zweiten Tag ließ er sich die Schafe schmecken, und den dritten Tag mußten die Kühe daran. Als er darauf am Abend nach Hause kam, fragte die Frau ihn, wo er das Vieh gelassen hätte. »Der Kopf ist im Bach, und der Rumpf im Busch«, sagte der Fuchs. Die Frau stand eben bei ihrem Butterfaß und butterte; aber sie wollte doch selbst zusehen; während sie nun zusah, steckte der Fuchs den Kopf ins Butterfaß und fraß allen Rahm auf. Als die Frau zurückkam und das gewahr ward, da wurde sie so erbittert, daß sie einen Rahmklumpen nahm, der noch im Butterfaß saß, und damit nach dem Fuchs warf, so daß er einen Klatsch am Schwanz bekam. Davon kommt es, daß der Fuchs einen weißen Schwanzzipfel hat.

21.) *VOM SCHMIED, DEN DER TEUFEL NICHT IN DIE HÖLLE LASSEN DURFTE.*

In jenen Tagen, da unser Herr Christus und St. Petrus noch auf Erden einherwandelten, kamen beide einmal zu einem Schmied; dieser hatte mit dem Teufel den Contract gemacht, daß er nach sieben Jahren ihm gehören solle, wogegen er in der Zeit ein Meister aller Meister in der Schmiedekunst sein sollte, und den Contract hatte sowohl der Schmied, als der Teufel, jeder mit seinem Namen, unterschrieben. Darum hatte der Schmied auch mit großen Buchstaben über die Thür seiner Schmiede die Worte setzen lassen: »Hier wohnt der Meister aller Meister.« Als nun der Herr Christus kam und die Schrift sah, ging er hinein. »Wer bist Du?« fragte er den Schmied. »Lies, Was über der Thür steht«, antwortete dieser: »kannst Du aber nicht Geschriebenes lesen, so mußt Du warten, bis Einer kommt, der es Dir liest.« Ehe der Herr ihm noch darauf geantwortet hatte, kam ein Mann mit einem Pferd in die Schmiede und bat den Schmied, es ihm zu beschlagen. »Willst Du mir erlauben, daß ich es beschlage?« sagte der Herr Christus. »Du magst es versuchen«, sagte der Schmied: »schlimmer kannst Du's nicht machen, als daß ich's nicht wieder sollte gut machen können.« Der Herr ging nun zu und nahm dem Pferd das eine Vorderbein ab, legte es in die Esse und machte das Hufeisen glühend; darauf nahm er Nägel und einen Hammer und beschlug es, und setzte es dann wieder unbeschädigt dem Pferd an. Als das geschehen war, nahm er das andre Vorderbein ab und machte es damit eben so. Und als er auch das wieder angesetzt hatte, nahm er die beiden Hinterbeine, erst das rechte, und nachher das linke, legte sie in die Esse, machte das Hufeisen glühend, nahm Nägel und den Hammer und beschlug sie, und setzte sie dann dem Pferd wieder an. Der Schmied stand inzwischen da und sah das mit an.

»Du bist aber kein so schlechter Schmied!« sagte er. »Meinst Du?« sagte der Herr Christus.

Ein wenig darnach kam die Mutter des Meisters in die Schmiede und bat den Schmied, er möchte zu Hause kommen und sein Mittag essen; sie war schon sehr alt, hatte einen krummen Rücken und Runzeln im Gesicht und konnte nur mit genauer Noth noch gehen. »Gieb jetzt Acht, Was Du siehst!« sagte der Herr, nahm die Frau, legte sie in die Esse und schmiedete eine junge schöne Jungfrau aus ihr. »Ich sage, wie ich gesagt habe, Du bist gar kein so schlechter Schmied«, sagte der Schmied: »Es steht zwar über meiner Thür: ›Hier wohnt der Meister aller Meister‹, aber gleichwohl sag' ich, man lernt so lange man lebt«, und damit ging er in's Haus und aß sein Mittag.

Als er wieder zurück in die Schmiede gekommen war, kam ein Mann geritten, der wollte sein Pferd beschlagen lassen. »Das soll bald gemacht sein!« sagte der Schmied: »ich habe jetzt eben eine neue Methode zu beschlagen gelernt, die ist gut, wenn die Tage kurz sind«, und damit fing er an, dem Pferd die Beine abzubrechen und schnitt und brach so lange, bis er sie alle ab hatte; »denn«, sagte er: »ich weiß nicht, wozu es soll, immer mit einem und einem zu bruddeln.« Die Beine legte er in die Esse, so wie er gesehen hatte, daß der Andre es gemacht, legte dann brav Kohlen zu und ließ die Schmiedejungen frisch den Blasebalg ziehen. Aber es ging, wie man sich's wohl denken kann: die Beine verbrannten, und der Schmied mußte das Pferd bezahlen. Das wollte ihm nun gar nicht gefallen. Als aber ein altes armes Weib vorüberging, dachte er: »Gelingt nicht das Eine, so gelingt wohl das Andre«, nahm das Weib und legte es in die Esse, und wie sehr sie auch weinen und um ihr Leben bitten mochte, es half ihr nichts. »Du siehst gar nicht Deinen eignen Vortheil ein«, sagte der Schmied: »nun sollst Du im Augenblick wieder eine schöne Jungfrau werden, und will doch für meine Mühe keinen Schilling von Dir nehmen.« Es ging aber mit dem armen Weibe nicht besser, als mit dem Pferd. »Das war nicht gut gemacht!« sagte der Herr Christus. »O, es wird wohl nicht viel von ihr die Rede sein«, sagte der Schmied: »aber schändlich ist es von dem Teufel, daß er nicht besser sein Wort hält, wie's über der Thür steht!« —

»Wenn ich Dir nun drei Wünsche gewährte«, sagte der Herr: »Was wolltest Du Dir dann wohl wünschen?« — »Versuch es«, sagte der Schmied: »dann wirst Du's erfahren.« Da gab der Herr Christus ihm drei Wünsche; und nun sagte der Schmied: »Zu allererst wünsche ich, daß Der, welchen ich auf jenen Birnbaum klettern heiße, so lange drauf sitzen bleibe, bis es mir gefällt, ihn wieder herunter zu lassen; für's zweite wünsche ich, daß Der, welchen ich in meinen Lehnstuhl sich niedersetzen heiße, so lange drin sitzen bleibe, bis ich ihm wieder aufzustehen erlaube; und endlich wünsche ich, daß Der, welcher in den stählernen Geldbeutel kriecht, den ich in meiner Tasche habe, so lange drin bleibe, bis ich ihm Erlaubniß gebe, wieder herauszukriechen.« — »Du hast gewünscht wie ein thörichter Mann«, sagte St. Petrus: »zuerst und vornehmlich hättest Du Dir Gottes Gnade und Freundschaft wünschen sollen.« — »Ich durfte nicht so hoch hinaus«, sagte der Schmied. Hierauf nahmen unser Herr Christus und St. Petrus Abschied von ihm und gingen weiter.

Die Zeit verstrich allmählich, und endlich war die Frist um, und der Teufel kam und wollte den Schmied holen, so wie im Contracte stand. »Bist Du fertig?« fragte der Teufel und steckte den Kopf zur Thür hinein. »Ach«, sagte der Schmied: »ich muß nothwendig noch erst einen Kopf an diesem Nagel schlagen; steige Du indessen auf den Birnbaum und pflücke Dir eine Birne; denn Du bist wohl hungrig und durstig von der Reise.« Der Teufel dankte für gutes Anerbieten und kletterte auf den Birnbaum. »Ja, wenn ich's recht bedenke«, sagte der Schmied: »so krieg ich in den ersten vier Jahren den Kopf noch gar nicht an dem Nagel zurecht geschlagen; denn das Eisen ist so verteufelt hart. Herunter darfst Du aber in dieser Zeit nicht, sondern kannst so lange da sitzen bleiben und Dich ausruhen.« Der Teufel bat und bettelte, »so dünn wie ein Blechpfennig«, der Schmied möchte ihn doch wieder herunterlassen; aber all sein Bitten und Betteln half ihm nichts. Zuletzt mußte er dem Schmied versprechen, er wolle nicht eher wiederkommen, als bis die vier Jahre um wären; und da durfte er denn wieder herunter.

Als nun die Zeit verstrichen war, kam der Teufel abermals, um den Schmied zu holen. »Nun hast Du wohl endlich den Kopf an dem Nagel fertig«, sagte er. »Ja, den Kopf hab' ich fertig«, versetzte der Schmied: »aber dennoch kommst Du mir ein ganz klein wenig zu früh, denn ich habe noch die Spitze nicht geschärft; so verdammt hartes Eisen hab' ich noch nie zuvor geschmiedet. Während ich nun die Spitze an dem Nagel schärfe, kannst Du Dich ein wenig in meinen Lehnstuhl niederlassen und Dich ausruhen; denn Du bist wohl müde von der Reise, kann ich mir denken.« — »Ich danke für gutes Anerbieten«, sagte der Teufel und setzte sich in den Lehnstuhl. Kaum aber hatte er sich niedergesetzt, so sagte der Schmied: »Wenn ich's nun recht bedenke, so krieg' ich die Spitze in den ersten vier Jahren noch gar nicht geschärft.« Der Teufel bat anfangs sehr höflich, der Schmied möchte ihn doch wieder frei lassen, und da alles Bitten nichts half, fing er an zu drohen. Aber der Schmied entschuldigte sich und sagte, das Eisen wäre an Allem schuld, denn es wäre so verdammt hart. Übrigens tröstete er den Teufel und sagte, er säße in seinem Stuhl ja bequem und gemächlich, er solle sich die Zeit nicht lang werden lassen, denn um vier Jahre solle er auf die Minute wieder frei werden. Es war nun kein andrer Rath: der Teufel mußte ihm versprechen, ihn nicht eher holen zu wollen, als bis die vier Jahre um wären. Als er ihm das versprochen hatte, sagte der Schmied: »So magst Du denn wieder aufstehen.« Der Teufel — hast Du mich nicht gesehen! auf und davon.

Nach vier Jahren kam der Teufel abermals, um den Schmied zu holen. »Nun bist Du wohl endlich fertig«, sagte er, indem er den Kopf zur Thür hereinsteckte. »Fix und fertig!« antwortete der Schmied: »und jetzt kann's losgehen, wann Du willst.« »Aber«, sagte er: »da ist Eins, worüber ich mir oft den Kopf zerbrochen habe; sage mir doch, ist es wahr, Was die Leute sagen, daß der Teufel sich so klein machen kann, als er will?« — »Freilich ist es wahr!« versetzte der Teufel. »O, dann könntest Du mir wohl den Gefallen thun und in diesen stählernen Beutel hineinkriechen und zusehen, ob im Boden kein Loch ist«, sagte der Schmied: »ich bin so bange, daß ich mein Reisegeld daraus verliere.« — »Recht gern«, sagte der Teufel, machte sich ganz klein und kroch in den Beutel. Kaum aber war er hinein, so machte der Schmied den Beutel zu. »Er ist überall ganz und dicht«, sagte der Teufel drinnen. »Na, das ist nur gut«, sagte der Schmied:

»aber besser ist's, vorbedacht, als klug nachher; darum will ich Sicherheits halber den Beutel lieber ein wenig schweißen«, und damit legte er den Beutel in die Esse und machte ihn glühend. »Au! au! bist Du denn toll?« rief der Teufel: »weißt Du nicht, daß ich drinnen bin?« — »Ich kann Dir nicht helfen«, sagte der Schmied: »ein altes Sprichwort sagt: ›Man muß das Eisen schmieden, während es warm ist‹ «, und damit nahm er seinen großen Hammer, legte den Beutel auf den Amboß und schlug zu all was er konnte. »Au! au!« schrie der Teufel im Beutel: »laß mich bloß hinaus, ich will auch nun und nimmermehr wiederkommen.« — »Ja, ich glaube, jetzt ist er gut geschweißt«, sagte der Schmied: »so magst Du denn wieder herauskriechen.« Damit machte er den Beutel auf, und der Teufel heraus und auf und davon in solcher Hast, daß er sich auch nicht einmal umsah.

Als aber eine Zeit vergangen war, dachte der Schmied, er hätte doch wohl unrecht gethan, sich den Teufel zum Unfreund zu machen; »denn«, dachte er: »sollte ich nicht in den Himmel kommen, so könnte ich riskiren, keine Herberge zu finden, weil ich mich mit Dem, der das Regiment in der Hölle hat, überworfen habe; darum ist's besser, ich versuche, je eher, je lieber, entweder in die Hölle, oder in den Himmel zu kommen, damit ich doch weiß, woran ich bin«, und damit nahm er seinen Hammer auf den Nacken und machte sich auf den Weg. Als er ein gutes Ende gegangen war, kam er zu einem Kreuzweg, wo die Straße zum Himmel und die Straße zur Hölle sich theilen. Da traf er mit einem Schneidergesellen zusammen, der mit seinem Bügeleisen in der Hand dahin trippelte. »Guten Tag!« sagte der Schmied: »wo geht die Reise hin?« — »Nach dem Himmel«, sagte der Schneider: »wenn ich bloß hineinschlüpfen könnte — und Du?« — »Wir gehen dann wohl nicht zusammen«, sagte der Schmied: »ich habe gedacht, es erst in der Hölle zu versuchen; denn ich habe ein wenig Bekanntschaft mit dem Teufel von früherher.« Darauf nahmen sie von einander Abschied, und jeder zog seine Straße. Aber der Schmied war ein starker, kräftiger Mann und ging weit schneller, als der Schneider, und da dauerte es nicht lange, so stand er vor der Höllenpforte. Er ließ sich von der Wache anmelden und sagen, es stände Jemand draußen vor der Hölle, der wolle gern ein Wort mit dem Teufel sprechen. »Geh hinaus und frage, Wer es ist«, sagte der Teufel zu der Wache, und die Wache ging hinaus. »Grüße nur den Teufel von mir«, war die Antwort: »und sage ihm, es sei der Schmied, der den Beutel hätte — er wüßte wohl, und dann bitt' ihn, daß er mich nur gleich hineinlasse; denn erstlich hab' ich heut den ganzen Vormittag geschmiedet, und dann hab' ich einen langen Weg gemacht.« Als der Teufel diesen Bescheid erhielt, befahl er der Wache, alle neun Schlösser an der Höllenpforte zuzumachen und noch ein großes Hängeschloß vorzulegen; »denn«, sagte er: »kommt er herein, so richtet er lauter Unfug in der Hölle an.« — »Hier ist also kein Quartier für dich!« sagte der Schmied bei sich selbst, als er hörte, wie man drinnen die Pforte verrammte: »ich muß es darum wohl im Himmel versuchen«, und damit machte er Kehrum, ging zurück nach dem Kreuzweg und schlug die Straße ein, die der Schneider gegangen war. Weil es ihn nun verdroß, daß er den langen Weg hin und zurück hatte gehen müssen ohne Nutzen, holte er aus, was er nur konnte, und kam eben bei der Himmelspforte an, als St. Petrus sie ein wenig öffnete, um den Schneider hineinzulassen. Der Schmied war wohl noch sechs bis sieben Schritte davon. »Jetzt ist es am besten, daß ich mich spute«, dachte er, griff nach seinem Hammer und warf ihn in die Thürritze, als eben der Schneider hineinschlüpfte. Kam der Schmied aber nicht durch die Öffnung hinein, so weiß ich nicht, wo er geblieben ist.

22.) *DER HAHN UND DIE HENNE.**

D*ie Henne.* Du versprichst mir Schuh Jahr aus, Jahr ein, und ich krieg' nimmer keine Schuh nicht.

Der Hahn. Kannst Du warten, so kriegst Du wohl Schuh.

Die Henne. Ich lege Eier und thu', Was ich kann, und doch geh' ich barfuß allezeit.

Der Hahn. So nimm Deine Eier und reise nach der Stadt und kauf Dir Schuh und geh nicht länger barfuß!

* Bei diesem Mährchen kommt Alles auf die Betonung an, indem man nämlich die Stimme des Hahns und der Henne nachzuahmen sucht.

Anm. d. Verf.

23.) DER HAHN, DER KUKUK UND DER AUERHAHN.

Der Hahn, der Kukuk und der Auerhahn hatten einmal eine Kuh zusammen gekauft. Da es nun nicht anging, sie zu theilen, und sie sich auch nicht um die Ausbezahlung vergleichen konnten, kamen sie dahin überein, daß Der, welcher am Morgen zuerst erwachte, die Kuh haben solle. Darauf erwachte der Hahn zuerst:

»Mein ist die Kuh!
»Mein ist die Kuh!«

rief der Hahn. Während der Hahn noch krähte, erwachte der Kukuk:

»Halb Kuh!
»Halb Kuh!«

rief der Kukuk. Während der Kukuk noch rief, erwachte der Auerhahn:

»Theilt, meine Brüder,
»Wie recht und billig —
»Recht und billig!
»Tschio! tschi!«

rief der Auerhahn. Kannst Du mir nun sagen, Wer jetzt die Kuh haben sollte?

24.) *LILLEKORT.**

Es waren einmal ein Paar Eheleute, die wohnten in einer elenden Hütte, worin Nichts war, als die liebe Armuth; denn sie hatten weder zu beißen, noch zu brocken. Hatten sie aber sonst Nichts, so hatten sie doch einen Gottessegen an Kindern, und jedes Jahr bekamen sie noch mehr. Nun war es eben um die Zeit, daß sie wieder eins erwarteten. Darüber war der Mann sehr verdrießlich und murrte und brummte den ganzen Tag und sagte, nachgerade könne es doch wohl einmal Genug sein von diesen Gaben Gottes. Und als die Zeit kam, da die Frau gebären sollte, ging er fort ins Holz, weil er, wie er sagte, den neuen Schreihals nicht hören wollte; denn er bekäme ihn doch noch früh genug zu hören, sagte er: wenn er nachher nach Essen grölte.

Als der Mann gegangen war, gebar die Frau einen allerliebsten Knaben, der sah sich in der Stube rings um, that den Mund auf und sprach: »Liebe Mutter, gieb mir nur ein paar alte Kleider von meinen Brüdern und einen Schnappsack mit Essen auf ein paar Tage; dann will ich hinauswandern in die Welt und mein Glück versuchen; denn Du hast, wie ich wohl sehe, doch noch Kinder genug zu ernähren.« — »Ach, Gott helfe mir, mein Sohn!« sagte die Mutter: »Du bist ja noch viel zu klein, um schon in die Welt auszuwandern; das kann ich nimmermehr zugeben.« Aber der Knabe bat so lange, bis die Mutter ihm zuletzt einige alte Lappen zusammensuchte und ihm etwas Essen in ein Tuch knüpfte, und damit schritt er froh und fröhlich hinaus in die Welt. Kaum aber war er gegangen, so gebar die Frau noch einen Knaben, der sah auch um sich her und sagte darauf: »Ach, liebe Mutter, gieb mir nur ein paar alte Kleider von meinen Brüdern und auf ein paar Tage zu essen, dann will ich hinauswandern in die Welt und meinen Zwillingsbruder aufsuchen; denn Du hast, wie ich wohl sehe, doch noch Kinder genug zu ernähren.« — »Ach, Gott helf mir! Du bist ja noch

* *Lille* bedeutet: klein; *kort:* kurz.

viel zu klein, Du armer Wicht!« sagte die Frau: »das kann ich nimmermehr zugeben.« Aber der Knabe bat so lange, bis sie ihm denn einige alte Lappen zusammensuchte und ihm etwas Essen in ein Tuch knüpfte, und damit wanderte er noch so mannhaft in die Welt hinaus, um seinen Zwillingsbruder aufzusuchen. Als er nun eine Zeitlang fortgewandert war, wurde er seinen Bruder ansichtig. »Holla, heda!« rief er ihm zu: »Du legst ja los, als ob's für Geld ginge. Du hättest doch erst ein wenig warten und Dich nach Deinem jüngern Bruder umsehen sollen, eh' Du so patzig in die Welt hinausmarschirtest.« Der älteste Bruder stand still und sah sich nach ihm um, und als nun der jüngste zu ihm gekommen war und ihm erzählt hatte, wie die Sache zusammenhing, und daß er sein Bruder sei, sagte er: »Aber jetzt wollen wir uns hier niedersetzen und mal zusehen, Was unsre Mutter uns zum Mundschmack mitgegeben hat«, und darauf setzten sie sich nieder und erfrischten sich.

Wie sie nun etwas weiter gegangen waren, kamen sie zu einem Bach, der durch ein grünes Feld floß. Da sagte der jüngste: »Hier wollen wir einander einen Namen geben, da man uns zu Hause doch nicht getauft hat, weil wir so schnell ausgewandert sind.« — »Wie willst Du denn heißen?« fragte der älteste. »Ich will *Lillekort* heißen«, erwiederte der andre: »und Du?« — »Ich will *König Lavring* heißen«, sagte der älteste. Nun tauften sie einander und gingen dann weiter. Endlich kamen sie zu einem Kreuzweg, und nun wurden sie darüber einig, daß jeder seine eigne Straße ziehen sollte. Sie trennten sich daher; aber sie waren noch nicht sehr weit gegangen, so trafen sie wieder zusammen. Sie trennten sich darauf abermals, und jeder zog seine Straße; aber ehe sie sich's versahen, waren sie wieder beisammen, und so geschah es auch zum dritten Mal. Da verabredeten sie, daß jeder nach einer besondern Richtung, nämlich der eine nach Osten, und der andre nach Westen, gehen solle. »Kommst Du aber einmal in Noth und große Gefahr«, sagte der älteste: »dann rufe mich nur dreimal laut bei Namen, alsdann werde ich Dir zu Hülfe kommen; aber Du mußt mich ja nicht rufen, eh' Du nicht in der äußersten Noth bist.« — »Dann wird's wohl lange dauern, eh' wir uns wiedersehen«, versetzte Lillekort. Darauf sagten sie einander Lebewohl, und jeder zog seines

Weges, Lillekort nach Osten, und König Lavring nach Westen.

Als nun Lillekort eine gute Weile gewandert hatte, begegnete ihm ein altes, krummpuckliges Weib, das nur *ein* Auge hatte; das stahl Lillekort ihr. »Au! au!« rief das Weib: »wo ist mein Auge geblieben?« — »Was giebst Du mir, wenn ich's Dir wiedergebe?« sagte Lillekort. »Ich gebe Dir ein Schwert, womit Du eine ganze Kriegsmacht niedermetzeln kannst, und wenn sie auch noch so groß wäre«, antwortete das Weib. »Ja, gieb her!« sagte Lillekort. Das Weib gab ihm darauf das Schwert und erhielt dafür ihr Auge zurück. Nun ging Lillekort weiter, und nach einer Weile begegnete ihm wieder ein altes krummpuckliges Weib mit *einem* Auge, das stahl Lillekort ihr, eh' sie wußte, wie ihr geschah. »Au! au! wo ist mein Auge geblieben?« rief sie. »Was giebst Du mir, wenn ich's Dir wiedergebe?« sagte Lillekort. »Ein Schiff, das über Süß- und Salzwasser, über Berg' und tiefe Thäler geht«, antwortete das Weib. »Ja, gieb her!« sagte Lillekort. Das Weib gab ihm darauf ein ganz kleines Schiff, so klein, daß man's in die Tasche stecken konnte, und dafür erhielt sie ihr Auge zurück, und jeder ging seines Weges. Als Lillekort nun wieder eine gute Strecke gewandert war, begegnete ihm zum dritten Mal ein altes krummpuckliges Weib mit *einem* Auge; das stahl Lillekort ebenfalls, und als das Weib schrie und sich geberdete und fragte, wo ihr Auge geblieben sei, sagte Lillekort: »Was giebst Du mir, wenn ich's Dir wiedergebe?« — »Ich lehre Dir die Kunst, hundert Lasten Malz auf einmal zu verbrauen«, sagte sie. Für diese Kunst erhielt nun das Weib ihr Auge zurück, und jeder zog seines Weges.

Als nun Lillekort ein kleines Ende gegangen war, wollte er einmal das Schiff probiren. Er nahm es daher aus der Tasche und steckte den einen Fuß hinein; da ward das Schiff weit größer; und als er nun auch den andern Fuß nachzog, ward es so groß, wie die Schiffe, die in der See gehen. Da sprach Lillekort: »Fahr hin über Salzwasser und Süßwasser, über Berg' und tiefe Thäler, bis daß du kommst zu des Königs Schloß!« — und fort sauste das Schiff, wie ein Vogel durch die Luft, bis daß es zum Königsschloß kam; da stand es still. Drinnen im Schloß aber hatten die Leute von den

Fenstern aus gesehen, wie Lillekort dahergesegelt kam. Darüber waren nun Alle sehr verwundert und liefen hinunter, um zu sehen, was Das für Einer wäre, der so auf einem Schiff durch die Luft gefahren kam. Während sie aber hinunterliefen, war Lillekort schon aus seinem Schiff herausgestiegen und hatte es wieder in die Tasche gesteckt; denn sowie er nur mit den Füßen hinaustrat, ward es wieder so klein, als es war, da er es von der Alten bekommen hatte. Die Leute vom Königsschloß sahen nun nichts Anders, als einen kleinen in Lumpen gehüllten Knaben, der da am Ufer stand. Der König fragte ihn, wo er her wäre. Der Knabe aber sagte, das wüßte er nicht, und eben so wenig wußte er zu sagen, auf welche Weise er hergekommen sei, bat aber inständig um einen Dienst auf dem Schloß und sagte, wenn sie nichts Anders für ihn zu thun hätten, so könne er ja der Köchinn Holz und Wasser zutragen. Diese Bitte ward ihm denn auch gewährt. Als Lillekort aber auf das Schloß kam, sah er, daß Alles, sowohl inwendig, als auswendig, selbst die Wände und das Dach, mit Schwarz bezogen war. Er fragte deshalb die Köchinn, Was das zu bedeuten hätte. »Das will ich Dir sagen«, antwortete die Köchinn: »Die Königstochter ist schon vor langer Zeit an drei Trollen versprochen worden, und am nächsten Donnerstag-Abend wird der eine kommen und sie abholen. Der Ritter *Röd* hat sich zwar verbürgt, sie zu befreien; aber Gott mag wissen, ob er's kann, und darum ist hier Alles so voll Sorge und Betrübniß, wie Du wohl denken kannst.«

Als es nun am Donnerstag-Abend um die Zeit war, führte der Ritter *Röd* die Prinzessinn hinaus ans Meerufer — denn da war es, wo der Troll sie abholen wollte — und da sollte nun der Ritter *Röd* sie in Schutz nehmen; aber er that dem Trollen eben keinen großen Schaden, will ich glauben; denn kaum hatte die Prinzessinn sich am Ufer niedergesetzt, so kroch der Ritter auf einen großen Baum, welcher da stand, und verbarg sich zwischen die Zweige, so gut er konnte. Die Prinzessinn weinte und bat ihn so flehentlich, er möchte sie doch nicht verlassen; aber der Ritter *Röd* achtete nicht auf ihr Bitten, sondern sagte: »Es ist besser, daß Einer das Leben verliert, als daß Zwei umkommen.«

Inzwischen bat Lillekort die Köchinn um Erlaubniß, ein

wenig an den Strand zu gehen. »O, Was willst Du da?« sagte die Köchinn: »Du hast da Nichts zu thun.« — »Ach ja, liebe Köchinn, laß mich nur hingehen«, sagte Lillekort: »ich wollte so gern mit den andern Kindern ein wenig spielen.« — »Na, geh denn!« sagte die Köchinn: »aber daß Du nur nicht länger ausbleibst, als bis der Kessel zum Abendessen über's Feuer gehängt, und der Braten an den Spieß gesteckt wird! und bring' dann einen tüchtigen Armvoll Holz mit in die Küche!« Ja, das wollte Lillekort nicht vergessen, und damit lief er fort ans Ufer.

Als er eben dort ankam, wo die Königstochter saß, kam auch schon der Troll dahergesaust, er war so groß und so dick, daß es ganz abscheulich aussah, und fünf Köpfe hatte er. *»Feuer!«* schrie der Troll. »Feuer gleichfalls!« sagte Lillekort. *»Kannst Du fechten?«* rief der Troll. »Kann ich's nicht, so kann ich's lernen«, sagte Lillekort. Darauf schlug der Troll mit einer dicken eisernen Stange, die er in der Faust hielt, nach ihm, so daß die Erde ihm fünf Ellen hoch über den Kopf flog.

»Twi!« sagte Lillekort: »Das war auch was Rechtes! Nun sollst Du aber einen Schlag von mir sehen!« und damit ergriff er sein Schwert, das er von dem alten krummpuckligen Weib bekommen hatte, und hieb damit nach dem Trollen, so daß alle fünf Köpfe über den Sand hinflogen. Als die Prinzessinn sich nun befreit sah, war sie so froh, daß sie sich vor Freude gar nicht zu lassen wußte. »Schlaf nun ein Stündchen auf meinem Schoß!« sagte sie zu Lillekort, und während er nun auf ihrem Schoß lag und schlief, zog sie ihm ein goldnes Kleid an.

Nun dauerte es nicht lange, so kroch der Ritter *Röd* wieder vom Baum herunter, weil er sah, daß jetzt keine Gefahr mehr für ihn vorhanden war. Er brachte die Prinzessinn durch Drohungen dahin, daß sie sagen mußte, *er* sei es, der sie befreit habe, und wenn sie das nicht sagte, wollte er ihr das Leben nehmen. Darauf schnitt er dem Trollen die Lungen aus dem Leib und die Zungen aus den Köpfen, und führte dann die Prinzessinn wieder zurück nach dem Königsschloß. Und hatte man dem Ritter zuvor keine Ehre angethan, so that man es jetzt; der König wußte gar nicht, Was er alles ersinnen sollte, um ihn zu ehren, und immer mußte der Ritter *Röd* bei Tafel ihm zur Seite sitzen. Lillekort aber begab sich auf das Trollschiff, nahm eine ganze Menge goldne und silberne Faßreifen, und damit kehrte er zurück nach dem Schloß. Als die Köchinn all das Gold und Silber sah, das er brachte, war sie ganz erstaunt darüber und sagte: »Mein lieber kleiner Lillekort, wo hast Du denn all die schönen Sachen herbekommen?« denn sie befürchtete, er möchte nicht auf eine ehrliche Weise dazu gekommen sein. »O«, antwortete Lillekort: »ich bin zu Hause gewesen, und da waren diese Reifen von einem Eimer abgefallen, und da hab' ich sie für Dich mitgenommen.« Als die Köchinn hörte, daß sie die Reifen haben solle, fragte sie nicht weiter, sondern bedankte sich bei Lillekort, und damit war Alles gut.

Den andern Donnerstag-Abend ging es wieder eben so: Alle waren voll Sorge und Betrübniß; allein der Ritter *Röd* sagte, hätte er die Königstochter von dem einen Trollen befreit, so würde er sie jetzt auch wohl von dem zweiten befreien, und damit geleitete er sie noch so kecklich wieder hinaus ans Meerufer. Aber er that auch diesmal dem Trollen eben keinen großen Schaden; denn als es um die Zeit war, daß man den Trollen erwartete, sagte er wieder, wie das vorige Mal: »Es ist besser, daß Einer das Leben verliert, als daß Zwei umkommen«, und damit kroch er wieder auf den Baum.

Lillekort aber bat die Köchinn wieder um Erlaubniß, ein wenig an den Strand zu gehen. »O, Was willst Du da?« sagte die Köchinn. »Ja, liebe Köchinn, laß mich nur gehen«, sagte Lillekort: »ich wollte gern mit den andern Kindern ein wenig spielen.« Da gab sie ihm denn auch diesmal Erlaubniß; aber das mußte er ihr versprechen, daß er zurück sein wollte, wenn der Braten gewendet werden sollte, und dann müßte er einen guten Armvoll Holz mitbringen.

Kaum war Lillekort am Ufer angelangt, so kam auch schon der Troll daher, daß es nur so sauste; er war noch einmal so groß, als der vorige, und hatte zehn Köpfe. *»Feuer!«* schrie der Troll. »Feuer gleichfalls!« sagte Lillekort. *»Kannst Du fechten?«* rief der Troll. »Kann ich's nicht, so kann ich's lernen«, sagte Lillekort. Darauf schlug der Troll mit seiner eisernen Stange nach ihm — die war noch einmal so groß, als die des ersten Trollen — so daß die Erde ihm zehn Ellen hoch über den Kopf flog. »Twi!« sagte Lillekort: »das war auch was Rechtes! Nun sollst Du einen Schlag von mir sehen!« und damit ergriff er sein Schwert und hieb nach dem Trollen, so daß alle zehn Köpfe über den Sand hintanzten.

Darauf sagte die Königstochter wieder zu ihm: »Schlaf jetzt ein Stündchen auf meinem Schoß!« und während Lillekort nun auf ihrem Schoß lag und schlief, zog sie ihm ein silbernes Kleid an. Sobald der Ritter *Röd* merkte, daß keine Gefahr mehr vorhanden war, kroch er wieder vom Baum herunter und zwang die Prinzessinn abermals durch Drohungen, zu sagen, daß *er* es sei, der sie befreit habe. Darauf nahm er die Zungen und die Lungen des Trollen, knüpfte sie in sein Taschentuch und geleitete die Königstochter wieder zurück nach dem Schloß. Hier war nun lauter Freude und Jubel, wie man sich wohl denken kann, und der König wußte gar nicht, Was er alles angeben sollte, um dem Ritter *Röd* genugsam Ehre und Achtung zu erweisen.

Lillekort aber ging auf das Trollschiff und nahm einen ganzen Armvoll Gold- und Silberreifen mit sich. Als er zurück auf das Schloß kam, schlug die Köchinn die Hände über dem Kopf zusammen und konnte sich nicht genug wundern über all das Gold und Silber, das er mitbrachte. Aber Lillekort sagte, er wäre zu Hause bei seiner Mutter gewesen, und da hätte er die Reifen gesammelt, die von den Eimern abgefallen wären, um sie der Köchinn zu bringen.

Als nun der dritte Donnerstag-Abend kam, ging es wieder eben so, wie die beiden vorigen Male: Das ganze Schloß war aus- und inwendig mit Schwarz behängt, und Alle waren voll Sorge und Betrübniß. Aber der Ritter *Röd* sagte, sie hätten eben nicht nöthig, in Furcht zu sein; denn hätte er die Prinzessinn von zwei Trollen befreit, so könnte er sie auch wohl von dem dritten befreien. Darauf führte er die Prinzessinn hinaus ans Ufer. Als es aber um die Zeit war, daß der Troll kommen sollte, kroch der Ritter *Röd* wieder auf den Baum und verbarg sich. Die Prinzessinn weinte und bat; aber es half Alles nichts; er blieb bei dem Alten: es sei besser, daß Einer das Leben verlöre, als daß Zwei umkämen.

Lillekort bat wieder um Erlaubniß, an den Strand hinauszugehen. »Ach, was willst Du da?« sagte die Köchinn; aber er bat so lange, bis sie es ihm denn zuletzt erlaubte; doch mußte er versprechen, daß er wieder zu Hause sein wollte, wenn der Braten gewendet werden sollte. Kaum aber war er darauf ans Ufer gekommen, so kam auch schon der Troll angesaust; er war noch weit größer, als der vorige, und hatte funfzehn Köpfe. *»Feuer!«* schrie der Troll. »Feuer gleichfalls!« sagte Lillekort. *»Kannst Du fechten?«* rief der Troll. »Kann ich's nicht, so kann ich's lernen«, sagte Lillekort. *»Ich will Dich belernen!«* rief der Troll und holte mit seiner eisernen Stange aus, daß die Erde funfzehn Ellen hoch in die Luft fuhr. »Twi!« sagte Lillekort: »das war auch was Rechtes! Nun sollst Du aber einen Schlag von mir sehen!« und damit ergriff er sein Schwert und hieb nach dem Trollen, daß alle funfzehn Köpfe über den Sand hintanzten.

Da war nun die Prinzessinn erlöst; sie dankte Lillekort für ihre Rettung und sagte dann wieder: »Schlaf jetzt ein Stündchen auf meinem Schoß!« und während Lillekort nun da lag und schlief, zog ihm die Prinzessinn ein Kleid von Messing an. Als er aufwachte, fragte sie ihn: »Wie soll es aber jetzt an den Tag kommen, daß *Du* es bist, der mich erlöst hat?« — »Das will ich Dir sagen«, versetzte Lillekort: »Wenn nun der Ritter *Röd* Dich wieder nach Hause geleitet und sich für Den ausgiebt, der Dich erlöst hat, dann weißt Du wohl, soll er Dich und das halbe Reich haben. Wenn man Dich aber dann am Hochzeitstage fragt, Wen Du zum Mundschenken haben willst, dann sollst Du sagen: ›Ich will den kleinen Buben haben, der in der Küche ist und der Köchinn Holz und Wasser zuträgt.‹ Wenn ich Dir dann den Wein einschenke, werde ich einen Tropfen auf dem Ritter seinen Teller verschütten, aber nicht auf Deinen; dann wird er wohl böse werden und mich schlagen, und das wiederholt sich dreimal. Das dritte Mal aber sollst Du sagen: ›Schande über Dich, daß Du meinen Herzgeliebten schlägst! denn *er* hat mich befreit und *ihn* will ich haben.‹« Nachdem Lillekort mit der Prinzessinn diese Verabredung getroffen, begab er sich wieder aufs Schloß; zuvor aber nahm er aus dem Trollschiff noch eine ganze Menge Gold und Silber und andre Kostbarkeiten mit, und der Köchinn brachte er wieder einen ganzen Armvoll Gold- und Silberreifen.

Kaum sah der Ritter *Röd,* daß alle Gefahr vorbei war, als er von dem Baum herunterkroch und die Königstochter wieder durch Drohungen dahin vermochte, zu sagen, *er* sei es, der sie befreit habe. Darauf geleitete er sie zurück nach dem Schloß; und hatte man ihm zuvor noch nicht Ehre genug angethan, so that man es jetzt. Der König sann und dachte auf nichts Anders, als wie er ihn gebührend dafür belohnen sollte, daß er seine Tochter von den drei Trollen befreit hatte, und es däuchte ihm jetzt das Allergeringste, wenn er ihm die Prinzessinn und das halbe Reich gäbe. Am Hochzeitstage aber bat die Prinzessinn, daß man ihr den kleinen Buben, der in der Küche sei und der Köchinn Holz und Wasser zutrüge, zum Mundschenken bei der Hochzeitstafel geben möchte. »Ach, was willst Du mit dem schmutzigen Lumpenjungen?« sagte der Ritter *Röd*. Aber die Prinzessinn sagte, daß sie *ihn* zum Mundschenken haben wolle, und keinen Andern; und da mußte man ihr denn nachgeben.

Hierauf ging Alles so, wie es zwischen Lillekort und der Königstochter verabredet war. Lillekort verschüttete dreimal einen Tropfen Wein auf den Teller des Ritters *Röd*, und jedesmal ward der Ritter zornig und schlug ihn. Beim ersten Schlag fiel dem Knaben das Lumpenkleid ab, das er in der Küche trug; beim zweiten Schlag fiel ihm das Kleid von Messing ab, und beim dritten Schlag das silberne Kleid, so daß er nun da stand in seinem goldnen Kleide, so blank und prächtig, daß es nur so glitzerte. Da sagte die Königstochter: »Schande über Dich, daß Du meinen Herzgeliebten schlägst; denn *er* hat mich befreit, und *ihn* will ich haben!« Der Ritter *Röd* schwur und fluchte, daß *er* es sei, der sie befreit hätte, und kein Andrer. Da sprach der König: »Wer meine Tochter befreit hat, der kann auch wohl die Wahrzeichen aufweisen.« Da lief der Ritter *Röd* hin und holte sein Tuch mit den Lungen und Zungen; Lillekort aber holte das Gold und Silber und alle die Kostbarkeiten, die er aus dem Trollschiff mitgenommen hatte, und jeder legte das seinige vor den König hin. Da sprach der König: »Wer solche kostbare Sachen von Gold und Silber und Diamanten aufzuweisen hat, der muß auch wohl die Trollen getödtet haben; denn Dergleichen findet man nicht bei Andern.« Und darauf wurde der Ritter *Röd* in die Schlangengrube geworfen, und Lillekort sollte jetzt die Prinzessinn und das halbe Reich haben.

Als nun der König eines Tages mit Lillekort spazieren ging, fragte dieser ihn, ob er nicht noch mehr Kinder hätte. »Ja«, sagte der König: »ich habe noch eine Tochter gehabt; aber die hat mir ein Troll genommen, weil hier Niemand war, der sie befreien konnte. Kannst Du sie aber befreien, so sollst Du auch sie und das andre halbe Reich dazu haben.« — »Ich will's versuchen«, sagte Lillekort: »dann muß ich aber eine eiserne Kette haben, fünfhundert Ellen lang, und fünfhundert Mann muß ich mit haben und Proviant für sie auf funfzehn Wochen; denn ich muß weit zur See fort.« Ja, das sollte er alles bekommen; nur befürchtete der König, er möchte kein Schiff haben, welches groß genug wäre, alles das zu tragen. »Ich habe selbst ein Schiff«, sagte Lillekort und nahm aus seiner Tasche das Schiff hervor, welches das alte Weib ihm gegeben hatte. Der König lachte und meinte, es wäre bloß sein Scherz; aber Lillekort sagte, man solle ihm nur Alles geben, was er verlangt hätte, dann solle der König nachher schon sehen. Man brachte hierauf alle die Sachen zusammen, und nun wollte Lillekort, daß man zuerst die eiserne Kette ins Schiff legen sollte; aber da war kein Einziger, der sie aufzuheben vermochte, und Viele konnten nicht auf einmal Platz um das kleine Schiff bekommen. Da nahm Lillekort selbst die Kette an dem einen Ende und legte einige Ringe davon ins Schiff, und wie er sie nach und nach weiter hineinbrachte, ward das Schiff immer größer, und zuletzt ward es so groß, daß sowohl die Kette, als die fünfhundert Mann nebst dem Proviant, und Lillekort sehr gut Platz darin hatten. Da sprach Lillekort: »Fahr hin über Süßwasser und Salzwasser, über Berg' und tiefe Thäler, bis daß du kommst, wo des Königs Tochter ist!« und sogleich fuhr das Schiff davon, daß es zischte und brauste, über Land und über Wasser. — Als sie nun eine lange, lange Zeit gesegelt hatten, stand das Schiff eines Tages plötzlich auf der See still. »Ja, nun sind wir glücklich an Ort und Stelle gekommen«, sagte Lillekort: »wie wir aber wieder fortkommen werden, das steht noch dahin.« Darauf nahm er die eiserne Kette und band sich das eine Ende um den Leib. »Jetzt muß ich zu Boden«, sagte er: »Wenn ich aber nachher wieder herauf will und einen starken Ruck an die Kette thu', dann müßt Ihr alle auf einmal anziehen für *einen* Mann, sonst kostet es mir und Euch das Leben«, und damit sprang er ins Wasser, daß die Wellen über ihn zusammenschlugen. Er sank tiefer und immer tiefer, und endlich kam er auf den Grund. Dort sah er einen Berg, worin eine Thür war, und da ging er hinein. In dem Berge nun fand er die Prinzessinn, welche eben mit ihrem Nähzeug beschäftigt war. »Ach, Gott sei Lob!« rief sie, als sie Lillekort erblickte, und klatschte in die Hände: »noch habe ich keine Menschenseele gesehen, so lange ich hier bin.« Lillekort sagte ihr, daß er gekommen sei, um sie wieder zu ihrem Vater zurückzubringen. »Ach, mich bekommst Du nicht mit«, sagte sie: »das wird Dir nicht gelingen; denn bekommt der Troll Dich zu sehen, kostet es Dir das Leben.« — »Gut, daß Du von ihm sprichst!« sagte Lillekort: »Wo ist er? Es könnte spaßhaft sein, ihn zu sehen.« Die Königstochter erzählte ihm darauf, daß der Troll ausgegangen wäre und Jemanden suchte, der hundert Lasten Malz auf einmal zu Bier brauen könne; denn der Troll wollte ein Gastmahl geben, und dabei verschlug keine geringere Quantität. »Das kann *ich*«, sagte Lillekort. »Wenn nur der Troll nicht so jachzornig wäre, daß ich es ihm sagen könnte, eh' er Dich erblickt«, versetzte die Prinzessinn: »aber er ist so wüthend, daß er Dich den Augenblick in Stücke zerreißt, wenn er Dich gewahr wird. Indessen verbirg Dich nur hier so lange in den Bettverschlag, dann will ich sehen, Was zu thun ist.« Das that denn Lillekort, und kaum war er in seinem Versteck, so kam auch schon der Troll an. *»Houf! es riecht hier so nach Menschenfleisch!«* rief er. »Ja, es flog hier ein Vogel über's Dach mit einem Menschenknochen im Schnabel, den ließ er durch den Schornstein fallen«, versetzte die Königstochter: »ich habe mich zwar beeilt, ihn hinwegzuschaffen, aber es muß wohl noch der Geruch davon zurückgeblieben sein.« — *»Ja, das ist's wohl!«* sagte der Troll. Darauf fragte die Prinzessinn ihn, ob er Jemanden gefunden habe, der hundert Lasten Malz auf einmal zu Bier brauen könne. *»Nein, da ist Keiner, der das kann«*, sagte der Troll. »Vor einer Weile war Einer hier, der sagte, er könnte es«, versetzte die Königstochter. *»Du bist nun immer so klug«*, sagte der Troll: *»warum ließest Du ihn denn gehen? Du wußtest doch, daß ich eben einen Solchen suche.«* — »Ich hab' ihn auch nicht gehen lassen«, versetzte die Königstochter: »aber Du bist nun gleich immer so jachmüthig; darum verbarg ich ihn derweil in den Bettverschlag. Wenn Du also noch keinen tüchtigen Brauer gefunden hast, so kannst Du's ja mit ihm versuchen.« — *»Ja, laß ihn kommen!«* sagte der Troll. Als Lillekort nun hervorkam, fragte der Troll ihn, ob es wahr sei, daß er hundert Lasten Malz auf einmal zu Bier brauen könne. »Ja, das ist wahr«, antwortete Lillekort. *»So ist's gut, daß ich Dich bekam«,* sagte der Troll: *»mach Dich nur gleich an die Arbeit! Aber Gnade Dir Gott, wenn Du das Bier nicht stark genug braust.«* — »Es soll schon Geschmack kriegen«, sagte Lillekort und stellte sogleich das Geschirr zurecht. »Ich muß aber mehr Männer zum Zutragen haben«, sagte er: »denn die paar, die ich bekommen habe, können nicht Viel ausrichten.« Er erhielt nun noch mehr Leute, so viele, daß es von ihnen wimmelte, und darauf ging das Brauen los. Als nun die Würze fertig war, wollten Alle sie kosten, zuerst der Troll selbst, und nachher die Andern. Aber Lillekort hatte die Würze so stark gebraut, daß sie todt umfielen, wie die Fliegen, sowie sie davon tranken. Zuletzt war Niemand mehr übrig, als ein altes kümmerliches Weib, das hinter dem Ofen lag. »Ach, Du Arme!« sagte Lillekort: »Du mußt doch auch meine Würze kosten«, und damit ging er hin und füllte mit der Bütte auf, Was noch am Boden übrig geblieben, und gab es ihr. Da war er sie alle insgesammt quitt.

Als er nun da stand und sich umsah, ward er eine große Kiste gewahr, die nahm Lillekort und packte sie voll Gold und Silber, umschlang dann sich und die Prinzessinn und die Kiste mit der eisernen Kette und that einen Ruck daran aus allen Kräften. Da zogen die Leute auf dem Schiff alle auf einmal an und brachten sie gesund und behalten wieder herauf. Nun sprach Lillekort: »Fahr hin über Süßwasser und Salzwasser, über Berg' und tiefe Thäler, bis daß du kommst zu des Königs Schloß!« — und sogleich fuhr das Schiff davon, daß der Schaum zu beiden Seiten stand. Als Die, welche auf dem Schloß waren, das Schiff ankommen sahen, zogen sie alsbald hinaus mit Gesang und Spiel und empfingen Lillekort mit großer Freude. Am frohesten von Allen aber war der König, der jetzt seine Tochter wieder bekommen hatte.

Nun war aber Lillekort in Verlegenheit wegen der Prinzessinnen; denn beide wollten ihn haben, und er wollte nur die haben, welche er zuerst befreit hatte, und das war die jüngste. Er sann und dachte lange darüber nach, wie er sich aus der Verlegenheit ziehen sollte; denn die jüngste wollte er nicht fahren lassen, und der andern wollte er auch nicht gern zuwider sein. Da fiel es ihm ein, wenn jetzt sein Bruder König Lavring, da wäre, der ihm so ähnlich sah, daß Keiner sie von einander zu unterscheiden vermochte, so könnte der die andre Prinzessinn und das halbe Reich bekommen; denn er selbst wollte sich gern mit der einen Hälfte begnügen. Wie gedacht, so gethan: er ging vor's Schloß und rief laut den König Lavring bei Namen; aber es kam Niemand. Da rief er noch lauter; aber es fand sich auch diesmal Keiner ein. Zuletzt rief er aus allen Kräften — und da stand plötzlich sein Bruder vor ihm. »Ich sagte Dir ja, Du solltest mich nicht eher rufen, als bis Du in der äußersten Noth wärst«, sprach er: »und hier ist ja keine Mücke, die Dir Was zu Leide thun kann«, und damit schlug er auf ihn zu, daß Lillekort über die Wiese hinpurzelte. »Schande über Dich, daß Du mich so schlägst!« sagte Lillekort: »Erst hab' ich die eine Königstochter und das halbe Reich gewonnen, und nachher die andre Königstochter und das andre halbe Reich dazu, und nun wollte ich mit Dir theilen und Dir die eine Prinzessinn und die Hälfte des Königreichs abgeben. Däucht es Dir denn recht, mich also zu schlagen?« Als König Lavring das hörte, bat er seinen Bruder um Verzeihung, und da vertrugen sie sich alsbald und waren wieder gute Freunde. Darauf sprach Lillekort: »Du weißt, daß wir einander so ähnlich sehen, daß Niemand uns zu unterscheiden vermag; darum tausche Du jetzt Deine Kleider mit mir und geh hinauf auf das Schloß; dann werden die Prinzessinnen glauben, daß ich es bin, und die, welche Dich dann zuerst küsst, die nimmst Du, und die andre behalt ich.« Also sprach Lillekort; denn er wußte wohl, daß die älteste Königstochter auch die stärkste war, und konnte sich daher wohl denken, wie's kommen würde. König Lavring war sogleich bereit, zu thun, wie sein Bruder ihm gesagt hatte: er tauschte mit ihm seine Kleider und ging aufs Schloß. Als er nun zu den Prinzessinnen eintrat, glaubten sie, es sei Lillekort, und liefen beide sogleich auf ihn zu. Aber die älteste, welche die größte und stärkste war, schob die jüngere Schwester bei Seite, faßte König Lavring um den Hals und küßte ihn. Und so bekam denn König Lavring die älteste, und Lillekort die jüngste Prinzessinn. Da kann sich's denn wohl ereignet haben, daß eine Hochzeit ward, wovon man sich in sieben Königreichen zu erzählen wußte.

25.) DIE PUPPE IM GRASE.

Es war einmal ein König, der hatte zwölf Söhne. Als diese groß waren, sagte er zu ihnen, sie sollten fortreisen in die Welt und sich jeder eine Frau suchen, aber die sollte spinnen und weben und ein Hemd in einem Tag fertig nähen können, sonst wollte er sie nicht zur Schwiegertochter haben. Jedem von ihnen gab er ein Pferd und eine ganz neue Rüstung; und darauf reisten die Söhne fort in die Welt, um sich eine Frau zu suchen. Als sie aber eine Strecke Weges gereist waren, sagten sie, Aschenbrödel wollten sie nicht mit haben; denn der tauge doch zu Nichts. Aschenbrödel mußte nun zurückbleiben und wußte gar nicht, wie er's anfangen sollte. Da ward er sehr niedergeschlagen, stieg von seinem Pferd herunter und setzte sich ins Gras hin und weinte. Als er aber eine Weile gesessen hatte, bewegte sich der eine Grasbülten, und es kam daraus eine kleine weiße Gestalt hervor; und als sie näher kam, sah Aschenbrödel, daß es ein niedliches kleines Mädchen war, aber ganz ganz klein. Diese trat auf ihn zu und fragte ihn, ob er nicht die Puppe im Grase besuchen wolle. Ja, das wollte Aschenbrödel gern und ging mit ihr.

Als er hinunterkam, saß die Puppe im Grase auf einem Stuhl und war so schön und so geputzt; sie fragte Aschenbrödel, wo er hin wolle, und in welchem Geschäft er reise.

Er erzählte ihr nun, daß sie ihrer zwölf Brüder wären, und daß der König, ihr Vater, jedem von ihnen ein Pferd und eine Rüstung gegeben und zu ihnen gesagt hätte, sie sollten in die Welt reisen und sich eine Frau suchen, die solle spinnen und weben und ein Hemd in einem Tag fertig nähen können. »Wenn Du nun das kannst und meine Frau werden willst«, sagte Aschenbrödel: »dann will ich nicht weiter reisen.« Ja, das wollte sie gern und machte sich sogleich an die Arbeit, fing an zu spinnen und zu weben und nähte das Hemd in einem Tag fertig; aber es ward so klein, so klein, nicht länger, als — so lang.

Damit reiste Aschenbrödel nach Hause. Als er aber das Hemd hervornahm, um es seinem Vater zu zeigen, war er ganz beschämt, weil es so klein war. Der König aber sagte, es machte nichts, er solle das kleine Mädchen heirathen; und darauf reiste Aschenbrödel froh und vergnügt zurück, um seine kleine Braut abzuholen. Wie er nun bei der Puppe im Grase ankam, wollte er sie zu sich auf sein Pferd nehmen; aber das wollte sie nicht, sondern sagte, sie wolle in einem silbernen Löffel fahren mit zwei kleinen Schimmeln davor. So reisten sie nun fort, er auf seinem Pferd, und sie in dem silbernen Löffel; die beiden Schimmel aber, die sie zogen, waren zwei kleine weiße Mäuse. Aschenbrödel hielt sich immer auf der andern Seite des Weges, damit sein Pferd nicht auf seine Braut treten sollte, denn sie war so klein. Als sie eine Strecke Weges gereist waren, kamen sie zu einem großen Wasser; da ward Aschenbrödels Pferd scheu, sprang hinüber auf die andre Seite des Weges und schlug den Löffel um, so daß die Puppe im Grase ins Wasser fiel. Da ward Aschenbrödel sehr betrübt, und wußte gar nicht, wie er sie erretten sollte. Es dauerte aber nicht lange, so tauchte ein Meermann mit ihr auf, und nun war sie so groß geworden, wie ein andres erwachsenes Frauenzimmer, und noch weit schöner, als zuvor. Da nahm Aschenbrödel sie vor sich auf sein Pferd und ritt mit ihr nach Hause.

Als er dort ankam, waren auch schon seine andern Brüder, jeder mit seiner Braut, eingetroffen; aber die waren so häßlich und so böse, daß sie sich schon unterweges mit ihren Brautmännern gezaust hatten. Auf dem Kopf trugen sie Hüte, die waren mit Theer und Ruß bestrichen, das war ihnen ins Gesicht herabgetröpfelt, so daß sie davon noch weit häßlicher und abscheulicher aussahen. Als nun die Brüder dagegen Aschenbrödels Braut erblickten, wurden sie alle neidisch auf ihn. Der König aber freute sich so sehr über die beiden, daß er alle die Andern davon jagte. Darauf hielt Aschenbrödel mit der Puppe im Grase Hochzeit und lebte mit ihr vergnügt und zufrieden eine lange lange Zeit; und wenn sie nicht gestorben sind, so leben sie noch.

26.) DAS KÄTZCHEN AUF DOVRE.

Es war einmal ein Mann oben in Finmarken, der hatte einen großen weißen Bären gefangen, den wollte er dem König von Dänemark bringen. Nun traf es sich so, daß er grade am Weihnachts-Abend zum Dovrefjeld kam, und da ging er in ein Haus, wo ein Mann wohnte, der *Halvor* hieß; den bat er um Nachtquartier für sich und seinen Bären.

»Ach, Gott helf mir!« sagte der Mann: »wie sollt' ich wohl Jemandem Nachtquartier geben können! Jeden Weihnachts-Abend kommen hier so viel Trollen, daß ich mit den Meinigen ausziehen muß und selber nicht einmal ein Dach über dem Kopf habe.« —

»O, Ihr könnt mich deßwegen immer beherbergen«, sagte der Mann: »denn mein Bär kann hier hinter dem Ofen liegen, und ich lege mich in den Bettverschlag.«

Halvor hatte Nichts dagegen, zog aber selbst mit seinen Leuten aus, nachdem er zuvor gehörig für die Trollen hatte zurichten lassen: die Tische waren besetzt mit Reißbrei, Stockfischen, Wurst und Was sonst zu einem herrlichen Gastschmaus gehört.

Bald darauf kamen die Trollen an; einige waren groß, andre klein; einige langgeschwänzt, andre ohne Schwanz; und einige hatten ungeheuer lange Nasen, und alle aßen und tranken und waren guter Dinge. Da erblickte einer von den jungen Trollen den Bären, der unter dem Ofen lag, steckte ein Stückchen Wurst an die Gabel und hielt es dem Bären vor die Nase. »Kätzchen, magst auch Wurst?« sagte er. Da fuhr der Bär auf, fing fürchterlich an zu brummen und jagte sie alle Groß und Klein aus dem Hause.

Das Jahr darauf war Halvor eines Nachmittags so gegen Weihnachten hin im Wald und haute Holz für den Heiligen; denn er erwartete wieder die Trollen. Da hörte er es plötzlich im Wald rufen: *»Halvor! Halvor!«* — »Ja!« sagte Halvor. *»Hast Du noch die große Katz?«* rief's. »Ja«, sagte Halvor: »jetzt hat sie sieben Jungen bekommen, die sind noch weit größer und böser, als sie.« — *»So kommen wir niemals wieder zu Dir!«* rief der Troll im Walde. Und von der Zeit an haben die Trollen nie wieder den Weihnachtsbrei bei Halvor auf Dovre gegessen.

27.) SORIA-MORIA-SCHLOSS.

Es waren einmal ein Paar Eheleute, die hatten einen Sohn, der hieß *Halvor*. Von seiner Kindheit an aber wollte der Knabe durchaus Nichts thun, sondern saß immer da und wühlte in der Asche. Die Ältern thaten ihn in die Lehre bei verschiedenen Meistern; aber Halvor hielt es nirgends aus, sondern wenn er ein paar Tage bei einem Meister gewesen war, lief er wieder aus der Lehre, kehrte heim und setzte sich auf den Feuerherd hin und wühlte in der Asche. Da geschah es einmal, daß ein Schiffer zu seinen Ältern kam, der sah Halvor und fragte ihn, ob er nicht Lust hätte, zur See zu fahren und fremde Länder zu sehen. Ja, dazu hatte Halvor große Lust und ging sogleich mit dem Schiffer zur See.

Nun weiß ich nicht recht, wie lange sie schon gesegelt hatten, aber zuletzt erhob sich ein heftiger Sturm, und als der vorüber war, und es wieder ruhig ward, da wußten die Schiffsleute nicht mehr, wo sie sich befanden; sie waren an eine fremde Küste getrieben, die Keiner von ihnen kannte.

Weil nun gar kein Wind wehte, und sie still liegen bleiben mußten, bat Halvor den Schiffer um Erlaubniß, ans Land zu gehen, um sich dort umzusehen; denn er konnte es nicht aushalten, immer still zu liegen und zu schlafen. »Denkst Du, daß Du Dich vor den Leuten kannst sehen lassen?« sagte der Schiffer: »Du hast ja keine andre Kleider, als die Lumpen, worin Du gehst und stehst.« Halvor aber bat so lange, bis der Schiffer ihm endlich die Erlaubniß gab; nur mußte er ihm versprechen, daß er wieder zurückkehren wollte, wenn es anfing zu wehen. Darauf ging er ans Land. Hier waren überall große schöne Ebenen und Wiesen, aber nirgends war eine Spur von Menschen. Bald darauf fing es an zu wehen; aber Halvor wollte noch gern Mehr von dem Lande sehen und schritt daher weiter fort, in der Hoffnung, daß er auch Menschen dort antreffen würde. Nach einer Weile gelangte er auf einen großen breiten Weg, der war so flach und so eben, daß man ein Ei darauf fortrollen konnte. Halvor verfolgte beständig diesen Weg, bis er endlich gegen

Abend ein großes schimmerndes Schloß in der Ferne erblickte. Weil er aber den ganzen Tag gegangen war und keinen Mundvorrath mitgenommen hatte, war er entsetzlich hungrig, und je näher er dem Schloß kam, desto unheimlicher ward ihm zu Muthe.

Als er endlich das Schloß erreicht hatte, trat er hinein und kam zuerst in die Küche, wo ein helles Feuer auf dem Herd brannte. In der Küche war Alles so schön und prachtvoll, wie er es nie zuvor in einer Küche gesehen hatte; da standen Gefäße von Gold und von Silber, aber Leute waren nicht da. Als nun Halvor eine Zeitlang gewartet hatte, und Niemand kam, öffnete er eine Thür und trat in ein großes Zimmer. Dort saß eine Prinzessinn, die spann an einem Rocken. »Wie!« rief sie: »darf denn eine Christenseele hieher kommen? Aber am besten ist es, Du machst nur, daß Du gleich wieder fortkommst, wenn Dich der Troll nicht verschlingen soll; denn hier wohnt ein abscheulicher Troll mit drei Köpfen.« —

»Mir sollt's recht sein, wenn er vier hätte«, sagte der Bursch: »ich habe große Lust, den Kerl zu sehen; aber ich gehe nicht; denn ich habe nichts Böses gethan. Erst aber mußt Du mir Etwas zu essen geben; denn ich bin verdammt hungrig.« Als nun Halvor sich satt gegessen hatte, sagte die Prinzessinn zu ihm, er sollte versuchen, ob er das Schwert zu schwingen vermöchte, das an der Wand hing. Aber er konnt' es nicht schwingen, ja er konnt' es nicht einmal aufheben. »So mußt Du einen Trunk aus der Flasche thun, die daneben hangt«, sagte die Prinzessinn: »denn das thut der Troll immer, wenn er es gebrauchen will.« Halvor that darauf einen guten Trunk aus der Flasche, und da konnte er das Schwert in der Hand schwingen wie gar Nichts. Nun, meinte er, sollt's für den Trollen früh genug sein, wenn er käme. Es dauerte auch nicht lange, so kam dieser dahergesaust. Halvor hinter die Thür. *»Hutetu! hier riecht's so nach Menschenfleisch!«* sagte der Troll, indem er den Kopf zur Thür hereinsteckte. — »Ja, das sollst Du gewahr werden!« sagte Halvor und hieb ihm alle Köpfe auf einmal herunter. Da ward die Prinzessinn so froh, daß sie sang und sprang; aber wie sie nun an ihre Schwestern dachte, sagte sie: »Ach, wären doch meine Schwestern auch erlöst!« — »Wo sind die?« fragte Halvor. Da erzählte sie ihm, daß die eine von einem Trollen auf einem Schloß festgehalten würde, das sechs Meilen von da entfernt wäre, und die andre auf einem Schloß, das noch neun Meilen weiter davon läge.

»Aber jetzt«, sagte sie: »mußt Du mir erst helfen, diesen Rumpf hinauszuschaffen.«

Dazu war Halvor sogleich bereit; er warf den Rumpf hinaus und machte Alles rein und sauber drinnen, und darauf lebten sie lustig und vergnügt. Den nächsten Morgen aber machte Halvor sich auf, sobald es dämmerte; er gönnte sich keinen Augenblick Ruhe, sondern ging und lief den ganzen Tag. Als er aber endlich das Schloß vor sich sah, ward ihm doch wieder etwas unheimlich zu Muthe; es war noch weit schöner und prächtiger, als das vorige; aber auch hier war keine Menschenseele zu sehen. Halvor trat zuerst in die Küche und ging von da grade aus ins Zimmer. »Wie? darf denn eine Christenseele hieher kommen?« rief die Prinzessinn: »Ich weiß nicht, wie lange ich nun schon hier bin«, sagte sie: »aber in all der Zeit habe ich noch nie einen Menschen hier gesehen. Es ist aber wohl am besten für Dich, Du siehst zu, daß Du wieder fortkommst; denn es wohnt hier ein Troll, der hat sechs Köpfe.« — »Nein, ich gehe nicht«, sagte Halvor: »und wenn er noch sechs dazu hätte.« — »Er nimmt Dich und frisst Dich lebendig«, sagte die Prinzessinn. Aber es half nichts; Halvor wollte nicht wieder fortgehen, denn er war nicht bange vor dem Trollen; aber zu essen und zu trinken wollte er haben, weil er so entsetzlich hungrig war von der Reise. Ja, das bekam er, so Viel er nur mochte. Darnach aber wollte die Prinzessinn wieder, daß er gehen sollte. »Nein«, sagte Halvor: »ich gehe nicht; denn ich habe nichts Böses gethan und brauche mich nicht zu fürchten.« Als nun Halvor durchaus nicht gehen wollte, sagte die Prinzessinn zu ihm: »Versuche denn, ob Du das Schwert zu schwingen vermagst, das dort an der Wand hangt, und das der Troll immer im Kriege gebraucht.« Halvor konnte aber das Schwert nicht schwingen. Da sagte sie zu ihm, er solle einen Trunk aus der Flasche thun, die daneben hange; und als Halvor das gethan hatte, konnte er das Schwert ohne Mühe schwingen.

Nun dauerte es nicht lange, so kam der Troll an; er war so groß und breit, daß er seitwärts durch die Thür gehen mußte. Als er den ersten Kopf hereinsteckte, rief er: *»Hutetu! es riecht hier so nach Menschenfleisch!«* In demselben Augenblick aber hieb Halvor ihm den Kopf ab, und darnach alle die andern dazu. Da ward die Prinzessinn über alle Maßen froh. Als sie aber an ihre Schwestern dachte, äußerte sie den Wunsch, daß auch die erlöst sein möchten. Halvor meinte, dazu könne schon Rath werden und wollte sogleich wieder fort; aber erst mußte er der Prinzessinn den Rumpf des Trollen hinausschaffen helfen, und darnach begab er sich früh am andern Morgen auf den Weg. Er hatte aber eine weite Reise zu machen, und er ging und lief abwechselnd, damit er noch zu guter Zeit ankäme. Gegen Abend erblickte er endlich das Schloß, das noch weit schöner und prachtvoller war, als die beiden ersten. Nun fürchtete er sich nicht im geringsten mehr, sondern schritt grade durch die Küche fort ins Zimmer. Hier saß eine Prinzessinn, die war so schön, daß es gar nicht zu beschreiben ist; die sagte nun eben so, wie die andern, daß sie noch keine Menschenseele gesehen hätte, so lange sie bei dem Trollen sei, und bat ihn, nur sogleich wieder zu gehen, denn sonst fräße der Troll, der neun Köpfe hätte, ihn lebendig auf, sagte sie. »Und wenn er noch neun dazu hätte, so gehe ich doch nicht«, sagte Halvor und stellte sich an den Ofen hin. Die Prinzessinn bat ihn so flehentlich, er möchte doch wieder fortgehen, damit der Troll ihn nicht auffresse; aber Halvor sagte: »Mag er nur kommen, wenn es ihm gefällt.« Da gab die Prinzessinn ihm das Trollschwert und ließ ihn einen Trunk aus der Flasche thun, so daß er's schwingen konnte.

Nun dauerte es nicht gar lange, so kam der Troll dahergesaust, der war aber noch weit größer und breiter, als die beiden andern und mußte ebenfalls seitwärts durch die Thür gehen. Als er den ersten Kopf hereinsteckte, sagte er eben so, wie die andern: *»Hutetu! hier riecht's so nach Menschenfleisch!«* Im selben Augenblick aber hieb Halvor ihm den Kopf herunter, und nachher auch alle die andern, aber der letzte war der allerzäheste; den abzuhauen war die schwerste Arbeit, die Halvor je verrichtet hatte, obgleich er doch meinte, daß er Kräfte habe.

Als Halvor nun auch den dritten Trollen getödtet hatte, kamen alle Prinzessinnen auf dem Schloß zusammen und waren so heiter und vergnügt, wie sie es noch nie in ihrem Leben gewesen; alle aber waren sie in Halvor verliebt, und er durfte nur Diejenige von ihnen wählen, die er am liebsten mochte; die jüngste Prinzessinn hielt jedoch am meisten von ihm. Halvor aber stand da ganz still und betrübt. Da fragte die jüngste Prinzessinn ihn, warum er so traurig wäre, und ob es ihm nicht bei ihnen gefiele. Ja, sagte Halvor, es gefiele ihm sehr wohl bei ihnen, denn sie hätten ja Genug zu leben, und er hätte gute Tage; aber er trüge ein so großes Verlangen nach Hause, denn er hätte noch Ältern am Leben, und die möchte er so gern einmal wiedersehen. Die Prinzessinnen meinten, das ließe sich wohl machen und sagten zu ihm: »Du sollst unbeschädigt hin- und zurückkommen, wenn Du nur genau unsern Rath befolgen willst.« Ja, Halvor wollte ihn genau befolgen. Da thaten sie ihm herrliche Kleider an, daß er aussah, wie ein Königssohn, und steckten an seinen Finger einen Ring, der hatte die Eigenschaft, daß er sich damit hin und wieder zurück wünschen konnte. Die Prinzessinnen warnten ihn aber, ja den Ring nicht zu verlieren und nicht ihren Namen zu nennen, denn alsdann wäre es aus mit der ganzen Herrlichkeit, sagten sie, und er würde sie dann nie wiedersehen.

»Wäre ich jetzt zu Hause, wollte ich froh sein!« sagte Halvor; und wie er das gewünscht hatte, ging es sogleich in Erfüllung — Halvor stand plötzlich vor dem Hause seiner Ältern. Es war eben um die Schubstunde, und da seine Ältern einen so vornehmen, stattlichen Herrn eintreten sahen, waren sie ganz erschrocken und bückten und verneigten sich. Halvor fragte, ob er nicht Nachtherberge bei ihnen bekommen könne. Nein, das könne er ganz und gar nicht. »Wir sind nicht so eingerichtet«, sagten sie: »denn wir haben weder das Eine, noch das Andre, womit einem solchen Herrn gedient sein kann«, und riethen ihm, auf's Schloß zu gehen, wovon er da den Schornstein sähe, da hätten sie Alles vollauf, sagten sie. Halvor aber gefiel das gar nicht, er wollte durchaus bei ihnen Herberge haben; aber die Leute blieben dabei, er solle auf's Schloß gehen, da könne er sowohl zu essen, als zu trinken bekommen, während sie nicht einmal einen Stuhl ihm anzubieten hätten. »Nein«, sagte Halvor: »auf's Schloß will ich nicht eher, als morgen früh; laßt mich nur die Nacht bei Euch bleiben, ich kann mich ja auf den Herd hinsetzen.« Dagegen konnten sie denn Nichts einwenden, und Halvor setzte sich nun auf den Herd und fing an, in der Asche zu wühlen, wie er ehemals zu thun pflegte, da er noch zu Hause faulenzte.

Sie sprachen nun von Mancherlei, und Halvor erzählte von Diesem und Jenem, und endlich fragte er sie, ob sie niemals Kinder gehabt hätten. Ja, sagten sie, sie hätten einen Burschen gehabt, der Halvor geheißen, der sei aber fortgewandert, und sie wüßten nicht, ob er noch am Leben sei, oder schon todt wäre. »Könnt' ich es wohl nicht sein?« sagte Halvor. — »Nein, das weiß ich gewiß«, sagte die Frau: »der Halvor war immer so faul und träge, daß er nie das Geringste thun mochte, und dann ging er so lumpig in seinen Kleidern, daß ein Lappen immer auf den andern schlug; aus ihm hätte nie ein solcher Herr werden können, wie Ihr seid.«

Als aber die Frau die Gluth auf dem Herd anschürte, und der helle Schein davon auf Halvor fiel, da erkannte sie ihn wieder.

»Ja, wahrhaftig bist Du es, Halvor!« rief sie, und es kam eine solche Freude über die alten Ältern, daß es gar nicht zu sagen ist; und Halvor mußte ihnen nun erzählen, wie es ihm ergangen war, und seine Mutter wollte durchaus, er solle sogleich auf's Schloß gehen und sich den Dienstdirnen zeigen, die immer so stolz gethan hatten; sie lief selber voraus und erzählte ihnen, daß Halvor zu Hause gekommen sei, und jetzt sollten sie nur sehen, wie stattlich er wäre; er sähe aus wie ein Prinz, sagte sie.

»Das muß wahr sein!« sagten die Dirnen und warfen den Nacken: »er ist wohl derselbe Lump, der er immer gewesen ist.« Im selben Augenblick aber trat Halvor ein, und da erschraken die Dirnen so gewaltig, daß sie ihr Hemd auf dem Herd im Stich ließen, wo sie saßen und sich flöhten, und im bloßen Unterrock davon liefen. Als sie zurückkamen, waren sie so beschämt, daß sie es gar nicht wagten, Halvor anzusehen, gegen den sie früher immer so stolz und übermüthig gewesen waren. »Ihr habt Euch nun immer für so fein und so hübsch gehalten«, sagte Halvor: »und glaubt, es gäbe gar nicht mehr Euresgleichen; Ihr solltet aber nur die älteste

Prinzessinn sehen, die ich befreit habe! gegen die seht Ihr aus wie wahre Viehmägde, und die zweite ist noch schöner; aber die jüngste, die meine Braut ist, die ist schöner, als Sonne und Mond. Ich wollte nur, sie wären hier, so solltet Ihr sehen!« sagte Halvor.

Kaum aber hatte er das gesagt, so standen die Prinzessinnen vor ihm; das betrübte ihn sehr; denn er gedachte nun an die Worte, die sie gesprochen. — Auf dem Schloß wurde ein herrliches Gastmahl für die Prinzessinnen angerichtet und großer Aufwand gemacht. Aber sie blieben da nicht lange. »Wir wollen zu Deinen Ältern gehen«, sagten sie: »und uns ein wenig die Umgegend besehen.« Sie gingen darauf fort und kamen nicht weit vom Schloß zu einem großen Wasser, worin so viele Fische waren, daß es davon wimmelte, die aber niemals gefangen wurden. Dicht beim Wasser war ein schöner grüner Hügel. Da wollten die Prinzessinnen sich niedersetzen und sich ein Weilchen ausruhen; denn die Aussicht über das Wasser gefiel ihnenso schön, sagten sie.

Als sie nun eine Weile da gesessen hatten, sagte die jüngste Prinzessinn: »Komm, Halvor! ich will Dir den Kopf krauen!« Halvor legte seinen Kopf auf ihren Schoß, und es dauerte nicht lange, so schlief er ein. Da zog die Prinzessinn ihm den Ring vom Finger und steckte ihm einen andern daran. Darnach sprach sie: »Haltet Euch nun alle fest an mir!« — und: »Wären wir jetzt auf Soria-Moria-Schloß!«

Als Halvor erwachte und sah, daß die Prinzessinnen verschwunden waren, fing er bitterlich an zu weinen und war so betrübt, daß sie ihn gar nicht wieder beruhigen konnten. Wie sehr auch die Ältern ihn trösteten und ihn baten, bei ihnen zu bleiben, so konnte doch Nichts ihn zurückhalten, sondern er nahm Abschied von ihnen und sagte, er würde sie wohl nie wiedersehen; denn fände er die Prinzessinnen nicht wieder, schiene es ihm nicht werth, länger zu leben, sagte er.

Dreihundert Thaler hatte er noch übrig, die steckte er in die Tasche und begab sich damit auf den Weg. Als er ein Ende gegangen war, begegnete ihm ein Mann mit einem Pferd, das wollte Halvor ihm gern abkaufen und accordirte mit dem Manne. »Es war freilich nicht meine Absicht, es zu verkaufen«, sagte der Mann: »aber wenn wir des Handels einig werden können, mag es drum sein.« Halvor fragte ihn,

Was er denn für das Pferd haben wolle. »Viel habe ich nicht dafür gegeben, und Viel ist es auch nicht werth«, sagte der Mann: »es ist aber ein braves Pferd zum Reiten, obwohl es zum Ziehen eigentlich nicht taugt; doch so Viel vermag es immer, daß es Euern Eßranzen trägt und Euch dazu, wenn Ihr mitunter mal wieder ein Ende geht.« Sie wurden nun um den Preis einig, und als Halvor das Pferd bekommen hatte, legte er seinen Ranzen darauf und ging und ritt abwechselnd. Gegen Abend kam er zu einem grünen Hügel, worauf ein großer Baum stand. Da nahm er seinen Eßranzen vom Pferde, ließ diesem die Zügel und legte sich unter dem Baum schlafen. Sobald es Tag wurde, machte er sich wieder auf den Weg; denn er hatte durchaus keine Ruhe. Er ging und ritt den ganzen Tag durch einen großen Wald, worin viele grüne Plätze waren, die herrlich zwischen die Bäume hindurchschimmerten. Halvor wußte nicht mehr, wo er war, und wohin der Weg führte; aber er ließ sich keine Zeit, auszuruhen, außer wenn er dem Pferd Etwas zu essen gab und er selber auf einem der grünen Plätze seinen Ranzen aufschnürte. Er ging und ritt immerfort, und der Wald schien niemals ein Ende nehmen zu wollen.

Aber am andern Morgen, als es dämmerte, sah er, daß es zwischen den Bäumen lichter ward. »Ich wollte, ich käme jetzt zu Leuten, wo ich mich ein wenig wärmen und Etwas zu essen bekommen könnte!« dachte Halvor; und als er noch einige Schritte gegangen war, kam er zu einer armseligen Hütte und sah drinnen durch die Fensterscheiben ein Paar alte Leute; sie waren schon sehr alt und hatten einen ganz grauen Kopf, so grau, wie Tauben, und die Frau hatte eine Nase, die war so lang, daß sie sie statt Feuergabel auf dem Herd gebrauchte. »Guten Abend!« sagte Halvor, als er eintrat. »Guten Abend!« sagte die Frau: »Was führt Euch denn hieher? Über hundert Jahre sind es jetzt, daß keine Menschenseele hier gewesen ist.« Halvor erzählte ihnen, daß er nach Soria-Moria-Schloß wolle, und fragte, ob sie nicht den Weg dahin wüßten. »Nein«, sagte die Frau: »den weiß ich nicht; aber nun kommt gleich der Mond, den will ich fragen; denn der scheint auf Alles und sieht Alles, der mag es wohl wissen.« Als nun der Mond hell und klar über den Bäumen stand, ging die Frau hinaus und rief: »Du Mond, Du Mond!

kannst Du mir nicht den Weg nach Soria-Moria-Schloß sagen?« — »Nein«, sagte der Mond: »das kann ich nicht; denn als ich in der Gegend schien, stand eine Wolke davor.« — »Warte nur ein wenig«, sagte die Frau zu Halvor: »nun kommt bald der Westwind, der weiß es gewiß; denn der weht und bläst in jeden Winkel.« »Ei! hast Du auch ein Pferd?« rief sie darauf, als sie Halvors Pferd erblickte: »laß doch das arme Thier ein wenig in die Koppel hinaus, und hier nicht bei der Thür stehen und hungern!« »Aber willst Du es mir nicht vertauschen?« sagte sie: »Ich habe hier ein Paar alte Stiefeln stehen, womit Du sieben Meilen in *einem* Schritt machen kannst; die will ich Dir für Dein Pferd geben; dann kannst Du um so viel eher nach Soria-Moria-Schloß kommen.« Das war Halvor schon recht, und die Alte freute sich so sehr über das Pferd, daß sie tanzte und sprang. »Nun kann ich doch, wenn ich will, zur Kirche *reiten*!« sagte sie. Halvor, der keine Ruhe hatte, wollte sogleich mit den Stiefeln fort; aber die Alte sagte: »Es hat nicht so große Eile; lege Dich nur erst ein wenig auf die Bank hin und schlafe, denn ein Bett habe ich Dir nicht anzubieten; indeß will ich aufpassen, wenn der Westwind kommt.«

Als nun Halvor ein wenig geschlafen hatte, kam der Westwind dahergesaust, daß die alte Hütte krachte. Die Alte hinaus: »Du Westwind! Du Westwind!« rief sie: »weißt Du nicht den Weg nach Soria-Moria-Schloß? Hier ist Einer, der will gern hin.« — »Ja, den weiß ich sehr gut«, sagte der Westwind: »ich soll eben jetzt dahin und die Kleider zur Hochzeit trocknen. Ist er rasch zu Fuß, so kann er mit mir reisen.« Halvor hinaus. »Du mußt schnell sein, wenn Du mit willst«, sagte der Westwind, und fort ging's über Rusch und Busch, über Hügel und Thal, so daß Halvor Genug zu thun hatte, um Schritt zu halten. Endlich sagte der Westwind: »Jetzt kann ich nicht weiter mit Dir reisen; denn ich muß dort noch erst ein Stück Tannenwald umreißen, eh' ich zur Bleiche komme und die Kleider trockne; wenn Du aber längs der Bergseite fortgehst, so kommst Du zu einigen Dirnen, die dort stehen und Zeug waschen, und von da ist es nicht mehr weit nach Soria-Moria-Schloß.«

Um eine Weile kam Halvor zu den Dirnen, die da stunden und wuschen; sie fragten ihn, ob er nicht den Westwind gesehen hätte, der sollte kommen und das Zeug zur Hochzeit trocknen. »Ja«, sagte Halvor: »er ist nur hin und reißt ein Stück Tannenwald um; es wird aber nicht lange dauern, so ist er da«, und nun befragte er sie um den Weg nach Soria-Moria-Schloß. Sie zeigten ihn darauf zurecht, und als er ans Schloß kam, war es da so voll von Menschen und Pferden, daß es wimmelte. Halvor aber war so zerlumpt und zerrissen, weil er dem Westwind über Rusch und Busch und Stock und Stein gefolgt war, daß er sich gar nicht sehen lassen mochte, sondern sich abseits hielt; erst den letzten Tag trat er hervor, da eben die Gäste sich zur Tafel setzten. Als sie nun, wie es Sitte und Gebrauch ist, die Gesundheit des Bräutigams und der Braut tranken und ihnen Glück wünschten, und der Mundschenk Allen, sowohl Rittern, als Knappen, zutrank, da kam der Becher auch zu Halvor. Er brachte nun ebenfalls die Gesundheit des Brautpaars aus, darnach ließ er den Ring, den die Prinzessinn ihm an den Finger gesteckt hatte, als er an dem Wasser eingeschlafen war, in den Becher fallen und sagte zu dem Mundschenken, er solle die Braut von ihm grüßen und ihr den Becher reichen. Wie nun die Prinzessinn ihren Ring erblickte, stand sie sogleich vom Tische auf und sprach: »Wer hat es wohl am ersten verdient, Eine von uns zur Gemahlinn zu haben, Der, welcher uns befreit hat, oder Der, welcher hier als Bräutigam sitzt?« Natürlich der Erste, sagten Alle, darüber könnten durchaus nicht zwei Meinungen sein. Und als Halvor das hörte, säumte er nicht, seine Lumpen abzuwerfen und sich als Bräutigam zu schmücken. »Ja, Das ist der Rechte!« rief die Prinzessinn, als sie ihn erblickte, ließ den Andern mit einer langen Nase abziehen und hielt Hochzeit mit Halvor.

28.) DER HERR PETER.

Es waren einmal ein Paar arme Eheleute, die hatten drei Söhne. Wie die beiden ältesten hießen, weiß ich nicht; aber der jüngste hieß *Peter*. Als die Ältern gestorben waren, und die Kinder sich in die Erbschaft theilen wollten, war Nichts da, als ein Grapen, eine Brodplatte und eine Katze. Der älteste, welcher das Beste haben sollte, nahm den Grapen. »Wenn ich den ausleihe, bleibt doch immer Etwas für mich auszuschrapen drin«, sagte er. Der zweite nahm die Brodplatte: »Wenn ich die ausleihe, bleibt doch immer Etwas für mich abzukratzen dran«, sagte er. Für den jüngsten blieb nichts Anders übrig, als die Katze. »Wenn ich die ausleihe, bekomm' ich Nichts dafür«, sagte er: »giebt man ihr auch ein wenig Milch, so schleckt sie sie selbst.« Gleichwohl nahm er doch die Katze; denn es jammerte ihn, sie umkommen zu lassen.

Hierauf wanderten die Brüder fort in die Welt, um ihr Glück zu versuchen, und jeder zog seine Straße. Als der jüngste eine Weile fortgegangen war, sagte die Katze: »Es soll Dir nicht leid sein, daß Du mich nicht in der alten Hütte hast umkommen lassen, sondern mich mit Dir genommen. Ich werde in den Wald gehen und allerlei Gethier greifen, das sollst Du zu dem König auf das Schloß tragen, das Du dort siehst, und sagen, Du brächtest ihm ein kleines Geschenk. Wenn er Dich dann fragt, von Wem das ist, sollst Du sagen: ›Das ist von dem *Herrn Peter*.‹« Hierauf lief die Katze in den Wald, und kam bald mit einem lebendigen Rennthier zurück; dem war sie auf den Kopf gesprungen, hatte sich zwischen die Hörner gesetzt und gesagt: »Gehst Du nicht gradesweges zu des Königs Schloß, so kratze ich Dir die Augen aus«, darum wagte das Rennthier auch nicht, anders zu thun, als die Katze ihm gesagt hatte. Wie Peter nun zum Schloß kam, ging er mit seinem Thier in die Küche und sagte: »Ich komme, um dem König ein kleines Geschenk zu überbringen, wenn er es nicht verschmähen wollte.« Als man dem König das anmeldete, kam er sogleich in die Küche, und wie er das große schöne Rennthier erblickte, war er darüber außerordentlich erfreut. »Mein lieber Freund«, sagte er zu Peter: »Wer ist es, der mir ein so schönes Geschenk sendet?« — »O, das ist der Herr Peter«, sagte der Bursch. »Der Herr Peter?« sagte der König: »wo wohnt er doch noch, dieser Herr Peter?« denn es däuchte ihm eine Schande, daß er einen solchen Mann nicht kennen sollte. Aber der Bursch wollt' es ihm nicht sagen; er dürfe es nicht wegen seines Herrn, sagte er. Darauf gab der König ihm ein gutes Trinkgeld und bat ihn, seinen Herrn von ihm zu grüßen, und er ließe sich auch vielmal bedanken.

Den andern Tag lief die Katze wieder in den Wald, sprang einem Hirsch auf den Kopf, setzte sich ihm zwischen die Augen und nöthigte ihn ebenfalls durch Drohungen, nach des Königs Schloß zu gehen. Als Peter in die Küche eintrat, sagte er wieder, er käme, um dem König ein kleines Geschenk zu überbringen, wenn er es nicht verschmähen wolle. Der König freute sich über den Hirsch noch mehr, als über das Rennthier, und fragte, Wer es denn wäre, der ihm ein so schönes Geschenk sende. »Das ist der Herr Peter«, sagte der Bursch. Als aber der König wissen wollte, wo der Herr Peter wohne, bekam er wieder dieselbe Antwort, wie den vorigen Tag, und diesmal gab er Petern ein noch größeres Trinkgeld.

Den dritten Tag kam die Katze mit einem Elenthier an. Als Peter in die Küche auf dem Schloß trat und sagte, er brächte dem König ein kleines Geschenk, ward es dem König sogleich angesagt. Wie dieser nun herauskam und das große schöne Elenthier erblickte, war er darüber so voller Freude, daß er nicht wußte, »auf welchem Bein er stehen sollte«, und das Mal gab er Petern ein noch weit größeres Trinkgeld, es waren gewiß hundert Thaler. Nun wollte aber der König durchaus wissen, wo der Herr Peter wohnte, und forschte und fragte auf alle mögliche Weise; aber Peter sagte, er dürfe es nicht sagen von wegen seines Herrn, denn der hätte es ihm so strenge verboten. »So sage denn dem Herrn Peter, ich ließe ihn bitten, mich zu besuchen«, sagte der König. Ja, sagte der Bursch, er wollt's wohl bestellen. Als Peter darauf zu der Katze kam, sagte er: »Na, Du hast mich in eine schöne Patsche gebracht! Nun will der König, ich soll ihn besuchen, und ich habe ja nichts Anders auf den

Leib zu ziehen, als die Lumpen, worin ich gehe und stehe.« — »O, sei deßwegen nicht bekümmert!« sagte die Katze: »um drei Tage sollst Du Pferde und Wagen und so schöne Kleider bekommen, daß das Gold heruntertröpfelt; dann kannst Du den König besuchen. Aber Was Du auch beim König siehst, so mußt Du immer sagen, Du hättest es noch weit schöner und prächtiger zu Hause; das mußt Du nicht vergessen.« Nein, Peter wollt's nicht vergessen. — Als nun die drei Tage um waren, kam die Katze mit Wagen und Pferden und Kleidern und Allem, was Peter gebrauchte. Das Alles aber war so prächtig, wie Niemand Dergleichen noch gesehen hatte. Nun fuhr Peter nach dem Schloß, und die Katze lief hinterher. Der König empfing den Burschen sehr freundlich; aber Was er ihm auch zeigen und anbieten mochte, so sagte Peter immer, ja, das wäre Alles recht gut, aber er hätt's doch noch weit schöner und prächtiger zu Hause. Das wollte nun dem König gar nicht anstehen, aber Peter blieb immer beim Alten. Zuletzt ward der König so verdrießlich, daß er sich nicht länger halten konnte. »Nun will ich mit Dir reisen«, sagte er: »und sehen, ob es wahr ist, daß Du Alles so viel besser und schöner hast, als ich. Aber Gnade Dir Gott, wenn Du lügst! Ich sage nicht mehr.« — »Ja, nun hast Du mich schön in die Tinte gebracht!« sagte Peter zu der Katze: »nun will der König mit mir reisen nach meinem Hause, aber das ist wohl nicht gut zu finden.« — »Laß Dich das nicht kümmern!« sagte die Katze: »ich werde voranlaufen, und folge Du mir dann nur immer nach.« Darauf reisten sie fort: die Katze voran, darnach Peter, welcher hinter ihr her fuhr, und dann der König mit seinem ganzen Hofstaat.

Als sie nun ein gutes Ende gefahren waren, kamen sie zu einer großen Heerde Schafe, die hatte Wolle, so lang, daß sie an der Erde schleppte. »Willst Du sagen, daß diese Schafheerde dem Herrn Peter gehört, so gebe ich Dir diesen silbernen Löffel«, sagte die Katze zum Hirten — den Löffel aber hatte sie mit aus dem Königsschloß genommen. Ja, das wollte der Hirte wohl sagen. Als nun der König gefahren kam, rief er: »Ei! ei! hab' ich doch nie eine so große schöne Schafheerde gesehen! Wem gehört die, mein kleiner Bursch?« — »Die gehört dem Herrn Peter«, sagte der Bursch.

Nach einer Weile kamen sie zu einer schönen großen

Heerde scheckiger Kühe, die waren so fett, daß sie glänzten. »Willst Du sagen, daß diese Heerde dem Herrn Peter gehört, wenn der König Dich fragt, so gebe ich Dir diesen silbernen Handzuber«, sagte die Katze zu der Dirn, die das Vieh trieb — den Zuber aber hatte sie auch aus dem Schloß mitgenommen. »Ja, recht gern!« sagte die Dirn. Als nun der König gefahren kam, wunderte er sich sehr über die große schöne Heerde; eine so schöne Viehheerde, meinte er, hätte er noch nie gesehen; und als er die Dirn fragte, Wem das Vieh gehöre, sagte sie: »O, das gehört alles dem Herrn Peter.«

Ein Ende weiter hin trafen sie eine große schöne Koppel Pferde an, es waren die schönsten Pferde, die man sehen konnte; alle waren sie groß und fett, und von jeder Farbe waren sechs: rothe, fahle und blaue. »Willst Du sagen, daß diese Pferdetrift dem Herrn Peter gehört, wenn der König Dich fragt, so geb' ich Dir diesen silbernen Abguß«, sagte die Katze zum Hirten — den Abguß hatte sie auch aus dem Schloß mitgenommen. Ja, der Bursch wollt's wohl sagen. Als nun der König ankam, war er ganz verwundert über die große schöne Pferdetrift; denn solche Pferde hätte er noch nie gesehen, sagte er, und als er den Burschen fragte, Wem alle die rothen und fahlen und blauen Pferde gehörten, sagte der: »Die gehören alle dem Herrn Peter.«

Als sie nun ein gutes Ende weiter gereist waren, kamen sie zu einem Schloß. Die erste Pforte war von Messing, die zweite von Silber, und die dritte von Gold. Das Schloß selbst war von Silber und so blank, daß es Einem in den Augen weh that, wenn man es ansah; denn es schien grade die Sonne darauf, wie sie ankamen. Die Katze hatte die Gelegenheit ersehen, dem Burschen unbemerkt ins Ohr zu flüstern, er solle sagen, das wäre *sein* Schloß. Drinnen im Schloß aber war's noch viel prächtiger, als außen: Alles war hier von Gold, sowohl die Stühle, als die Tische und die Bänke. Als nun der König rings umhergegangen war und Alles genau betrachtet hatte, von unten und von oben, da ward er ganz beschämt. »Ja, der Herr Peter hat Alles weit prächtiger, als ich,« sagte er: »es hilft nicht, daß man es leugnet,« und damit wollte er wieder fortreisen. Aber Peter bat ihn, er möchte doch bleiben und bei ihm zu Abend essen. Na, das that denn der König auch; aber sauer sah er die ganze Zeit. — Während sie nun bei Tische saßen, kam der Troll gegangen, dem das Schloß gehörte, und klopfte an die Pforte. *»Wer ist es, der mein Essen verzehrt und meinen Meth trinkt, als wären Schweine drinnen?«* rief er. Als die Katze das hörte, lief sie sogleich hinaus, trat an die Pforte und sprach: »Wart einmal! ich will Dir erzählen, wie der Bauer es mit dem Winterkorn macht«, und darauf erzählte sie dem Trollen sehr weitläufig vom Winterkorn: wie zuerst der Bauer seinen Acker pflüge, darnach ihn dünge, und dann wieder pflüge u. s. w., bis plötzlich die Sonne aufging*. »Sieh Dich mal um, dann wirst Du hinter Dir die schöne herrliche Jungfrau erblicken!« sagte die Katze zum Trollen. Da sah dieser sich um, erblickte die Sonne und barst mitten von einander**.

»Nun gehört Alles Dir«, sagte darauf die Katze zu Petern: »Jetzt aber sollst Du mir den Kopf abschlagen, das ist der einzige Lohn, den ich für die Dienste verlange, die ich Dir gethan habe.« Das wollte aber Peter durchaus nicht. »Wenn Du es nicht thust«, sagte die Katze: »so kratze ich Dir die Augen aus.« Da konnte Peter nicht anders, sondern mußte thun, wie die Katze wollte, so sauer es ihm auch ankam: mit *einem* Streich hatte er ihr den Kopf vom Rumpf abgehaut. Da stand aber plötzlich vor ihm die schönste Prinzessinn, die man je gesehen hat, und Peter wurde augenblicklich ganz in sie verliebt. »Alle diese Herrlichkeit gehörte früher mir«, sagte die Prinzessinn: »aber der Troll hatte mich verzaubert, so daß ich als Katze in dem Hause Deiner Eltern sein mußte. Nun kannst Du thun, Was Du willst, mich zu Deiner Gemahlinn nehmen, oder nicht; denn nun bist Du König über das ganze Reich.« — Der nicht nein sagte, das war Peter, und es ward eine Hochzeit gehalten und ein Gastmahl, das dauerte ganze acht Tage lang. Nun war ich aber nicht länger bei dem Herrn Peter und der jungen Königinn.

* Bekanntlich sind in Norwegen die Nächte um die Mitte des Sommers nur sehr kurz, so daß die Sonne fast beständig am Himmel steht.

** In der nordischen Mythologie heißt es sonst von den *Schwarzelfen*, daß sie in Stein verwandelt werden, sobald die Sonne sie bescheint.
Anm. d. Übers.

29.) AASE,* DAS KLEINE GÄNSEMÄDCHEN.

Es war einmal ein König, der hatte so viele Gänse, daß er eigens eine Dirn halten mußte, sie zu hüten; diese Dirn hieß Aase, und darum nannten die Leute sie *Aase, das Gänsemädchen*. Nun traf es sich, daß der Königssohn von England aufs Freien ausreiste, dem setzte Aase sich in den Weg. »Was sitzest Du da, Du kleine Aase?« sagte der Königssohn. »Ich sitze hier und flicke das Zeug und setze Lappen auf Lappen«, sagte Aase: »denn ich warte auf den Königssohn von England.« — »Den kannst Du nicht bekommen«, sagte der Prinz. »Wenn ich ihn haben soll, dann werd' ich ihn wohl kriegen«, sagte die kleine Aase. — Es wurden nun Maler ausgesandt nach allen Ländern und Reichen, die sollten die schönsten Prinzessinnen abmalen, und dann wollte der Königssohn sich eine zur Gemahlinn aussuchen. Eine von ihnen gefiel ihm auch so gut, daß er sogleich zu ihr reiste und um sie freite; sie sagte auch Ja und ward seine Braut, und darüber war der Prinz außerordentlich vergnügt. Nun hatte aber der Prinz einen Stein, und wenn er den vor sein Bett hinlegte, sagte der ihm Alles, worüber er ihn befragte. Als daher die Prinzessinn angereist kam, sagte Aase, das Gänsemädchen, zu ihr, wenn sie schon früher einen Liebsten gehabt hätte, oder sich wegen einer gewissen Sache, wovon der Prinz Nichts wissen solle, etwa nicht frei fühle, so müsse sie sich in Acht nehmen, daß sie nicht über den Stein trete, den der Prinz vor sein Bett hingelegt hätte, denn der sage ihm Alles. Als die Prinzessinn das hörte, ward sie sehr angst und bat die kleine Aase, daß sie sich am Abend an ihrer Stelle zu dem Prinzen ins Bett legen möchte, und wenn er dann eingeschlafen sei, wollten sie wieder umtauschen, so daß er am Morgen, wenn es hell würde, die Rechte bei sich hätte. Das thaten sie denn auch. Als Aase, das Gänsemädchen, über den Stein trat, fragte der Prinz: »Wer ist es, der in mein Bett

* Sprich: *Oße*.

steigt?« — »Reine und keusche Jungfrau«, sagte der Stein, und darauf legten sie sich schlafen. In der Nacht aber kam die Prinzessinn und legte sich an Aase's Stelle. Als sie aber am andern Morgen aufstanden, fragte der Prinz den Stein wieder: »Wer ist es, der aus meinem Bett steigt?« — »Eine, die schon drei Kinder gehabt hat«, sagte der Stein. Wie der Prinz das hörte, wollte er sie nicht haben, sondern schickte sie wieder nach Hause und nahm sich eine andre Braut.

Als er nun die neue Braut besuchen wollte, hatte Aase, das kleine Gänsemädchen, sich wieder vor ihm in den Weg hingesetzt. »Was sitzest Du hier, Du kleine Aase?« sagte der Prinz. »Ich sitze hier und flicke das Zeug und setze Lappen auf Lappen, denn ich warte auf den Königssohn von England«, sagte Aase. »Den kannst Du nicht bekommen«, sagte der Königssohn. »Wenn ich ihn haben soll, dann werd' ich ihn wohl kriegen«, sagte Aase.

Mit dieser Prinzessinn ging es nun eben so, wie mit der vorigen, nur mit dem Unterschied, daß der Stein, als sie am Morgen aufstand, sagte, sie hätte schon sechs Kinder gehabt. Nun wollte der Prinz auch sie nicht haben, sondern jagte sie wieder aus dem Hause; aber einmal, meinte er, wollt' er's noch versuchen, ob er nicht Eine finden könne, die noch eine reine und keusche Jungfrau sei. Er reiste nun weit umher durch viele Länder, bis er endlich Eine fand, die er leiden mochte. Als er sie darauf einmal besuchte, hatte Aase, das Gänsemädchen, sich wieder in den Weg hingesetzt. »Was sitzest Du hier, Du kleine Aase?« fragte der Prinz. »Ich sitze hier und flicke das Zeug und setze Lappen auf Lappen, denn ich warte auf den Königssohn von England«, sagte Aase. »Den kannst Du nicht bekommen«, sagte der Prinz. »Wenn ich ihn haben soll, dann werd' ich ihn wohl kriegen«, versetzte die kleine Aase.

Als die Prinzessinn ankam, sagte Aase, das Gänsemädchen, zu ihr eben so, wie zu den beiden ersten, wenn sie schon einen Liebsten gehabt hätte, oder sonst Etwas im Wege wäre, das der Prinz nicht wissen solle, so müsse sie nicht über den Stein treten, den der Prinz vor sein Bett hingelegt hätte, denn der sage ihm Alles. Wie die Prinzessinn das hörte, ward sie sehr ängstlich; aber sie war eben so verschlagen, wie die beiden andern, und bat Aase, daß sie sich am Abend an ihrer Stelle zu dem Prinzen ins Bett legen möchte, und wenn er eingeschlafen sei, wollten sie wieder umtauschen, so daß er am Morgen, wenn's hell würde, die Rechte bei sich hätte. Das thaten sie denn auch. Als Aase, das Gänsemädchen, über den Stein trat, fragte der Prinz wieder: »Wer ist es, der in mein Bett steigt?« — »Reine und keusche Jungfrau«, sagte der Stein, und darauf legten sie sich schlafen. In der Nacht aber steckte der Prinz einen Ring an Aase's Finger, der war aber so drange, daß sie ihn nicht wieder abkriegen konnte; denn der Prinz hatte nachgerade wohl gemerkt, daß es nicht ganz richtig zuging, und darum wollt' er ein Zeichen haben, woran er die Rechte wieder erkennen könnte. Als der Prinz eingeschlafen war, kam die Prinzessinn und jagte Aase in den Gänsestall und legte sich selbst an ihre Stelle ins Bett. Wie sie nun am Morgen aufstanden, und der Prinz fragte: »Wer ist es, der aus meinem Bett steigt?« sagte der Stein wieder: »Eine, die schon drei Kinder gehabt hat«; und als der Prinz das hörte, ward er so böse, daß er sie augenblicklich aus dem Hause jagte. Darauf fragte er den Stein, wie es denn mit diesen drei Prinzessinnen zusammenhinge, die über ihn gestiegen wären. Da erzählte ihm der Stein, wie die Sache sich verhielt, und daß die Prinzessinnen ihn betrogen und Aase, das kleine Gänsemädchen, an ihre Stelle gelegt hätten. Das wollte der Prinz erst nicht glauben und ging daher aufs Feld, wo Aase saß und die Gänse hütete; denn er wollte sehen, ob sie wohl den Ring hätte. »Hat sie den, so ist es wohl am besten, daß ich *sie* zur Gemahlinn nehme«, dachte er. Als er nun zu ihr auf's Feld kam, sah er, daß sie einen Lappen um ihren Finger gebunden hatte. Er fragte sie, warum sie das gethan hätte. »Ach«, sagte sie: »ich habe mich so arg geschnitten.« Der Prinz wollte nun durchaus den Finger sehen; aber Aase wollte den Lappen nicht abnehmen. Da ergriff er ihren Finger und hielt ihn fest, und wie Aase ihn zurückziehen wollte, ging der Lappen ab, und nun erkannte der Prinz sogleich seinen Ring. Da nahm er sie mit sich auf's Schloß und gab ihr viele schöne Kleider und herrlichen Schmuck; und darauf hielten sie Hochzeit. So bekam nun Aase, das kleine Gänsemädchen, den Königssohn von England, bloß weil es so bestimmt war, daß sie ihn haben sollte.

30.) *DER BURSCH UND DER TEUFEL.*

Es war einmal ein Bursch, der ging auf einem Wege und knackte Nüsse; da fand er eine, die war wurmstichig, und im selben Augenblick begegnete ihm der Teufel. »Ist es wahr«, sagte der Bursch: »was man sagt, daß der Teufel sich so klein machen kann, als er will, und sich durch ein Nadelöhr zwängen?« — »Ja«, antwortete der Teufel. »Oh! laß mich einmal sehen und kriech in diese Nuß!« sagte der Bursch wieder; und das that der Teufel. Als er durch das Loch gekrochen war, schlug der Bursch einen Pflock hinein. »Nun hab' ich Dich!« sagte er und steckte die Nuß in die Tasche. Wie er nun ein Ende gegangen war, kam er zu einer Schmiede, da ging er hinein und bat den Schmied, er möchte ihm doch die Nuß entzwei schlagen. »Ja, das soll leicht gethan sein«, antwortete der Schmied und nahm seinen kleinsten Hammer, legte die Nuß auf den Amboß und schlug zu; aber sie wollte nicht entzwei. Da nahm er einen etwas größeren Hammer, aber der war auch noch nicht schwer genug; er nahm nun einen noch größeren, aber der that's auch noch nicht. Da wurde der Schmied verdrießlich und nahm den großen Hammer: »Ich werde dich gleichwohl entzwei kriegen«, sagte er und schlug zu, all was er konnte. Da zerplatzte die Nuß, daß das ganze Schmiededach abflog, und es krachte, als ob die Hütte umstürzen wollte. »Ich glaube, der Teufel war in der Nuß!« sagte der Schmied. »Ja, er war drin«, sagte der Bursch.

31.) DIE SIEBEN FÜLLEN.

Es waren einmal ein Paar arme Leute, die wohnten in einer elenden Hütte, weit weg in einem Walde, und hatten nicht Mehr, als aus der Hand in den Mund, und kaum einmal das; aber drei Söhne hatten sie, und der jüngste von ihnen war *Aschenbrödel,* denn er that nichts Anders, als in der Asche wühlen.

Eines Tages sagte der älteste Bursch, er wolle fort und sich einen Dienst suchen; dagegen hatten die Ältern Nichts einzuwenden, und er wanderte hinaus in die Welt. Er ging den ganzen Tag, und als es Abend ward, kam er zu einem Königsschloß. Da stand der König draußen auf der Treppe und fragte ihn, wo er hin wolle. »O, ich suche mir nur einen Dienst«, sagte der Bursch. »Willst Du bei mir dienen und meine sieben Füllen hüten?« fragte ihn der König. »Wenn Du sie einen ganzen Tag hüten kannst und mir am Abend sagen, Was sie essen und Was sie trinken, so sollst Du die Prinzessinn und das halbe Reich haben«, sagte er: »kannst Du es aber nicht, so schneide ich Dir drei rothe Riemen aus Deinem Rücken.« Ja, das, meinte der Bursch, wär' eine leichte Arbeit, damit wollt' er schon fertig werden.

Am Morgen, als es Tag wurde, ließ der Stallmeister die sieben Füllen aus; diese fort, und der Bursch hinter ihnen her, und darauf ging's über Berg und Thal, durch Rusch und durch Busch. Als der Bursch eine gute Weile gelaufen hatte, fing er an, müde zu werden, und als er's noch eine Zeitlang ausgehalten, da hatt' er das Hüten völlig satt. Er stand eben vor einer Bergschlucht, wo ein altes Weib saß und die Spindel drehte; als die den Burschen erblickte, der hinter den Füllen herlief, daß ihm der Schweiß von der Stirne troff, rief sie: »Komm her, mein schmucker Bursch! ich will Dir den Kopf krauen.« Das war dem Burschen schon recht; er setzte sich zu dem alten Weib in der Bergschlucht und legte seinen Kopf auf ihren Schoß, und nun kraute sie ihn den ganzen Tag, während er da lag und sich runkste.

Als es Abend wurde, wollte der Bursch fort: »Es ist wohl am besten, ich gehe nur wieder heim zu meinen Ältern«, sagte er: »denn daß ich auf's Schloß zurückkehre, kann doch Nichts nützen.« — »Warte nur, bis es dunkel geworden ist«, sagte das Weib: »dann kommen die Füllen hier wieder vorbei, und dann kannst Du mit ihnen zurücklaufen; denn es weiß Niemand, daß Du hier den ganzen Tag auf meinem Schoß gelegen hast, anstatt sie zu hüten.« Als nun die Füllen ankamen, gab das Weib dem Burschen eine Flasche mit Wasser und einen Büschel Moos; das sollte er dem König zeigen und sagen, das wäre Das, was die sieben Füllen äßen und tränken.

»Hast Du nun die Füllen den ganzen Tag treu gehütet?« fragte ihn der König, als er am Abend ankam. »Ja, das hab' ich«, sagte der Bursch. »Kannst Du mir denn sagen, Was sie essen, und Was sie trinken?« fragte der König. Da zeigte der Bursch ihm die Flasche mit Wasser und den Büschel Moos, was er von der Alten bekommen hatte. »Da siehst Du, Was sie essen, und da siehst Du, Was sie trinken«, sagte er. Da wußte nun der König gleich, wie er sie gehütet hatte, und er wurde so zornig, daß er seinen Leuten befahl, sie sollten ihn sogleich aus dem Hause jagen, erst aber sollten sie ihm drei rothe Riemen aus seinem Rücken schneiden und Salz hineinstreuen. Als darauf der Bursch zu Hause kam, so kannst Du Dir wohl vorstellen, wie ihm zu Muthe war. Einmal wäre er ausgegangen, um zu dienen, sagte er: aber er thät's nicht zum zweiten Mal.

Den Tag darauf sagte der zweite Sohn, nun wolle er auch einmal in die Welt und sein Glück versuchen. Die Ältern aber sagten nein, und er möchte nur den Rücken seines Bruders betrachten; aber der Sohn bat so lange, bis sie ihn denn zuletzt reisen ließen. Wie er nun einen ganzen Tag gewandert hatte, kam er auch zu dem Königsschloß. Da stand der König auf der Treppe und fragte ihn, wo er hin wolle; und als der Bursch sagte, er wolle sich nach einem Dienst umhören, sagte der König, er könne bei ihm in Dienst kommen, wenn er seine sieben Füllen hüten wolle, setzte ihm aber dieselbe Strafe und denselben Lohn aus, wie er beides seinem Bruder ausgesetzt hatte. Ja, dem Burschen war das recht, und er nahm ohne weiteres Bedenken den Dienst an; denn er meinte, er wolle die Füllen schon hüten und dem König sagen, Was sie äßen und Was sie tränken.

Sobald es Tag wurde, ließ der Stallmeister die sieben Füllen hinaus; diese fort über Berg und Thal, und der Bursch hinter ihnen her. Aber es ging ihm nicht besser, als dem Bruder. Als er so lange hinter den Füllen hergelaufen war, bis er ganz müde geworden und über und über mit Schweiß bedeckt war, kam er ebenfalls an die Bergschlucht, wo das alte Weib saß und die Spindel drehte. »Komm her, mein schmucker Bursch! ich will Dir den Kopf krauen«, rief sie. Das däuchte dem Burschen ganz gut; er ließ die Füllen laufen, wohin sie wollten, setzte sich zu dem Weib in der Bergschlucht, und da lag er nun und runkste sich den ganzen Tag.

Als die Füllen am Abend zurückkamen, gab das alte Weib ihm auch eine Flasche mit Wasser und einen Büschel Moos, welches er dem König zeigen sollte. Als aber darauf der König den Burschen fragte, ob er ihm sagen könne, Was die sieben Füllen äßen und Was sie tränken, und dieser ihm die Wasserflasche und den Moosbüschel hinhielt und sagte: »Da siehst Du, Was sie essen, und da siehst Du, Was sie trinken«, ward der König so zornig, daß er befahl, ihm drei rothe Riemen aus seinem Rücken zu schneiden und Salz hineinzustreuen und ihn dann augenblicklich fortzujagen. Wie nun der Bursch zu Hause kam, erzählte er ebenfalls, wie's ihm ergangen war, und sagte, einmal wäre er ausgegangen, um zu dienen, aber er thät's nicht zum zweiten Mal.

Den dritten Tag wollte Aschenbrödel sich aufmachen. Er hätte große Lust, sagte er, auch mal zu versuchen, die sieben Füllen zu hüten. Die Andern aber lachten und hatten ihn zum Besten. »Wenn es uns so gegangen ist«, sagten sie: »so sollst Du wohl was ausrichten, Du, der nie etwas Andres gethan hat, als auf dem Herd liegen und in der Asche wühlen.« — »Einerlei«, sagte Aschenbrödel: »ich will aber fort; denn ich hab's mir einmal in den Kopf gesetzt«, — und wie sehr die Brüder ihn auch auslachten, und die Ältern ihn bitten mochten, es half Alles nichts: Aschenbrödel mußte fort. Als er nun den ganzen Tag marschirt hatte, kam er endlich gegen Abend auch zu dem Königsschloß. Der König stand wieder draußen auf der Treppe und fragte ihn, wo er hin wolle. »Ich wollte mich nur nach einem Dienst umhören«, sagte Aschenbrödel. »Wo bist Du her?« fragte ihn der König, denn er wollte sich erst etwas näher erkundigen, eh' er wieder Jemanden in Dienst nahm. Aschenbrödel erzählte ihm nun, wo er her sei, und daß er der Bruder von den Zweien wäre, die vor ihm die Füllen gehütet hätten, und fragte, ob er den nächsten Tag nicht auch versuchen dürfte, sie zu hüten. »Twi!« sagte der König und gerieth ganz in Zorn: »bist Du der Bruder von den Zweien, so taugst Du auch wohl nicht viel mehr, als sie; von solchen Leuten habe ich schon Genug gehabt.« — »Was schadt's?« sagte Aschenbrödel: »da ich doch einmal hier bin, so könnt' ich's ja auch mal versuchen.« — »Nun ja, wenn Du denn durchaus Deinen Rücken geschunden haben willst, dann meinetwegen!« sagte der König. »Ich möchte weit lieber die Prinzessinn haben«, sagte Aschenbrödel.

Am Morgen, als es Tag wurde, ließ der Stallmeister die sieben Füllen hinaus; diese fort über Berg und über Thal, durch Rusch und durch Busch, und Aschenbrödel immer hinter ihnen her. Als er ihnen eine gute Weile nachgelaufen war, kam er auch zu der Bergschlucht; da saß wieder das alte Weib mit ihrer Spindel und rief Aschenbrödel zu: »Komm her, mein schmucker Bursch! ich will Dir den Kopf krauen!« — »Küß mich hinten!« sagte Aschenbrödel, hielt sich fest an dem Schweif des jüngsten Füllen und sprang fort. Als sie die Bergschlucht hinter sich hatten, sagte das Füllen zu ihm: »Setze Dich auf meinen Rücken, denn wir haben noch einen weiten Weg«, und das that Aschenbrödel.

Nun ging's noch ein weites Ende fort. »Siehst Du Etwas?« sagte das Füllen. »Nein«, sagte Aschenbrödel. Damit ging's noch ein gutes Ende weiter. »Siehst Du jetzt Etwas?« fragte das Füllen wieder. »Nein«, sagte der Bursch. Als sie nun eine weite, weite Strecke zurückgelegt hatten, fragte das Füllen wieder: »Siehst Du jetzt Etwas?« — »Ja, nun seh' ich etwas Weißes schimmern«, sagte Aschenbrödel: »es sieht aus wie ein großer, dicker Birkenstamm.« — »Da müssen wir hin«, sagte das Füllen. Als sie nun hinkamen, riß das älteste Füllen den Stamm aus und warf ihn bei Seite. Da öffnete sich an der Stelle, wo der Stamm gestanden hatte, eine Thür — drinnen war ein kleines Zimmer, und in dem Zimmer war nichts Anders, als ein kleiner Herd und ein paar Bänke; und hinter der Thür hing ein altes rostiges Schwert, eine Flasche und ein Krug. »Kannst Du das Schwert schwingen?« fragte das Füllen. Aschenbrödel machte einen Versuch, aber er konnt's nicht schwingen. Da mußte er einen Trunk aus der Flasche thun, erst einmal, dann noch einmal, und dann noch einmal, und da konnt' er es schwingen wie gar Nichts. »Jetzt musst Du das Schwert mit Dir nehmen«, sagte das Füllen: und an Deinem Hochzeitstage musst Du uns allen sieben damit den Kopf abhauen, dann werden wir wieder zu Prinzen, wie wir ehedem waren; denn wir sind die Brüder der Prinzessinn, die Du heirathen sollst, wenn Du dem König sagen kannst, Was wir essen, und Was wir trinken; — ein böser Troll hatte diese Ham's* auf uns geworfen. Wenn Du uns aber dann den Kopf abgehauen hast, musst Du vorsichtig jeden Kopf beim Schwanz desjenigen Rumpfes hinlegen, auf dem er gesessen; alsdann hat der Zauber keine Macht mehr über uns.« Aschenbrödel versprach, Alles genau zu thun, wie das Füllen ihm gesagt hatte, und darauf ging es wieder fort.

Als sie nun eine lange Strecke Weges zurückgelegt hatten, fragte das Füllen: »Siehst Du Etwas?« — »Nein«, sagte Aschenbrödel. Als sie darauf ein gutes Ende weiter gekommen waren, fragte das Füllen wieder: »Siehst Du jetzt Etwas?« — »Nein, ich sehe Nichts«, sagte Aschenbrödel. Nun ging es viele, viele Meilen weit über Berge und über Thäler. Endlich fragte das Füllen wieder: »Siehst Du jetzt Etwas?« — »Ja, nun seh' ich einen blauen Streifen weit weit in der Ferne«, sagte Aschenbrödel. »Das ist ein Fluß«, sagte das Füllen: »da müssen wir hinüber.« Über den Fluß aber führte eine lange schöne Brücke, und als sie auf die andre Seite gekommen waren, ging es wieder eine lange Strecke weiter. Endlich fragte das Füllen wieder, ob Aschenbrödel Nichts sähe. Ja, da sah' er weit in der Ferne etwas Schwarzes, das sah aus wie ein Kirchthurm. »Da müssen wir hinein«, sagte das Füllen.

* *Ham* bezeichnet in der nordischen Mythologie eine zauberkräftige Haut irgend eines Thiers mit den daran befindlichen Haaren, oder Federn, wodurch Derjenige, auf welchen diese Haut geworfen ward, augenblicklich in ein solches Thier verwandelt wurde. Anm. d. Übers.

Als die Füllen auf den Kirchhof kamen, wurden sie wieder in Menschen verwandelt; sie sahen nun aus wie Königssöhne und hatten so prächtige Kleider an, daß es glitzerte und blitzerte. Darauf gingen sie in die Kirche und empfingen von dem Priester, der vor dem Altar stand, Brod und Wein. Aschenbrödel ging auch mit hinein; und als der Priester die Hände auf die Prinzen gelegt und sie gesegnet hatte, gingen sie wieder hinaus, und Aschenbrödel folgte ihnen nach; zuvor aber steckte er eine Flasche mit Wein und ein Altarbrod zu sich. Sowie die Prinzen den Kirchhof verlassen hatten, waren sie wieder in Füllen verwandelt, und nun ging es wieder desselben Weges zurück, den sie gekommen waren, aber noch viel schneller, als vorher. Erst kamen sie über die Brücke, dann kamen sie zu dem Birkenstamm, und dann zu dem alten Weib, das in der Bergschlucht saß und spann. Es ging aber so schnell, daß Aschenbrödel nicht hören konnte, Was das alte Weib, das hinter ihm herschrie, sagte; so Viel verstand er jedoch, daß sie ganz bitterböse war.

Es war beinahe dunkel geworden, als er am Schloß ankam, und der König stand auf der Treppe und wartete auf ihn. »Hast Du nun die Füllen den ganzen Tag treu gehütet?« fragte er Aschenbrödel. »Ich habe mein Bestes gethan«, antwortete dieser. »So kannst Du mir denn wohl sagen, Was sie essen, und Was sie trinken«, versetzte der König. Da nahm Aschenbrödel die Flasche mit Wein und das Altarbrod hervor und sprach: »Da siehst Du, Was sie essen, und da siehst Du, Was sie trinken.« — »Ja, Du hast sie treu gehütet«, sagte der König: »und nun sollst Du die Prinzessinn und das halbe Reich haben.« Da wurde denn alsbald eine Hochzeit gefeiert, daß man sich weit und breit davon zu erzählen hatte. Als sie aber bei Tafel saßen, stand der Bräutigam von der Bank auf und ging hinunter in den Stall, um, wie er sagte, noch Etwas zu holen, das er dort vergessen hätte. Er that nun, wie die Füllen ihm gesagt hatten, und haute ihnen allen sieben den Kopf ab, zuerst dem ältesten, und dann den übrigen, sowie sie auf einander folgten; jeden Kopf aber legte er sorgfältig bei dem Schwanz desjenigen Rumpfes hin, auf dem er gesessen hatte, und sowie er das that, wurden alle die Füllen wieder in Prinzen verwandelt. Als er nun mit den sieben Prinzen in den Hochzeitssaal eintrat, war der

König so erfreut, daß er ihn umarmte und ihn küßte; und seine Braut hielt noch mehr von ihm, als sie schon vorher von ihm gehalten hatte. »Das halbe Reich gehört jetzt Dir«, sagte der König: »und die andre Hälfte sollst Du nach meinem Tode haben; denn meine Söhne können sich jetzt, da sie wieder Prinzen geworden sind, selber Land und Reich erwerben.« Nun war die Freude und der Jubel erst recht groß bei der Hochzeit. Ich war auch mit dabei; aber es hatte Niemand Zeit, an mich zu denken: ich bekam nichts Anders, als ein Butterbrod, das legte ich auf den Ofen, und das Brod verbrannte, und die Butter schmolz, und nie habe ich wieder das Allergeringste bekommen.

32.) GIDSKE.

Es war einmal ein Wittmann, der hatte eine Haushälterinn, Namens *Gidske,* die wollte ihn gern zum Mann haben und lag ihm immer in den Ohren, daß er sie heirathen sollte. Zuletzt wurde der Mann es überdrüssig; aber er wußte nicht, wie er's anfangen sollte, um sie los zu werden. Nun war es eben um die Zeit, daß der Hanf geschnitten werden sollte, und weil Gidske sich immer für so tüchtig und flink hielt, fing sie an, den Hanf zu schneiden und schnitt so lange, bis sie schwindlig im Kopf ward von dem strengen Geruch und umfiel und auf dem Hanf-Felde liegen blieb. Während sie nun da lag und schlief, kam der Mann mit einer Schere und schnitt ihr den Rock ganz kurz ab; darnach beschmierte er sie erst mit Talg und dann mit Ruß, so daß sie ärger aussah, als der lebendige Teufel. Als Gidske erwachte und sah, wie häßlich sie war, kannte sie sich selbst nicht mehr. »Bin ich's, oder bin ich's nicht?« sagte sie: »Nein, ich kann's nicht sein; denn so häßlich bin ich ja mein Lebtag nicht gewesen; es muß der Teufel sein.« Um nun hierüber ins Reine zu kommen, ging sie hin und öffnete ein klein wenig die Thür zu der Stube ihres Herrn und fragte: »Ist Eure Gidske zu Hause?« — »Ei freilich ist sie zu Hause!« sagte der Mann, weil er sie gern quitt sein wollte. »So kann ich also nicht Gidske sein«, dachte sie und sockte fort, und Der sich freute, das war der Mann. Als sie nun ein gutes Ende gegangen war, kam sie in einen großen Wald; da begegneten ihr zwei Spitzbuben. »Mit denen will ich mich ins Geleit geben«, dachte Gidske: »denn weil ich doch einmal der Teufel bin, so ist das eben für mich die rechte Gesellschaft.« Die Diebe dachten aber nicht so, sondern als sie Gidske erblickten, schwangen sie die Fersen und machten sich aus dem Staube, so schnell sie nur konnten; denn sie glaubten, der Leibhaftige wäre hinter ihnen her und wollte sie holen; aber es half ihnen nicht viel; denn Gidske war langbeinig und schnell zu Fuß, und eh' sie sich's versahen, hatte sie sie eingeholt.

»Wollt Ihr aufs Stehlen aus, so will ich mit Euch und Euch helfen«, sagte Gidske: »denn ich weiß hier in der Gegend gut Bescheid.« Als die Diebe das hörten, meinten sie, das wäre eine gute Gesellschaft, und waren nun nicht länger bange.

Sie wollten gern hin und ein Schaf stehlen, sagten sie: aber sie wüßten nicht, wo wohl eins zu holen wäre. »Ach, das ist eine Kleinigkeit«, sagte Gidske: »Ich habe lange bei einem Bauern hier im Wald gedient und kann den Schafstall mitten in der Nacht finden.« Das däuchte den Spitzbuben ganz herrlich, und als sie zu dem Schafstall kamen, sollte Gidske hineingehen und herausschicken, und sie wollten's draußen in Empfang nehmen. Der Schafstall lag aber dicht an der Stube, wo der Mann schlief; darum ging Gidske ganz leise und behutsam hinein; als sie aber drinnen war, schrie sie zu den Dieben hinaus: *»Wollt Ihr einen Bock, oder ein Schaf? Hier ist von Allen!«* — »Scht! scht!« sagten die Diebe: »nimm bloß Einen, der brav fett ist!« — *»Ja, aber wollt Ihr einen Bock, oder ein Schaf? Wollt Ihr einen Bock, oder ein Schaf? Denn hier ist Genug von Allen!«* schrie Gidske. »So schweig' doch still!« sagten die Diebe: »nimm bloß Einen, der brav fett ist, dann ist's einerlei, ob's ein Bock, oder ein Schaf ist.« —*»Ja, aber wollt Ihr einen Bock, oder ein Schaf? Wollt Ihr einen Bock, oder ein Schaf? Hier ist Genug von Allen!«* dabei blieb Gidske. »So halt doch Dein Maul und nimm bloß Einen, der brav fett ist, ob's dann ein Bock, oder ein Schaf ist«, sagten die Diebe. Indem kam der Mann, der über den Lärm erwacht war, heraus im bloßen Hemd, und wollte sehen, Was da los war. Die Diebe liefen davon, und Gidske hinter sie drein, so daß sie den Mann über den Haufen lief. »So wartet doch! so wartet doch!« schrie sie. Der Mann, der bloß das schwarze Ungeheuer gesehen hatte, war so erschrocken, daß er anfangs gar nicht wagte, wieder aufzustehen; denn er glaubte, es sei der Teufel selber, der aus seinem Schafstall gefahren kam. Zuletzt ging er wieder ins Haus, weckte alle seine Leute auf und fing mit ihnen an, zu lesen und zu beten; denn er hatte gehört, daß man dadurch den Teufel fortbannen könne.

Den andern Abend wollten die Diebe eine fette Gans stehlen, und Gidske sollte ihnen den Weg zeigen. Als sie nun zum Gänsestall kamen, sollte Gidske hineinsteigen und herausschicken, und sie wollten's in Empfang nehmen. *»Wollt*

Ihr eine Gans, oder einen Gänserich? Hier ist genug von Allen!« schrie Gidske, als sie in den Stall gekommen war. »Scht! scht! nimm bloß Einen, der brav fett ist!« sagten die Diebe. *»Ja, aber wollt Ihr eine Gans, oder einen Gänserich? Wollt Ihr eine Gans, oder einen Gänserich? Hier ist Genug von Allen!«* schrie Gidske. »Still! still! nimm bloß Einen, der brav fett ist, so ist's einerlei, ob's eine Gans, oder ein Gänserich ist, und dann halt Dein Maul!« sagten die Diebe. Während nun Gidske rief, und die Diebe sie tuschten, fing eine Gans an zu schreien, dann eine zweite, und endlich schrien sie alle mit einander, aus vollem Halse. Da sprang der Mann heraus und wollte sehen, Was es gab — die Diebe auf und davon, so schnell sie nur konnten, und Gidske hinter sie drein wie ein Unwetter, so daß der Bauer glaubte, es sei der lebendige Teufel; denn langbeinig war sie, und die Röcke hielten sie nicht auf. »So wartet doch!« rief Gidske: »Ihr könnt ja bekommen, Was Ihr wollt, ob's denn eine Gans, oder ein Gänserich ist.« Aber die Spitzbuben hatten keine Zeit, und der Bauer mit seinen Leuten fing an zu lesen und zu beten; denn sie glaubten alle nicht anders, als daß der Teufel in dem Gänsestall gewesen sei.

Den dritten Tag waren die Diebe mit sammt Gidske so hungrig, daß ihnen der Magen pfiff, und sie beschlossen daher, bei einem reichen Bauern, der am Wald wohnte, aufs Stabur zu gehen und sich Etwas zu essen zu stehlen. Gegen Abend gingen sie hin; die Diebe aber wagten sich nicht hinauf, sondern Gidske sollte aufs Stabur gehen und herunterschicken, und sie wollten's in Empfang nehmen. Als Gidske hinaufkam, war da vollauf von Allem: von Fleisch und Speck und Wurst und Erbsenbrod. Die Diebe tuschten sie und sagten, sie solle nur einige Lebensmittel herauswerfen und nicht viel Gerede machen; denn sie wüßte wohl, wie's ihnen die beiden vorigen Male gegangen wäre. Aber Gidske schrie wieder, daß es nur so schallte: *»Wollt Ihr Fleisch, oder Speck, oder Wurst, oder Erbsenbrod? herrliches Erbsenbrod! Ihr könnt kriegen, Was Ihr wollt; denn hier ist Genug von Allem!«* Der Mann auf dem Gehöft, der über das Geräusch erwachte, kam heraus und wollte sehen, Was es gab. Die Diebe davon, so schnell sie konnten, und Gidske ihnen nach in einer Höllenfahrt. Als der Mann das Ungethüm erblickte, glaubte er ebenfalls, der Teufel sei los, denn er hatte gehört, Was sich die beiden Abende vorher zugetragen, und er fing an zu lesen und zu beten, und mit ihm alle Leute auf dem ganzen Gehöft, damit sie den Teufel fortbannten.

Am Samstag-Abend wollten die Diebe sich einen fetten Bock zum Sonntag stehlen; sie konnten's auch wohl nöthig haben, denn sie hatten schon viele Tage gehungert; aber Gidske wollten sie das Mal nicht mit haben, denn sie richte doch bloß Unheil mit ihrem Maul an, sagten sie. Als aber am Sonntag-Morgen die Spitzbuben noch nicht zurückgekehrt waren, fühlte Gidske einen entsetzlichen Hunger — denn sie hatte in drei Tagen fast nicht das Geringste genossen — und ging daher ins Rübenfeld, gnitschte und gnatschte und zog sich eine Rübe nach der andern auf. Indeß kam der Mann gegangen, dem das Rübenfeld gehörte; wie der das schwarze Ungethüm sah, das in seinen Rüben ging und gnatschte, glaubte er ebenfalls, es sei der Lebendige. Er auf und davon nach Hause, so schnell er nur konnte, und erzählte, daß der Teufel in seinem Rübenfeld wäre. Als die Leute auf dem Gehöft das hörten, erschraken sie gewaltig und glaubten, es wäre am besten, nach dem Pfarrer zu schicken, damit er den Teufel festmache. »Nein, das geht nicht an, daß wir nach dem Pfarrer schicken«, sagte die Hausfrau: »denn es ist ja Sonntag-Morgen, und da ist er noch nicht aufgestanden, und wenn er auch schon aufgestanden ist, so kommt er doch nicht, denn er muß auf seinen Text studiren.« —

»O, ich verspreche ihm ein fettes Mastkalb, dann wird er schon kommen«, sagte der Mann und machte sich auf zum Pfarrhof. Als er aber dort ankam, war der Pfarrer noch nicht aufgestanden. Das Dienstmädchen hieß den Mann eintreten, und ging hinauf zum Pfarrer und sagte, es wäre unten ein Mann, der wäre so und so und wollte gern ein Wort mit dem Herrn Pfarrer sprechen. Als der Pfarrer hörte, daß es ein so braver Mann war, der ihn sprechen wollte, stand er sogleich auf und kam herunter in Pantoffeln und mit der Nachtmütze.

Der Mann erzählte ihm nun sein Anliegen und sagte, der Teufel wäre los in seinem Rübenfeld, und wenn der Herr Pfarrer helfen wollte, ihn festzumachen, so wolle er ihm auch ein fettes Mastkalb schicken. Ja, der Pfarrer war sogleich bereit und wollte nur seinen Burschen rufen, daß er dem Pferd den Sattel auflege, während er sich ankleide. »Nein, Gevatter, das geht nicht«, sagte der Mann: »denn der Teufel lässt nicht auf sich warten, und hat er sich erst wieder aus dem Staub gemacht, so hält's schwer, ihn wieder zu attrapiren; Ihr müsst darum sogleich mit, wie Ihr geht und steht.« Der Pfarrer mußte nun fort in seinen Pantoffeln und mit der Nachtmütze; als sie aber ins Erlenbruch kamen, war der Boden so locker, daß der Pfarrer in den Pantoffeln nicht fortkonnte. Da lud der Mann ihn auf den Rücken und trug ihn huckepack, indem er ganz vorsichtig immer von einem Bülten auf den andern trat. Als sie nun ungefähr bis in die Mitte gekommen waren, bemerkte Gidske die Beiden und glaubte, es wären die Diebe, welche mit dem Bock kämen. »Ist er brav fett? ist er brav fett?« schrie sie, daß es ins Holz schallte. »Ich weiß den Teufel, ob er fett ist, oder mager«, sagte der Mann: »willst Du's aber wissen, so komm selber und sieh zu!« und damit warf er den Pfarrer mitten in die Plampe und lief davon. Und ist der Pfarrer nicht wieder aufgestanden, so liegt er wohl noch da.

33.) DIE ZWÖLF WILDEN ENTEN.

Es war einmal eine Königinn, die fuhr einst bei Winterzeit, da frischer Schnee gefallen war, in einem Schlitten. Unterweges fing ihr die Nase an zu bluten, und sie mußte daher aussteigen. Während sie nun da stand und sich an einen Zaun lehnte, betrachtete sie ihr rothes Blut in dem weißen Schnee; da dachte sie bei sich selbst: »Ich habe nun zwölf Söhne, und keine einzige Tochter; hätte ich eine Tochter, so weiß wie Schnee und so roth wie Blut, dann wollt' ich mich um die Söhne nicht weiter grämen.« Kaum hatte sie das so leise vor sich hin gesprochen, als plötzlich eine Trollhexe vor ihr stand. »Eine Tochter sollst Du bekommen«, sagte sie: »und die soll so weiß sein wie Schnee und so roth wie Blut; dann aber sollen Deine Söhne mir gehören; jedoch kannst Du sie so lange bei Dir behalten, bis die Tochter getauft ist.«

Als nun die Zeit kam, da die Königinn gebären sollte, gebar sie eine Tochter, die war weiß wie Schnee und roth wie Blut, so wie das Trollweib es ihr versprochen hatte, und darum nannte sie sie *Schneeweiß und Rosenroth*. Da war nun große Freude im Königsschloß, und am meisten von Allen freute sich die Königinn. Als sie aber gedachte, Was sie der alten Trollhexe versprochen hatte, ward ihr doch etwas wunderlich ums Herz, und sie schickte zu einem Silberschmied, der mußte ihr zwölf silberne Löffel verfertigen, einen für jeden Prinzen, und für Schneeweiß und Rosenroth ließ sie auch einen machen. Wie nun die Prinzessinn getauft war, wurden die Prinzen in zwölf wilde Enten verwandelt und flogen davon und wurden nicht mehr gesehen; fort waren sie und fort blieben sie. Die Prinzessinn wuchs indessen heran und wurde groß und außerordentlich schön; aber sie war immer so in sich selbst gekehrt und so schwermüthig, und Niemand konnte recht begreifen, Was ihr fehlte. Eines Abends, als die Königinn auch so betrübt da saß und an ihre

Söhne dachte, sagte sie zu Schneeweiß und Rosenroth: »Warum bist Du immer so traurig, meine Tochter? Fehlt Dir Etwas, so sage es mir! Möchtest Du vielleicht gern Etwas haben, so sollst Du es bekommen.« — »Ach, liebe Mutter«, versetzte Schneeweiß und Rosenroth: »es kommt mir hier immer so öde vor; alle andern Kinder haben Geschwister, aber ich habe keine, und darüber bin ich so betrübt.« — »Meine Tochter«, sagte die Königinn: »Du hast auch Geschwister gehabt; denn ich hatte zwölf Söhne, welche Deine Brüder waren, aber ich habe sie alle dahingegeben, um Dich zu bekommen«, und darauf erzählte sie ihr, wie sich Alles zugetragen hatte.

Als die Prinzessinn hörte, wie es ihren Brüdern ergangen war, hatte sie keine Ruhe länger zu Hause; und wie sehr die Mutter auch weinen und sie bitten mochte, es half Alles nichts, sie wollte fort und mußte fort, um ihre Brüder wieder aufzusuchen; denn sie glaubte, sie wäre allein schuld an ihrem Unglück; und darum verließ sie zuletzt heimlich das Schloß. Sie wanderte nun so weit in die Welt hinaus, daß Du gar nicht glauben solltest, wie eine so zarte Jungfrau so weit zu wandern vermocht hätte.

Einmal war sie die ganze Nacht hindurch in einem großen Wald umhergeirrt; gegen Morgen aber wurde sie müde, setzte sich auf den Rasen hin und schlief ein. Da träumte ihr, sie ginge noch weiter in den Wald hinein, bis sie zu einer kleinen hölzernen Hütte kam, und dort drinnen waren ihre Brüder. Hierüber erwachte sie, und da sie vor sich einen gebahnten Fußsteig durch das grüne Moos sah, folgte sie diesem, bis sie tiefer im Walde zu einem hölzernen Häuschen kam, grade so, wie es ihr geträumt hatte.

Als sie hineintrat, war dort Niemand; aber es standen da zwölf Betten und zwölf Stühle, und auf dem Tisch lagen zwölf Löffel, und von allen Sachen, die sich da vorfanden, waren immer zwölf Stücke. Die Prinzessinn war nun voller Freude; denn sie konnte sich wohl denken, daß ihre Brüder da wohnen mußten, und daß sie es waren, denen die Betten und die Stühle und die Löffel gehörten. Sie machte nun Feuer im Kamin an, fegte die Zimmer und machte die Betten, darnach kochte sie Essen und putzte Alles aufs beste auf. Und als sie mit dem Kochen fertig war und für alle ihre

Brüder zugerichtet hatte, setzte sie sich selber hin und aß, legte dann ihren Löffel auf den Tisch und kroch unter das Bett des jüngsten Bruders.

Kaum war sie hinuntergekrochen, so hörte sie ein gewaltiges Sausen in der Luft, und bald darauf kamen zwölf wilde Enten angeflogen; aber sowie sie über die Thürschwelle kamen, verwandelten sie sich augenblicklich in die Prinzen, ihre Brüder. »Ach wie gut hier Alles aufgeräumt, und wie es hier so schön warm ist!« sagten sie: »Gott lohne Dem, der uns die Stube so schön geheizt und so herrliches Essen für uns gekocht hat!« und darauf nahm jeder seinen silbernen Löffel, um damit zu essen; aber wie jeder den seinigen genommen hatte, blieb doch noch einer zurück, und der war den übrigen so ähnlich, daß sie ihn nicht davon unterscheiden konnten. Da sahen die Prinzen einander an und verwunderten sich sehr. »Das ist der Löffel unsrer Schwester«, sagten sie: »und ist der Löffel hier, so kann sie selber auch nicht weit sein.« —

»Ist es unsre Schwester, und sie findet sich hier«, sagte der älteste: »so soll sie getödtet werden; denn sie ist schuld an all unserm Unglück.« — »Nein«, sagte der jüngste: »es wäre Sünde, sie zu tödten, sie kann ja nichts dafür, daß wir Übles erdulden; sollte Jemand daran schuld sein, so ist es Niemand anders, als unsre eigne Mutter.«

Sie fingen nun an zu suchen, sowohl oben, als unten, und zuletzt suchten sie auch unter allen Betten, und als sie zu dem Bett des jüngsten Prinzen kamen, fanden sie die Prinzessinn, und zogen sie hervor. Der älteste Prinz wollte nun wieder, sie sollte getödtet werden; aber sie bat gar zu flehentlich und sagte: »Ach, tödtet mich doch nicht! ich bin viele Jahre lang herumgewandert, um Euch aufzusuchen, und wenn ich Euch erlösen könnte, wollte ich gern mein Leben dafür lassen.« — »Ja wenn Du uns erlösen willst«, sagten sie: »so sollst Du das Leben behalten; denn wenn Du willst, so kannst Du es.« — »Ja, sagt mir nur, wie ich es machen soll, dann will ich Alles thun, was Ihr verlangt«, sagte die Prinzessinn. »Dann mußt Du die Dunen von der Butterblume sammeln«, sagten die Prinzen: »und die mußt Du kratzen und spinnen und weben, und wenn das Gewebe fertig ist, mußt Du es zuschneiden und zwölf Mützen, zwölf Hemden und zwölf Halstücher davon machen, für jeden von uns ein Stück; aber in der Zeit, daß Du damit beschäftigt bist, darfst Du weder sprechen, noch weinen, noch lachen; kannst Du das, so sind wir erlöst.« — »Wo soll ich aber die vielen Dunen zu all den Hemden, Mützen und Tüchern herbekommen?« fragte Schneeweiß und Rosenroth. »Das sollst Du schon erfahren«, sagten die Prinzen, und darauf führten sie sie hinaus auf eine große, große Wiese; da standen so viele Butterblumen mit weißen Dunen, die nickten im Winde und glänzten im Sonnenschein, daß man den Glanz schon weit in der Ferne sehen konnte. Noch nie hatte die Prinzessinn zuvor so viele Butterblumen gesehen, und sie fing sogleich an zu pflücken und zu sammeln, so Viel sie nur fortschaffen konnte; und als sie am Abend zu Hause kam, begann sie sogleich, die Dunen zu kratzen und Garn davon zu spinnen. So fuhr sie eine lange Zeit fort, sie sammelte jeden Tag die Dunen der Butterblumen und kratzte und spann sie, und dabei wartete sie zugleich den Prinzen auf: sie kochte für sie und machte ihnen die Betten; und jeden Abend kamen ihre Brüder als wilde Enten nach Hause geflogen, und des Nachts waren sie Prinzen, des Morgens aber flogen sie wieder als wilde Enten davon.

Nun geschah es einmal, als Schneeweiß und Rosenroth auf die Wiese gegangen war, um sich Dunen von der Butterblume zu sammeln — wenn ich nicht irre, so war es das letzte Mal, daß sie welche sammeln wollte — daß der junge König, der das Land regierte, auf der Jagd war, und nach der Wiese ritt, wo Schneeweiß und Rosenroth war. Als der König sie erblickte, wunderte er sich sehr über die schöne Jungfrau, welche da ging und die Dunen der Butterblume sammelte. Er hielt still und redete sie an; da er aber keine Antwort von ihr erhielt, ward seine Verwunderung noch größer, und weil ihm das Mädchen so wohl gefiel, wollte er sie mit sich auf sein Schloß führen und sie zu seiner Gemahlinn nehmen. Er gab daher seinen Dienern den Befehl, sie auf sein Pferd zu setzen; Schneeweiß und Rosenroth aber rang ihre Hände und deutete auf die Säcke, worin sie ihre Arbeit hatte; und als der König begriffen hatte, Was sie meinte, befahl er seinen Dienern, auch die Säcke mit aufzuladen. Als das geschehen war, gab die Prinzessinn sich nach und nach zufrieden; denn der König war ein sehr schöner Mann, und er war so sanft und so freundlich gegen sie. Als sie aber aufs Schloß kamen, und die alte Königinn, die Stiefmutter des jungen Königs, Schneeweiß und Rosenroth erblickte, ward sie so neidisch und so aufgebracht über ihre große Schönheit und sagte zum König: »Siehst Du denn nicht, daß es eine Trollhexe ist, die Du mitgebracht hast? denn sie kann ja weder sprechen, noch lachen, noch weinen.« Der König aber bekümmerte sich nicht darum, was seine Mutter sagte, sondern hielt Hochzeit mit der schönen Jungfrau und lebte mit ihr herrlich und vergnügt; sie aber unterließ nicht, fortwährend an den Hemden zu nähen.

Ehe das Jahr um war, kam Schneeweiß und Rosenroth mit einem Prinzen nieder; darüber wurde die alte Königinn noch neidischer und noch mehr erbittert, und als es Nacht wurde, schlich sie sich, während die junge Königinn schlief, in ihr Zimmer, nahm ihr das Kind weg und warf es in die Schlangengrube; darnach schnitt sie sie in den Finger, bestrich ihr mit dem Blute den Mund und ging dann hinein zum König und sprach: »Komm jetzt und siehe, was es für Eine ist, die Du zur Gemahlinn genommen hast; jetzt hat sie ihr eignes Kind gefressen.« Da ward der König so betrübt, daß er beinahe Thränen vergoß, und er sagte: »Ja, es muß wohl wahr sein, weil ich es vor meinen eignen Augen sehe; aber sie thut es gewiß nicht wieder; dieses Mal will ich sie schonen.«

Ehe das Jahr um war, gebar die Königinn wieder einen Sohn, und mit diesem ging es eben so, wie mit dem ersten. Die Stiefmutter des Königs ward diesmal noch neidischer und noch mehr erbittert; sie schlich sich in der Nacht wieder in das Zimmer der jungen Königinn, während diese schlief, nahm ihr das Kind weg und warf es in die Schlangengrube, schnitt darauf die Königinn in den Finger, bestrich ihr mit dem Blute den Mund und sagte dann zum König, seine Gemahlinn hätte wieder ihr eignes Kind gefressen. Da ward der König so betrübt, daß Du's gar nicht glauben kannst, und er sagte: »Ja, es muß wohl wahr sein, weil ich es vor meinen eignen Augen sehe; aber sie wird es gewiß nicht wieder thun; dieses eine Mal will ich sie noch schonen.«

Ehe das Jahr wieder um war, kam Schneeweiß und Rosenroth mit einer Tochter danieder, und die nahm die alte Königinn ebenfalls und warf sie in die Schlangengrube, während die junge Königinn schlief, schnitt sie in den Finger, bestrich ihr mit dem Blute den Mund und ging dann wieder zum König und sprach: »Komm jetzt und siehe, ob es nicht wahr ist, Was ich sage, daß sie eine Trollhexe ist; denn jetzt hat sie auch ihr drittes Kind aufgefressen.« Da ward der König so betrübt, daß es gar nicht zu sagen ist; denn jetzt konnte er sie nicht länger schonen, sondern mußte den Befehl geben, sie lebendig zu verbrennen. Als nun der Scheiterhaufen in Flammen stand, und sie hinaufsteigen sollte, gab sie durch Mienen und Geberden zu verstehen, sie sollten zwölf Bretter nehmen und sie um den Scheiterhaufen legen, und darauf legte sie die Hemden und die Mützen und die Tücher ihrer Brüder; aber an dem Hemd des jüngsten Bruders fehlte noch der linke Arm, den hatte sie nicht fertig bekommen können. Kaum war dies geschehen, so hörte man ein Sausen und ein Brausen in der Luft, und darauf kamen zwölf wilde Enten über den Wald her geflogen, und jede von ihnen nahm ein Hemd, eine Mütze und ein Halstuch in den Schnabel und flog damit fort. »Siehst Du nun«, sagte die böse Stiefmutter zu dem König: »daß sie eine Trollhexe ist? Mach jetzt schnell und verbrenne sie, ehe die Flammen das Holz verzehren.« — »Damit hat's noch keine Eile«, sagte der König: »denn Holz haben wir genug, und ich habe große Lust, zu sehen, Was das Ende hievon sein wird.« In demselben Augenblick kamen die Prinzen geritten, so schön und so wohlgebildet, wie man sie nur sehen kann; der jüngste Prinz aber hatte anstatt des linken Arms einen Entenflügel. »Was habt Ihr hier vor?« fragten die Prinzen. »Meine Gemahlinn soll verbrannt werden«, sagte der König: »weil sie eine Trollhexe ist und ihre eignen Kinder gefressen hat.« — »Sie hat ihre Kinder nicht gefressen«, sagten die Prinzen: »Sprich jetzt, Schwester! Nun hast Du uns errettet, errette jetzt Dich selbst!« Da sprach Schneeweiß und Rosenroth und erzählte, wie Alles sich zugetragen hatte, und daß jedesmal, wenn sie ins Kindbette gekommen, die alte Königinn sich in ihr Zimmer geschlichen und ihr das Kind weggenommen, und sie darnach in den Finger geschnitten und ihr mit dem Blute den Mund bestrichen hätte. Und die Prinzen nahmen den König und führten ihn hinaus zu der Schlangengrube; da lagen die drei Kinder und spielten mit den Schlangen und den Nattern, und schönere Kinder, als die waren, konnte man gar nicht sehen. Da nahm der König sie mit sich und brachte sie zu seiner Stiefmutter und fragte sie, was Der wohl für eine Strafe verdient hätte, der im Sinne gehabt, eine unschuldige Königinn und drei so allerliebste Kinder zu verrathen. »Der verdiente, daß er von zwölf wilden Pferden in Stücke zerrissen würde«, sagte die alte Königinn. »Du hast selbst das Urtheil gesprochen, und selber sollst Du die Strafe erleiden«, sagte der König; und darauf wurde die alte böse Königinn an zwölf wilde Pferde gebunden und in Stücke zerrissen. Schneeweiß und Rosenroth aber reiste mit dem König, ihrem Gemahl, und ihren Kindern und den zwölf Prinzen, ihren Brüdern, nach Hause zu ihren Ältern und erzählte ihnen, was ihr Alles begegnet war; und nun war lauter Freude und Jubel im ganzen Königreich, weil die Prinzessinn errettet war, und sie auch ihre zwölf Brüder erlöst hatte.

34.) DER MEISTERDIEB.

Es war einmal ein Kathenmann, der hatte drei Söhne; er hatte ihnen aber kein Erbe zu geben und war so arm, daß er sie nicht einmal ein Gewerbe konnte lernen lassen. Da sagte er eines Tages zu ihnen, sie müßten selber zusehen, wie sie fortkämen, und könnten lernen, wozu sie Lust hätten, und reisen, wohin sie wollten, er wolle sie gern noch eine Strecke auf den Weg begleiten. Und das that er denn auch, er begleitete sie bis da, wo drei Wege sich theilten; da nahmen die Söhne von dem Vater Abschied, und jeder zog seine Straße. Wo die beiden ältesten geblieben sind, habe ich nie erfahren können; aber der jüngste marschirte tapfer drauf zu und kam weit hinaus in die Welt.

Eines Nachts, als er durch einen großen Wald marschirte, kam ein gewaltiges Unwetter über ihn; es wehte und stöberte so heftig, daß er fast die Augen im Kopf nicht offen halten konnte, und eh' er sich recht besann, war er in die Irre gekommen und konnte weder Weg, noch Steg mehr finden. Zuletzt erblickte er weit hin im Walde einen Lichtschimmer; er ging grade darauf zu und kam endlich zu einem großen Gebäude, in welchem ein helles Feuer auf dem Herd brannte, woraus er schließen konnte, daß die Leute noch nicht zu Bett gegangen waren. Er trat hinein, und drinnen war eine alte Frau, die puttelte da herum.

»Guten Abend!« sagte der Bursch. »Guten Abend!« sagte die Frau. »Hutetu! es ist so böses Wetter draußen die Nacht!« sagte der Bursch. »Das ist wahr«, sagte die Frau. »Kann ich hier keine Herberge die Nacht kriegen?« fragte der Bursch. »Hier ist keine gute Herberge für Dich«, sagte die Frau: »denn kommen die Leute zu Hause und finden Dich hier, so tödten sie Dich und mich dazu.« — »Was sind es denn für Leute, die hier wohnen?« fragte der Bursch. »Ach, es sind lauter Räuber und Spitzbuben«, sagte die Frau: »mich haben sie geraubt, als ich noch ganz klein war, und nun muß ich ihnen die Wirthschaft führen.« — »Ich glaube, ich nehme hier gleichwohl Quartier«, sagte der Bursch: »es mag gehen, wie es will; denn hinaus will ich nicht wieder bei Nachtzeit in solchem Unwetter.« — »Am schlimmsten ist das immer für Dich selbst«, sagte die Frau.

Der Bursch legte sich darauf in ein Bett, das da stand, aber er hütete sich wohl, daß er einschlief. Bald darnach kamen die Räuber an, und das alte Weib erzählte ihnen sogleich, es wär' ein fremder Kerl ins Haus gekommen, der hätte nicht wieder fort wollen.

»Hast Du nicht gesehen, ob er Geld bei sich hatte?« fragten die Räuber. »Ja, der und Geld, der Lump!« sagte die Frau: »er hat kaum Kleider auf dem Leibe.« Die Räuber flüsterten nun mit einander, Was wohl mit ihm anzufangen wäre, ob sie ihn tödten sollten, oder Was sie sonst mit ihm anfangen sollten. Indessen stand der Bursch auf und fragte sie, ob sie nicht einen Knecht gebrauchen könnten, denn er hätte große Lust, bei ihnen zu dienen. »Ja«, sagten sie: »wenn Du Lust hast und das Handwerk treiben willst, das wir treiben, so kannst Du bei uns in Dienst kommen.« — »Ja, es ist ganz einerlei, was es für ein Handwerk ist«, sagte der Bursch: »denn als ich von Hause abreiste, sagte mein Vater zu mir, ich könnte lernen, Was ich selber wollte.« — »Hast Du denn Lust, das Stehlen zu lernen?« sagten die Räuber. »Ja«, sagte der Bursch: »das Handwerk möcht' ich wohl lernen.«

Nun wohnte nicht weit davon ein Mann, der hatte drei Ochsen; einen davon wollte er zur Stadt bringen und ihn verkaufen, und das hatten die Räuber ausspionirt. Da sagten sie zu dem Burschen, wenn er im Stande wäre, dem Mann unterweges den Ochsen zu stehlen, so daß er's nicht gewahr würde, und ohne daß er ihm Was zu Leide thäte, so wollten sie ihn in Dienst nehmen, sonst nicht. Der Bursch sagte, er wollt's versuchen, und nahm mit sich einen schön gearbeiteten Schuh mit silberner Schnalle, welchen er da vorfand, den setzte er in den Weg hin, wo der Mann mit der Kuh herkommen sollte, ging dann etwas tiefer in den Wald hinein und verbarg sich unter einen Strauch. Es dauerte nicht lange, so kam der Mann an. »Das wäre ja ein ganz hübscher Schuh!« sagte er: »hätte ich bloß den andern dazu, so wollt' ich beide mit nach Hause nehmen, dann glaub' ich, würde meine Altsche wohl einmal gutes Sinnes«, denn er hatte eine sehr böse und schlimme Frau, und zwischen Schläge und Prügel, die er von ihr bekam, war immer keine lange Zeit. Nun meinte er aber, könne er mit dem einen Schuh doch Nichts anfangen, wenn er nicht den andern dazu hätte; darum ließ er ihn stehen und ging weiter. Da nahm der Bursch den Schuh und eilte, daß er dem Mann vorauskam, indem er durch den Wald lief, so daß jener ihn nicht sehen konnte, und setzte den Schuh wieder vor ihm in den Weg hin. Als der Mann mit seinem Ochsen ankam und den Schuh sah, war er so verdrießlich, daß er so dumm gewesen war und vorhin den andern Schuh nicht mitgenommen hatte. »Ich muß wohl nur zurücklaufen und den andern nachholen«, sagte er bei sich selbst und band den Ochsen an einen Zaun fest: »so krieg' ich doch mal ein paar gute Schuhe für meine Altsche; vielleicht, daß sie dann gutes Sinnes wird.«

Er ging nun zurück und suchte nach dem Schuh die Länge und die Breite; aber all sein Suchen war umsonst; zuletzt mußte er denn mit dem einen Schuh zurückgehen. Indessen hatte sich aber der Bursch mit dem Ochsen davon gemacht. Als der Mann zurückkam und sah, daß der Ochs fort war, fing er an zu weinen und zu lamentiren; denn er war so bange vor seiner Frau und fürchtete, sie möchte ihn todtschlagen, wenn sie erführe, daß der Ochs fort war. Da fiel es ihm aber ein, daß er noch zwei andre Ochsen im Stall hatte, und er ging zurück nach Hause, nahm den einen Ochsen und machte sich damit auf nach der Stadt, ohne daß die Frau Etwas davon gewahr ward. Das hatten aber die Räuber wieder ausspionirt und sagten daher zu dem Burschen, wenn er dem Mann auch den zweiten Ochsen stehlen könnte, ohne daß er es merkte, und ohne daß er ihm Was zu Leide thäte, so sollte er Ihresgleichen sein. Ja, meinte der Bursch, das wäre eben nicht schwer.

Diesmal aber nahm er einen Strick mit und hängte sich mitten auf dem Wege, wo der Mann vorbei mußte, unter den Armen auf. Als nun der Mann mit seinem Ochsen ankam und ihn da hangen sah, ward er ein wenig verdutzt und sagte: »Dir muß schwer zu Sinn gewesen sein, guter Freund, daß Du Dich da aufgeknüpft hast; meinetwegen aber magst Du da hangen, so lange Du willst; denn ich kann Dir doch kein Leben wieder einblasen«, und damit ging er weiter mit seinem Ochsen. Als er fort war, sprang der Bursch wieder herunter vom Baum, lief einen Richtsteig, so daß er dem Mann vorauskam und hängte sich wieder mitten im Wege auf. »Ob Dir wirklich so schwer zu Sinn gewesen ist, daß Du Dich da aufgeknüpft hast, oder ob es bloß bei mir spukt?« sagte der Mann: »Meinetwegen aber magst Du da hangen, so lange Du willst, ob Du nun ein Gespenst bist, oder Was Du sonst sein magst«, und damit ging er weiter mit seinem Ochsen. Der Bursch machte es wieder eben so, wie das vorige Mal, hüpfte herunter vom Baum, lief den Richtsteig durch den Wald und hängte sich wieder mitten im Wege auf. Als der Mann ihn gewahr ward, sagte er bei sich selbst: »Das ist ja eine gräßliche Geschichte! Sollte ihnen denn so schwer zu Sinn gewesen sein, daß sie sich alle drei aufgeknüpft haben? Ich kann's aber nicht mal glauben, es spukt wohl bloß bei mir. — Nun will ich aber Gewißheit haben«, sagte er: »Hangen die andern Beiden noch da, dann ist's wirklich so; hangen sie aber nicht da, so ist's nichts Anders, als Spuk«, und damit band er seinen Ochsen fest und lief zurück, um zu sehen, ob sie noch da hingen. Während er nun nach allen Bäumen hinaufguckte, sprang der Bursch wieder herunter, nahm den Ochsen und machte sich damit aus dem Staube. Als der Mann zurückkam und sah, daß der Ochs fort war, da war's Päckchen wieder fertig: er fing an zu weinen und zu lamentiren; endlich aber gab er sich doch zufrieden, denn er dachte bei sich selbst: »Da ist kein andrer Rath, ich muß wieder nach Hause und den dritten Ochsen auch holen, ohne daß meine Frau es gewahr wird, und muß dann versuchen, ihn um so viel besser zu verhandeln, damit ich wieder zu meinem Schaden komme.« Er ging nun zurück und holte sich auch den dritten Ochsen, ohne daß seine Frau es gewahr ward. Die Räuber wußten aber wieder sehr gut Bescheid und sagten zu dem Burschen, wenn er ihm nun auch diesmal den Ochsen stehlen könnte, ohne daß der Mann es merkte, und ohne daß er ihm Was zu Leide thäte, so sollte er Meister sein über sie alle zusammen.

Der Bursch machte sich wieder auf und lief in den Wald; und als der Mann mit dem Ochsen daher kam, fing er an zu brüllen wie ein andrer großer Ochs. Als der Mann das hörte, ward er froh, denn er meinte, seinen Mastochsen an der Stimme zu erkennen, und glaubte, nun würde er sie alle beide wieder bekommen, band den dritten Ochsen fest und lief abseits in den Wald und suchte da herum. Während dessen aber machte der Bursch sich auch mit dem dritten Ochsen davon. Als der Mann zurückkam und sah, daß der auch fort war, ward ihm ganz hutlig zu Muthe; er weinte und lamentirte und ließ sich in vielen Tagen nicht wieder zu Hause sehen; denn er war bange, seine Frau möchte ihn rein todtschlagen. Den Räubern aber wollte es gar nicht behagen, daß sie nun den Burschen als Meister über sich alle zusammen anerkennen sollten.

Nun gedachten sie einmal einen Streich auszuführen, den der Bursch ihnen nicht sollte nachmachen können; sie reisten daher alle mit einander fort und ließen ihn allein zurück.

Das Erste, was der Bursch that, als die Andern das Haus verlassen hatten, war, daß er alle die drei Ochsen hinausjagte, worauf diese wieder nach dem Stall des Mannes, dem er sie genommen hatte, zurückliefen, und Der sich freute, das war der Mann, kannst Du glauben. Darauf nahm er alle Pferde, welche die Räuber hatten, und belud sie mit dem Besten, was er vorfand, mit Gold und Silber und Kleidern und andern prächtigen Sachen, und sagte dann zu der Frau, sie solle die Räuber nur von ihm grüßen, er ließe sich vielmal bedanken, und er reise jetzt fort; aber es sollte ihnen schwer fallen, ihn wieder einzuholen, und damit reiste er ab.

Wie er nun eine lange Zeit gereist hatte, kam er wieder auf den Weg, von wo er zuerst in den Wald zu den Räubern gekommen war, und diesen verfolgte er so lange, bis er wieder in das Dorf kam, wo sein Vater wohnte. Zuvor aber zog er sich eine Montirung an, die grade wie für einen General gemacht war, die hatte er unter den Sachen gefunden, die er von den Räubern mitgenommen, und damit fuhr er auf den Hof, wie ein großer Herr. Dort stieg er ab und ging in's Haus zu seinem Vater und fragte ihn, ob er keine Herberge bei ihm bekommen könne. Nein, das könne er ganz und gar nicht. »Wie sollte ich wohl Herberge haben für einen so großen Herrn?« sagte der Mann: »ich habe kaum Betten, worauf ich selbst liegen kann, und die sind noch dazu schlecht genug.« — »Du bist immer ein harter Mann gewesen, und das bist Du auch noch«, sagte der Bursch: »da Du Deinem eignen Sohn nicht einmal Herberge geben willst.« — »Bist

Du denn mein Sohn?« fragte der Mann. »Kennst Du mich denn nicht mehr?« sagte der Bursch. Ja, da erkannte er ihn wieder. »Aber Was hast Du denn gelernt, daß Du in der Geschwindigkeit ein solcher Kerl geworden bist?« fragte ihn der Vater. »Das will ich Dir sagen«, versetzte der Bursch: »Du sagtest ja, ich könnte lernen, wozu ich Lust hätte, und da gab ich mich denn bei Räubern und Spitzbuben in die Lehre, und nun hab' ich meine Lehrzeit ausgestanden und bin Meisterdieb geworden.«

Nun wohnte dicht neben seinem Vater der Amtmann, der hatte ein großes, herrliches Schloß und so viel Geld, daß er's nicht zählen konnte, und dann hatte er auch eine Tochter, die war von außerordentlicher Schönheit; die wollte nun der Meisterdieb gern haben und sagte zu seinem Vater, er solle zum Amtmann gehen und seine Tochter für ihn begehren. »Wenn er Dich fragen sollte, was für ein Handwerk ich treibe, so kannst Du nur sagen, ich sei Meisterdieb«, sagte er. »Ich glaube, Du bist toll und verrückt«, sagte der Mann: »denn klug kannst Du unmöglich sein, wenn Du solche Narrheit im Kopf hast.« Ja, er solle und müsse zum Amtmann gehen und ihn um seine Tochter bitten, es wäre kein andrer Rath, sagte der Bursch. »Das thu' ich wahrhaftig nicht!« sagte der Vater: »Wie kann ich wohl zum Amtmann gehen, der so reich ist und so viel Geld hat, und für Dich um seine Tochter bitten? das geht mein Lebtag nicht an!« Es half aber nichts, er sollte und mußte hin, und wenn er nicht mit Gutem wollte, so sollte er mit Gewalt, sagte der Meisterdieb. Da ging der Mann fort und kam weinend und heulend zum Amtmann. »Was fehlt Dir?« fragte ihn der Amtmann. Da erzählte ihm der Mann, daß er drei Söhne hätte, welche eines Tages fortgereist wären, und er hätte ihnen erlaubt, zu reisen, wohin sie wollten, und zu lernen, wozu sie Lust hätten; »und nun ist der jüngste zurückgekommen und will mit aller Gewalt, ich soll zu Dir gehen und Deine Tochter für ihn begehren und sollte sagen, er wäre Meisterdieb«, sagte der Mann und weinte und lamentirte ganz jämmerlich. »Gieb Dich nur zufrieden«, sagte der Amtmann und lachte: »und grüße Deinen Sohn nur von mir und sage ihm, er müßte erst Proben von seiner Geschicklichkeit ablegen; wenn er daher am Sonntag den Braten vom Spieß in meiner Küche stehlen könnte, während alle meine Leute darauf Acht hätten, so sollte er meine Tochter bekommen.« Mit diesem Bescheid kam der Vater zu seinem Sohn zurück; der aber meinte, das solle ihm ein Leichtes sein. Er sah nun zu, daß er drei lebendige Hasen bekam, die steckte er in einen Sack, behängte sich mit einigen Lumpen, so daß er ganz armselig und jämmerlich aussah, und dann schlich er sich am Sonntag-Vormittag, wie so ein andrer Betteljunge, mit seinem Sack auf die Diele des Amtmanns. Der Amtmann selbst und alle Leute im Hause waren in der Küche und wollten auf den Braten Acht geben. Da ließ der Bursch einen Hasen aus dem Sack schlüpfen, der — hast Du mich nicht gesehen! fort und auf dem Hof herum, daß es eine Höllenwirthschaft war. »Seht einmal den Hasen da!« sagten die Leute in der Küche und wollten hinaus und ihn fangen. Der Amtmann sah ihn auch. »O lasst ihn laufen!« sagte er: »es nützt nicht, einen Hasen im Sprunge fangen zu wollen.« Es dauerte nicht lange, so ließ der Bursch den zweiten Hasen hinaus; den sahen die Leute in der Küche ebenfalls und glaubten, es wäre noch derselbe; nun wollten sie hinaus und ihn fangen; aber der Amtmann sagte wieder, es könne nichts nützen. Nach einer Weile ließ der Bursch den dritten Hasen hinaus, der wieder fort und auf dem Hof herum die Kreuz und die Quer. Als die Leute den sahen, glaubten sie, es sei immer noch der erste, und nun wollten sie wieder hinaus und ihn fangen. »Das ist doch auch ein schnurriger Hase!« sagte der Amtmann: »Kommt, Jungens, und laßt uns mal sehen, ob wir ihn erwischen können!« Er hinaus, und die Andern ihm nach, und der Hase voran, und sie alle hinterher, daß es ein Mordspectakel war. Mittlerweile aber nahm der Meisterdieb den Braten vom Spieß und lief damit fort, — und wo da der Amtmann einen Braten zum Mittag herbekam, weiß ich nicht; so Viel aber weiß ich wohl, daß er das Mal keinen Hasenbraten bekam, obwohl er gelaufen hatte, daß ihm der Schweiß von der Stirn troff.

Am Mittag kam der Pfarrer aufs Schloß, und als der Amtmann ihm erzählte, was der Meisterdieb ihm für einen Streich gespielt hatte, machte dieser sich über ihn lustig und wollte sich immer todt lachen. »Ich weiß nicht, wie ich mich von einem solchen Kerl sollte foppen lassen«, sagte der Pfarrer.

»Ja, nimm Dich nur in Acht«, sagte der Amtmann: »vielleicht ist er bei Dir, eh' Du Dir's versiehst.« Der Pfarrer aber machte sich fortwährend über den Amtmann lustig, weil dieser sich hatte bei der Nase herumführen lassen.

Am Nachmittag kam der Meisterdieb und wollte die Tochter des Amtmanns haben, wie dieser ihm versprochen hatte. »Du mußt erst noch mehr Proben ablegen«, sagte der Amtmann und gab ihm gute Worte: »denn das Kunststück, das Du heute gemacht hast, war eben nicht der Rede werth. Sieh mal zu, ob Du nicht dem Pfarrer einen Possen spielen kannst; denn der sitzt da drinnen und macht sich über mich lustig, weil ich mich von einem Kerl, wie Du bist, bei der Nase habe herumführen lassen.« Der Meisterdieb meinte, das sollte eben nicht schwer sein, und ging sogleich fort und traf seine Anstalten: er verkleidete sich in einen Vogel, hängte sich ein großes weißes Laken um, brach einer Gans die Flügel ab und machte sie sich am Rücken fest, und dann kroch er auf einen großen Ahornbaum, der in dem Garten des Pfarrers stand. Als am Abend der Pfarrer nach Hause kam, rief der Bursch vom Baum herunter: *»Herr Lars! Herr Lars!«* denn der Pfarrer hieß *Herr Lars.* »Wer ruft mich?« fragte der Pfarrer. *»Ich bin ein Engel vom Himmel, der ausgesandt ist vom lieben Gott, um Dir zu verkündigen, daß Du lebendig ins Himmelreich kommen sollst von wegen Deiner Frömmigkeit«,* sagte der Meisterdieb: *»Den nächsten Montag mußt Du Dich reisefertig halten; denn alsdann komme ich und hole Dich ab in einem Sack, und all Dein Gold und Dein Silber und Was Du sonst von den Eitelkeiten dieser Welt besitzest, mußt Du auf einen Haufen in Deiner großen Stube zusammenlegen.«* Herr Lars fiel auf seine Knie und dankte dem Engel, und am Sonntag-Morgen, als er auf die Kanzel stieg, predigte er vor den Leuten, daß ihm ein Engel vom Himmel erschienen wäre auf dem großen Ahornbaum in seinem Garten, der hätte ihm verkündigt, daß er sollte lebendig ins Himmelreich kommen von wegen seiner Frömmigkeit, und er predigte und deutete ihnen das Wort Gottes, daß alle Leute, die in der Kirche waren, darüber weinen mußten.

Am Montag kam der Meisterdieb wieder in der Gestalt eines Engels, und der Pfarrer fiel auf die Knie und betete und dankte ihm, bevor er in den Sack gesteckt wurde, und als er hinein war, nahm der Meisterdieb den Sack und schleppte ihn an der Erde mit sich fort über Stock und über Stein. »Au! au!« schrie der Pfarrer im Sack: »wo bin ich?« — *»Du bist auf dem engen Wege, der in das Himmelreich führt«,* sagte der Meisterdieb und schleppte den Sack immer weiter, so daß dem Pfarrer die Rippen im Leibe krachten; zuletzt warf er ihn in den Gänsestall des Amtmanns. Da flogen die Gänse auf ihn und fingen an zu zischen und ihn zu beißen, und der Pfarrer war in seinem Sack mehr todt, als lebendig. »Au! au! wo bin ich jetzt?« rief er. *»Jetzt bist Du im Fegefeuer, um gereinigt und geläutert zu werden für das ewige Leben«,* sagte der Meisterdieb, ging fort und holte sich all das Gold und das Silber und die kostbaren Sachen, die der Pfarrer in seiner großen Stube zusammengehäuft hatte.

Am Morgen, als das Gänsemädchen kam und die Gänse aus dem Stall lassen wollte, hörte sie den Pfarrer drinnen im Sack jammern. »Sagt mir um Gotteswillen, Wer seid Ihr und Was fehlt Euch?« sagte das Mädchen: »Ach«, rief der Pfarrer: »bist Du ein Engel vom Himmel, so laß mich hinaus und schicke mich wieder zurück auf die Erde, denn hier ist's noch viel schlimmer, als in der Hölle; tausend Teufel zwicken mich überall mit ihren Zangen.« — »Ich bin, Gott bessre es! kein Engel«, sagte das Mädchen und half dem Pfarrer aus dem Sack: »ich hüte bloß die Gänse des Amtmanns, und das sind auch wohl die Teufel, die Euch gezwickt haben, Gevatter«, sagte sie. »Ach, das hat der Meisterdieb gethan! Ach, mein Gold und mein Silber und meine schönen Kleider!« schrie der Pfarrer und jammerte und lamentirte und lief fort nach Hause, so daß das Mädchen glaubte, er habe rein den Verstand verloren.

Als der Amtmann die Geschichte erfuhr und hörte, wie der Pfarrer sowohl auf dem engen Wege, als im Fegefeuer gewesen war, wollte er sich beinahe todtlachen. Als aber der Meisterdieb kam und seine Tochter haben wollte, schwatzte er ihm wieder süß vor und sagte: »Du mußt erst eine Probe ablegen, die noch besser ist, damit ich recht erfahre, wozu Du taugst. Ich habe zwölf Pferde in meinem Stall stehen, auf die will ich zwölf Knechte setzen, einen auf jedes. Bist Du nun im Stande, ihnen die Pferde unter dem Hosenleder wegzustehlen, so will ich sehen, Was ich für Dich thun kann.« — »Das ließe sich schon machen«, sagte der Meisterdieb: »Bekomme ich dann aber auch ganz gewiß Deine Tochter?« — »Ja, kannst Du das, so will ich mein Bestes thun«, sagte der Amtmann.

Der Meisterdieb begab sich jetzt zu einem Krämer und kaufte sich zwei Flaschen Branntwein, aber in die eine goß er einen Schlaftrunk; dann bestellte er sich elf Knechte, die mußten sich in der Nacht hinter die Scheune des Amtmanns verstecken. Für Geld und gute Worte bekam er auch von einer alten Frau einen lumpigen Weiberrock und eine Jacke, womit er sich wie ein altes Weib verkleidete; darauf nahm er einen Stock in die Hand und einen Beutel auf den Nacken, und als es Abend wurde, hinkte er fort nach dem Stall des Amtmanns. Als er dort ankam, tränkten die Leute eben die Pferde zur Nacht und hatten dabei alle Hände voll zu thun. »Was Teufel willst Du denn hier?« sagte einer von den Stallknechten zu dem vermeintlichen Weibe. »Hutetu! es ist so kalt draußen!« sagte das Weib und klapperte mit den Zähnen: »laßt mich ein wenig bei Euch in den Stall kriechen.« — »Wo Dich der Teufel nicht plagt! Pack Dich fort!« sagte der eine von den Knechten: »denn kriegt der Amtmann Dich hier zu sehen, so läßt er uns tanzen.« — »Ach, das alte kümmerliche Weib!« sagt ein andrer, der Mitleid mit ihr zu haben schien: »laßt nur die Alte sich in den Stall hinsetzen; sie thut gewiß Keinem Was zu nah.« Die Andern aber sagten, daraus könne Nichts werden, und während sie sich hierüber zankten und die Pferde tränkten, kroch der Meisterdieb immer weiter nach dem Stall zu, und endlich schlüpfte er hinter die Thür, wo ihn nachher weiter Keiner bemerkte.

Auf die Nacht hin kam es den Leuten ein wenig kalt an, so still und unbeweglich auf den Pferden zu sitzen. »Hutetu! es ist kalt wie der Teufel!« sagte der Eine und schlug die Arme um den Leib. »Wer nur ein Bischen Tabak hätte!« sagte ein Andrer. Ein Dritter hatte denn ein Päckchen, und das theilten sie; es war zwar nicht Viel für jeden, aber sie kauten und spuckten, und das half ein wenig. Bald darnach waren sie wieder gleich schlimm daran. »Hutetu!« sagte der Eine und schüttelte sich. »Hutetu!« sagte das Weib und klapperte mit den Zähnen, nahm die Flasche mit Branntwein hervor und zitterte so heftig mit der Hand, daß es schwappte in der Flasche, und trank dann, daß es ihr Kluck! im Halse sagte. »Was hast Du da in der Flasche?« sagte einer von den Stallknechten. »Ach, es ist nur ein Tröpfchen Branntwein«, sagte sie. »Was? Branntwein? Gieb mal her! gieb mal her!« schrien sie alle zugleich. »Ach, ich habe nur so wenig«, sagte sie: »Ihr werdet nicht einmal naß davon im Mund.« Aber es half nichts, sie wollten durchaus einen Schluck haben. Da nahm die Alte die Flasche mit dem Schlaftrunk, hielt sie jedem vor den Mund und ließ ihn davon trinken, so Viel er brauchte, und der Zwölfte hatte noch nicht getrunken, als der Erste schon da saß und schnarchte. Darauf warf der Meisterdieb seine Lumpen ab und nahm den einen Kerl nach dem andern und setzte sie vorquer auf die Balken, rief dann seine elf Leute — und fort jagte er mit allen zwölf Pferden.

Als der Amtmann am Morgen herauskam und nach seinen Knechten sehen wollte, wachten diese eben auf und fingen an, mit den Spornen in die Balken zu hauen, daß die Splitter davon flogen, und einige von den Knechten fielen herunter, andre blieben hangen, und die andern saßen da wie Narren. »Ja, ich kann's mir schon denken, Wer hier gewesen ist«, sagte der Amtmann: »Ihr seid aber doch ganz elende Kerls, daß Ihr hier sitzt und Euch den Meisterdieb die Pferde unterm Hosenleder wegstehlen laßt!« und damit bekamen sie ihre gehörige Schmiere.

Später am Tage kam der Meisterdieb selbst und erzählte alle Umstände und wollte jetzt die Tochter des Amtmanns haben, so wie dieser ihm versprochen hatte. Der Amtmann aber gab ihm hundert Thaler und sagte, er müsse erst einen Streich ausführen, der noch besser wäre. »Meinst Du, daß Du wohl das Pferd unter mir selbst stehlen könntest, wenn ich darauf reite?« sagte der Amtmann. »Das ließe sich schon machen«, sagte der Meisterdieb: »bekäme ich dann nur eben so gewiß Deine Tochter.« Ja, er wollte sehn, Was er thun könnte, sagte der Amtmann und bestimmte einen Tag, an welchem er zu einem großen Exercirplatz hinausreiten wollte.

Der Meisterdieb erhandelte sich eine alte abgelebte Schindmähre, flocht sich einen Sielen aus Weiden und Besenreisern, kaufte einen alten Karren und ein großes Faß und sagte dann zu einem alten zahnlosen Weib, er wolle ihr zehn Thaler geben, wenn sie in das Faß kriechen und über dem Zapfenloch gaffen wolle, er würde dann den Finger hineinstecken, — Leides sollte ihr nicht geschehen — sie sollte bloß ein wenig fahren — und wenn er den Finger öfter, als *einmal* herauszöge, so sollte sie noch zehn Thaler dazu haben. Darauf zog er einige alte Lumpen an, machte sich im Gesicht unkenntlich mit Ruß, setzte sich eine Perrücke auf und heftete sich einen Bart von Ziegenhaaren an, so daß Keiner ihn wiedererkennen konnte, und damit karjuckelte er nach dem Exercirplatz, wo der Amtmann schon eine Weile geritten hatte.

Es ging aber so langsam und so traurig, daß er fast nicht vom Fleck kam; er dusselte und dusselte; dann stand das Fuhrwerk ganz still; dann ging es wieder ein wenig, aber so traurig, daß der Amtmann nimmer darauf verfallen konnte, daß das der Meisterdieb sein könne; er ritt daher grade auf ihn zu und fragte ihn, ob er nicht Jemanden dort im Walde hätte herumschleichen sehen. Nein, sagte der Mann, er hätte Keinen gesehen. »Höre«, sagte der Amtmann: »reite doch einmal in den Wald und sieh zu, ob nicht Einer da herumschleicht; ich will Dir so lange mein Pferd leihen und Dir auch ein gutes Trinkgeld geben.« — »Nein«, sagte der Mann: »das kann ich nicht, denn ich soll dieses Methfaß zu einer Hochzeit fahren; nun ist mir aber unterweges der Zapfen herausgefallen, und darum muß ich beständig den Finger ins Loch halten.« — »Reite Du nur hin!« sagte der Amtmann: »Ich werde schon derweile auf Dein Pferd und auf das Faß Acht haben.« Ja, dann sollte aber der Amtmann geschwind den Finger ins Loch stecken, wenn er seinen herauszöge. Das that denn der Amtmann auch, und der Meisterdieb setzte sich aufs Pferd. Die Zeit aber verstrich, und es kam Niemand zurück. Zuletzt ward's der Amtmann überdrüssig, immer den Finger ins Loch zu halten, und er zog ihn heraus. »Nun krieg ich noch zehn Thaler dazu!« schrie das Weib drinnen im Faß. Da erschrak der Amtmann, denn er merkte nun wohl, wie die Sache sich verhielt, und begab sich schnell auf den Heimweg. Unterweges brachten sie ihm schon sein Pferd entgegen, das der Meisterdieb bereits zu Hause bei ihm abgeliefert hatte.

Tages darauf kam der Bursch zum Amtmann und wollte seine Tochter haben, so wie dieser ihm versprochen hatte.

Der Amtmann schwatzte ihm wieder Allerlei vor, gab ihm zweihundert Thaler und sagte, er müßte noch ein Probestück machen, könnte er das, dann sollte er auch ganz gewiß seine Tochter haben. »Laß mich hören, Was es ist«, sagte der Meisterdieb. »Kannst Du mir denn wohl das Laken aus meinem Bett stehlen und meiner Frau das Hemd vom Leibe?« sagte der Amtmann. »Das sollte sich schon machen lassen«, sagte der Meisterdieb: »hätte ich nur eben so gewiß Deine Tochter.«

Als es nun Nacht geworden war, ging der Meisterdieb zum Galgen und schnitt einen armen Sünder los, nahm ihn auf den Nacken und trug ihn fort; darnach holte er sich eine große Leiter, die stellte er an das Kammerfenster des Amtmanns, stieg dann hinauf und bewegte den Todten auf und ab, grade als wenn Einer von außen ins Fenster guckte. »Das ist der Meisterdieb, Frau!« sagte der Amtmann und stieß sie in die Seite. »Jetzt schieß ich ihn!« sagte er und nahm die Büchse, die er vor sein Bett hingelegt hatte. »Nein, thu das nicht, Mann!« sagte die Frau: »Du hast ihn ja selber herbestellt.« — »Ja, ich schieß ihn, dann bin ich ihn quitt«, sagte der Amtmann und fing an zu zielen. Bald aber war der Kopf oben, bald war er wieder unten; endlich aber bekam der Amtmann ihn doch aufs Korn, knallte los, und der Todte bumpste zur Erde nieder. Der Meisterdieb herunter von der Leiter, so schnell er nur konnte.

»Ich bin nun zwar selbst die hohe Obrigkeit«, sagte der Amtmann: »ich möchte aber doch nicht gern, daß die Leute Etwas zu reden hätten; darum ist's am besten, ich stehe auf und begrabe den Todten.« — »Ja, thu, wie es Dir gut dünkt, Mann«, sagte die Frau. Da stand der Amtmann auf und ging hinunter, den Todten zu begraben; während er aber zur Thür hinausging, schlüpfte der Meisterdieb zum Fenster hinein. »Nun, Mann«, sagte die Frau — denn sie glaubte es wäre der Amtmann — »bist Du schon fertig?« — »Ja«, sagte der Meisterdieb: »ich steckte ihn bloß in ein Loch und scharrte etwas Erde darüber, und so weit ist er nun verwahrt. Es ist so ein abscheuliches Wetter draußen, ich will's schon ein andermal besser machen. Gieb mir aber das Laken«, sagte er: »damit ich mich abtrockne, denn ich habe mich über und über mit Blut besudelt.« Die Frau gab ihm das

Laken. »Du mußt mir auch noch Dein Hemd geben«, sagte er: »denn das Laken verschlägt nicht, merke ich.« Sie gab ihm nun auch noch ihr Hemd. Da fiel es ihm ein, daß er vergessen hatte, die Thür zuzumachen, und das mußte er erst, eh' er sich wieder zu Bett legte — und fort ging er mit dem Laken und mit dem Hemd. Eine Weile darnach kam der rechte Amtmann. »Nein, wie lange Zeit Du gebraucht hast, um die Thür zuzumachen!« sagte die Frau: »Wo hast Du aber nun das Laken und mein Hemd gelassen?« — »Was sagst Du?« rief der Amtmann. »Ich frage, wo Du das Laken und mein Hemd gelassen hast, das ich Dir gab, um Dich damit abzutrocknen?« sagte sie. »Ei zum Teufel!« rief der Amtmann: »ist er nun damit auch fort?«

Am Tage kam der Meisterdieb wieder und verlangte die Tochter des Amtmanns, wie dieser ihm versprochen hatte, und da durfte nun der Amtmann nicht anders, sondern gab sie ihm und noch viel Geld dazu; denn er fürchtete, der Meisterdieb möchte ihm zuletzt noch die Augen aus dem Kopf stehlen, und daß er gar zu sehr ins Gerede käme. Der Meisterdieb lebte nun mit der Tochter des Amtmanns lustig und vergnügt. Ob er nach dieser Zeit noch wieder stahl, kann ich nicht mit Gewißheit sagen; that er es aber, so geschah es wohl nur zu seinem eignen Vergnügen.

35.) *DIE DREI SCHWESTERN IM BERGE.*

Es war einmal eine alte Wittfrau, die wohnte mit ihren drei Töchtern weit vom Dorfe unten an einem Berg. Sie war aber so arm, daß sie weiter Nichts besaß, als nur ein Huhn, und das hatte sie so lieb, wie ihren Augapfel; sie tickerte damit herum und warf ihm Körner zu früh und spät. Eines Tages aber war das Huhn fort. Die Frau ging überall um das Haus herum und suchte und lockte; aber das Huhn war fort und blieb fort. Da sagte sie zu ihrer ältesten Tochter: »Du mußt hingehen und zusehen, daß Du das Huhn wiederfindest; denn her muß es wieder, und sollten wir es auch aus dem Berg holen.« Die Tochter ging fort und suchte und lockte überall; aber kein Huhn war zu finden. Da schallte es auf einmal aus der Bergwand:

»Das Hühnchen trippelt im Berge!
Das Hühnchen trippelt im Berge!«

Das Mädchen ging hin und wollte zusehen. Da öffnete sich aber plötzlich unter ihr eine Fallthür, und sie fiel tief hinab in ein Gewölbe unter der Erde. Als sie darin weiter ging, kam sie durch viele schöne Zimmer, das eine noch immer prächtiger, als das andre. In dem innersten Zimmer aber kam ein großer Bergmann auf sie zu, der fragte sie: *»Willst Du meine Braut sein?«* Nein, sagte das Mädchen, das wollte sie ganz und gar nicht, sie wollte wieder hinauf und nach ihrem Huhn suchen, das fortgekommen wäre. Da ward der Bergmann so zornig, daß er sie nahm und ihr den Kopf abriß und ihn mit sammt dem Rumpf in einen Keller hinabwarf.

Die Mutter saß indessen zu Hause und wartete von einer Zeit zur andern; aber die Tochter war nicht da und kam nicht. Sie wartete nun noch eine gute Zeit; da das Mädchen aber immer noch nicht kam, sagte sie zu ihrer zweiten Tochter, sie solle hingehen und sich nach ihrer Schwester umsehen, und dann solle sie zugleich das Huhn locken.

Der zweiten Tochter ging es nun eben so, wie der ersten, sie suchte und lockte überall, und plötzlich hörte sie es aus der Bergwand rufen:

»Das Hühnchen trippelt im Berge!
Das Hühnchen trippelt im Berge!«

Das kam ihr ganz wunderbar vor, und als sie hingehen wollte und zusehen, Was es zu bedeuten hatte, da fiel sie ebenfalls durch die Fallthür in das unterirdische Gewölbe hinab. Sie ging nun durch viele Zimmer, und in dem innersten kam der Bergmann auf sie zu und fragte sie, ob sie seine Braut sein wollte. Nein, das wollte sie ganz und gar nicht, sie wollte sogleich wieder hinauf und nach ihrem Huhn suchen, das fortgekommen wäre. Da ward der Bergmann so zornig, daß er sie nahm und ihr den Kopf abriß und ihn sammt dem Rumpf in den Keller hinabwarf.

Als nun die Frau auch auf die zweite Tochter schon eine lange Zeit gewartet hatte, und diese immer noch nicht kam, sagte sie zu der jüngsten: »Nun mußt *Du* einmal hingehen und Dich nach Deinen Schwestern umsehen.« »Schlimm genug«, sagte sie: »daß uns das Huhn wegkam; sollten wir aber Deine Schwestern noch dazu verlieren, so wäre das noch weit schlimmer; vergiß aber nicht, unterweges das Huhn zu locken.«

Die jüngste Tochter ging nun fort und suchte und lockte überall herum; aber keine Schwestern waren zu finden, und kein Huhn war zu sehen. Endlich kam sie auch zu der Bergwand, und nun rief es wieder:

»Das Hühnchen trippelt im Berge!
Das Hühnchen trippelt im Berge!«

Das, däuchte dem Mädchen, wäre ja herrlich; sie wollte sogleich hin und es holen; aber ehe sie sich's versah, fiel sie ebenfalls in das Gewölbe hinunter. Wie sie nun durch die vielen Zimmer ging, wovon das eine immer noch schöner war, als das andre, ließ sie sich gute Zeit und betrachtete Alles genau, denn sie war ganz und gar nicht bange. Endlich bemerkte sie eine Kellerklappe, die hob sie auf und sah hinunter; da erkannte sie alsbald ihre Schwestern, welche beide da lagen und todt waren. Wie sie eben die Klappe wieder zugemacht hatte, kam der Bergmann an. *»Willst Du meine Braut sein?«* fragte er sie. »Ja, recht gern«, sagte das Mädchen, denn sie konnte sich nun wohl denken, wie es ihren Schwestern ergangen war. Als der Troll das hörte, ward er seelenfroh und schenkte ihr die schönsten und prächtigsten Kleider und Alles, was sie sich nur wünschen mochte, so sehr freute er sich, daß Eine mal seine Braut sein wollte.

Als das Mädchen sich nun einige Zeit bei dem Trollen aufgehalten hatte, war sie eines Tages ganz traurig und betrübt. Der Troll fragte sie, Was ihr fehle. »Ach«, sagte sie: »es betrübt mich so sehr, daß ich nicht zu Hause bei meiner Mutter sein kann; die leidet gewiß Hunger und Durst und hat keinen Menschen um sich.« — »Ja, Dich zu ihr gehen lassen, kann ich nicht«, sagte der Troll: »aber thu nur etwas Essen in einen Sack, dann will ich's ihr schon bringen.« Dafür dankte das Mädchen ihm und nahm einen Sack und füllte ihn mit lauter Gold und Silber an, aber oben darauf legte sie Etwas zu essen, und sagte dann zu dem Trollen, nun wäre der Sack fertig, aber er dürfe nicht zusehen, Was drin wäre; das mußte er ihr versprechen. Na, er wollt's auch nicht thun. Als er fortging, sah sie ihm nach durch ein Loch, das in der Fallthür war. Unterweges sah sich der Troll um und sagte: »Der ist doch auch verdammt schwer, der Sack! ich muß doch mal zusehen, Was drin ist«, und damit wollte er das Band auflösen. Aber das Mädchen rief ihm zu: »Ich sehe Dich! ich sehe Dich!« — *»Das ist doch auch zum Kukuk, was Du für Augen im Kopf hast!«* sagte der Troll und wagte nun keinen weitern Versuch. Als er bei der Wittwe ankam, warf er den Sack durch die Thür hinein. *»Da hast Du Was zu essen von Deiner Tochter!«* sagte er: *»sie kann's entbehren.«*

Wie nun das Mädchen schon eine gute Zeit bei dem Trollen im Berge zugebracht hatte, fiel eines Tages ein Ziegenbock durch die Fallthür hinunter. *»Wer hat nach dir geschickt, du langrippiges Beest!«* rief der Troll und war entsetzlich böse, nahm den Bock, drehte ihm den Kopf um und warf ihn hinunter in den Keller. »Ach, warum hast Du das gethan?« sagte das Mädchen: »ich hätte ja meinen Zeitvertreib damit haben können.« — »Nun, Du brauchst darum eben das Maul nicht schief zu machen«, sagte der Troll: »er soll bald wieder lebendig werden.« Darauf nahm er einen Krug, der an der

Wand hing, setzte dem Ziegenbock den Kopf wieder auf und bestrich ihn mit der Salbe aus dem Krug, und da war der Bock wieder eben so frisch und munter, als zuvor. »Haha!« dachte das Mädchen: »der Krug ist Was werth!«

Als sie nun noch eine gute Zeit bei dem Trollen gewesen war, ersah sie eines Tages die Gelegenheit, da der Troll nicht zu Hause war, nahm die älteste Schwester und setzte ihr den Kopf auf und bestrich sie dann mit der Salbe aus dem Krug, so wie sie gesehen, daß der Troll es mit dem Ziegenbock gemacht hatte; und als das geschehen war, ward die Schwester sogleich wieder lebendig. Sie steckte sie nun in einen Sack, legte ein wenig Essen oben drauf, und wie der Troll nach Hause kam, sagte sie zu ihm: »Ach, willst Du nicht zu meiner Mutter gehen und ihr ein wenig Essen bringen? sie leidet gewiß Hunger und Durst, die Arme! Aber Du mußt auch nicht in den Sack sehen.« Nein, er wollte nicht hineinsehen, sagte der Troll, nahm den Sack und marschirte damit fort. Wie er aber ein Ende gegangen war, däuchte ihm, der Sack wäre so verdammt schwer, und als er noch etwas weiter gegangen war, sagte er: »Ich möchte doch wohl wissen, Was drin ist, und was sie auch für Augen im Kopf haben mag, so kann sie mich doch jetzt nicht mehr sehen.« Als er aber nun das Band auflösen wollte, rief die Schwester, die in dem Sack war: »Ich seh' Dich wohl! ich seh' Dich wohl!« — *»Das ist doch auch zum Kukuk mit Deinen Augen!«* sagte der Troll, denn er glaubte, es wäre Die im Berge, welche das sagte. Er wagte nun nicht weiter, den Sack zu öffnen, sondern lief damit, was er nur konnte, zu der Mutter, und als er an die Thür kam, warf er den Sack hinein und rief: *»Da hast Du Essen von Deiner Tochter! sie kann's entbehren.«*

Wie nun das Mädchen noch eine gute Zeit in dem Berg gewesen war, machte sie es eben so mit der zweiten Schwester: sie setzte ihr den Kopf auf, bestrich sie mit der Salbe aus dem Krug und steckte sie in den Sack. Aber das Mal legte sie oben drauf so viel Gold und Silber, als nur hinein konnte, und ganz oben darauf legte sie ein Wenig zu essen. »Ach«, sagte sie zu dem Trollen: »Willst Du nicht zu meiner Mutter gehen und ihr wieder ein Wenig Essen bringen? aber Du darfst ja nicht in den Sack sehen.« Ja, er wollte wohl hingehen und wollt' auch nicht hineinsehen, sagte der Troll.

Als er aber eine Strecke weit gekommen war, däuchte ihm, der Sack würde so verdammt schwer, und als er noch etwas weiter gekommen war, konnte er ihn beinah nicht mehr tragen. Er wollte nun das Band auflösen und in den Sack gucken; aber da rief die Schwester, welche drinnen war: »Ich seh' Dich wohl! ich seh' Dich wohl!« — *»Das ist doch auch zum Kukuk, was Du für Augen im Kopf hast!«* sagte der Troll und wagte nicht weiter, in den Sack zu sehen, sondern trug ihn, so schnell er nur konnte, gradesweges zu der Mutter, und als er an's Haus kam, warf er ihn durch die Thür hinein und rief: *»Da hast Du Essen von Deiner Tochter! sie kann's entbehren.«*

Als nun das Mädchen noch eine gute Zeit in dem Berg gewesen war, wollte der Troll einmal ausgehen. Das Mädchen aber stellte sich schwach und elend an und sagte: »Es kann nichts nützen, daß Du vor zwölf Uhr zu Hause kommst; denn ich kann das Essen heut doch nicht so früh fertig kriegen, weil ich so schwach bin.« Als darauf der Troll gegangen war, stopfte sie ihre Kleider mit Stroh aus und stellte die Strohdirne in die Ecke am Herd hin mit einem Quirl in der Hand, so daß es aussah, als wäre sie es selbst. Darauf schlich sie sich aus dem Berg und lief fort nach Hause; unterweges aber sprach sie sich einen Schützen auf, und den nahm sie mit.

Als die Uhr zwölf war, oder so ungefähr, kam der Troll nach Hause: *»Gieb mir Was zu essen!«* rief er der Strohdirne zu; aber die antwortete nicht. *»Gieb mir Was zu essen, sag' ich Dir!«* rief der Troll: *»denn ich bin hungrig.«* Keine Antwort. *»Gieb mir Was zu essen!«* schrie der Troll zum dritten Mal: *»und wenn Du nicht thust, Was ich Dir sage, werde ich Dich aus dem Schlaf wecken.«* Aber die Dirn stand da, ohne sich zu rühren. Da wurde der Troll rasend und stieß sie mit dem Fuß, daß die Halme umherstoben. Als er aber das sah, merkte er Unrath und begann zu suchen im ganzen Berg herum, und zuletzt kam er auch hinunter in den Keller; da waren aber die beiden Schwestern des Mädchens fort, und nun konnte er sich wohl den ganzen Zusammenhang denken. *»Ja, das will ich ihr bezahlen!«* sagte er und machte sich auf nach dem Hause der Mutter. Als er aber an die Thür kam, knallte der Schütz los. Wie der Troll das hörte, wagte er nicht, hineinzugehen, denn er glaubte, es wäre der Donner, und lief wieder fort nach Hause, so schnell er nur konnte. Eh' er aber zu der Fallthür kam, ging die Sonne auf, und da barst er. — Wenn ich bloß wüßte, wo die Fallthür wäre; denn da ist gewiß noch Gold und Silber Genug zu holen.

36.) VON DEM RIESEN, DER KEIN HERZ IM LEIBE HATTE.

Es war einmal ein König, der hatte sieben Söhne, von denen hielt er so viel, daß er nicht leben konnte ohne sie; einer wenigstens mußte immer um ihn sein. Als die Söhne groß waren, sollten die sechs ältesten ausziehen und sich eine Frau suchen; den jüngsten aber wollte der Vater bei sich zu Hause behalten, und die andern sollten eine Prinzessinn für ihn mitbringen. Der König gab nun den sechs Prinzen die schönsten Kleider, die man sehen konnte, sie waren so schön, daß man den Glanz schon weit in der Ferne sah, und jedem gab er ein Pferd, das kostete viele, viele hundert Thaler, und damit reisten sie fort. Als sie nun an vielen Königshöfen gewesen waren und viele Prinzessinnen gesehen hatten, kamen sie endlich auch zu einem König, der sechs Töchter hatte; so schöne Königstöchter aber hatten die Prinzen noch nie gesehen, und jeder freite um eine von ihnen und bekam sie zur Braut, und darauf begaben sie sich mit den Prinzessinnen wieder auf den Heimweg zu ihrem Vater; sie waren aber in ihre Bräute so verliebt, daß sie es ganz vergaßen, auch eine Prinzessinn für Aschenbrödel mitzubringen, der zu Hause geblieben war.

Wie sie nun schon eine gute Strecke Weges zurückgelegt hatten, kamen sie an einer steilen Bergwand vorbei, wo ein Riesenschloß war. Der Riese kam heraus, und als er sie sah, verwandelte er sie alle in Stein, sowohl die Prinzen, als die Prinzessinnen. Der König wartete immerfort auf seine Söhne; aber wie lange er auch warten mochte, sie kehrten nicht zurück. Da ward der König sehr betrübt und konnte nimmer wieder froh werden. »Hätte ich nicht Dich noch«, sagte er zu Aschenbrödel: »so möchte ich gar nicht mehr in der Welt leben.« Aschenbrödel aber bat den König, daß er ihm erlauben möchte, fortzureisen, um seine Brüder wieder aufzusuchen. »Nein, das kann ich nicht«, sagte der König: »denn Du kommst nachher auch nicht wieder.« Aber Aschenbrödel wollte durchaus fort und bat seinen Vater so lange, bis er ihn endlich reisen ließ. Nun hatte der König aber kein andres Pferd für Aschenbrödel, als eine alte elende Kracke; denn die sechs andern Königssöhne hatten alle die andern Pferde bekommen. Das kümmerte Aschenbrödel aber wenig; er setzte sich auf seine alte Kracke und reiste fort. »Lebe wohl, Vater!« sagte er, als er abreiste: »ich werde schon wiederkommen, und vielleicht bringe ich dann meine Brüder auch mit.«

Als er ein Ende geritten war, traf er auf dem Wege einen Raben an, der lag da und schlug mit den Flügeln und konnte vor lauter Hunger und Mattigkeit nicht von der Stelle. »Ach, gieb mir doch ein Wenig zu essen«, sagte der Rabe: »dann will ich Dir auch wieder helfen, wenn Du mal in Noth kommst.« — »Ja, Viel hab' ich eben nicht«, sagte der Königssohn: »und Du siehst auch gar nicht darnach aus, daß Du mir große Hülfe leisten könntest; weil Du es aber so nöthig zu haben scheinst, will ich Dir wohl geben, Was ich vermag«, und darauf öffnete er seinen Ranzen und gab dem Raben zu essen. Wie er nun ein Ende weiter gereist war, kam er zu einem Bach. Nicht weit davon lag ein großer Lachs, der auf das trockne Land gekommen war, und zappelte und konnte nicht wieder zurück ins Wasser. »Ach hilf mir doch wieder in's Wasser«, sagte der Lachs: »Ich will Dir auch wieder helfen, wenn Du mal in Noth kommst.« — »Ja, Deine Hülfe wird mir wohl nicht viel nützen«, sagte der Königssohn: »aber es wäre ja Sünde, Dich hier umkommen zu lassen«, und damit setzte er den Fisch wieder ins Wasser. Nun reiste er ein gutes Ende weiter; da traf er auf dem Wege einen Wolf an, der lag da und wand und krümmte sich vor lauter Hunger. »Ach gieb mir doch Dein Pferd zu fressen«, sagte der Wolf: »denn ich bin so hungrig, daß mir der Magen schlottert, weil ich in zwei Jahren Nichts zu essen bekommen habe.« — »Nein«, sagte Aschenbrödel: »das kann ich nicht! Erst kam ich zu einem Raben, dem mußte ich mein Essen geben; darauf kam ich zu einem Lachs, dem mußte ich wieder ins Wasser helfen; und Du willst nun gar mein Pferd haben; das geht nicht, dann weiß ich nicht, wie ich meine Reise fortsetzen soll.« — »Ja, Du mußt mir helfen«, sagte der Wolf: »Du kannst nachher auf mir reiten; ich will Dir auch wieder helfen, wenn Du mal in Noth kommst.« — »Ja, Was Du mir helfen kannst, hat wohl nicht Viel zu bedeuten«, sagte der Prinz: »aber nimm das Pferd nur hin, weil Du's doch so nöthig hast.« Als der Wolf das Pferd gefressen hatte, gab Aschenbrödel ihm das Gebiß ins Maul und legte ihm den Sattel auf den Rücken; denn der Wolf war jetzt so stark und so groß geworden von Dem, was er gefressen hatte, weit größer, als ein Pferd. Wie Aschenbrödel sich aufgesetzt hatte, legte der Wolf mit ihm los; aber so schnell hatte Aschenbrödel noch nie geritten. Als sie nun schon einen guten Weg hinter sich hatten, sagte der Wolf: »Wenn wir noch ein kleines Ende weiter gekommen sind, dann werde ich Dir das Riesenschloß zeigen.« Es dauerte nicht lange, so waren sie da. »Hier siehst Du das Schloß«, sagte der Wolf: »und dies hier sind Deine sechs Brüder, die der Riese in Stein verwandelt hat, und das da sind ihre sechs Bräute; dort siehst Du auch die Thür zu dem Schloß, und da mußt Du hineingehen.« — »Nein«, sagte der Königssohn: »der Riese bringt mich um.« — »Sei nur ohne Furcht«, versetzte der Wolf: »denn wenn Du hineinkommst, triffst Du dort eine Prinzessinn an, die wird Dir wohl sagen, wie Du es machen mußt, um den Riesen zu tödten; und thu dann nur, wie sie Dir sagt.« Aschenbrödel ging darauf hinein, und wie er durch mehre Zimmer gekommen war, saß in dem einen die Prinzessinn; aber eine so schöne Jungfrau hatte er noch nie gesehen. »Ach, Gott steh Dir bei!« sagte sie, als sie ihn erblickte: »Wie bist Du hier hereingekommen? Dein Tod ist Dir gewiß; denn hier wohnt ein Riese, den kann Niemand tödten, weil er kein Herz im Leibe hat.« — »Ich will es aber doch versuchen«, sagte Aschenbrödel: »denn darum bin ich hergekommen; und meine Brüder, welche hier in Stein verwandelt sind, wollte ich auch gern erretten, und Dich dazu, wenn ich könnte.« Wie nun die Prinzessinn ihn durchaus nicht überreden konnte, wieder fortzugehen, sagte sie zu ihm: »Laß uns denn zusehen, wie wir's am besten anfangen: Krieche hier unter dieses Bett, und da mußt Du still liegen bleiben und genau zuhören, Was der Riese sagt, wenn ich ihn ausfrage.« Er kroch nun unter's Bett, und kaum war das geschehen, so kam der Riese an. *»Hutetu! hier riecht's so nach Menschenfleisch!«* rief er. »Ja, es flog hier eine Elster vorbei mit einem Knochen im Schnabel, den ließ sie durch den Schornstein fallen«, sagte die Prinzessinn: »ich habe mich zwar beeilt, ihn hinwegzuschaffen; aber es muß wohl noch der Geruch davon zurückgeblieben sein«; und damit war der Riese zufrieden gestellt. Als es Abend wurde, legten sie sich zu Bett, und wie sie eine Weile gelegen hatten, sagte die Prinzessinn: »Da ist Eins, wonach ich Dich gern fragen wollte, aber Du mußt auch nicht böse werden.« — *»Was ist denn das?«* fragte der Riese. »O«, sagte sie: »ich möchte gern wissen, wo Du Dein Herz hast, weil Du es doch nicht bei Dir trägst.« — *»Das ist Etwas, wonach Du nicht zu fragen brauchst«,* sagte der Riese: *»sonst liegt es dort unter der Thürschwelle.«* — »Aha! da wollen wir's schon finden!« dachte Aschenbrödel, der unter dem Bett lag.

Am nächsten Morgen stand der Riese früh auf und streifte nach dem Wald zu. Kaum war er fort, so fingen Aschenbrödel und die Prinzessinn an, unter der Thürschwelle zu suchen; aber was sie auch suchen und graben mochten, so fanden sie doch Nichts. »Diesmal hat er uns angeführt«, sagte die Prinzessinn: »aber wir müssen's noch einmal versuchen.« Darauf pflückte sie die schönsten Blumen, die sie finden konnte, und bestreute damit die Thürschwelle, nachdem sie dieselbe vorher wieder in Stand gebracht hatten. Wie es um die Zeit war, daß sie den Riesen zu Hause erwarteten, mußte Aschenbrödel wieder unter's Bett kriechen. *»Hutetu! hier riecht's so nach Menschenfleisch!«* sagte der Riese, als er eintrat. »O, das ist wohl noch der Knochen von gestern«, sagte die Prinzessinn, und damit war der Riese zufrieden. Nach einer Weile fragte er, Wer denn all die schönen Blumen auf die Thürschwelle gestreut hätte. »O, das habe ich gethan«, sagte die Prinzessinn. *»Und wozu soll das?«* fragte der Riese. »Meinst Du denn nicht, daß ich Dich so lieb habe, um die Schwelle mit Blumen zu bestreuen, wenn ich weiß, daß Dein Herz darunter liegt?« sagte die Prinzessinn. *»Ah so!«* sagte der Riese: *»sonst liegt es aber nicht da.«*

Als sie sich am Abend zu Bett gelegt hatten, bat die Prinzessinn ihn, er möchte ihr doch sagen, wo sein Herz wäre; denn sie hielt so viel von ihm, sagte sie, und darum möchte sie es so gern wissen. *»O, es liegt dort in dem Wandschrank«,* sagte der Riese. »Haha!« dachte Aschenbrödel: »da wollen wir's schon finden!« Den nächsten Morgen machte der Riese sich wieder früh auf und streifte nach dem Wald zu. Kaum aber war er gegangen, als Aschenbrödel und die Königstochter den ganzen Schrank durchsuchten, um sein Herz zu finden; aber wie fleißig sie auch suchten, so fanden sie auch diesmal Nichts. »Wir müssen's noch einmal probiren«, sagte die Prinzessinn. Sie schmückte nun den Schrank mit Blumen und mit Kränzen, und gegen Abend mußte Aschenbrödel wieder unter's Bett kriechen. Darauf kam der Riese an. *»Hutetu! hier riecht's so nach Menschenfleisch!«* sagte er, als er eintrat. »Ach, es ist wohl immer noch der alte Knochen«, sagte die Prinzessinn: »der Geruch will gar nicht wieder fort.« Damit war der Riese zufrieden und sagte weiter Nichts. Wie er aber darauf den Schrank erblickte, der mit Blumen und Kränzen geschmückt war, fragte er die Prinzessinn, Wer das gethan hätte. »Ach, das habe ich gethan«, sagte sie. *»Und wozu soll die Thorheit?«* fragte er. »Meinst Du denn nicht, daß ich Dich so lieb habe, um den Schrank mit Blumen und Kränzen zu schmücken, wenn ich weiß, daß Dein Herz darin liegt?« sagte sie. *»Kannst Du so närrisch sein und das glauben?«* sagte der Riese. »Ich muß es ja wohl glauben, wenn Du es sagst«, versetzte die Prinzessinn. *»Du bist ein Narr!«* sagte der Riese: *»wo mein Herz ist, dahin kommst Du nie.«* — »Du könntest mir aber doch wohl sagen, wo es ist«, sagte sie. Nun konnte der Riese nicht anders, sondern mußte es ihr sagen. *»Weit, weit von hier in einem Wasser«,* sagte er: *»liegt eine Insel; auf der Insel steht eine Kirche; in der Kirche ist ein Brunnen; in dem Brunnen schwimmt eine Ente; in der Ente ist ein Ei; und in dem Ei — da ist mein Herz.«*

Am Morgen früh, als es noch nicht dämmerte, streifte der Riese schon wieder nach dem Wald zu. »Ja, nun muß ich auch fort«, sagte Aschenbrödel: »wenn ich bloß den Weg wüßte.« Er sagte darauf der Prinzessinn Lebewohl, und als er draußen vor's Schloß kam, stand der Wolf noch da und wartete auf ihn. Aschenbrödel erzählte ihm Alles, was ihm im Schloß begegnet war und sagte, nun möchte er gern zu dem Brunnen in der Kirche, wenn er bloß den Weg dahin wüßte. Der Wolf aber sagte, den Weg wollte er schon finden, er sollte sich nur auf seinen Rücken setzen, und darauf ging es fort über Klippen und Hügel, über Berg und Thal, daß es nur so sauste. Als sie schon manchen lieben Tag gereist waren, kamen sie endlich zu einem Wasser. Nun wußte der Königssohn nicht, wie er hinüber kommen sollte; aber der Wolf sagte zu ihm, er solle sich bloß nicht fürchten, und dann sprang er in's Wasser und schwamm mit dem Prinzen hinüber zu der Insel. Als sie aber zu der Kirche kamen, hing der Schlüssel ganz oben an der Thurmspitze. Nun wußte der Königssohn wieder nicht, wie er ihn herunterkriegen sollte. »Du mußt den Raben zu Hülfe rufen«, sagte der Wolf, und das that der Prinz. Da kam der Rabe geflogen, schwang sich hinauf zu der Thurmspitze und holte den Schlüssel herunter. Nun konnte der Prinz in die Kirche kommen; und als er zu dem Brunnen kam, schwamm die Ente darin auf und ab, so wie der Riese gesagt hatte. Der Prinz fing nun an, sie zu locken, und lockte so lange, bis sie so nahe kam, daß er sie greifen konnte. Wie er sie aber aus dem Wasser hob, ließ sie das Ei in den Brunnen fallen. Nun wußte Aschenbrödel nicht, wie er das Ei wiederbekommen sollte. »Du musst jetzt den Lachs zu Hülfe rufen«, sagte der Wolf. Da rief der Prinz den Lachs, und dieser kam sogleich und holte das Ei herauf. Nun, sagte der Wolf zu dem Prinzen, solle er das Ei in der Hand drücken; und wie der Prinz das that, schrie der Riese laut auf. »Drück noch einmal zu!« sagte der Wolf; und wie der Prinz noch einmal zudrückte, erhob der Riese ein klägliches Gewinsel und bat und flehte um sein Leben; er wolle auch Alles thun, was der Königssohn verlangte, wenn er ihm bloß nicht das Herz entzwei drücken wollte, sagte er. »Sage ihm, wenn er Deine sechs Brüder, die er in Stein verwandelt hat, wieder in Prinzen umschafft, und ihre Bräute in Prinzessinnen, dann solle er das Leben behalten«, sagte der Wolf; und das that der Prinz. Ja, dazu war der Troll sogleich bereit: er verwandelte die sechs Brüder wieder in Prinzen, und ihre Bräute wieder in Prinzessinnen. »Drück jetzt das Ei entzwei!« sagte der Wolf. Nun drückte Aschenbrödel das Ei entzwei, und da barst der Riese mitten von einander. Wie sie ihn nun quitt waren, ritt Aschenbrödel wieder zurück nach dem Bergschloß. Da standen alle seine sechs Brüder mit ihren Bräuten frisch und gesund vor ihm, und Aschenbrödel ging in den Berg und holte sich die Prinzessinn, die wurde nun *seine* Braut, und darauf reisten sie alle mit einander zurück nach dem Schloß des Königs. Wie nun der alte König alle seine sieben Söhne mit ihren Bräuten ankommen sah, da freute er sich nicht wenig, kannst Du glauben; aber die schönste von allen Prinzessinnen war doch die Braut von Aschenbrödel, und er mußte sich mit ihr bei Tafel oben an setzen. Darauf hielten alle Prinzen Hochzeit mit ihren Bräuten, und es wurde gegastet und gejubelt viele Tage lang, und haben sie nicht ausgejubelt, so jubeln sie wohl noch.

37.) DIE GRIMSSCHECKE.

Es waren einmal ein Paar reiche Leute, die hatten zwölf Söhne. Als der jüngste von ihnen herangewachsen war, wollte er nicht länger zu Hause bleiben, sondern wollte fort in die Welt und sein Glück versuchen. Die Ältern sagten, er hätte es ja gut bei ihnen, warum er denn nicht zu Hause bleiben wollte. Aber er hatte keine Ruhe, er wollte und mußte fort, und da ließen sie ihn denn endlich reisen. Als er nun eine Zeitlang umhergewandert war, kam er auch zu einem Königsschloß; da bat er um einen Dienst, und den erhielt er auch.

Die Tochter des Königs von diesem Lande aber wurde von einem Trollen in einem Berg zurückgehalten, und der König hatte nicht mehr Kinder, als nur diese einzige Tochter. Darum war er und mit ihm das ganze Land in großer Sorge und Betrübniß, und der König hatte Demjenigen, der sie befreien könnte, die Prinzessinn und das halbe Reich versprochen; aber es war Niemand, der das konnte, obwohl Viele es versuchten. Als der Bursch ein Jahr, oder so ungefähr, da gewesen war, wollte er wieder nach Hause und seine Ältern besuchen; wie er aber zu Hause ankam, waren seine Ältern in der Zeit gestorben, und die Brüder hatten die Erbschaft unter sich getheilt, so daß nun Nichts mehr für den Burschen übrig war. »Soll *ich* denn Nichts haben?« sagte der Bursch. »Konnten wir denn wissen, daß Du noch am Leben warst, der Du so lange herumgestreift bist?« sagten die Brüder: »Aber es mag drum sein: Oben in der Bergkoppel gehen zwölf Stuten, die wir noch nicht getheilt haben; willst Du die für Deinen Theil haben, so kannst Du sie nehmen.« Ja, damit war der Bursch wohlzufrieden und begab sich sogleich nach der Bergkoppel, wo die zwölf Stuten grasten. Wie er hinkam, hatte jede Stute ihr Saugfüllen; das schönste Füllen hatte aber doch die eine Stute, das war ein großes scheckiges Füllen und so fett und so gut bei Leibe, daß es glänzte. »Du bist ein schönes Thierchen«, sagte der Bursch. »Ja, aber willst Du die andern Füllen todtschlagen, so daß ich alle

Stuten ein ganzes Jahr saugen kann, dann sollst Du mal sehen, wie groß und schön ich werde«, sagte das Füllen. Das that denn der Bursch auch: er schlug alle die andern Füllen todt, und darauf ging er fort.

Als er das nächste Jahr wiederkam und sich nach seinem Füllen und seinen Stuten umsehen wollte, da war das Füllen so fett geworden, daß es glänzte und blinkerte, und so groß war es, daß der Bursch nur mit genauer Noth hinaufkommen konnte; alle Stuten aber hatten wieder ihr Füllen bekommen. »Ja, es ist wahr, es hat sich gut gelohnt, daß ich Dich alle zwölf Stuten saugen ließ«, sagte der Bursch zu dem Einjährigen: »aber jetzt bist Du groß genug, nun muß ich Dich mithaben.« — »Nein, laß mich noch ein Jahr dazu gehen«, sagte das Füllen: »schlag' wieder die zwölf andern Füllen todt, daß ich auch dieses Jahr alle zwölf Stuten saugen kann; dann sollst Du mal sehen, wie groß und schön ich den nächsten Sommer bin.« Der Bursch that wieder, wie das Füllen ihm sagte; und als er das nächste Jahr in die Koppel kam, da hatte wieder jede Stute ihr Saugfüllen; das scheckige Füllen aber war so groß geworden, daß der Bursch gar nicht mehr hinauf konnte, und so fett und so blank war es, daß es nur so glitzerte. »Groß und schön warst Du voriges Jahr«, sagte der Bursch: »aber dieses Jahr bist Du noch stattlicher; ein solches Füllen giebt es nicht in des Königs Schloß. Aber nun muß ich Dich mit mir haben.« — »Nein«, sagte die Schecke: »laß mich noch ein Jahr dazu gehen! schlage wieder die zwölf andern Füllen todt, so daß ich auch noch dieses Jahr alle Stuten saugen kann; dann sollst Du mich mal sehen zum nächsten Sommer!« Der Bursch that wieder, wie das Scheckenfüllen ihm sagte, schlug alle die andern Füllen todt, und damit ging er fort.

Als er aber nun das nächste Jahr wiederkam, und sich nach seinem Füllen und seinen Stuten umsehen wollte, da war der Bursch ganz erschrocken. So groß und so schwer, hatte er nie geglaubt, daß ein Pferd werden könnte; denn die Schecke mußte sich auf allen Vieren niederlegen, wenn der Bursch hinaufsteigen wollte, und dann hatte er noch Genug zu thun, daß er nur hinaufkam; und so fett und so quabbelig war sie geworden, daß sie glänzte und blitzte wie ein Spiegel; und das Mal hatte die Schecke Nichts dagegen einzuwenden, daß der Bursch sie mitnahm. Er setzte sich auf sie und ritt mit ihr nach Hause zu seinen Brüdern; die schlugen die Hände über dem Kopf zusammen und kreuzten sich, denn ein solches Pferd hatten sie weder gesehen, noch davon reden gehört. »Es mag drum sein«, sagte der Bursch: »wollt Ihr mir einen so schönen Beschlag unter mein Pferd, und so schönen Sattel und so schönes Gebiß verschaffen, als man's nur haben kann, so mögt Ihr alle zwölf Stuten nehmen, so wie sie da in der Koppel gehen, und ihre zwölf Füllen dazu« — denn das Jahr hatte jede Stute wieder ein Füllen bekommen. — Ja, das wollten die Brüder gern; und nun bekam der Bursch einen Beschlag unter sein Pferd, daß die Kiesel in die Luft flogen, wenn er über den Berg ritt, und einen solchen Goldsattel und ein solches Goldgebiß, daß man den Glanz davon schon von weitem sah. »Laß uns jetzt nach des Königs Schloß reisen!« sagte die *Grimsschecke* — denn so hieß das Pferd —: »aber Du mußt den König um guten Stallraum und gutes Futter für mich bitten.« Ja, er wollt's nicht vergessen, sagte der Bursch, und damit ritt er fort, daß die Funken stoben; und da kannst Du Dir wohl denken, daß sie eben nicht lange Zeit gebrauchten, um nach dem Schloß zu kommen.

Wie der Bursch dort ankam, stand der König draußen auf der Treppe; er guckte und guckte und konnte nicht begreifen, was Das für Einer war, der da geritten kam. »Nein!« sagte er: »einen solchen Kerl und ein solches Pferd hab' ich noch mein Lebtag nicht gesehen!« Als darauf der Bursch ihn fragte, ob er nicht einen Dienst im Schloß bekommen könnte, ward der König so froh, daß er hüpfte und sprang, und da konnt' es denn nicht fehlen, daß der Bursch einen Dienst bekam. »Ja, aber guten Stallraum für mein Pferd will ich haben, und gutes Futter auch«, sagte der Bursch. Ja, Stallraum für sein Pferd sollte er bekommen, und Hafer und Heu so viel es nur verdelgen könnte; und darauf mußten die andern Ritter alle ihre Pferde aus dem Stall führen; denn der sollte für die Grimsschecke allein bleiben, damit sie gut Platz drin hätte.

Und nun, kannst Du Dir wohl denken, dauerte es nicht lange, daß die Andern im Schloß neidisch wurden auf den Burschen, und nicht wußten, was sie ihm all für Schabernack anthun sollten, wenn sie bloß gedurft hätten. Endlich verfielen sie darauf, zu dem König zu sagen, der Bursch habe sich gerühmt, die Prinzessinn befreien zu können, die der Troll bei sich im Berg eingeschlossen halte, wenn er bloß wollte. Sogleich ließ der König ihn zu sich rufen und sagte, so und so hätte er gesagt, und nun sollte er Wort halten; könnte er es, so wüßte er wohl, daß er dann die Prinzessinn und das halbe Reich haben solle, und das sollt' er denn auch redlich bekommen; könnte er es aber nicht, so solle er das Leben verlieren. Der Bursch sagte zwar, nein, das hätt' er nicht gesagt; aber es half nichts, der König wollte auf dem Ohr nicht hören, und es war kein andrer Rath für den Burschen, er mußte es versuchen. Er ging nun hinunter nach dem Stall und war ganz traurig und muthlos. Die Grimsschecke fragte ihn, Was ihm fehle, und da erzählte ihr denn der Bursch, Was der König von ihm verlangte, und sagte, er wüßte nicht, wie er das anfangen sollte, denn die Prinzessinn zu befreien, meinte er, wäre wohl ein Ding der Unmöglichkeit. »Die Sache ist gar nicht so gefährlich«, sagte die Grimsschecke: »ich will Dir schon helfen, aber Du mußt mich gut beschlagen lassen. Zwanzig Pfund Eisen und zwölf Pfund Stahl mußt Du verlangen, und einen Schmied zum Schmieden, und einen zum Beschlagen.« Ja, das that der Bursch, und der König sagte nicht Nein, sondern gab ihm Eisen und Stahl und zwei Schmiede, und die Grimsschecke wurde beschlagen hinten und vorn, und darauf ritt der Bursch aus dem Schloß, daß der Staub aufwirbelte. Als er aber nun zu dem Berg kam, galt es, die steile Wand hinaufzukommen; denn die war so schroff, wie eine Mauer, und so glatt, wie ein Spiegel. Bei dem ersten Anlauf kam der Bursch ein Ende hinauf; aber da glitt die Grimsschecke mit den beiden Vorderfüßen aus, und wieder herunter, daß es donnerte und krachte. Beim zweiten Anlauf kam er ein Ende weiter hinauf; aber da glitt die Grimsschecke wieder mit dem einen Vorderbein aus, und herunter, daß der alte Berg bebte. Das dritte Mal sagte die Grimsschecke: »Jetzt muß es werden!« und damit legte sie los, daß die Steine in die Wolken flogen, und das Mal kam sie hinauf. Nun ritt der Bursch in vollem Galopp, erschnappte die Königstochter und nahm sie vor sich auf den Sattel, und eh' der Troll sich noch recht besann, waren sie auf und davon — wenn ich aber nicht irre, so lag der Troll damals und schlief — und nun war die Prinzessinn befreit.

Als jetzt der Bursch zurückkam auf's Schloß, freute sich der König nicht wenig, kannst Du glauben. Wie dem nun aber auch sein mochte, so hatten die Andern auf dem Schloß dem König Allerlei vorgeredet, so daß er gleichwohl zornig war auf den Burschen. »Ich danke Dir, daß Du meine Tochter befreit hast« — das war Alles, was er sagte, und damit wollte er seines Weges gehen. Der Bursch aber sagte: »Sie ist jetzt eben so gut *mein,* als *Dein,* denn ich hoffe doch, daß Du ein Mann von Wort bist.« — »Nun ja«, sagte der König: »Du sollst sie haben, weil ich es Dir versprochen habe; aber erst mußt Du machen, daß die Sonne in mein Schloß scheint« — denn es lag ein großer Berg vor dem Schloßfenster, der schattete, so daß die Sonne nicht hineinscheinen konnte —. »Das war nun freilich nicht mit im Accord«, sagte der Bursch: »aber es hilft nicht, ich muß nur mein Bestes versuchen; denn die Prinzessinn wollt' ich doch gern haben.« Er ging nun wieder hinunter zu der Schecke und erzählte ihr, Was der König von ihm verlangte; die Grimsschecke meinte, die Sache sei eben nicht so gefährlich; aber einen neuen Beschlag unter den Füßen müßte sie haben, sagte sie, und dazu müßten zwanzig Pfund Eisen und zwölf Pfund Stahl, und zwei Schmiede, einen zum Schmieden, und einen zum Beschlagen, dann sollte schon nachher die Sonne in's Schloß scheinen. Der Bursch bekam Alles, was er verlangte, denn das konnte der König Schanden halber ihm nicht versagen, und es wurde nun ein neuer Beschlag unter die Grimsschecke gelegt, und der war nicht schlecht. Wie das geschehen war, setzte der Bursch sich auf, und bei jedem Schritt, den die Grimsschecke that, sank der Berg dreißig Fuß tief in die Erde, und das dauerte so lange fort, bis Nichts mehr vom Berg zu sehen war.

Wie nun der Bursch zurück nach dem Schloß kam, fragte er den König, ob er ihm jetzt die Prinzessinn geben wolle; denn nun wisse er nicht anders, sagte er, als daß die Sonne ins Schloß scheine. Aber da hatten die Andern dem König wieder Allerlei vorgeredet, und er sagte zu dem Burschen, die Prinzessinn sollte er allerdings haben, denn er hätte seinen Sinn nicht geändert; aber erst sollte er ihm ein so stattliches Brautpferd schaffen, als er ein Bräutigamspferd hätte, das wäre nicht mehr, als billig. Der Bursch sagte, davon hätte der König nicht gesprochen, und er meine, er habe die Prinzessinn jetzt verdient. Aber der König blieb bei Dem, was er gesagt hatte; und wenn er ihm nicht ein solches Brautpferd schaffen könne, sagte er: dann solle er das Leben dazu verlieren. Der Bursch ging nun in den Stall, aber ganz traurig und muthlos, und erzählte der Grimsschecke, wie der König von ihm verlange, er solle der Prinzessinn ein so stattliches Brautpferd verschaffen, als er ein Bräutigamspferd hätte, sonst solle er das Leben verlieren. »Wie soll das aber angehen?« sagte er: »denn Deinesgleichen giebt es wohl nicht mehr in der Welt.« — »Ja, es giebt Meinesgleichen«, sagte die Grimsschecke: »aber es hält schwer, sie zu bekommen, denn sie ist in der Hölle; wir wollen indeß unser Bestes versuchen.« — »Und Was muß ich denn thun?« fragte der Bursch. »Erst mußt Du zum König gehen«, sagte die Grimsschecke: »und einen neuen Beschlag unter meinen Füßen verlangen, und dazu müssen zwanzig Pfund Eisen und zwölf Pfund Stahl, und zwei Schmiede, einer zum Schmieden, und einer zum Beschlagen, aber sieh ja zu, daß die Eisen gut scharf werden; und dann mußt Du zwölf Tonnen Rocken und zwölf Tonnen Gerste verlangen, und zwölf geschlachtete Ochsen müssen wir haben, dazu alle zwölf Ochsenhäute und in jeder Haut zwölfhundert Lattenspiker; denn alles das müssen wir gebrauchen.« Der Bursch ging nun hinauf zum König und verlangte Alles, so wie die Grimsschecke ihm gesagt hatte, und der König konnte Schanden halber es ihm nicht verweigern, sondern mußte ihm Alles geben.

Als nun die Grimsschecke gehörig beschlagen war, setzte der Bursch sich auf und ritt aus dem Schloßhof. Wie er nun ein weites, weites Ende geritten war über Berge und über Hügel, da fragte die Schecke ihn: »Hörst Du Etwas?« — »Ja«, sagte der Bursch: »ich höre ein gewaltiges Sausen oben in der Luft, so daß mir angst und bange wird.« — »Das sind alle die wilden Vögel des Waldes, die geflogen kommen«, sagte die Grimsschecke, »die sind ausgesandt, um uns aufzuhalten; aber schneide jetzt ein Loch in die Kornsäcke, dann haben sie Genug zu thun mit dem Korn und vergessen darüber uns.« Das that nun der Bursch: er schnitt ein Loch in die Kornsäcke, so daß der Rocken und die Gerste auf allen Seiten herauslief. Da kamen alle die wilden Vögel des Waldes in so großer Menge, daß die Sonne davon verdunkelt ward; als sie aber das Korn erblickten, schossen sie herunter und fingen an, die Rocken- und Gerstenkörner aufzupicken; und zuletzt, glaub' ich, schlugen sie sich sogar; doch das kann ich nicht mit Gewißheit sagen; aber so viel weiß ich wohl, daß sie dem Burschen und der Grimsschecke Nichts thaten, denn die hatten sie ganz vergessen.

Nun ritt der Bursch wieder eine lange Strecke, über Berge und Thäler, durch Sumpf und Moor; da horchte plötzlich die Grimsschecke auf und fragte den Burschen: »Hörst Du Etwas?« — »Ja, ich höre ein entsetzliches Krachen im Walde von allen Seiten her, so daß mir angst und bange wird«, sagte der Bursch. »Das sind alle die wilden Thiere des Waldes«, sagte die Grimsschecke: »die sind ausgeschickt, um uns aufzuhalten; aber wirf jetzt nur die Rümpfe von den zwölf Ochsen hinaus, dann bekommen sie Genug zu thun und vergessen uns.« Da warf der Bursch die Rümpfe hinaus, und nun kamen alle wilden Thiere, so viel ihrer im Wald waren: Bären, Wölfe, Löwen und andre Ungeheuer; als sie aber die Ochsenrümpfe sahen, fielen sie alle darauf her und fingen an, sich zu schlagen, daß das Blut floß; den Burschen aber und die Grimsschecke vergaßen sie ganz.

Darauf ritt der Bursch wieder ein weites, weites Ende, und die Wolken flogen ihm jeden Augenblick vorüber; denn mit der Grimsschecke ging es nicht langsam, wie man sich wohl denken kann. Plötzlich aber fing die Schecke an zu wiehern und fragte: »Hörst Du Etwas?« — »Ja, ich höre in der Ferne ein leises Wiehern wie von einem Füllen«, sagte der Bursch. »Nun, das war eben kein kleines Füllen«, sagte die Schecke: »es hört sich nur so leise an, weil es noch so weit weg ist. Darauf reisten sie ein gutes Ende weiter. Endlich wieherte die Grimsschecke wieder. »Hörst Du Etwas?« fragte sie. »Ja, nun hör' ich es deutlich wiehern, wie ein großes Pferd«, sagte der Bursch. »Ja, Du mußt es noch einmal hören«, sagte die Schecke: »dann wirst Du's schon gewahr werden.« Nun reisten sie wieder ein gutes Ende weiter; da wieherte die Grimsschecke zum dritten Mal; aber ehe sie noch den

Burschen fragen konnte, ob er Etwas höre, wieherte es auf der Senne, daß der Bursch dachte, der alte Berg würde bersten. »Nun ist es hier!« sagte die Grimsschecke: »Wirf jetzt geschwind die Ochsenhäute mit den Lattenspikern auf mich, und die Theertonne wirf auf die Erde, und dann klettre auf die große Tanne da. Wenn dann das Pferd kommt, schnaubt es Feuer aus beiden Nüstern und zündet die Theertonne an. Alsdann gieb wohl Acht: wenn die Flamme *steigt,* so gewinne ich; *fällt* sie, so verliere ich. Siehst Du aber, daß ich gewinne, so wirf ihm schnell meinen Zaum über, dann ist es zahm.« Kaum hatte der Bursch die Häute mit den Spikern auf die Grimsschecke geworfen, die Theertonne auf die Erde gerollt und war auf die Tanne geklettert, so kam das Pferd an, daß ihm die Flammen aus beiden Nüstern fuhren, und sogleich fing die Theertonne Feuer. Darauf begann die Grimsschecke einem Kampf mit dem andern Pferd, daß die Steine bis an den Himmel flogen, sie bissen sich und schlugen aus mit den Vorder- und den Hinterbeinen. Der Bursch sah bald nach ihnen, bald nach der Theertonne, und endlich *stieg* die Flamme; denn wo das andre Pferd auch beißen und schlagen mochte, so traf es immer nur die Häute mit den Spikern, und da mußte es sich denn endlich geben. Als der Bursch das sah, sprang er schnell vom Baum herunter, nahm den Zaum von der Grimsschecke und warf ihn auf das andre Pferd, und da war es so zahm, daß er es mit einem Zwirnsfaden lenken konnte, und eben so scheckig war es wie das Grimsfüllen, so daß man sie nicht von einander zu unterscheiden vermochte. Nun setzte der Bursch sich auf das neue Pferd und ritt wieder zurück nach dem Königsschloß, und die Grimsschecke lief neben ihm her. Als er beim Schloß ankam, stand der König draußen auf dem Hof. »Kannst Du mir jetzt sagen, was für ein Pferd ich gefangen habe, und was für eins ich hatte?« sagte der Bursch: »kannst Du es nicht, so gehört Deine Tochter mir.« Der König betrachtete beide Schecken von unten bis oben; aber es war kein Haar anders an der einen, als an der andern. »Nein«, sagte der König: »das kann ich nicht. Meine Tochter hast Du jetzt, da Du ihr ein so stattliches Brautpferd verschafft hast, Dir erworben; aber erst müssen wir sehen, ob es auch so bestimmt ist, daß Du sie haben sollst: Meine Tochter soll sich zweimal verstecken, und nachher sollst Du Dich auch zweimal verstecken; kannst Du sie nun die beiden Male finden, aber sie nicht jedesmal Dich, dann ist es so bestimmt, daß Du sie haben sollst.« — »Das steht nun freilich auch nicht mit im Accord«, sagte der Bursch: »aber weil's denn so sein muß, wollen wir's versuchen.«

Nun sollte die Königstochter sich zuerst verstecken, und da verwandelte sie sich in eine Ente und schwamm auf dem Wasser, das dicht bei dem Schloß war. Der Bursch aber ging hinunter in den Stall und fragte die Grimsschecke, wo sie sich versteckt hätte. »O, Du brauchst nur Dein Gewehr zu nehmen und nach der Ente zu zielen, die auf dem Wasser schwimmt«, sagte die Grimsschecke: »dann wird sie schon zum Vorschein kommen.« Da nahm der Bursch sein Gewehr und ging damit nach dem Wasser. »Ich will doch mal die Ente kappen«, sagte er und fing an zu zielen. »Nein, nein! schieß nicht! das bin ich!« sagte die Prinzessinn; und nun hatte er sie das erste Mal gefunden. Das zweite Mal verwandelte die Prinzessinn sich in ein Brod und lag auf dem Tisch zwischen vier andern Broden, und alle waren ganz gleich, so daß Keiner sie zu unterscheiden vermochte. Aber der Bursch ging wieder in den Stall zu der Grimsschecke und fragte, wo er jetzt wohl die Prinzessinn suchen sollte. »O, nimm bloß ein Brodmesser und wetze es tüchtig und thu dann, als ob Du das Brod, das, von der Linken gezählt, das dritte unter den vier andern ist, die auf dem Küchentisch liegen, anschneiden wolltest«, sagte die Grimsschecke: »dann wird sie schon zum Vorschein kommen.« Da ging der Bursch in die Küche und nahm das größte Brodmesser, das er finden konnte, und wetzte es tüchtig; dann ergriff er das Brod, welches, von der Linken gezählt, das dritte unter den vier andern war, und setzte das Messer an, als ob er's mitten durchschneiden wollte. »Ich muß mir doch mal einen Knorren von diesem Brod abschneiden,« sagte er. »Nein, schneide nicht! das bin ich!« sagte die Prinzessinn; und nun hatte er sie auch das zweite Mal gefunden.

Jetzt sollte der Bursch sich verstecken; da sagte ihm aber die Grimsschecke so guten Bescheid, daß er nicht leicht zu finden war. Zuerst verwandelte er sich in eine Roßmücke und verbarg sich in die linke Nüster der Grimsschecke. Die

Prinzessinn ging und suchte überall, und zuletzt wollte sie auch in den Raum hinein, wo die Grimsschecke stand; aber die fing an zu beißen und um sich zu schlagen, daß sie sich nicht nahen durfte, und da konnte sie ihn denn nicht finden. »Nein, ich kann Dich nicht finden«, rief sie: »komm nur hervor!« und sogleich stand der Bursch vor ihr in dem Stall. Das zweite Mal verwandelte er sich in einen Klumpen Erde und legte sich zwischen den Huf und das Eisen an dem linken Vorderfuß der Schecke. Die Königstochter ging wieder überall herum und suchte, und zuletzt kam sie auch in den Stall und wollte wieder in den Raum zu der Grimsschecke. Diesmal durfte sie sich auch nahen; aber unter den Huf konnte sie nicht kommen, denn die Schecke stand allzu fest auf ihren Beinen. Da ihr nun alles Suchen nichts half, sagte sie endlich; »Komm nur hervor! denn ich kann Dich doch nicht finden«, und da stand der Bursch sogleich wieder neben ihr im Stall. »Nun ist sie *mein*«, sagte er zum König: »denn nun kannst Du sehen, daß es so bestimmt ist.« — »Ja, wenn es denn so bestimmt ist, so muß es wohl so bleiben«, sagte der König. Und darauf wurde augenblicklich die Hochzeit gehalten; und der Bursch setzte sich auf die Grimsschecke, und die Prinzessinn auf die andre Schecke, und da kannst Du Dir denn wohl vorstellen, daß sie eben nicht lange Zeit gebrauchten, um nach der Kirche zu kommen; und sie lebten hiernach glücklich und vergnügt mit einander.

38.) ES HAT KEINE NOTH MIT DEM, IN WELCHEN ALLE WEIBER VERLIEBT SIND.

Es waren einmal drei Brüder; nun weiß ich nicht recht, wie das zugegangen war, aber jeder von ihnen hatte einen Wunsch bekommen, so daß er sich wünschen konnte, Was er wollte. Die beiden ältesten bedachten sich nicht lange, sondern wünschten sich, daß es ihnen nie an Geld fehlen möchte, so oft sie in die Tasche griffen. »Denn wenn Einer immer Geld hat«, sagten sie: »so kommt er schon fort in der Welt.« Der jüngste dagegen wünschte sich, daß alle Weiber sich in ihn verlieben müßten, sobald sie ihn sähen, sie möchten nun wollen, oder nicht; und das, sollst Du mal hören, war weit besser, als Geld und Gut. Sobald die Brüder ihre Wünsche gethan hatten, wollten die beiden ältesten fort in die Welt. Aschenbrödel bat sie, ihn mit sich zu nehmen, aber von dem wollten die Andern Nichts wissen. »Wo wir hinkommen, werden wir überall empfangen wie Grafen und Prinzen«, sagten sie: »aber Du, der Du gar Nichts hast, Wer wollte sich wohl um Dich bekümmern?« — »Aber Ihr könnt mich darum ja gern mit Euch reisen lassen«, sagte Aschenbrödel: »denn es wird wohl immer auch ein Bissen für mich abfallen, wenn ich bei so hohen Herrschaften bin.« Endlich und zuletzt erlaubten sie ihm denn, mitzureisen, wenn er ihr Diener sein wollte, und darauf ging Aschenbrödel auch ein.

Als sie nun einen Tag, oder so ungefähr, gereist waren, kamen sie zu einem großen Gasthause; da kehrten die beiden ältesten Brüder, welche Geld hatten, ein, und verlangten frischweg Braten und Fische und Branntwein und Meth und Alles, was gut schmeckt; Aschenbrödel aber, der Nichts hatte, mußte draußen im Hof bleiben und auf die Pferde und das Gepäck der vornehmen Herren Acht geben, denn er war nun ihr Diener. Wie er aber da im Hofe auf- und abging, bemerkte die Frau des Gastwirths ihn durch das Fenster, und ein so schöner Bursch, däuchte ihr, wär' ihr noch nicht vorgekommen; sie guckte und guckte, und je länger sie den Burschen ansah, desto schöner kam er ihr vor. »Was Teufel hast Du da zu stehen und zu glotzen!« sagte der Mann: »mir däucht, es wäre besser, Du sähst zu, daß das Spanferkel gut gebraten würde, als daß Du da stehst und glotzäugst; Du weißt wohl, was für Herrschaften wir heut zu bewirthen haben.« — »Ach, ich schere mich den Henker um das vornehme Pack!« sagte die Frau: »wollen sie nicht bleiben, so können sie wieder hinreisen, wo sie hergekommen sind. Aber komm mal her und sieh bloß Den, der auf dem Hof geht! einen so schmucken Burschen hab' ich noch mein Lebtag nicht gesehn; willst Du, wie ich, so bitten wir ihn herein und tractiren ihn; denn der arme Schelm hat wohl nicht Viel übrig.« — »Weib, hast Du denn ganz Dein Bischen Verstand verloren?« sagte der Mann und war so zornig, daß ihm die Augen im Kopf glühten. »Fort mit Dir in die Küche!« rief er: »und stehe nicht hier und äugle nach fremden Kerls!« Da war nun kein andrer Rath für die Frau, sie mußte wieder in die Küche und das Essen bereiten; nach dem Burschen aber durfte sie sich nicht weiter umsehen, und ihn tractiren durfte sie noch weniger. Da ersah sie aber die Gelegenheit und machte sich ein Geschäft in dem Hof, und nun schenkte sie Aschenbrödel eine Schere, die hatte die Eigenschaft, daß er sich damit die schönsten Kleider von Sammt und von Seide herabschneiden konnte, wenn er bloß damit in die Luft schnitt. »Die will ich Dir schenken, weil Du ein so schmucker Bursch bist«, sagte sie.

Als nun die beiden andern Brüder ihr Spanferkel und all das Gesottene und Gebratene verzehrt hatten, reisten sie weiter, und Aschenbrödel stand wieder als ihr Diener hinten auf dem Wagen. Nach sechs oder sieben Stunden kamen sie zu einem andern Gasthause, und da kehrten die beiden ältesten wieder ein; aber Aschenbrödel, der kein Geld hatte, mußte draußen im Hof bleiben und auf ihre Sachen Acht geben. »Wenn Jemand Dich fragt, Wer wir sind, so sage nur, wir wären zwei fremde Prinzen«, sagten sie zu ihm. In diesem Gasthause ging es nun ungefähr wieder eben so, wie in dem vorigen. Die Wirthsfrau kam ans Fenster und sah Aschenbrödel auf dem Hof stehen, und da ward sie eben so verliebt in ihn, wie die Frau des ersten Gastwirths, und sie konnte sich gar nicht satt an ihm sehen. Als aber ihr Mann darauf zukam, sagte er: »Steh doch nicht da und glotze, wie eine Kuh, die das neue Thor betrachtet, sondern scher' Dich fort in die Küche zu Deinem Fischgrapen; denn Du weißt wohl, was wir heut für Leute zu bewirthen haben.« — »Ach, ich bekümmre mich den Henker um das vornehme Pack!« sagte die Frau: »wenn's ihnen bei uns nicht gut genug ist, so können sie ja hingehen, wo's ihnen besser gefällt. Aber komm mal her und sieh den hübschen Burschen, der da draußen im Hof steht; noch in meinem Leben hab' ich keinen so hübschen Menschen gesehen. Willst Du, wie ich, so nöthigen wir ihn herein zu uns und tractiren ihn; der arme Teufel kann's nöthig haben.« — »Viel Verstand hast Du nie gehabt, Frau«, sagte der Mann: »und das Bischen, das Du hattest, glaub' ich, hast Du jetzt auch verloren. — Fort mit Dir in die Küche! und steh nicht länger da und guck nach dem fremden Kerl aus!« rief er und war noch weit zorniger, als der erste Gastwirth. Sie mußte nun wieder hinaus zu ihrem Fischgrapen, und so gern sie auch den Burschen tractirt hätte, so durfte sie's doch nicht wagen, denn sie fürchtete sich vor ihrem Mann. Da ersah sie aber die Gelegenheit und machte sich ein Geschäft in dem Hof, und nun schenkte sie Aschenbrödel ein Tuch, das hatte die Eigenschaft, daß es sich aufdeckte mit den schönsten Gerichten, die man sich nur wünschen kann, wenn er es bloß aus einander legte. »Das sollst Du haben, weil Du ein so schmucker Bursch bist«, sagte die Wirthsfrau zu Aschenbrödel. Der bedankte sich und war seelenvergnügt; denn ein solches Tuch, kannst Du wohl denken, war besser, als viel Geld.

Nachdem nun die beiden Brüder gegessen und getrunken und Alles theuer bezahlt hatten, reisten sie weiter, und Aschenbrödel stand wieder hinten auf. Als sie so lange gereist waren, bis sie wieder hungrig wurden, kehrten sie in ein sehr vornehmes Gasthaus ein und verlangten das Theuerste und Beste, was es gab. »Wir sind zwei reisende Könige«, sagten sie: »und Geld haben wir wie Heu.« Als der Gastwirth das hörte, ging es an ein Kochen und Braten, daß man's zehn Häuser davon bei den Nachbaren riechen konnte. Aschenbrödel aber mußte wieder in dem Hof bleiben und auf die Sachen Acht geben. Hier ging's ihm nun ungefähr eben so, wie in den beiden vorigen Gasthöfen. Die Wirthsfrau sah durch das Fenster den Diener, der draußen beim Wagen stand, und ein so schmucker Bursch war ihr denn auch noch nicht vorgekommen; sie sah und sah, und je länger sie ihn ansah, desto schöner, däuchte er ihr. Als aber der Gastwirth kam und sie da stehen und gucken sah, sagte er: »Hast Du denn nichts Besseres zu thun, als daß Du da stehst und guckäugelst? Weißt Du denn nicht, was für Leute wir im Hause haben? Fort mit Dir in die Küche zum Grützkessel, und das den Augenblick!« — »Ach, es ist wohl nicht so gefährlich«, sagte die Frau. »Wollen sie nicht warten, bis die Grütze fertig ist, so können sie ja wieder reisen; es hält sie Niemand auf. Aber komm mal her, dann sollst Du Was zu sehen kriegen. Sieh mal da auf dem Hof! Ein so schmucker Bursch, sag' ich Dir, ist mir noch nicht vorgekommen. Willst Du, wie ich, so nöthigen wir ihn herein und tractiren ihn; denn er scheint's wohl nöthig zu haben.« — »Ein manntolles Weib bist Du all Dein Lebtag gewesen, und das bist Du auch noch«, sagte der Mann und war entsetzlich böse: »Machst Du aber nicht den Augenblick, daß Du hinauskommst zum Grützkessel, so sollst Du sehen, wie ich Dir Beine machen werde!« Die Frau mußte nun wieder hinaus in die Küche, denn sie wußte wohl, daß der Mann nicht mit sich scherzen ließ. Nach einer Weile aber ersah sie die Gelegenheit, schlüpfte hinaus in den Hof und schenkte Aschenbrödel einen allerliebsten Zapfhahn. »Wenn Du bloß den Hahn umdrehst«, sagte sie: »so bekommst Du die schönsten Getränke, die Du Dir wünschest: Meth, Wein und auch Branntwein; Das will ich Dir schenken, weil Du ein so schmucker Bursch bist.« Aschenbrödel bedankte sich und war seelenvergnügt; denn ein solcher Zapfhahn war nicht schlecht, kannst Du glauben.

Als nun die beiden Brüder ihre Mahlzeit verzehrt hatten, reisten sie wieder fort, und Aschenbrödel stand wieder hinten auf dem Wagen. Sie reisten nun ein weites Ende, und endlich kamen sie zu einem Königsschloß; da gaben die beiden ältesten sich aus für zwei Kaisersöhne; und weil sie viel

Geld hatten und so stattlich gekleidet waren, wurden sie auf das beste empfangen; sie mußten auf dem Schloß wohnen, und der König wußte nicht, Was er ihnen alles zu Ehren thun wollte. Aber Aschenbrödel, der noch dieselben Lumpen anhatte, die er von Hause mitgenommen, wurde von der Schloßwache auf eine Insel gebracht, nach welcher man alle die Bettler und Lumpenkerls hinausruderte, die auf's Schloß kamen; denn der König konnte die Bettler und Lumpenkerls nicht leiden, sie störten nur die Freude auf dem Schloß, sagte er. Auf der Insel aber bekamen sie nur grade so Viel zu essen, daß sie sich das Leben damit erhalten konnten. Die Brüder von Aschenbrödel sahen wohl, daß die Wache mit ihm nach der Insel hinausfuhr, aber sie waren froh, daß sie ihn los wurden, und bekümmerten sich nicht weiter um ihn. Als nun Aschenbrödel auf die Insel zu den andern Bettlern und Lumpenkerls hinauskam, nahm er bloß seine Schere und schnitt damit in die Luft, und da schnitt er die schönsten Kleider herab, die man sich wünschen kann, von Sammt und von Seide, für sie alle zusammen, so daß der gemeinste Bettler auf der Insel weit stattlicher gekleidet war, als der König selbst und Alle, die auf dem Schloß waren. Darauf nahm Aschenbrödel sein Tuch und breitete es aus, und da deckte es sich mit einer Menge der schönsten Gerichte, so daß Alle daran Mehr, als Genug hatten, und ein solches Gastmahl war noch nicht gehalten worden auf des Königs Schloß. »Nun seid Ihr aber auch wohl durstig«, sagte Aschenbrödel, nahm seinen Zapfhahn und drehte ihn herum, und da bekamen alle Bettler auch Genug zu trinken; aber solchen Meth und solchen Wein hatte der König selber noch in seinem Leben nicht geschmeckt.

Als nun Die, welche das Essen nach der Bettlerinsel bringen sollten, mit ihrer kalten Grütze und ihren sauern Molken ankamen — denn das war das Essen, was Die auf der Insel erhielten — so wollten die Bettler es nicht einmal kosten, worüber Die von dem Schloß sich sehr verwunderten, aber noch mehr verwunderten sie sich, als sie sahen, wie Alle so stattlich gekleidet waren, als wären es lauter Kaiser und Päbste gewesen, und sie glaubten schon, sie wären zu einer unrechten Insel gekommen; als sie aber besser zusahen, da war's denn doch ganz recht. Nun konnten sie sich nicht anders denken, als daß Der, den sie gestern hinausgerudert hatten, den Bettlern all den Staat und die Herrlichkeit verschafft haben müßte; und als sie zurück aufs Schloß kamen, erzählten sie sogleich, wie Der, den sie gestern hinausgebracht, alle Bettler so schön und so prächtig herausgekleidet hätte, daß es nur so tröpfelte von Gold; »und die Grütze und die Molken, die wir brachten, haben sie nicht einmal angerührt«, sagten sie: »so hochmüthig waren sie geworden.« Nun hatte aber Einer von den Leuten des Königs ausspionirt, wie der Bursch eine Schere hatte, womit er all die schönen Kleider, welche die Bettler bekommen hatten, aus der Luft geschnitten; das erzählte er sogleich auf dem Schloß und sagte: »wenn er bloß mit der Schere in die Luft schneidet, so schneidet er lauter Sammt und Seide herunter.« Als die Prinzessinn das hörte, hatte sie keine Ruhe, ehe sie den Burschen sah, der die Schere hatte, die lauter Sammt und Seide aus der Luft schnitt; eine solche Schere wäre wohl werth zu haben, dachte sie, denn damit könnte sie sich all den Putz verschaffen, den sie sich wünschte. Sie bat nun den König so lange, bis dieser hinausschickte nach der Bettlerinsel und den Burschen holen ließ; als dieser ankam, fragte die Prinzessinn ihn, ob es wahr sei, daß er eine Schere hätte, die so und so wäre, und ob er ihr die nicht verkaufen wolle. Ja, eine solche Schere hätte er wohl, sagte Aschenbrödel, aber verkaufen wolle er sie nicht, und darauf nahm er die Schere und schnitt damit in die Luft, daß die Sammt- und Seidenstoffe um ihn herumflogen. »Ja, Du mußt mir die Schere durchaus verkaufen«, sagte die Prinzessinn: »Du kannst dafür verlangen, Was Du willst; denn haben muß ich sie.« Nein, verkaufen könne er sie auf keine Weise, sagte der Bursch, denn eine solche Schere bekäm' er nicht leicht wieder. Und während sie nun da standen und um die Schere disputirten, betrachtete die Prinzessinn den Burschen genauer, und da däuchte ihr, einen so schönen Menschen hätte sie noch nie gesehen; darnach handelte sie wieder um die Schere und bat Aschenbrödel, er möchte sie ihr doch verkaufen, er könne verlangen so viele hundert Thaler er wolle, sagte sie. »Nein, verkaufen thu ich sie nicht«, sagte Aschenbrödel: »aber es mag drum sein! willst Du mich eine Nacht in Deiner Kammer bei der Thür schlafen lassen, so sollst Du sie haben. Zu Leide will ich Dir Nichts thun«, sagte er: »und wenn Du Dich fürchtest, so kannst Du gern zwei Mann Wache hinstellen.« Ja, das wollte die Prinzessinn gern; wenn sie bloß die Schere bekam, so war sie zufrieden. Und nun schlief Aschenbrödel die Nacht in ihrer Kammer, und zwei Mann standen dabei Wache. Aber die Prinzessinn bekam nicht viel Schlaf in die Augen, denn sie mußte die ganze Nacht hindurch Aschenbrödel ansehen.

Am Morgen ruderte Aschenbrödel wieder hinaus nach der Bettlerinsel. Als aber Die vom Schloß mit der Grütze und den Molken ankamen, wollte wieder Keiner davon kosten. Nun hatte aber Einer von des Königs Leuten ausspionirt, daß der Bursch ein Tuch hatte, das sich mit dem schönsten Essen deckte, sobald er es nur aus einander legte; und als dieser zurückkehrte, erzählte er es sogleich der Prinzessinn: »und solchen Braten und solche Rahmgrütze«, sagte er: »giebt's nicht auf des Königs Schloß.« Als die Prinzessinn das hörte, erzählte sie es dem König und bat ihn so lange, bis er nach der Insel schickte und den Burschen holen ließ. Wie nun Aschenbrödel aufs Schloß kam, wollte die Prinzessinn ihm durchaus das Tuch abkaufen und bot ihm Geld über Geld; aber Aschenbrödel wollt's nicht verkaufen für keinen Preis. »Willst Du mich aber die Nacht auf der Bank vor Deinem Bett schlafen lassen, so sollst Du das Tuch haben«, sagte er: »zu Leide will ich Dir Nichts thun, und wenn Du Dich fürchtest, so kannst Du gern vier Mann Wache hinstellen.« Ja, darauf ging die Prinzessinn sogleich ein; und Aschenbrödel lag nun die Nacht auf der Bank vor ihrem Bett, und vier Mann standen Wache dabei. Hatte aber die Prinzessinn die vorige Nacht nicht schlafen können, so konnte sie es noch weniger diese Nacht; sie lag beständig und sah nur den Burschen an.

Am Morgen ruderte Aschenbrödel wieder hinaus nach der Bettlerinsel. Als aber Die vom Schloß mit der Grütze und den Molken ankamen, wollte Keiner es wieder ansehen, so satt waren sie noch alle von gestern. Das fiel nun den Leuten vom Schloß weiter nicht auf; jedoch verwunderte es sie, daß sie noch gar nicht wieder durstig waren. Da bemerkte aber Einer, daß der Bursch einen Zapfhahn hatte und immer die schönsten Getränke bekam: Meth und Wein und auch Bier, wenn er bloß den Hahn umdrehte. Wie nun dieser zurückkam, erzählte er sogleich weit und breit von dem Zapfhahn des Burschen: »und solches Bier und solchen Meth hat man nicht auf des Königs Schloß«, sagte er: »denn das schmeckt noch süßer, als Honig und Syrup.« Als die Prinzessinn das hörte, wollte sie durchaus den Zapfhahn haben und ließ dem König nicht eher Ruhe, als bis er nach der Insel schickte und den Burschen holen ließ.

Als nun Aschenbrödel aufs Schloß kam, fragte die Prinzessinn ihn, ob es wahr sei, daß er einen Zapfhahn hätte, der so und so wäre. Ja, sagte Aschenbrödel, einen solchen Zapfhahn hätte er; und als die Prinzessinn ihm den nun mit aller Gewalt abkaufen wollte, sagte er wieder, verkaufen könne er ihn auf keine Weise, wenn die Prinzessinn ihm auch das halbe Reich dafür geben wollte. »Aber es mag drum sein!« sagte er: »willst Du mich diese Nacht vorn in Deinem Bett schlafen lassen, so sollst Du meinen Zapfhahn haben; Du kannst meinetwegen gern acht Mann Wache hinstellen.« — »Ach nein, das ist nicht nöthig«, sagte die Prinzessinn: »denn dazu kenne ich Dich jetzt schon genug.« Und nun schlief Aschenbrödel die Nacht bei der Prinzessinn im Bette, und hatte sie die beiden vorigen Nächte nicht schlafen können, so that sie diese ganze Nacht kein Auge zu.

Wie nun Aschenbrödeal am Morgen wieder fort wollte nach der Insel, sagte sie zu ihm: »Wart' noch ein wenig!« lief hinein zum König und bat ihn, daß er ihr doch den Burschen zum Gemahl geben möchte; denn sie wäre so verliebt in ihn, sagte sie, daß sie ohne ihn nicht leben könne. »Ei nun«, sagte der König: »wenn er so herrliche Dinge hat, wie Du mir erzählst, so ist er ja eben so reich, als Du; nimm ihn also nur hin!« Da bekam Aschenbrödel die Prinzessinn und das halbe Reich, und das andere halbe Reich sollte er nach des Königs Tode haben; und nun war Alles gut. Seine Brüder aber, welche immer so schlecht gegen ihn gewesen waren, ließ er hinausbringen auf die Bettlerinsel; da können sie nun erfahren, Wer am besten daran ist: Der, welcher viel Geld in der Tasche hat, oder Der, in welchen alle Weiber verliebt sind; — und hat Aschenbrödel sie nicht von der Insel zurückgeholt, so gehen sie noch da und essen kalte Grütze und saure Molken den heutigen Tag.

39.) DIE LÜGENPROBE.

Es war einmal ein König, der hatte eine Tochter, die konnte so gewaltig lügen, daß Keiner es darin mit ihr aufnehmen konnte. Da ließ der König bekannt machen, daß Der, welcher so lügen könne, daß die Prinzessinn Nichts mehr dagegen zu lügen wüßte, sie und das halbe Reich haben sollte. Es kamen darauf Viele an den Hof und machten den Versuch; denn Alle wollten gern die Prinzessinn und das halbe Reich haben; aber sie kamen alle schlecht davon. Nun waren aber auch drei Brüder, und die wollten ebenfalls ihr Glück versuchen. Zuerst kamen die beiden ältesten; aber es ging ihnen nicht besser, als all den Übrigen. Zuletzt machte Aschenbrödel sich auf, und als er ankam, traf er die Prinzessinn im Stall. »Guten Tag!« sagte er. »Schönen Dank«, sagte sie: »Ihr habt doch nicht einen so großen Stall, als wir; denn wenn der Hirt an dem einen Ende steht und auf dem Bockshorn bläst, kann man's nicht hören am andern Ende.« — »Das ist auch was Rechtes!« sagte Aschenbrödel: »unsrer ist weit größer; denn wenn eine Kuh an dem einen Ende trächtig wird, kalbt sie erst an dem andern.« — »Haha!« sagte die Prinzessinn: »Aber Ihr habt doch nicht einen so großen Ochsen, als wir; denn wenn auf jedem Horn Einer sitzt mit einer Meßstange, so können sie doch einander nicht ablangen.« — »Da kommst Du schön an!« sagte Aschenbrödel: »Wir haben einen Ochsen, der ist so groß, daß wenn Einer auf jedem Horn sitzt und auf dem Haberrohr bläst, sie einander doch nicht hören können.« — »Na so!« sagte die Prinzessin: »Aber Ihr habt doch nicht so viel Milch, als wir; denn wir melken unsre Milch in große Eimer und tragen sie in große Kessel hinein und machen Käse, so groß wie Tonnen.« — »Und wir«, sagte Aschenbrödel: »wir melken unsre Milch in große Küben und fahren sie mit dem Wagen ins Haus und gießen sie in große Braupfannen und machen Käse, so groß wie Häuser; und dann haben wir ein buntscheckiges Mutterpferd, das den Käse zusammentritt; einmal aber fohlte es in dem Käse, und als wir sieben Jahr davon gegessen hatten, trafen wir auf ein großes buntscheckiges

Pferd; mit dem sollte ich mal nach der Mühle fahren, aber da brach ihm eine Rippe entzwei; nun wußte ich keinen andern Rath, sondern nahm eine Tanne und setzte sie ihm ein statt der Rippe, und eine andre Rippe hat's nachher nicht gehabt, so lange wir es hatten. Nun schoß aber die Tanne auf und wuchs aus dem Rücken heraus und ward so groß, daß ich daran zum Himmel hinaufklettern konnte. Da kam ich zu der Jungfrau Maria, die saß da und spann Borstenstricke von Mehlbrei. Wie ich nun da stand und zusah, brach unten die Tanne ab, und nun konnte ich nicht wieder herunter; aber die Jungfrau Maria ließ mich an einem der Stricke hinabgleiten, und da kam ich in einem Fuchsloch an; da saßen meine Mutter und Dein Vater und flickten Schuh; aber eh' ich's mir versah, schlug meine Mutter Deinen Vater, daß ihm die Perrücke vom Kopf flog.« — »Das lügst Du«, sagte die Prinzessinn: »denn das hat mein Vater nie gethan.«

40.) DIE DREI BÖCKE BRAUSEWIND, DIE NACH DER KOPPEL GEHEN UND SICH FETT MACHEN WOLLTEN.

Es waren einmal drei Böcke, die wollten nach der Koppel gehen und sich fett machen, und alle drei hießen sie *Brausewind.* Auf dem Wege aber war eine Brücke über einem Fluß, wo sie hinüber mußten, und unter der Brücke wohnte ein großer, abscheulicher Troll, der hatte Augen, so groß wie zinnerne Teller, und eine Nase, so lang wie ein Hackenstiel. Zuerst kam der jüngste Bock Brausewind und wollte über die Brücke. »Tripp trapp! tripp trapp!« sagte es auf der Brücke. *»Wer ist es, der auf meiner Brücke trippelt?«* rief der Troll. »O, es ist der kleinste Bock Brausewind; ich wollte nur nach der Koppel und mich fett machen«, sagte der Bock mit ganz feiner Stimme. *»Nun komm ich und hole Dich!«* rief der Troll. »Ach, hol' mich nicht, ich bin noch so klein!« sagte der Bock: »wart bloß so lange, bis der andre Bock Brausewind kommt, der ist viel größer, als ich.« — *»Ja wohl!«* sagte der Troll.

Nach einer Weile kam der andre Bock Brausewind und wollte über die Brücke. *»Tripp trapp! tripp trapp!«* sagte es auf der Brücke. *»Wer ist es, der auf meiner Brücke trappelt?«* rief der Troll. *»O, das ist der zweite Bock Brausewind; ich wollte nur nach der Koppel und mich fett machen«,* sagte der Bock, der hatte aber keine so feine Stimme. *»Nun komm ich und hole Dich!«* rief der Troll. *»Ach nein, hol' mich nicht! wart' noch ein bischen, dann kommt der große Bock Brausewind, der ist viel größer, als ich«,* sagte der Bock. *»Ja wohl!«* sagte der Troll.

Nun dauerte es nicht lange, so kam der große Bock Brausewind an: »Tripp trapp! tripp trapp!« sagte es auf der Brücke, daß es nur so krachte. *»Wer ist es, der auf meiner Brücke trampelt?«* rief der Troll. »Das ist der große Bock Brausewind!« sagte der Bock mit einer groben Stimme. *»Nun komm ich und hole Dich!«* rief der Troll.

»Ja, komm nur, ich habe zwei Speere beim Schopf,
Damit bohr' ich die Augen Dir aus dem Kopf;
Ich habe zwei große Kieselsteine,
Damit zerquetsch ich Dir Knochen und Beine!«

sagte der Bock, und damit fuhr er auf den Trollen zu, stach ihm die Augen aus und zerquetschte ihm die Knochen im Leibe; darnach warf er ihn in den Fluß und ging dann mit den andern nach der Koppel. Da wurden nun die Böcke so fett, so fett, daß sie nicht wieder nach Hause gehen konnten; und ist das Fett nicht wieder von ihnen gegangen, so sind sie es noch.

Un ßnipp, ßnapp, ßnuut!
So is dat Leuschen uut.

41.) ÖSTLICH VON DER SONNE UND WESTLICH VOM MOND.

Es war einmal ein armer Kathenmann, der hatte viele Kinder; er war aber so arm, daß er ihnen weder ordentlich zu essen, noch Kleider auf den Leib geben konnte; dennoch waren die Kinder alle sehr schön; aber am schönsten von allen war doch die jüngste Tochter.

Nun war es einmal an einem Donnerstag-Abend im Spätherbst ein ganz abscheuliches Wetter draußen; es war stockfinster, und dabei regnete und stürmte es, daß die Fenster krachten. Die ganze Familie saß um den Kamin herum, und Jeder war mit seiner Arbeit beschäftigt. Plötzlich klopfte es dreimal laut ans Fenster. Der Mann ging hinaus und wollte zusehen, Was es war, und als er hinauskam, stand da ein großer weißer Bär.

»Guten Abend!« sagte der Bär. »Guten Abend!« sagte der Mann. — »Willst Du mir Deine jüngste Tochter zur Frau geben«, sagte der Bär: »dann will ich Dich so reich machen, als Du jetzt arm bist.« Dem Mann däuchte das nicht übel; aber er meinte, er müßte doch erst mit seiner Tochter ein Wort sprechen, ging hinein und erzählte, wie draußen ein großer weißer Bär stände, der hätte ihm versprochen, ihn eben so reich zu machen, als er jetzt arm wäre, wenn er ihm seine jüngste Tochter zur Frau geben wolle. Das Mädchen sagte aber Nein und wollte Nichts von dem Handel wissen. Da ging der Mann wieder hinaus, sprach gütlich mit dem Bären und sagte, er solle nur am nächsten Donnerstag-Abend wiederkommen; inmittlerzeit wolle er schon sehen, Was bei der Sache zu thun wäre. Sie überredeten nun das Mädchen und schwatzten ihr Allerlei vor von dem großen Reichthum, wozu sie gelangen würden, und wie gut sie es selbst bekäme. Da gab sie denn endlich nach, wusch ihre paar Lappen, die sie hatte, rein, putzte sich heraus, so gut sie konnte, und hielt sich reisefertig.

Als am nächsten Donnerstag-Abend der Bär wiederkam, ja, da war's richtig; das Mädchen setzte sich mit ihrem Bündel auf seinen Rücken, und fort ging's. Als sie ein gutes Ende hinausgekommen waren, fragte der Bär sie: »Bist Du auch bange?« Nein, das war sie ganz und gar nicht. »Halt Dich nur immer gut an meinen Zotteln fest«, sagte der Bär: »dann hat's keine Noth.«

Nun ritt sie auf dem Rücken des Bären weit, weit in die Welt hinaus, — kein Mensch kann sagen, wie weit es eigentlich war — und zuletzt kamen sie zu einem großen Felsen; da klopfte der Bär an, und nun öffnete sich eine Pforte, durch welche sie in ein großes Schloß gelangten; drinnen waren viele von Lampen erleuchtete Zimmer, und Alles strahlte von Gold und von Silber; auch war da ein großer Saal, und in dem Saal stand ein Tisch, der war mit den herrlichsten Gerichten besetzt. Nun gab der Bär ihr eine silberne Glocke und sagte, wenn sie sich irgend Etwas im Schloß wünsche, dann solle sie nur damit klingeln, alsdann würde sie es sogleich bekommen. Wie sie nun gegessen und getrunken hatte und gegen Abend müde wurde und sich zu Bett legen wollte, klingelte sie nur mit der Glocke — und sogleich öffnete sich eine Kammer, worin ein aufgemachtes Bett stand, so schön, wie man's sich nur wünschen konnte, mit seidenen Kissen und Vorhängen mit Goldfransen, und Alles, was sich in der Kammer befand, war ebenfalls von Gold und von Silber. Wie sie aber nun das Licht ausgelöscht und sich ins Bett gelegt hatte, kam ein Mensch an und legte sich zu ihr, und so geschah es jede Nacht; aber sie bekam ihn nie zu sehen, denn er kam immer erst, wenn sie schon das Licht ausgelöscht hatte, und ging wieder fort, eh' es noch Tag wurde. So lebte sie nun eine Zeitlang ruhig und zufrieden; aber endlich bekam sie eine so große Sehnsucht, ihre Ältern und Geschwister wiederzusehen, daß sie ganz still und traurig ward. Da fragte der Bär sie eines Tages, Was ihr fehle, daß sie immer so still und sinnig wäre. »Ach«, sagte sie: »es wird mir hier so öde im Schloß, denn ich möchte so gern meine Ältern und meine Geschwister einmal wiedersehen.« — »Dazu kann Rath werden«, sagte der Bär: »aber Du mußt mir versprechen, daß Du nie mit Deiner Mutter allein reden willst, sondern nur, wenn die Andern zugegen sind; denn sie wird Dich wohl bei der Hand nehmen und Dich in eine Kammer führen wollen, um mit Dir allein zu sprechen; läßt Du Dich aber darauf ein, so machst Du mich und Dich unglücklich.« Nein, sagte das Mädchen, sie wolle sich schon in Acht nehmen.

Am Sonntag kam der Bär und sagte, jetzt könne sie die Reise zu ihren Ältern antreten. Sie setzte sich nun auf seinen Rücken, und damit ging es fort. Wie sie nun eine lange Zeit gereist waren, kamen sie zu einem großen weißen Schloß, da gingen ihre Geschwister aus und ein, und spielten, und Alles war da so schön und prächtig, daß es eine Lust war, es anzusehen. »Da wohnen Deine Ältern!« sagte der Bär: »Vergiß nun nicht, Was ich Dir gesagt habe; denn sonst machst Du Dich und mich unglücklich.« Nein, sie wollt's nicht vergessen, sagte das Mädchen und ging ins Schloß; der Bär aber kehrte wieder um.

Wie nun die Ältern ihre Tochter wiedersahen, freuten sie sich so sehr, daß es gar nicht zu sagen ist, und konnten ihr nicht genug danken für Das, was sie für sie gethan hatte; und sie erzählten ihr, wie sie es nun so außerordentlich gut hätten, und fragten sie, wie es denn ihr ginge. O, ihr ginge es auch recht gut, sagte das Mädchen, sie hätte Alles, was sie sich nur wünschte. Was sie noch weiter sagte, weiß ich nicht recht; aber ich glaube, sie gab ihnen doch keinen ordentlichen Bescheid. Am Nachmittag, als sie gegessen hatten, geschah es, wie der Bär ihr gesagt hatte: die Mutter wollte mit der Tochter allein in der Kammer sprechen; aber das Mädchen dachte an die Worte des Bären, und wollte nicht mit ihr gehen, sondern sagte: »O, Das, was wir zu sprechen haben, können wir immer hier sprechen.« Nun weiß ich aber nicht, wie es recht kam, die Mutter überredete sie doch zuletzt, und da mußte sie ihr denn Alles erzählen, was sie wußte. Sie erzählte ihr nun auch, wie des Abends, wenn sie das Licht ausgemacht hätte, immer ein Mensch käme und sich zu ihr ins Bett legte; aber sie bekäme ihn nie zu sehen, denn eh' es Tag würde, wäre er immer wieder fort, sagte sie, und darüber wäre sie so betrübt; denn sie wollte ihn doch so gern sehen, und der Tag würde ihr so lang, weil sie immer so allein wäre. »Wer weiß! das ist gewiß ein Troll, der bei Dir schläft«, sagte die Mutter: »Wenn Du aber meinem Rath folgen willst, so steh mal des Nachts auf, wenn er eingeschlafen ist, und zünde ein Licht an und sieh zu, was es für Einer ist; aber nimm Dich in Acht, daß Du keinen Talg auf ihn tröpfelst.«

Am Abend kam der Bär wieder und holte das Mädchen ab. Wie sie nun ein Ende hinausgekommen waren, fragte er sie, ob es nicht so gekommen sei, wie er gesagt hätte. »Ja«, das konnte das Mädchen nicht leugnen. »Hast Du nun auf den Rath Deiner Mutter gehorcht«, sagte der Bär: »dann machst Du Dich und mich unglücklich; und mit uns beiden ist dann die Freundschaft aus.« Nein, das hätte sie nicht gethan, sagte sie.

Als sie nun nach Hause gekommen waren, und das Mädchen sich ins Bett gelegt hatte, geschah es wieder, wie sonst: es kam ein Mensch und legte sich zu ihr. In der Nacht aber, als sie hörte, daß er schlief, stand sie auf und zündete ein Licht an, und da sah sie nun im Bett den schönsten Prinz liegen, den man nur sehen konnte, und sie ward so verliebt in ihn, daß sie ihn den Augenblick küssen mußte. Da versah sie's aber und ließ drei heiße Talgtropfen auf sein Hemd fallen, so daß er davon erwachte. »Was hast Du gethan?« rief er, als er die Augen aufschlug: »Nun hast Du mich und Dich unglücklich gemacht. Hättest Du bloß das Jahr ausgehalten, so wäre ich erlöst gewesen; denn ich habe eine Stiefmutter, die hat mich verzaubert, so daß ich des Tages ein Bär und des Nachts ein Mensch bin; aber mit uns beiden ist es nun aus, denn ich muß Dich jetzt verlassen und wieder zu ihr reisen; sie wohnt auf einem Schloß, das liegt östlich von der Sonne und westlich vom Mond, und da soll ich eine Prinzessinn heirathen, die hat eine Nase, die ist drei Ellen lang.«

Das Mädchen fing an zu weinen und zu jammern; aber es war jetzt zu spät, er mußte fort. Sie fragte ihn, ob sie denn nicht mit ihm reisen könne. Nein, sagte er, das ginge nicht an. »Kannst Du mir denn nicht den Weg sagen, damit ich Dich aufsuche?« fragte sie: »denn das ist mir doch wohl erlaubt?« — »Ja, das magst Du gern«, sagte er: »aber es führt kein Weg dahin; denn das Schloß liegt östlich von der Sonne und westlich vom Mond, und dahin kommst Du nie.«

Am Morgen, als sie erwachte, war sowohl der Prinz, als das Schloß verschwunden, und sie lag nun auf der bloßen Erde mitten in einem dicken, finstern Wald und hatte wieder ihre alten Lappen an, und neben ihr lag daselbe Bündel, das sie von Hause mitgenommen. Als sie sich den Schlaf aus den Augen gerieben und sich satt geweint hatte, begab sie sich auf den Weg und wanderte viele, viele Tage lang, bis sie endlich zu einem großen Berg kam. Vor dem Berge saß eine alte Frau und spielte mit einem goldnen Apfel. Das Mädchen fragte sie, ob sie nicht den Weg wüßte zu dem Prinzen, der bei seiner Stiefmutter auf einem Schloß wohne, das östlich von der Sonne und westlich vom Mond läge, und der eine Prinzessinn heirathen sollte mit einer Nase, die drei Ellen lang wäre. »Woher kennst Du ihn?« fragte die Frau: »Bist Du vielleicht das Mädchen, das er heirathen wollte?« Ja, sagte das Mädchen, das wäre sie. »So! also Du bist es!« sagte die Frau. »Ja, mein Kind«, fuhr sie fort: »ich wollte Dir gern helfen; aber ich weiß auch weiter Nichts von dem Schloß, als daß es östlich von der Sonne und westlich vom Mond liegt, und dahin kommst Du wohl nie. Ich will Dir aber mein Pferd leihen, darauf kannst Du zu meiner nächsten Nachbarinn reiten, vielleicht, daß *sie* den Weg Dir sagen kann. Wenn Du aber bei ihr ankommst, so schlage nur das Pferd unter das linke Ohr und heiß es wieder nach Hause gehen; und dann nimm diesen goldnen Apfel, denn Du kannst ihn vielleicht gebrauchen.«

Das Mädchen setzte sich nun auf das Pferd und ritt eine lange, lange Zeit; endlich kam sie wieder zu einem Berg, vor dem saß eine alte Frau mit einem goldnen Haspel. Das Mädchen fragte sie, ob sie ihr nicht den Weg sagen könne nach dem Schloß, das östlich von der Sonne und westlich vom Mond läge. Die sagte aber eben so, wie die vorige Frau, sie wüßte weiter Nichts von dem Schloß, als daß es östlich von der Sonne und westlich vom Mond läge, »und dahin wirst Du wohl niemals kommen«, sagte sie: »aber ich will Dir mein Pferd leihen, darauf kannst Du zu meiner nächsten Nachbarinn reiten, vielleicht daß *sie* den Weg Dir sagen kann. Wenn Du aber bei ihr ankommst, so schlage nur das Pferd unter das linke Ohr und heiß es wieder nach Hause gehen; und dann nimm diesen goldnen Haspel mit, denn Du kannst ihn vielleicht gebrauchen.«

Das Mädchen setzte sich nun auf das Pferd und ritt viele Tage und Wochen lang: endlich kam sie wieder zu einem

Berg, und vor dem saß eine alte Frau und spann an einem goldnen Rocken. Das Mädchen fragte nun wieder nach dem Prinzen und nach dem Schloß, das östlich von der Sonne und westlich vom Mond läge. »Bist Du es, die der Prinz heirathen wollte?« fragte die Frau. »Ja«, sagte das Mädchen; aber die Frau wußte den Weg nicht besser, als die beiden vorigen. »Östlich von der Sonne und westlich vom Mond liegt das Schloß«, sagte sie: »und dahin kommst Du wohl niemals. Ich will Dir aber mein Pferd leihen; darauf kannst Du zu dem Ostwind reiten; vielleicht daß der den Weg Dir sagen kann. Wenn Du aber bei ihm ankommst, so schlage nur das Pferd unter das linke Ohr und heiß es wieder nach Hause gehen, und dann nimm diesen goldnen Rocken mit, denn Du kannst ihn vielleicht gebrauchen.«

Sie ritt nun manche liebe Zeit, und endlich kam sie bei dem Ostwind an. Sie fragte ihn nun wieder, ob er ihr nicht sagen könne, wie sie zu dem Prinzen käme, der auf dem Schloß wohne, das östlich von der Sonne und westlich vom Mond läge. »Ja, von dem Prinzen hab' ich wohl reden hören und von dem Schloß auch«, sagte der Ostwind; »aber den Weg kann ich Dir nicht sagen, denn ich habe nie so weit geweht. Ich will Dich aber zu meinem Bruder, dem Westwind, führen, vielleicht, daß der es weiß, denn der ist viel stärker, als ich. Du kannst Dich nur auf meinen Rücken setzen, dann will ich Dich hintragen.« Das Mädchen setzte sich nun auf seinen Rücken, und fort ging es. Als sie bei dem Westwind ankamen, erzählte ihm der Ostwind, er habe ein Mädchen mitgebracht, die den Prinzen heirathen solle, der auf dem Schloß wohne, das östlich von der Sonne und westlich vom Mond läge, und fragte ihn, ob er nicht den Weg dahin wüßte. »Nein«, versetzte der Westwind: »so weit habe ich nie geweht. Wenn Du es aber willst«, sagte er zu dem Mädchen: »so kannst Du Dich auf meinen Rücken setzen, dann will ich Dich zu dem Südwind bringen; vielleicht kann der es Dir sagen, denn der ist weit stärker, als ich, und weht und streift überall umher.« Das Mädchen setzte sich auf seinen Rücken, und da dauerte es denn nicht lange, so waren sie bei dem Südwind. Als sie ankamen, fragte ihn der Westwind, ob er nicht den Weg nach dem Schloß wüßte, das östlich von der Sonne und westlich vom Mond läge, denn das

Mädchen, das er mitgebracht hätte, solle den Prinzen heirathen, sagte er. »So?« sagte der Westwind, aber den Weg wußte er auch nicht. »Ich hab' mein Lebtag viel herumgeweht«, sagte er: »aber so weit bin ich nie gekommen. Wenn Du es aber wünschest«, sagte er zu dem Mädchen: »so will ich Dich zu meinem Bruder, dem Nordwind, führen, der ist der älteste und stärkste von uns allen, und wenn der den Weg Dir nicht sagen kann, so erfährst Du ihn niemals.« Das Mädchen mußte sich nun auf seinen Rücken setzen, und fort ging es, daß die Heide wackelte.

Es dauerte nicht lange, so kamen sie bei dem Nordwind an; aber der war so wild und ungestüm, daß er ihnen schon von weitem lauter Schnee und Eis ins Gesicht blies. *»Was wollt Ihr?«* rief er, so daß es ihnen kalt über die Haut lief. »O, Du mußt nicht so gegen uns auffahren«, sagte der Südwind: »denn das bin ich, Dein Bruder, und das hier ist das Mädchen, das den Prinzen heirathen soll, der auf dem Schloß wohnt, das östlich von der Sonne und westlich vom Mond liegt, und nun wollte sie Dich gern fragen, ob Du nicht da herum Bescheid wüßtest.« — *»Ja, ich weiß wohl, wo es liegt«*, sagte der Nordwind: »ich habe mal ein Espenblatt dahin geweht; aber da war ich so müde, daß ich nicht wieder wehen konnte manchen lieben Tag. Wenn Du aber durchaus dahin willst«, sagte er zu dem Mädchen: »und Dich nicht fürchtest, so will ich Dich auf meinen Rücken nehmen und zusehen, ob ich Dich hinwehen kann.« — Ja, sagte das Mädchen, hin wolle und müsse sie, wenns nur auf irgend eine Weise angehen könne, und bange wäre sie ganz und gar nicht, ob's auch noch so schlimm gehen sollte. — »So mußt Du die Nacht hier bleiben«, sagte der Nordwind: »denn wir müssen den Tag vor uns haben, wenn wir hin wollen.«

Früh am andern Morgen weckte sie der Nordwind, blies sich auf und machte sich so groß und stark, daß es ganz entsetzlich war, und fort ging's durch die Luft, als ob's bis ans Ende der Welt gehen sollte. Da entstand ein so gewaltiger Sturm, daß ganze Dörfer und Wälder umwehten, und als sie über's große Meer kamen, versanken die Schiffe bei Hunderten. Immer ging's fort über's Wasser, und das so weit, so weit, daß kein Mensch es glauben sollte; aber der Nordwind wurde schwächer und immer schwächer, und so schwach wurde er, daß er beinah nicht mehr wehen konnte, und er sank tiefer und immer tiefer hinunter, und zuletzt ging es so niedrig, daß die Wellen ihm an die Fersen schlugen. »Bist Du bange?« fragte er das Mädchen. »Nein, ganz und gar nicht«, sagte sie. Nun waren sie nicht mehr weit vom Lande, und der Nordwind hatte kaum noch so viel Kräfte übrig, daß er sie an den Strand unter die Fenster des Schlosses wehen konnte, das östlich von der Sonne und westlich vom Mond lag. Da war er aber auch so matt und hinfällig, daß er sich viele Tage lang ausruhen mußte, eh' er wieder nach Hause konnte.

Den andern Morgen setzte das Mädchen sich unter die Fenster des Schlosses und spielte mit dem goldnen Apfel, und die Erste, welche sie sah, war die Nasenprinzessinn, die der Prinz heirathen sollte. »Was willst Du für Deinen goldnen Apfel haben?« fragte sie das Mädchen, indem sie das Fenster aufmachte. »Der ist nicht feil, weder für Gold, noch für Geld«, sagte das Mädchen. »Wenn Du ihn nicht verkaufen willst, weder für Gold, noch für Geld, Was willst Du denn dafür haben?« sagte die Prinzessinn: »Ich will Dir geben, Was Du verlangst.« — »Ja, wenn ich eine Nacht bei dem Prinzen schlafen darf, so sollst Du ihn haben«, sagte das Mädchen. »Ja, das magst Du gern«, sagte die Prinzessinn und nahm den goldnen Apfel. Als aber das Mädchen in die Kammer des Prinzen kam, war dieser fest eingeschlafen; sie rief ihn und rüttelte ihn und weinte und jammerte; aber sie konnte ihn nicht ermuntern. Am Morgen, als es hell wurde, kam die Prinzessinn mit der langen Nase und jagte sie wieder hinaus.

Den Tag setzte das Mädchen sich wieder unter die Fenster des Schlosses und schlang das Garn auf ihren goldnen Haspel, und nun geschah es wieder eben so, wie gestern. Die Prinzessinn fragte sie, Was sie für den Haspel haben wolle; aber das Mädchen sagte, er wäre nicht feil, weder für Gold, noch für Geld; wenn sie aber noch eine Nacht bei dem Prinzen schlafen dürfe, so solle die Prinzessinn ihn haben. Die sagte sogleich Ja und nahm den goldnen Haspel. Als aber das Mädchen hinaufkam, war der Prinz wieder fest eingeschlafen; und wie viel sie ihn auch rief und rüttelte, und weinte und jammerte, so konnte sie ihn doch nicht ermuntern; und am Morgen, als es hell wurde, kam die Prinzessinn mit der langen Nase und jagte sie wieder hinaus.

An diesem Tage setzte sich das Mädchen mit ihrem goldnen Rocken unter die Fenster hin und spann. Als die Prinzessinn mit der langen Nase den Rocken sah, wollte sie den auch gern haben; sie machte das Fenster auf und fragte das Mädchen, Was sie haben wolle für ihren goldnen Rocken. Das Mädchen sagte aber wieder wie die beiden vorigen Male, für Gold und Geld sei er nicht feil; wenn die Prinzessinn sie aber noch eine Nacht bei dem Prinzen wolle schlafen lassen, dann solle sie ihn haben. Ja, das dürfe sie gern, sagte die Prinzessinn und nahm den goldnen Rocken. Nun hatten aber einige Leute, die neben der Kammer des Prinzen schliefen, seit zwei Nächten ein so klägliches Rufen und Wimmern von einem Frauenzimmer drinnen gehört, und das erzählten sie am Morgen dem Prinzen. Als nun am Abend die Prinzessinn mit der Suppe kam, die der Prinz immer zu trinken pflegte, eh' er zu Bett ging, that er, als ob er sie tränke, aber goß die Suppe hinter sich; denn er ahnte nun wohl, daß die Prinzessinn einen Schlaftrunk hineingethan hatte. Wie nun am Abend das Mädchen in die Kammer kam, war der Prinz noch wach und freute sich über alle Maßen, das Mädchen wiederzusehen; und sie mußte ihm nun erzählen, wie es ihr ergangen war, und wie sie nach dem Schloß gekommen sei. Als sie ihm Alles erzählt hatte, sagte er: »Du kommst grade zu rechter Zeit; denn morgen soll meine Hochzeit mit der Prinzessinn sein; aber ich frage nichts nach ihr und ihrer langen Nase, sondern Du bist die Einzige, die ich haben will. Ich werde darum sagen, ich möchte gern sehen, wozu meine Braut taugt, und von der Prinzessinn verlangen, daß sie die drei Talgflecke aus meinem Hemd wasche. Darauf wird sie sich denn wohl einlassen, aber ich weiß, daß sie es nicht zu Stande bringt; denn die Flecke sind von Deiner Hand darauf getröpfelt, und nur Christenhände können sie wieder auswaschen, aber nicht die Hände von solchem Trollpack, wozu sie gehört. Ich werde aber sagen, ich wolle keine andre Braut haben, als Die, welche es zu Stande brächte, und wenn sie es dann Alle versucht haben und nicht damit fertig werden können, dann werde ich Dich rufen, daß Du es auch versuchst.« Hierauf brachten sie die Nacht munter und vergnügt mit einander zu. Als aber am Tage die Hochzeit werden sollte, sagte der Prinz: »Ich möchte doch erst sehen, wozu meine Braut taugt.« Das wäre nicht Mehr, als billig, meinte die Stiefmutter. »Ich habe ein so schönes Hemd«, sagte der Prinz: »und das möchte ich gern zum Bräutigamshemd haben; aber nun sind mir drei Talgflecke hineingekommen, und die wollt' ich gern wieder ausgewaschen haben; darum habe ich mir vorgenommen, keine Andre zu heirathen, als Die, welche dazu taugt.« Je nun, das wäre ja nicht so gefährlich, meinten die Frauen, und gingen darauf ein; und die Prinzessinn mit der langen Nase fing an zu waschen, was sie nur konnte; aber je länger sie wusch, desto größer und schwärzer wurden die Flecke. »Ach, Du verstehst Dich nicht darauf«, sagte das alte Trollweib, ihre Mutter: »gieb mir mal her!« Als aber die nun das Hemd bekam, wurde es noch schwärzer, und je mehr sie es wusch und rieb, desto größer wurden die Flecke. Nun sollten die andern Trollweiber das Hemd waschen; aber je länger sie es wuschen, desto abscheulicher ward es aussehen, und zuletzt sah das ganze Hemd aus, als hätt' es im Schornstein gehangen. »Ach, Ihr taugt alle nicht dazu!« sagte der Prinz: »Da sitzt eine arme Bettlerdirne unter den Fenstern; ich bin gewiß, die versteht sich besser aufs Waschen, als Ihr alle zusammen. *Komm mal herein, Du Dirne!*« rief er; und als das Mädchen kam, fragte er sie: »Kannst Du wohl das Hemd da rein waschen?« — »Ich weiß nicht«, sagte das Mädchen: »aber ich denke wohl.« Das Mädchen nahm nun das Hemd und fing an zu waschen und da wurde es unter ihren Händen so weiß, wie frisch gefallener Schnee, und noch weißer. *»Ja, Dich will ich haben!«* sagte der Prinz. Da ward das alte Trollweib so arg, daß es barst; und die Prinzessinn mit der langen Nase und das andre Trollpack, glaub' ich, ist auch geborsten; denn ich habe nachher nie wieder Etwas von ihnen gehört. Der Prinz und seine Braut ließen nun alle Christen frei, die im Schloß gefangen waren; darauf nahmen sie so viel Gold und Silber, als sie nur fortschaffen konnten, und zogen weit weg von dem Schloß, das östlich von der Sonne und westlich vom Mond lag. Wie sie aber fortgekommen sind, und wo sie hinzogen, das weiß ich nicht; sind es aber Die, welche ich meine, so sind sie nicht so gar weit von hier.

42.) *DAS HUHN, DAS NACH DEM DOVREFJELD WOLLTE, DAMIT NICHT DIE WELT VERGEHEN SOLLTE.*

Es war einmal ein Huhn, das war abends auf eine Eiche geflogen und hatte sich da zur Ruhe gesetzt. In der Nacht träumte ihm, wenn es nicht nach dem Dovrefjeld käme, so müßte die Welt vergehen. Als es nun aufwachte, flog es sogleich herunter und machte sich auf den Weg. Wie es ein Ende gereist war, begegnete ihm ein Hahn. »Guten Tag, Hahn Pahn!« sagte das Huhn. »Guten Tag, Huhn Puhn! wo willst Du hin so früh?« sagte der Hahn. »O, ich will nur nach dem Dovrefjeld, damit nicht die Welt vergehen soll«, sagte das Huhn. »Wer hat Dir das gesagt, Huhn Puhn?« fragte der Hahn. »Ich saß in der Eiche und träumte es die Nacht«, sagte das Huhn. »Ich will mit Dir gehen«, sagte der Hahn. Nun gingen beide ein weites Ende fort; da begegnete ihnen eine Ente. »Guten Tag, Ente Pente!« sagte der Hahn. »Guten Tag, Hahn Pahn, wo willst Du hin so früh?« sagte die Ente. »Ich will nach dem Dovrefjeld, damit nicht die Welt vergehen soll«, sagte der Hahn. »Wer hat Dir das gesagt, Hahn Pahn?« — »Huhn Puhn«, sagte der Hahn. »Wer hat es Dir gesagt, Huhn Puhn?« fragte die Ente. »Ich saß in der Eiche und träumte es die Nacht«, sagte das Huhn. »Ich will mit Euch«, sagte die Ente. Nun machten sie sich auf und gingen weiter; da begegnete ihnen eine Gans. »Guten Tag, Gans Pans!« sagte die Ente. »Guten Tag, Ente Pente!« sagte die Gans: »wo willst Du hin so früh?« — »Ich will nach dem Dovrefjeld, damit nicht die Welt vergehen soll«, sagte die Ente. »Wer hat Dir das gesagt, Ente Pente?« fragte die Gans. — »Hahn Pahn.« — »Wer hat es Dir gesagt, Hahn

Pahn?« — »Huhn Puhn.« — »Woher weißt Du es, Huhn Puhn?« fragte die Gans. »Ich saß in der Eiche und träumte es die Nacht«, sagte das Huhn. »Ich will mit Euch«, sagte die Gans. Wie sie nun ein Ende weiter gegangen waren, begegnete ihnen der Fuchs. »Guten Tag, Fuchs Puchs«, sagte die Gans. — »Guten Tag, Gans Pans.« — »Wo hinaus Fuchs Puchs?« — »Wo willst Du hin, Gans Pans?« — »Ich will nach dem Dovrefjeld, damit nicht die Welt vergehen soll.« — »Wer hat Dir das gesagt, Gans Pans?« fragte der Fuchs. — »Ente Pente.« — »Wer hat es Dir gesagt, Ente Pente?« — »Hahn Pahn.« — »Und Wer hat Dir es gesagt, Hahn Pahn?« — »Huhn Puhn.« — »Und woher weißt Du es, Huhn Puhn?« — »Ich saß in der Eiche und träumte es die Nacht«, sagte das Huhn. »O Schnack!« sagte der Fuchs: »die Welt vergeht nicht, wenn Ihr auch nicht nach dem Dovrefjeld kommt. Geht lieber mit mir in meine Höhle, da sitzt Ihr warm und gut.« Der Vorschlag gefiel den Reisenden, und sie gingen mit dem Fuchs in seine Höhle. Als sie aber dort ankamen, legte der Fuchs tüchtig nach im Kamin, so daß sie alle schläfrig wurden. Die Gans und die Ente setzten sich in einen Winkel, aber der Hahn und das Huhn flogen auf die Hühnersteige. Als die Gans und die Ente eingeschlafen waren, legte der Fuchs die Gans auf die Kohlen und briet sie. Wie es nun dem Huhn so sengerich roch, hüpfte es einen Stock höher und sagte so halb im Schlaf: »Pfui! wie's hier stinkt!« — »O Schnack!« sagte der Fuchs: »das ist bloß der Rauch im Schornstein. Halt nur Dein Maul und schlaf ein!« Da schlief das Huhn wieder ein. Der Fuchs hatte aber kaum die Gans zu Leibe, so machte er es eben so mit der Ente. Dem Huhn ward es wieder so sengerich riechen, und es flog daher noch einen Stock höher, indem es wieder sagte: »Pfui! wie's hier stinkt!« Da that es aber zugleich die Augen auf und sah nun, daß der Fuchs die Gans und die Ente verzehrt hatte. Wie das Huhn das gewahr ward, flog es auf den höchsten Stock und guckte zum Schornstein hinaus. »Nein, seh mal Einer die schönen Gänse, die da fliegen!« sagte es zu dem Fuchs. Reineke hinaus und wollte sich einen fetten Braten holen. Da weckte das Huhn den Hahn und erzählte ihm, wie es der Gans Pans und der Ente Pente ergangen wär'. Darauf flogen Hahn Pahn und

Huhn Puhn hinaus durch den Schornstein, und wären sie nicht nach dem Dovrefjeld gekommen, so wär's aus gewesen mit der Welt.

43.) DER MANN, DER DAS HAUS BESCHICKEN SOLLTE.

Es war einmal ein Mann, der war immer so mürrisch und vergrätzt, und nie konnte die Frau ihm Genug thun, oder Etwas zu Dank machen im Hause. Einmal in der Erntezeit kam er spät am Abend vom Felde zurück, und nun ging es an ein Schelten und an ein Toben, daß es ganz entsetzlich war; bald war ihm Dies, bald war ihm Das nicht recht. »Ach, Väterchen«, sagte die Frau: »sei doch nicht immer so böse. Morgen wollen wir mal mit der Arbeit umtauschen: ich will dann mit den Schnittern ins Feld gehen, und Du kannst das Haus beschicken.« Ja, das war dem Mann schon recht, und er ging sogleich auf den Vorschlag ein. Früh den andern Morgen nahm die Frau die Sense auf den Nacken und ging mit den Schnittern ins Feld, um zu mähen; der Mann dagegen sollte das Haus beschicken. Nun wollte er zuerst Butter machen; als er aber eine Weile gebuttert hatte, wurde er durstig und ging hinunter in den Keller, um sich Bier zu zapfen. Während er nun aus dem Faß in die Bierkanne zapfte, hörte er, daß ein Ferkel in die Küche kam. Er fort mit dem Zapfen in der Hand und die Treppe hinauf, so schnell er nur konnte, damit das Ferkel nicht das Butterfaß umwerfen sollte. Als er aber sah, daß das Faß schon auf der Seite lag, und das Ferkel in dem Rahm schmatzte, der auf dem Boden floß, gerieth er so in Wuth, daß er ganz und gar das Bierfaß vergaß und dem Ferkel nachrannte. Bei der Thür holte er es ein, und da gab er ihm einen so derben Schlag, daß es auf der Stelle liegen blieb. Nun fiel es ihm wieder ein, daß er noch den Bierzapfen in der Hand hätte; als er aber hinunterkam in den Keller, war alles Bier auf den Boden gelaufen.

Er ging nun in die Milchkammer, füllte aufs neue das Butterfaß mit Rahm und fing wieder an zu buttern; denn Butter wollte er durchaus zum Mittag haben. Als er aber eine Weile gebuttert hatte, fiel es ihm ein, daß die Milchkuh noch im Stall stände und weder zu fressen, noch zu saufen bekommen hätte, obgleich es schon hoch am Tage war. Weil er nun dachte, es wäre doch zu weit, sie nach der Koppel zu treiben, wollte er sie oben auf's Dach bringen, denn das Dach war mit Rasen gedeckt und es stand darauf schönes hohes Gras; und weil nun das Haus an einem steilen Hügel lag, glaubte er, es wäre ein Leichtes sie hinaufzubringen, wenn er bloß eine Planke von dem Hügel aufs Dach hinüberlegte; das Butterfaß wollte er aber nicht stehen lassen, denn sein kleiner Junge krabbelte da an der Erde herum und könnt's nachher umstoßen, dachte er; darum nahm er es auf den Rücken und ging hinaus. Eh' er aber die Kuh auf das Dach ließ, wollte er ihr noch mal zu saufen geben, und nahm einen Eimer, um damit Wasser aus dem Brunnen zu schöpfen; als er sich aber hinunterbückte, floß aller Rahm aus dem Faß ihm an dem Nacken herunter und lief ins Wasser. Wie es nun gegen Mittag ging, dachte er, weil's ihm mit der Butter nicht geglückt wäre, wollte er sich Grütze zum Mittag kochen, und hängte den Kessel mit Wasser über's Feuer. Kaum hatte er das gethan, so fiel es ihm ein, daß die Kuh, die er aufs Dach gebracht hatte, herunterfallen und Hals und Bein brechen könne; darum nahm er einen Strick und ging hinauf, um sie festzubinden; das eine Ende band er ihr um den Hals und das andre Ende warf er durch den Schornstein, ging dann hinunter und band es sich in aller Eile um's Bein, denn das Wasser kochte schon im Kessel, und er mußte die Grütze umrühren. Während er nun damit beschäftigt war, fiel die Kuh vom Dach herunter und zog den Mann an dem Strick in den Schornstein hinauf. Da hing er nun und konnte weder vorwärts, noch rückwärts, und die Kuh hing draußen zwischen Himmel und Erde und konnte auch nicht loskommen. Die Frau hatte schon eine lange Zeit gewartet, daß der Mann kommen und sie zum Mittag abrufen solle; aber er war nicht da und kam nicht. Zuletzt dauerte es ihr doch zu lange, und sie ging mit den Leuten nach Hause. Als sie die Kuh sah, die da zwischen Himmel und Erde hing, ging sie hinzu und hieb mit der Sense den Strick entzwei. Da fiel der Mann herunter durch den Schornstein, und als sie in die Küche kam, stand er da auf dem Kopf im Grützkessel.

44.) DÄUMERLING.

Es war einmal eine Frau, die hatte nur einen einzigen Sohn, der war aber nicht größer, als ein Daumen, und darum nannten sie ihn Däumerling. Als er nun zu Jahren und zu Verstand gekommen war, sagte die Mutter zu ihm, jetzt müsse er daran denken, sich eine Frau zu nehmen. Ja, Däumerling war's zufrieden, und die Mutter setzte sich mit ihm auf den Wagen, und sie fuhren gradesweges nach des Königs Schloß; denn da war eine Prinzessinn, die war außerordentlich groß, und um die sollte Däumerling freien. Als sie nun ein Ende gefahren waren, da war Däumerling plötzlich verschwunden. Die Mutter suchte ihn überall, und rief ihn bei Namen. »Pip, pip!« sagte Däumerling und hatte sich in die Mähne des Pferdes versteckt. Als er wieder zum Vorschein kam, mußte er der Mutter versprechen, daß er sich nicht öfter verstecken wolle. Wie sie aber ein Ende weiter gekommen waren, da war Däumerling wieder verschwunden. Die Mutter suchte ihn und rief ihn bei Namen und weinte und jammerte, aber Däumerling war fort. »Pip, pip!« sagte er und lachte und kicherte; aber sie konnte ihn das Mal nicht finden. »Pip! pip! hier bin ich!« sagte Däumerling und kroch aus dem Ohr des Pferdes hervor. Nun mußte er der Mutter heilig versprechen, daß er sich nicht öfter verstecken wolle; aber es dauerte nicht lange, so war er abermals fort. Die Mutter suchte ihn wieder überall und weinte und rief ihn bei Namen, aber Alles war umsonst; Däumerling war fort. »Pip, pip! hier bin ich«, wisperte es plötzlich; aber die Mutter konnte gar nicht begreifen, wo es war, denn es hörte sich so undeutlich an; sie suchte fortwährend, und er sagte immer: »Pip! pip! hier bin ich!« und lachte und hägte sich, weil sie ihn nicht finden konnte. Plötzlich aber fing das Pferd an zu niesen, und da nieste es Däumerling aus, denn er hatte sich in die eine der Nüstern versteckt. Nun konnte sich die Mutter nicht anders helfen, als daß sie ihn in einen Beutel steckte, denn sie wußte wohl, daß er die Narrenpossen doch nicht nachlassen würde. So kamen sie denn auf dem Schloß an.

Die Prinzessinn konnte den kleinen hübschen Burschen wohl leiden und verlobte sich mit ihm, und bald darauf ward die Hochzeit.

Als sie sich nun zur Tafel setzten, nahm Däumerling seinen Platz neben der Prinzessinn; aber er war übel daran, denn als er zulangen wollte, konnte er nicht an den Teller reichen und hätte gewiß keinen einzigen Bissen bekommen, wenn die Prinzessinn ihn nicht vom Stuhl genommen und auf den Tisch gesetzt hätte. So lange er nun da vom Teller aß, ging das Ding gut; als aber nachher die große Schüssel mit Grütze hereinkam, da konnte er wieder nicht ankommen; er wußte sich aber zu helfen und setzte sich auf den breiten Rand. Nun war aber in der Mitte der Schüssel eine Grube mit Butter zum Eintunken, und so weit konnte er nicht reichen; er ging daher über die Grütze und setzte sich dicht an den Rand der Butter. Nun nahm die Prinzessinn einen großen Löffelvoll Grütze und wollte ihn in die Butter tunken; aber da versah sie's und stieß an Däumerling, so daß er hinunterfiel in die Butter und ertrank.

45.) HAAKON BORKENBART.

Es war einmal eine Königstochter, die war so stolz und schnippisch, daß kein Freier ihr gut genug war; sie machte sich über alle lustig und gab dem einen nach dem andern einen Korb; dennoch aber kamen immer der Freier genug, weil die Hexe so außerordentlich schön war. Einmal kam auch ein Prinz, mit Namen *Haakon Borkenbart,* und warb um sie. Aber da sagte die Prinzessinn am Abend zu dem Hofnarren, er solle hingehen, und dem einen Pferd des Prinzen die Ohren abschneiden, und dem andern das Maul bis an beide Ohren aufschlitzen. Das that denn der Hofnarr auch. Als nun der Prinz den andern Tag ausfahren wollte, stand die Prinzessinn auf dem Flur und sah hinaus. »Nein!« sagte sie: »so Etwas hab' ich noch mein Lebtag nicht gesehen. Da ist der Nordwind gekommen und hat dem einen Pferd die Ohren abgeweht, und darüber hat das andre so gewaltig gelacht, daß ihm das Maul bis an die Ohren aufgerissen ist«, und damit lief sie hinein und ließ den Prinzen abziehen. Dieser reiste nun wieder nach Hause, aber er dachte bei sich selbst, er wolle sich schon dafür rächen, machte sich einen großen Bart von Moos, zog einen weißen ledernen Rock an und kleidete sich aus wie ein Bettler; dann kaufte er bei einem Goldschmied einen goldnen Rocken, und damit setzte er sich eines Morgens unter das Fenster der Prinzessinn hin und fing an zu feilen; denn der Rocken war noch nicht ganz fertig, auch war noch kein Wocken daran. Als die Prinzessinn ans Fenster kam, öffnete sie es sogleich und fragte ihn, ob er ihr nicht den goldnen Rocken verkaufen wolle. »Nein, zu verkaufen ist er nicht«, sagte Haakon Borkenbart: »aber es mag drum sein! willst Du mich diese Nacht vor Deiner Kammerthür schlafen lassen, so sollst Du ihn haben.« Ja, das, meinte die Prinzessinn, wäre ein wohlfeiler Kauf, und die Sache sei eben nicht so gefährlich. Sie bekam nun den Rocken, und am Abend legte Haakon Borkenbart sich draußen vor ihrer Kammerthür hin. Als es aber auf die Nacht kam, fing er an entsetzlich zu frieren. »Hutetutetutetu! es ist so kalt hier!«

rief er: »laß mich bloß hinein!« — »Ich glaube, Du bist verrückt!« sagte die Prinzessinn. »Ach, hutetutetutetu! es ist so kalt! laß mich bloß hinein!« rief Haakon Borkenbart. »Scht! schweig doch still!« sagte die Prinzessinn: »denn hört mein Vater, daß hier eine Mannsperson ist, so bin ich rein unglücklich.« — »Oh hutetutetutetu! wie mich friert! laß mich bloß hinein und auf der Erde liegen!« sagte Haakon Borkenbart. Es war nun kein anderer Rath, die Prinzessinn mußte ihn einlassen, und darauf legte er sich in ihrer Kammer auf die Erde hin und schlief ein.

Einige Tage darnach kam Haakon auch mit dem Wocken und setzte sich wieder unter das Fenster der Prinzessinn hin und fing an zu feilen; denn der Wocken war noch nicht ganz fertig. Sobald die Prinzessinn ihn gewahr wurde, öffnete sie wieder das Fenster und fragte ihn, Was er da hätte. »O, es ist bloß der Wocken zu dem Spinnrocken, den Du mir neulich abkauftest; denn ich dachte, wenn Du doch einmal den Rocken hättest, so könntest Du auch wohl den Wocken dazu gebrauchen.« — »Was willst Du denn dafür haben?« fragte ihn die Prinzessinn. »Für Geld ist er nicht feil«, sagte er: »willst Du mich aber diese Nacht wieder auf dem Boden in deiner Kammer schlafen lassen, so sollst Du ihn haben.« — »Ja, recht gern«, sagte die Prinzessinn: »aber Du mußt auch nicht wieder so frieren und Hutetu! sagen.« Nein, das wollt' er auch nicht; aber als es auf die Nacht kam, fing er an zu huppern und zu frieren und hutetu! zu sagen, daß der Prinzessinn wieder angst und bange ward, und sie mußte ihm erlauben, sich an die Erde dicht vor ihrem Bett hinzulegen, damit nur der König es nicht gewahr würde, und da schlief er nun die Nacht über ruhig und wohl.

Hiernach dauerte es eine ganze Zeit, ehe Haakon Borkenbart sich wieder sehen ließ; endlich aber bemerkte die Prinzessinn ihn eines Morgens wieder unter ihrem Fenster, wo er saß und an einer goldnen Garnwinde feilte. Sie fragte ihn nun wieder, Was er für die Garnwinde haben wolle. »Die ist nicht für Geld feil,« sagte er: »aber willst Du mich diese Nacht in Deiner Kammer mit dem Kopf an Deiner Bettstelle schlafen lassen, so sollst Du sie haben.« Ja, das könnte er gern, sagte die Prinzessinn, wenn er bloß ruhig sein und nicht wieder solchen Lärm machen wolle. Nein, das wolle er gewiß nicht, sagte Haakon Borkenbart; als es aber auf die Nacht kam, fing er wieder an zu huppern und zu frieren, daß ihm die Zähne im Munde klapperten. »Hutetutetu! es ist so kalt! laß mich bloß in Dein Bett und mich ein wenig wärmen!« sagte Haakon Borkenbart. »Ich glaube, Du bist verrückt!« sagte die Prinzessinn. — »Hutetutetu! laß mich bloß in Dein Bett hutetutetutetu!« — »Scht! scht! um Gotteswillen! so schweig doch still!« sagte die Prinzessinn: »denn hört mein Vater, daß hier eine Mannsperson drinnen ist, so glaub' ich, nimmt er mir das Leben.« — »Hutetutetutetu! laß mich bloß in Dein Bett!« sagte Haakon Borkenbart und fror, daß die Wände bebten. Es war nun kein anderer Rath, die Prinzessinn mußte ihn zu sich ins Bett lassen, und da schlief er nun die Nacht über zufrieden und wohl.

Einige Zeit darnach aber bekam die Prinzessinn ein kleines Kind, und darüber ward der König so zornig, daß er beinahe sie und das Kind dazu umgebracht hätte. Da kam aber eines Tages Haakon Borkenbart als ein Bettler gekleidet, so wie von Ohngefähr, wieder zu dem Schloß und sah in die Küche. Wie die Prinzessinn ihn gewahr ward, sagte sie zu ihm: »Ach, Gott tröste mich wegen des Unglücks, das Du mir verursacht hast! Mein Vater ist so zornig auf mich, daß er aus der Haut fahren will; es ist am besten, Du nimmst mich nur gleich mit Dir.« —

»Du bist es aber wohl zu gut gewohnt«, sagte Haakon Borkenbart: »ich habe aber nur eine ganz kleine Hütte und weiß nicht, wie ich Dich ernähren soll, denn ich habe schon Genug zu thun, um nur allein durchzukommen.« — »Es ist mir ganz einerlei, wie gut, oder wie schlecht Du es hast«, sagte die Prinzessinn: »nimm mich bloß mit Dir, denn bleibe ich hier noch länger, so nimmt mein Vater mir gewiß das Leben.« Da nahm denn der Bettler sie und das Kind mit sich; aber sie hatten einen sehr weiten Weg, und der Prinzessinn kam das Gehen außerordentlich sauer an. Als sie nun aus dem Reich ihres Vaters in ein andres Land kamen, fragte die Prinzessinn den Bettler: »Wem gehört dieses Reich?« —

»O, das gehört Haakon Borkenbart«, sagte der Bettler.

»So!« sagte die Prinzessinn: »ja, ich hätte *ihn* nehmen sollen, dann hätt' ich nicht nöthig gehabt, nun als eine Bettlermädchen hier zu gehen.«

Und so oft sie zu einem schönen Schloß, oder Wald, oder Gehöft kamen, fragte die Prinzessinn immer: »Wem gehört das?« — »O, das gehört Haakon Borkenbart«, sagte dann der Bettler immer. Und die Prinzessinn weinte und jammerte beständig, daß sie nicht *ihn* genommen hatte; aber nun war es zu spät. Endlich kamen sie zu einer kleinen Hütte, die lag dicht an einem Walde, und das, sagte der Bettler, wäre seine Wohnung. Von der Hütte aus konnte man in der Ferne das Königsschloß sehen, und da, sagte der Bettler, wolle er sich Arbeit suchen, denn er wäre da schon bekannt; und nun ging er jeden Tag nach dem Schloß und haute Holz und trug dem Koch das Wasser zu, wie er sagte, und wenn er dann des Abends zu Hause kam, brachte er immer ein wenig Essen mit, aber das reichte nicht sehr weit.

Eines Abends, als er vom Schloß zurückkam, sagte er: »Morgen werde ich zu Hause bleiben und das Kind warten, Du aber mußt nach dem Schloß gehen; denn der Prinz hat gesagt, Du solltest mit beim Backen helfen.« —

»Ach, wie soll ich wohl beim Backen helfen?« sagte die Königstochter: »das verstehe ich nicht, denn das hab' ich in meinem Leben noch nicht gethan.« —

»Du mußt aber doch hingehen«, sagte Haakon Borkenbart: »weil der Prinz es so befohlen hat. Kannst Du auch nicht backen, so kannst Du es ja lernen; Du mußt nur gut zusehen, wie die Andern es machen, und wenn Du weggehst, dann nimm heimlich ein paar Brode mit.« —

»Nein, stehlen kann ich nicht«, sagte die Königstochter.

»Du mußt es lernen«, sagte Haakon Borkenbart: »denn Du weißt wohl, wir haben es nur knapp; nimm Dich aber ja vor dem Prinzen in Acht, denn der hat seine Augen überall.«

Als sie gegangen war, lief Haakon einen Richtweg, so daß er noch lange vor ihr auf dem Schloß ankam; dort warf er seine Lumpen und seinen Moosbart ab und zog wieder seine Prinzenkleider an.

Die Königstochter half nun mit beim Backen, und als sie fertig war, that sie, wie Haakon ihr gesagt hatte, und steckte sich alle Taschen voll Brode. Als sie aber am Abend nach Hause gehen wollte, sagte der Prinz:

»Dieses Weib kennen wir nicht so recht; daher ist's am besten, wir sehen nach, ob sie nicht Etwas genommen hat.«

Damit untersuchte er alle ihre Taschen, und als er darauf die Brode fand, ward er entsetzlich böse und hielt furchtbar Haus. Die Königstochter weinte und flehte und sagte: »Mein Mann hatte es mir geheißen; da mußt' ich es denn wohl thun.« —

»Ja, es sollte Dir schlimm gehen«, sagte der Prinz: »aber um Deines Mannes willen mag es Dir vergeben sein.«

Als sie gegangen war, warf Haakon schnell seine Prinzenkleider ab, zog wieder seinen ledernen Rock an und klebte sich auch wieder den Moosbart ins Gesicht, und eh' sie noch in der Hütte ankam, war er schon da und wartete das Kind. »Ja, Du hast mich verleitet, Etwas zu thun, das mich gereut«, sagte sie: »es war das erste Mal, das ich gestohlen habe, aber es soll auch das letzte Mal sein«, und damit erzählte sie ihm, wie es ihr ergangen war, und Was der Prinz gesagt hatte.

Einige Tage darnach, als Haakon am Abend wieder vom Schloß zurückkam, sagte er: »Morgen werde ich zu Hause bleiben und das Kind warten, denn Du sollst wieder auf das Schloß und beim Schlachten und Wurstmachen helfen.« —

»Ach, wie soll ich wohl Wurst machen?« sagte die Königstochter: »das versteh' ich nicht; essen kann ich wohl die Wurst, aber gemacht hab' ich sie noch nie.«

Haakon aber sagte, sie müsse durchaus hin, weil der Prinz es so befohlen hätte; sie sollte nur gut Acht geben, wie die Andern es machten, sagte er, und wenn sie wegginge, sollte sie heimlich ein paar Würste mitnehmen. »Nein, stehlen kann ich nicht wieder«, sagte sie: »denn Du weißt wohl, wie es mir das letzte Mal ging.« — »Du mußt es lernen«, sagte Haakon: »es ist nicht gesagt, daß es allemal schlecht geht.« Als sie gegangen war, lief Haakon Borkenbart den Richtweg und kam noch lange vor ihr auf dem Schloß an; dort warf er schnell seinen ledernen Rock und seinen Moosbart ab, und als sie in der Küche ankam, stand er schon da in seinen Prinzenkleidern. Die Königstochter half nun mit beim Schlachten und Wurstmachen, und als sie damit fertig war, that sie, wie Haakon ihr gesagt hatte, und stopfte sich alle Taschen voll Würste. Wie sie aber am Abend nach Hause gehen wollte, sagte der Prinz:

»Dieses Bettlerweib machte neulich lange Finger; darum ist's am besten, wir sehen nach, ob sie nicht wieder Etwas stipitzt hat«, und damit fing er an, alle ihre Taschen zu untersuchen. Wie er nun die Würste fand, ward er gewaltig böse, hielt eine entsetzliche Wirthschaft und drohte ihr, er wolle sie zu dem Dorfrichter schicken.

»Ach Gott, nein! laßt mich nur gehen!« sagte sie: »denn mein Mann hatte es mir geheißen«, und weinte und jammerte ganz gewaltig.

»Es sollte Dir eigentlich schlimm gehen«, sagte Haakon Borkenbart: »aber um Deines Mannes willen mag es Dir vergeben sein.«

Als sie gegangen war, warf der Prinz schnell seine Kleider ab und hüllte sich wieder in seine Lumpen, lief dann den Richtweg, und als sie nach Hause kam, war Haakon schon in der Hütte. Sie erzählte ihm, wie es ihr gegangen war und gelobte hoch und theuer, es solle das letzte Mal sein, das sie gestohlen hätte.

Einige Zeit darnach, als Haakon eines Abends wieder vom Schloß zurückkehrte, sagte er: »Nun will der Prinz Hochzeit halten; aber die Braut ist krank geworden, so daß der Schneider ihr nicht das Maß zu dem Brautkleid nehmen kann; und darum will der Prinz, daß Du auf's Schloß kommst und Dir statt seiner Braut das Maß nehmen lässest, denn er sagt, Du gleichest ihr im Wuchs und in Allem. Wenn man Dir aber das Maß genommen hat, so geh nicht gleich fort, sondern gieb Acht, wie der Schneider das Zeug zuschneidet, und dann stipitze heimlich die größten Stücke und bring' sie mit zu einer Pickelhaube für mich.« —

»Nein, stehlen kann ich nicht«, sagte sie: »Du weißt wohl, wie es mir das letzte Mal ging.« — »Du mußt es lernen«, sagte er: »es ist nicht gesagt, daß es immer schlecht abläuft.«

Sie meinte zwar, es wäre ein schlimmes Ding, aber that doch, wie er ihr gesagt hatte, stipitzte einige von den größten Stücken und steckte sie in die Tasche. Als sie gehen wollte, sagte der Prinz: »Wir müssen doch nachsehen, ob das Weib auch nicht diesmal wieder lange Finger gemacht hat«, und damit untersuchte er alle ihre Taschen, und wie er nun die gestohlenen Sachen fand, ward er so zornig und machte einen solchen Lärm, daß es gar nicht zu sagen ist. Die Königstochter weinte und bat und sagte: »Ach, mein Mann hatte es mir geheißen; darum mußte ich es wohl thun.« —

»Ja, es sollte Dir schlecht gehen, aber um Deines Mannes willen mag es Dir vergeben sein«, sagte Haakon Borkenbart; und nun ging es wieder eben so, wie die vorigen Male: als die Königstochter nach der Hütte kam, war Haakon Borkenbart schon wieder da. »Ach, Gott steh mir bei!« sagte sie: »ich werde doch zuletzt noch unglücklich um Deinetwillen; denn Du willst mich immer zu Dem haben, was nicht taugt. Der Prinz war diesmal so bitterböse, daß er mir mit dem Dorfrichter und dem Zuchthaus drohte.«

Einige Zeit darnach sagte Haakon, als er abends vom Schloß zurückkam. »Nun will der Prinz, daß Du auf's Schloß kommen und die Braut vorstellen sollst, denn die rechte Braut ist noch immer krank und bettlägerig; aber Hochzeit will der Prinz nun einmal halten, und er sagt, Du gleichest seiner Braut so sehr, daß Keiner Euch von einander unterscheiden könne. Halt Dich also bereit, morgen aufs Schloß zu gehen.« —

»Ich glaube, Ihr habt beide Euern Verstand verloren, sowohl Du, als der Prinz«, sagte sie: »Sehe ich denn darnach aus, daß ich eine Braut vorstellen kann? Kein Bettlerweib kann ja ärger aussehen, als ich.« —

»Einerlei! der Prinz will es aber einmal so haben«, versetzte Haakon Borkenbart, und es war nun kein anderer Rath, sie mußte fort, und als sie aufs Schloß kam, wurde sie so aufgeputzt und herausstaffirt, daß keine Prinzessinn stattlicher aussehen konnte. Darauf gingen sie zur Kirche, und sie stellte die Braut vor, und als sie zurückkamen, gab es Musik und Tanz und lauter Lustbarkeit auf dem Schloß. Wie aber die Königstochter mit dem Prinzen im besten Tanzen war, sah sie einen hellen Schein durch das Fenster, und wie sie hinblickte, da stand die Hütte in Feuer und Flammen.

»Ach! die Hütte! und der Bettler! und mein Kind!« rief sie und sank beinahe in Ohnmacht.

»Hier ist der Bettler! und da ist Dein Kind!« sagte Haakon Borkenbart: »und laß dann die Hütte zum Teufel sein!« Da erkannte die Königstochter ihn wieder, und nun ging erst die rechte Lust an. Nachher aber habe ich Nichts weiter von ihnen gehört.

46.) DIE MEISTERJUNGFER.

Es war einmal ein König, der hatte mehre Söhne, wie viel es aber eigentlich waren, kann ich nicht mit Gewißheit sagen. Als der jüngste herangewachsen war, hatte er durchaus keine Ruhe zu Hause, sondern wollte mit aller Gewalt fort in die Welt und sein Glück versuchen; er hielt auch nicht auf, seinen Vater so lange zu bitten, bis dieser ihm endlich die Erlaubniß zum Reisen ertheilte. Als er nun einige Tage lang gereist war, kam er zu einem Riesenschloß, und da gab er sich bei dem Riesen in Dienst. Den andern Morgen machte der Riese sich in aller Frühe auf, um seine Ziegen zu hüten, dem Königssohn aber befahl er, inmittlerweile den Stall auszumisten; *»und wenn Du damit fertig bist«,* sagte er: *»dann hast Du für heute Feierabend; denn Du mußt wissen, daß Du zu einem guten Herrn gekommen bist: aber Was ich Dir sage, das mußt Du treu und ordentlich verrichten; und dann darfst Du in keins von den Zimmern gehen, worin Du noch nicht gewesen bist; thust Du es dennoch, so kostet es Dir das Leben.«* — »Ja, wahrhaftig!« sagte der Königssohn, als der Riese fort war: »das ist doch ein guter Herr!« und ging auf und ab im Zimmer und sang und tralleite; denn er meinte, mit dem Ausmisten hätte es noch gute Weile: »aber wissen möcht' ich doch wohl, Was in den andern Zimmer sein mag«, sagte er: »es muß wohl etwas Besonderes sein, weil er es mir so strenge verboten hat, hineinzugehen«, und damit ging er rasch in das erste von den Zimmern. Hier hing ein Kessel von der Decke herab und kochte; aber der Königssohn sah kein Feuer darunter. »Was wohl drin sein mag?« dachte er und tauchte einen von seinen Handschuhen hinein, und da wurde der Handschuh als wär' er von lauter Kupfer. »Eine schöne Suppe!« sagte er: »wenn Einer davon kostete, würde er gewiß hübsch um den Schnabel aussehen.« Hierauf ging er in ein andres Zimmer, und da hing auch ein Kessel von der Decke herab und pruttelte und kochte, aber Feuer war auch nicht darunter. »Ich muß den auch mal probiren«, sagte der Königssohn und steckte wieder seinen Handschuh hinein, und nun ward derselbe ganz versilbert. »So theure Suppe giebt's nicht auf meines Vaters Schloß«, sagte der Königssohn: »es fragt sich nur, wie sie schmeckt.« Hierauf ging er in das dritte Zimmer, und da hing auch ein Kessel von der Decke herab und kochte, ganz so, wie in den beiden andern Zimmern, und der Königssohn bekam Lust, den auch zu probiren und tauchte wieder den Handschuh hinein, und da ward derselbe so blank vergoldet, daß es nur so blitzte. »Donner und's Wetter!« sagte der Königssohn: »wird hier Gold gekocht, Was mag man denn dort drinnen kochen?« und damit ging er in das vierte Zimmer. Hier war kein Kessel zu sehen; aber auf der Bank saß eine Jungfrau, das war gewiß eine Königstochter; was für eines Mannes Tochter es aber auch sein mochte, so hatte doch der Königssohn noch nie ihres Gleichen gesehen, so außerordentlich schön war sie. »Um's Himmels willen, Was willst Du hier?« rief sie, sobald sie ihn gewahr ward. »Ich bin seit gestern hier im Dienst«, sagte der Königssohn. »Gott steh' Dir bei für den Dienst, den Du hier bekommen hast!« sagte sie. »O, mir däucht, ich habe einen guten Herrn bekommen«, sagte der Königssohn: »er hat mir heute eben keine schwere Arbeit aufgegeben: wenn ich den Stall ausgemistet habe, kann ich Feierabend machen.« — »Ja, aber wie willst Du das anfangen?« sagte sie: »denn wenn Du so ausmistest, wie andre Leute zu thun pflegen, so kommen für jede Schaufelvoll, die Du hinauswirfst, wieder zehn andre Schaufeln voll hinein. Ich will Dir aber sagen, wie Du es machen sollst: Du mußt bloß die Schaufel umkehren und mit dem Stiel ausmisten, dann fliegt Alles von selbst hinaus.« — Ja, das wollte er schon in Acht haben, sagte der Königssohn, und nun blieb er bei der Prinzessinn — ich werde sie so nennen — den ganzen Tag über, denn sie waren bald darüber einig geworden, daß sie einander heirathen wollten, und da wurde denn dem Königssohn der erste Tag, den er bei dem Riesen diente, eben nicht lang, kannst Du glauben. Als es aber gegen Abend kam, sagte sie zu ihm: »Nun ist es am besten, Du mistest den Stall aus, ehe der Riese wieder nach Hause kommt.« Als aber der Bursch in den Stall kam, wollte er sehen, ob es sich wirklich so verhielt, wie die Königstochter ihm gesagt hatte, und fing an, so auszumisten, wie er es früher von den Stallknechten seines Vaters gesehen hatte; aber er mußte bald damit aufhalten; denn als er eine Weile so gemistet hatte, war im Stall beinahe kein Raum mehr, wo er stehen konnte. Darauf mistete er so aus, wie die Königstochter es ihm gelehrt hatte: nämlich, er kehrte die Schaufel um und mistete mit dem Stiel, und nun dauerte es kaum einen Augenblick, da war der Stall so rein, als ob er gefegt und gescheuert wäre. Als er damit zu Stande war, ging er wieder zurück in das Zimmer, das der Riese ihm angewiesen hatte, und da spazierte er auf und ab und sang und tralleite. Endlich kam der Riese mit den Ziegen wieder nach Hause, und die erste Frage, die er dem Königssohn that, war: *»Hast Du nun den Stall ausgemistet?«* — »Ja, Herr, der ist rein und sauber«, sagte der Königssohn. *»Das will ich mal sehen«,* sagte der Riese und ging in den Stall; aber es verhielt sich, wie der Königssohn gesagt hatte. *»Du hast gewiß mit meiner Meisterjungfer gesprochen«,* sagte der Riese: *»denn das hast Du nicht aus Dir selber.«* — »Meisterjungfer? Was ist das für Eine?« sagte der Königssohn und stellte sich ganz dumm an: »die möcht' ich wohl mal sehen.« — *»Du wirst sie noch früh genug zu sehen kriegen«,* sagte der Riese.

Als der Riese den andern Morgen die Ziegen wieder auf die Weide trieb, sagte er zu dem Königssohn, den Tag solle er sein Pferd nach Hause holen, das in der Koppel ginge, und wenn er das gethan hätte, könne er Feierabend machen; *»denn Du bist zu einem guten Herrn gekommen, mußt Du wissen«,* sagte er wieder: *»Gehst Du aber in irgend eins der Zimmer, das ich Dir verboten habe, so drehe ich Dir den Hals um«,* und damit trieb er seine Heerde in den Wald. »Ja, wahrhaftig, bist Du ein guter Herr!« sagte der Königssohn: »ich möchte aber doch wieder ein Wort mit der Meisterjungfer sprechen, vielleicht daß sie noch eben so früh *mein* wird, als *Dein*«, und damit ging er wieder zu ihr hinein. Sie fragte ihn, Was der Riese ihm den Tag zu thun befohlen hätte. »O, es ist eben keine schwere Arbeit«, sagte er: »ich soll bloß das Pferd aus der Koppel holen.« — »Ja, aber wie willst Du das anfangen?« fragte ihn die Meisterjungfer. »O, es gehört wohl eben keine Kunst dazu, ein Pferd aus der Koppel zu holen«, sagte der Königssohn: »denn ich will doch meinen, ich habe schon manches rasche Pferd geritten.« — »Die Sache ist aber gleichwohl nicht so leicht«, sagte sie: »indeß will ich Dir lehren, wie Du es machen mußt: Sobald Du das Pferd erblickst, kommt es brausend auf Dich zu und schnaubt Feuer und Flammen aus beiden Nüstern. Paß aber dann gut auf und nimm das Gebiß, das dort bei der Thür hangt, und wirf es ihm ins Maul, dann wird es augenblicklich so zahm, daß Du damit thun kannst, was Du willst.« Ja, das wollte er schon in Acht haben, sagte der Königssohn und blieb nun den ganzen Tag drinnen bei der Meisterjungfer, und sie schwatzten von Diesem und Jenem, und wie herrlich und vergnügt sie leben wollten, wenn sie erst aus der Gewalt des Riesen wären und einander geheirathet hätten; und der Königssohn hätte gewiß Pferd und Koppel darüber vergessen, wenn nicht die Meisterjungfer gegen Abend ihn daran erinnert hätte und zu ihm sagte, es wäre am besten, daß er jetzt das Pferd hole, ehe der Riese nach Hause käme. Das that er denn auch: er nahm das Gebiß, das bei der Thür hing, und lief damit in die Koppel; nun dauerte es nicht lange, so kam das Pferd an und schnob Feuer und Flammen aus beiden Nüstern; da nahm aber der Königssohn seine Gelegenheit wahr und warf ihm das Gebiß in den offenen Rachen, und nun stand das Pferd da, so geduldig, wie ein Lamm, und da war's eben keine große Kunst, es nach dem Stall zu bringen. Als der Bursch damit fertig war, ging er wieder zurück auf sein Zimmer, und dort spazierte er auf und ab und sang und tralleite.

Wie nun der Riese mit den Ziegen nach Hause kam, war seine erste Frage: *»Hast Du auch das Pferd von der Koppel geholt?«* — »Ja, Herr!« sagte der Königssohn: »es war ein possirliches Pferd zu reiten; aber ich hab's glücklich in den Stall gebracht.« — *»Das will ich mal sehen!«* sagte der Riese und ging in den Stall; das Pferd aber stand richtig da, so wie der Königssohn gesagt hatte. *»Du hast gewiß mit meiner Meisterjungfer gesprochen«*, sagte der Riese: *»denn das hast Du nicht aus Dir selber.«* — »Gestern spracht Ihr von Eurer Meisterjungfer und heute wieder«, sagte der Königssohn und stellte sich ganz dumm und einfältig an: »Was ist denn das für Eine, Herr? ich möchte sie doch gern einmal sehen.« — *»Du wirst sie noch früh genug zu sehen kriegen«*, sagte jener.

Als der Riese am dritten Morgen seine Ziegen in den Wald trieb, sagte er zu dem Königssohn: *»Heute sollst Du nach der Hölle und den Brandschatz holen, und wenn Du das gethan hast,* *kannst Du Feierabend machen; denn Du bist zu einem guten Herrn gekommen, mußt Du wissen.«* — »Ja, ich will's glauben«, sagte der Königssohn, als der Riese gegangen war: »ein wie guter Herr Du aber auch sein magst, so sind es doch garstige Arbeiten, die Du mir auflegst; ich will indeß mal wieder ein Wort mit Deiner Meisterjungfer sprechen; Du sagst zwar, sie gehört *Dir;* aber vielleicht sagt sie es doch *mir,* wie ich es machen muß«, und damit ging er wieder hinein zu der Meisterjungfer. Als diese ihn nun fragte, was der Riese ihm den Tag für eine Arbeit aufgegeben hätte, sagte er, daß er ihm befohlen habe, nach der Hölle zu gehen und den Brandschatz zu holen. »Und wie willst Du das anfangen?« fragte ihn die Meisterjungfer. »Ja, Du mußt es mir sagen«, versetzte der Königssohn: »denn in der Hölle bin ich noch nicht gewesen, und wenn ich auch den Weg dahin wüßte, so weiß ich doch nicht, wie Viel ich einfordern soll.« — »Ja, ich will Dir wohl helfen«, versetzte die Meisterjungfer: »Du mußt nach dem Felsen dort hinter der Koppel gehen und den Kloben nehmen, der da liegt, und damit an die Felswand klopfen; dann wird wohl Einer herauskommen, daß es nur so knistert, dem mußt Du Deinen Auftrag sagen; und wenn er Dich dann fragt, wie Viel Du haben willst, dann sage nur: ›So Viel, als ich tragen kann.‹« — Ja, das wollte er schon in Acht haben, sagte der Königssohn und blieb nun wieder bei der Meisterjungfer, bis es Abend wurde, und er wäre gern noch länger da geblieben, wenn sie ihn nicht erinnert hätte, daß er fort müsse nach der Hölle und den Brandschatz holen, ehe der Riese wieder nach Hause käme. Der Bursch machte sich nun auf und that, wie die Meisterjungfer ihm gesagt hatte, ging zu dem Felsen hinter der Koppel, nahm den Kloben und klopfte damit an die Wand. Sogleich kam Einer heraus, dem die Funken aus Augen und Nase flogen. *»Was willst Du?«* rief er. »Ich soll grüßen von dem Riesen und den Brandschatz für ihn einfordern«, sagte der Königssohn. *»Wie Viel willst Du haben?«* fragte der Andre. »O, ich verlange nicht Mehr, als ich tragen kann«, versetzte der Königssohn. *»Es war Dein Glück, daß Du nicht ein ganzes Fuder verlangtest«,* sagte Der, welcher aus der Felswand gekommen war: *»aber komm jetzt herein, dann will ich Dir den Brandschatz auszahlen.«* Der Königssohn ging nun mit ihm hinein, und da sah er in dem Berg so viel Gold und Silber, als Steine in der Erde liegen; er bekam nun eine Tracht, so groß, wie er sie nur tragen konnte, und damit ging er seines Weges. Als darauf am Abend der Riese mit den Ziegen nach Hause kam, spazierte der Königssohn eben so, wie die beiden Abende zuvor, im Zimmer auf und ab und sang und tralleite. *»Bist Du in der Hölle gewesen und hast den Brandschatz geholt?«* fragte ihn der Riese. »Ja, Herr!« sagte der Königssohn. *»Wo hast Du ihn denn?«* fragte der Riese. »Da auf der Bank steht der Goldsack«, sagte der Königssohn. *»Das will ich mal sehen«,* sagte der Riese; und als er zusah, stand da ein Sack, der war so gedrängt voll, daß die Gold- und Silberstücke herausfielen, sowie nur der Riese das Band ein wenig auflockerte. *»Du hast gewiß mit meiner Meisterjungfer gesprochen«,* sagte er: *»ist aber das der Fall, dann drehe ich Dir das Genick um.«* — »Mit Eurer *Meisterjungfer?*« sagte der Königssohn: »Gestern und vorgestern schwatztet Ihr von Eurer Meisterjungfer und heute wieder? Was ist denn das für Eine, Herr? ich möchte sie doch gern einmal sehen.« — *»Ja, warte nur bis morgen, dann sollst Du sie zu sehen kriegen«,* sagte der Riese. — »Danke schön!« sagte der Königssohn: »aber es ist wohl bloß Euer Scherz, Herr.«

Den Tag darauf ging der Riese mit ihm in das Zimmer, worin die Meisterjungfer war. »Jetzt sollst Du ihn schlachten und ihn in dem großen Kessel für mich zum Mittag kochen, und wenn die Suppe fertig ist, kannst Du mich rufen«, sagte er zu ihr und streckte sich auf die Bank hin; und während er nun da lag und schnarchte, daß der alte Berg bebte, nahm die Meisterjungfer ein Messer, schnitt damit den Burschen in den Finger und ließ drei Blutstropfen auf die Bank fließen; darauf nahm sie alle die alten Lappen und Schuhsohlen und andern Kram, den sie finden konnte, und warf es in den Kessel; dann nahm sie einen ganzen Kasten voll gemahlenes Gold und einen Salzstein und eine Wasserflasche, die bei der Thür hing, und einen goldnen Apfel und zwei goldne Hühner nahm sie auch mit, und darauf machten beide sich aus dem Staube, so schnell sie nur konnten. Wie sie nun ein Ende gegangen waren, kamen sie zu dem Meer, und da gingen sie unter Segel; wie sie aber zu dem Schiff gelangten, habe ich nie so recht erfahren können.

Als der Riese eine gut Weile geschlafen hatte, fing er an sich zu strecken. *»Ist das Essen noch nicht fertig?«* fragte er. *»Eben erst angefangen!«* sagte der erste Blutstropfen auf der Bank. Darauf legte er sich wieder schlafen und schlief noch eine gute Zeit; endlich fing er wieder an sich zu strecken. *»Ist jetzt das Essen fertig?«* fragte er, aber ohne aufzusehen, eben so wie er auch das erste Mal gethan hatte, denn er war noch halb im Schlaf. *»Halb fertig!«* sagte der zweite Blutstropfen. Der Riese aber glaubte, es sei die Meisterjungfer, die das sagte, kehrte sich wieder um und legte sich auf's neue schlafen. Als er nun viele Stunden hinter einander geschlafen hatte, fing er endlich wieder an sich zu rühren und zu strekken. *»Ist es denn jetzt fertig?«* fragte er. *»Vollkommen fertig!«* sagte der dritte Blutstropfen. Der Riese richtete sich nun auf und rieb sich die Augen; aber er konnte die Meisterjungfer nirgends erblicken, und darum rief er sie bei Namen. Er bekam aber keine Antwort. »O«, dachte er: »sie ist wohl nur ein wenig hinausgegangen«, und nahm einen Löffel und füllte damit aus dem Kessel, um das Essen zu probiren. Da fand er aber Nichts, als lauter Schuhsohlen und Lumpen und dergleichen Kram darin, und das war zusammengekocht, so daß er nicht wußte, ob's Fisch, oder Fleisch war. Als er das gewahr ward, konnte er sich wohl denken, wie die Sache sich verhielt, und ward so arg, daß er nicht wußte, »auf welchem Bein er stehen sollte«; er eilte sogleich dem Königssohn und der Meisterjungfer nach, und es dauerte nicht lange, so stand er beim Wasser, aber da konnte er nicht hinüber. *»Ich weiß schon Rath«,* sagte er: *»ich will bloß meinen Meersauger rufen.«* Wie nun der Meersauger ankam, legte der sich auf die Erde nieder und that dreimal einen guten Trunk, und da ward das Meer so viel kleiner, daß der Riese die Meisterjungfer und den Königssohn auf dem Schiff sehen konnte. »Jetzt mußt Du den Salzstein hinauswerfen«, sagte die Meisterjungfer; und als der Königssohn das gethan hatte, entstand plötzlich quer durch das Meer ein so hoher Berg, daß der Riese nicht hinüber konnte, und der Meersauger konnte ihm nun auch nichts helfen. *»Ich weiß schon Rath«,* sagte der Riese und holte sich seinen *Bergbohrer,* und damit bohrte er ein großes Loch durch den Berg, so daß der Meersauger wieder trinken konnte. Wie die Meisterjungfer das gewahr ward, sagte sie zu dem Königssohn, jetzt solle er einen, oder zwei Tropfen aus der Flasche gießen; und als der Königssohn das gethan hatte, ward das Meer wieder ganz voll. Ehe nun der Meersauger noch wieder einen guten Trunk thun konnte, waren sie schon am Lande, und damit waren sie gerettet.

Nun wollte der Königssohn die Meisterjungfer nach seines Vaters Schloß bringen; aber er meinte, es schicke sich nicht, daß sie zu Fuß gehe, und darum sagte er zu ihr: »Warte hier eine Weile; ich will nur nach Hause gehen und die sieben Pferde holen, die in meines Vaters Stall stehen; denn ich möchte nicht gern, daß meine Braut zu Fuß auf dem Schloß ankäme. Der Weg dahin ist nicht lang, und ich werde bald wieder hier sein.« — »Ach nein, thu' das nicht!« sagte sie: »denn kommst Du erst zu Deines Vaters Schloß, dann wirst Du mich bald vergessen.« — »Wie sollte ich Dich wohl vergessen«, sagte der Königssohn: »da wir so viel Ungemach zusammen erduldet und einander so lieb haben?« und er wollte und mußte nach Hause und einen Wagen und die sieben Pferde holen, und sie sollte so lange dort am Ufer auf ihn warten; und weil er es nun durchaus nicht anders wollte, so mußte endlich die Meisterjungfer nachgeben. »Aber«, sagte sie: »wenn Du auf das Schloß kommst, mußt Du Dir nicht einmal so viel Zeit lassen, daß Du Jemanden grüßest, sondern gradesweges in den Stall gehen und die Pferde vor den Wagen spannen, und dann davon jagen, so schnell Du nur kannst; denn sie werden wohl alle sehr neugierig sein und um Dich herum kommen; aber Du mußt thun, als ob Du sie gar nicht bemerktest, und dann darfst Du durchaus keinen Bissen von Dem, was man Dir anbietet, genießen; thust Du das, dann machst Du sowohl Dich, als mich unglücklich.« Der Königssohn versprach ihr, sich genau nach Allem richten zu wollen, was sie ihm gesagt hatte, und versicherte ihr, daß sie durchaus nicht zu fürchten brauche, als ob er sie je vergessen könnte.

Als aber der Königssohn auf dem Schloßhof ankam, hielt grade einer von seinen Brüdern Hochzeit, und die Braut und alle Gäste waren schon da, und Alle kamen um ihn herum und fragten ihn nach Diesem und Jenem und nöthigten ihn mit sich ins Schloß; aber er that, als ob er sie gar nicht bemerkte, ging gradezu in den Stall, zog die Pferde heraus und wollte sie vor den Wagen spannen. Wie sie nun auf keine Art und Weise ihn bewegen konnten, mit ihnen ins Schloß zu gehen, brachten sie ihm zu essen und zu trinken heraus, all das Beste, was man zur Hochzeit angerichtet hatte; aber der Königssohn wollte von Allem keinen Bissen anrühren, sondern beeilte sich nur, die Pferde vor den Wagen zu spannen. Da rollte aber zuletzt die Schwester der Braut einen Apfel über den Schloßhof zu ihm hin: »Wenn Du denn durchaus Nichts genießen willst«, sagte sie: »so kannst Du doch wenigstens in diesen Apfel beißen, denn Du wirst wohl hungrig und durstig sein von der langen Reise.« Da hob der Königssohn den Apfel von der Erde auf und biß hinein. Aber kaum hatte er das gethan, so vergaß er ganz und gar die Meisterjungfer, und daß er sie holen wollte. »Bin ich denn verrückt?« sagte er: »Was will ich mit den Pferden und mit dem Wagen?« und darauf zog er die Pferde wieder in den Stall und ging mit den Andern ins Schloß; und nun dauerte es nicht lange, so war es dahin gekommen, daß er die Schwester der Braut heirathen sollte, dieselbe, welche ihm den Apfel zugerollt hatte.

Die Meisterjungfer saß indeß am Ufer und wartete sieben lang und sieben breit, aber kein Königssohn ließ sich sehen. Endlich ging sie fort, und als sie ein Ende gegangen war, kam sie zu einer kleinen Hütte, welche ganz einsam in einem Walde, nicht weit von des Königs Schloß, lag; da ging sie hinein und bat um Herberge. Drinnen aber saß ein altes Weib, dem die Hütte gehörte, das war aber ein arges und abscheuliches Trollmensch und wollte anfangs von der Meisterjungfer gar Nichts wissen; aber endlich und zuletzt gab sie ihr doch Herberge für Geld und gute Worte. Aber unsauber und schmutzig war es drinnen, wie in einem Schweinstall. Die Meisterjungfer sagte, sie wollte die Hütte ein wenig aufputzen, damit es doch aussehen würde wie bei andern honnetten Leuten; aber das litt die Alte nicht, sondern fing an zu schelten und zu toben und war ganz entsetzlich böse. Aber die Meisterjungfer zog dessen ungeachtet ihren Schrein hervor und warf eine Handvoll Goldmehl in das Kaminfeuer. Da flackerte es hell auf, und ein rother Strahl zog durch die ganze Hütte, so daß sie inwendig und auswendig davon vergoldet wurde. Als die Alte das sah, ward sie so arg, daß sie aus der Haut fahren wollte, und rannte zur Hütte hinaus, als ob der Teufel hinter ihr wäre; da vergaß sie aber, sich zu bücken, und zerbrach sich die Hirnschale an der Thürpfoste.

Den Morgen darauf kam der Schulze da vorbei; der war ganz verwundert über die goldne Hütte, die er im Walde glänzen sah; als er aber hineinging und drinnen die schöne Jungfrau erblickte, da verwunderte er sich noch mehr, und er ward augenblicklich so in sie verliebt, daß er um sie freite. »Ja, hast Du aber auch brav Geld?« fragte die Meisterjungfer. Ja, Geld hätte er genug, sagte er, und er wolle sogleich hin und es holen. Am Abend kam er wieder und brachte einen ganzen Scheffelssack voll, den setzte er auf die Bank hin. Ja, weil er so viel Geld hatte, wollte die Meisterjungfer ihn haben, und darauf legten sie sich zusammen ins Bett. Kaum aber hatten sie sich niedergelegt, so wollte die Meisterjungfer wieder aufstehen; denn sie hätte noch vergessen, das Feuer im Kamin anzuschüren, sagte sie. »Ach behüte!« sagte der Schulze: »solltest Du darum aufstehen? Das will ich wohl thun«, und damit sprang er aus dem Bett und lief nach dem Kamin. »Sage mir's, wenn Du den Aschraker angefasst hast«, sagte die Meisterjungfer. »Nun hab' ich ihn angefasst«, sagte der Schulze. »So gebe Gott, daß Du ihn festhältst, und er Dich, und Du da stehen magst die ganze Nacht und Dir Kohlen und Asche über den Kopf raken bis an den hellen Morgen!« sagte die Meisterjungfer, und als sie das gesagt hatte, blieb der Schulze vor dem Kamin stehen und rakte sich Kohlen und Asche über den Kopf die ganze Nacht hindurch, und wie sehr er auch weinen und bitten und raken mochte, so verloschen darum doch nicht die Kohlen, und die Asche wurde nicht kälter. Erst am Morgen, als es Tag wurde, ließ ihn der Aschraker los; aber nun blieb er keinen Augenblick länger in der Hütte, sondern machte sich fort, als ob der Teufel hinter ihm her wäre; und alle Leute, die ihm begegneten sahen ihn an und lachten; denn er legte los, als ob er toll wäre, und aussehen konnte er nicht schändlicher, wenn man ihn gegerbt und geschunden hätte.

Den Tag darauf kam der Amtsschreiber da vorbei; der sah auch die Hütte im Walde glänzen, und als er hineinging, um zu sehen, Wer da wohnte, und die schöne Jungfrau erblickte, da ward er noch mehr in sie verliebt, als der Schulze, und freite stehenden Fußes um sie. Ja, sagte die Meisterjungfer wieder, sie wollte ihn wohl haben, wenn er brav Geld hätte. Ja, sagte der Schreiber, Geld hätte er genug, und er wolle sogleich hin und es holen. Am Abend kam er mit einem großen, schweren Sack an, — ich glaube gewiß, es waren zwei Scheffel drin — und den setzte er auf die Bank hin. Nun war denn weiter Nichts im Wege, und sie legten sich zu Bette. Aber kaum hatten sie sich niedergelegt, so hatte die Meisterjungfer vergessen, die Hausthür zuzumachen, und darum wollte sie wieder aufstehen. »Ach, behüte! solltest *Du* das thun?« sagte der Schreiber: »Nein, bleib Du nur liegen! ich will wohl hingehen«, und damit sprang er aus dem Bett, so leicht »wie eine Erbse aus Birkenrinde« und lief hinaus auf die Diele. »Sage mir's, wenn Du die Thür angefaßt hast«, rief die Meisterjungfer. »Nun hab' ich sie angefasst!« rief der Schreiber auf der Diele. »So gebe Gott, daß Du sie festhältst, und sie Dich, und Ihr hin- und herfahren mögt die ganze Nacht, bis daß es Tag wird!« sagte die Meisterjungfer; und nun mußte der Schreiber die ganze Nacht über mit der Thür vorwärts und rückwärts tanzen; aber einen solchen Walzer hatt' er noch nie gemacht, und es verlangte ihn auch nachher nicht, ihn wieder zu machen: bald war *er* vorn, und bald die *Thür,* und es ging von der Pfoste an die Mauer, und von der Mauer an die Pfoste, so daß der Schreiber sich beinahe zu Tode stieß. Erst fing er an zu fluchen, und dann zu weinen und zu bitten; aber um alles das bekümmerte sich die Thür gar nicht, sondern hielt fest, so lange, bis es Tag ward; dann erst ließ sie ihn los — und der Schreiber auf und davon, als ob's für Geld ginge; er vergaß sowohl seine Freierei, als den Goldsack, und war nur froh, daß die Thür nicht hinter ihm her getanzt kam. Alle Leute, die ihm begegneten, sahen ihn an und lachten; denn er flog davon, als ob er toll wäre, und dazu sah er aus, noch schlimmer, als hätten die Böcke ihn die Nacht unter gehabt.

Am dritten Tag kam der Amtmann da vorbei; der hatte kaum die goldne Hütte erblickt, so wollte er auch hin und zusehen, Wer da wohnte; und als er nun drinnen die Meisterjungfer sah und sie kaum gegrüßt hatte, war er schon so verliebt in sie, daß er augenblicklich um sie freite. Die Meisterjungfer aber antwortete ihm eben so, wie den beiden Andern: wenn er brav Geld hätte, dann wollte sie ihn wohl haben. Ja, davon hätt' er nicht so wenig, sagte der Amtmann und ging sogleich nach Hause, um es zu holen. Als er am Abend wiederkam, brachte er einen noch größeren Sack mit, als der Schreiber, — es waren gewiß drei Scheffel drin — und den setzte er auf die Bank hin. Ja, nun war denn Nichts weiter im Wege, nun sollte er die Meisterjungfer haben. Kaum aber hatten sie sich zu Bett gelegt, so sagte die Meisterjungfer, sie hätte vergessen, das Kalb einzulassen, und wollte darum wieder aufstehen. Nein, den Kukuk! das sollte sie ja nicht, das wollte er schon thun, sagte der Amtmann, und der, so dick und fett er war, heraus aus dem Bett, so leichtfüßig, als wär' er ein junger Bursch gewesen. »Sage mir's, wenn Du das Kalb beim Schwanz hältst!« sagte die Meisterjungfer. »Jetzt halt ich's!« rief der Amtmann. »So gebe Gott, daß Du den Schwanz hältst, und er Dich, und Ihr in der Welt herumfahren mögt, bis daß es Tag wird!« sagte die Meisterjungfer, und kaum hatte sie das gesagt, so legte das Kalb mit dem Amtmann los über Stock und Stein, über Berg und Thal, so daß die Heide wackelte, und je mehr der Amtmann fluchte und schrie, desto schneller rannte das Kalb mit ihm davon. Als es Tag wurde, war der Amtmann beinahe zu Matsch, und nun erst ließ das Kalb ihn los; inmittlerweile hatte er aber seine Freierei ganz vergessen und seinen Geldsack dazu. Er ließ es nun zwar etwas sachter angehen, als der Schreiber und der Schulz, aber je schulpusiger er fortkroch, desto mehr Zeit hatten die Leute, ihm nachzugucken und zu lachen.

Den Tag darnach sollte auf dem Schloß die Hochzeit der beiden Prinzen gefeiert werden, nämlich die des ältesten und die des jüngsten, der bei dem Riesen gewesen war, denn der sollte die Schwester von der Braut seines Bruders heirathen, und beide Brautpaare sollten in der Kirche zugleich getraut werden. Als sie aber in den Wagen stiegen und vom Schloßhof fahren wollten, da zerbrach das eine Wachtholz; sie nahmen nun ein andres, aber das zerbrach auch; darauf nahmen sie ein drittes, aber es half ihnen Alles nichts, denn was für Holz sie auch nehmen mochten, so hielt doch kein einziges. Wie sie nun ganz mißmüthig da standen und nicht fortkonnten, sagte der Schulze — denn der war auch mit zur Hochzeit gebeten, mußt Du wissen —: »Dort im Walde wohnt eine Jungfrau, die hat einen *Aschraker,* womit sie das Feuer anschürt; wenn Ihr nur zu der schicken und sie bitten lassen wolltet, Euch diesen Aschraker zu leihen, so weiß ich gewiß, daß er nicht entzwei geht.« Es wurde nun sogleich zu der Jungfrau geschickt, und sie ließen sie bitten, ihnen doch den Aschraker zu leihen, wovon der Schulz gesprochen hätte. Die Jungfrau sagte auch nicht Nein, sondern gab dem Boten ihren Aschraker, und nun bekamen sie eine Wacht, die nicht entzwei ging, kannst Du glauben. Als sie aber darauf vom Schloßhof fahren wollten, zerbrach plötzlich der Wagenboden; und wie oft sie auch einen neuen Boden machten, und was für Holz sie auch dazu nehmen mochten, so half doch Alles nichts, denn wenn sie aus dem Hof fahren wollten, ging er jedesmal wieder entzwei, und sie waren nun noch übler daran, als vorhin mit dem Wachtholz. Endlich sagte der Amtsschreiber — denn war der Schulze da, so kann man sich wohl denken, daß der Schreiber nicht fehlen durfte —: »Dort im Walde wohnt eine Jungfrau, wenn die Euch bloß ihre eine *Halbthür* leihen wollte, die von lauter Gold ist, so weiß ich gewiß, daß sie nicht entzwei geht.« Sogleich wurde nun wieder zu der Jungfrau geschickt, und sie ließen sie bitten, ihnen doch die eine Halbthür zu leihen, wovon der Schreiber gesprochen hätte, und die bekamen sie denn auch. Nun war Alles gut, und sie wollten nach der Kirche fahren; aber da waren die Pferde nicht im Stande, den Wagen fortzuziehen; sechs Pferde hatten sie schon davor; dann spannten sie acht vor, dann zehn, dann zwölf; aber wie viel sie auch vorspannten, und wie sehr der Kutscher auch peitschen mochte, es half Alles nichts, der Wagen rührte sich nicht vom Fleck. Es war nun schon ziemlich spät geworden, und zur Kirche wollten und mußten sie, und wie sie nun gar keine Möglichkeit sahen, fortzukommen, waren sie alle nahe daran, zu verzweifeln. Zuletzt aber sagte der Amtmann, dort im Walde wohne eine Jungfrau, die hätte ein *Kalb,* welches — ja, wenn sie bloß das Kalb geliehen bekämen, sagte er, das würde den Wagen schon ziehen, und wenn er so schwer wäre wie ein Berg. Sie meinten nun zwar, es sähe nicht hübsch aus, mit einem Kalb zur Kirche zu fahren; aber es war einmal kein andrer Rath, sie mußten wieder zu der Jungfrau schicken und sie bitten lassen, ihnen doch das Kalb zu leihen, wovon der Amtmann gesprochen hätte. Die Meisterjungfer sagte auch diesmal nicht Nein, sondern gab dem Boten sogleich das Kalb. Da sie es nun vorgespannt hatten, sauste der Wagen davon über Stock und Stein, durch Rusch und Busch, so daß sie kaum Athem holen konnten; bald waren sie auf der Erde, und bald waren sie in der Luft; und als sie zur Kirche kamen, flog der Wagen rund um die Kirche, so schnell wie ein Haspel, und es gelang ihnen nur mit genauer Noth, herunterzukommen. Auf dem Rückweg aber ging's noch schneller, und sie hatten fast alle die Besinnung verloren, als sie wieder auf dem Schloßhof ankamen.

Als sie sich zu Tische gesetzt hatten, sagte der Königssohn — der, welcher auf dem Riesenschloß gewesen war — es schicke sich nicht anders, als daß sie auch die Jungfrau einlüden, die ihnen den Aschraker, die Halbthür und das Kalb geliehen; »denn hätten wir die drei Dinge nicht erhalten, so wären wir noch nicht von der Stelle gekommen«, sagte er. Ja, das, däuchte dem König auch, wäre nicht mehr, als billig, und er schickte sogleich fünf von seinen Leuten zu der vergoldeten Hütte mit einem Gruß von ihm, und die Jungfrau möchte doch so gut sein, und aufs Schloß kommen und da zu Mittag essen. Die Jungfrau aber antwortete: »Grüßt nur den König wieder von mir und sagt ihm, wenn er sich zu gut dünke, um selbst zu mir zu kommen, so dünke ich mich auch viel zu gut, um zu ihm zu kommen.« Nun mußte der König sich denn selbst aufmachen, und da ging die Jungfrau auch sogleich mit. Der König aber konnte sich wohl denken, daß sie etwas Mehr war, als sie zu sein schien, und setzte sie darum bei Tafel oben an bei dem jüngsten Bräutigam. Als sie nun eine Weile gesessen hatten, nahm die Meisterjungfer den Hahn und das Huhn und den goldnen Apfel hervor, welche drei Dinge sie aus dem Riesenschloß mitgenommen hatte, und legte sie vor sich auf den Tisch hin; und sogleich fingen der Hahn und das Huhn an, sich um den goldnen Apfel zu schlagen. »Ei seht doch, wie die Beiden da um den goldnen Apfel kämpfen!« sagte der Königssohn. »Ja, so hatten wir beide damals auch zu kämpfen, um aus dem Berg zu kommen«, sagte die Meisterjungfer. Da erkannte der Königssohn sie wieder, und seine Freude war unbeschreiblich; die Trollhexe aber, die ihm den goldnen Apfel zugerollt hatte, ließ er von vier und zwanzig Pferden in Stücke zerreißen, so daß kein Fetzen an ihr ganz blieb; und nun begann erst die rechte Hochzeit; und der Schulz und der Schreiber und der Amtmann, so sehr sie sich auch die Flügel versengt hatten, waren auch mit dabei und hielten aus bis zuletzt.

47.) WOHL GETHAN UND SCHLECHT GELOHNT.

Es war einmal ein Mann, der fuhr mit einem Schlitten in den Wald und wollte sich Holz holen; da begegnete ihm der Bär. »Gieb mir Dein Pferd, oder sonst zerreiß ich alle Deine Schafe diesen Sommer«, sagte der Bär.

»Ach, Gott steh mir bei!« sagte der Mann: »ich habe kein Stück Brennholz mehr im Hause; laß mich bloß erst diesen Schlitten heimfahren, denn sonst müssen wir alle todtfrieren; morgen will ich mit dem Pferd wiederkommen.« Na, der Bär ließ ihn denn auch fahren; wenn er aber nicht wiederkäme, sagte er, dann sollt's kaputt gehen mit all seinen Schafen im Sommer.

Der Mann fuhr nun mit seinem Holz nach Hause; aber er war nicht sehr vergnügt über den Accord, wie man sich wohl denken kann. Unterweges begegnete ihm der Fuchs.

»Warum bist Du so betrübt?« fragte der Fuchs ihn.

»Ach, mir ist der Bär im Wald begegnet«, sagte der Mann: »und ich hab' ihm versprechen müssen, ihm morgen um diese Zeit mein Pferd zu bringen; sonst wollte er alle meine Schafe diesen Sommer zerreißen, sagte er.« —

»Nichts weiter, als das?« sagte der Fuchs: »Willst Du mir den fettsten Bock aus Deinem Stall geben, so will ich Dich von dem Bären befreien.«

Ja, das wollte der Mann gern und gab dem Fuchs sein Wort.

»Wenn Du nun morgen mit Deinem Pferd zu dem Bären kommst«, sagte der Fuchs: »so werde ich dort oben auf dem Berg juchen, und wenn dann der Bär Dich fragt: ›Was ist Das?‹ dann sollst Du sagen: ›Das ist Peter der Schütz, der beste Jäger im ganzen Land‹; und nachher wirst Du Dir schon selbst weiter helfen.«

Als nun am andern Tag der Mann mit seinem Pferd zu dem Bären in den Wald kam, hörte man es bald oben auf dem Berg juchen.

»Horch! Was ist Das?« sagte der Bär.

»O, das ist Peter der Schütz, der beste Jäger im ganzen Land«, sagte der Mann: »ich kenne ihn an der Stimme.« —

»Hast Du keinen Bären hier gesehen, Erich?« rief es durch den Wald.

»Sag' Nein«, sagte der Bär.

»Nein, ich habe keinen Bären gesehen«, sagte Erich.

»Was ist denn Das, was da neben Dir steht?« rief es im Walde.

»Sag', es ist ein alter Kienstamm«, flüsterte der Bär.

»O, es ist nur ein alter Kienstamm«, sagte Erich.

»Solche Kienstämme pflegen wir bei uns auf den Schlitten zu werfen«, rief es im Walde: »Kannst Du's nicht allein, so will ich kommen und Dir helfen.« —

»Sag', Du kannst Dir schon selbst helfen, und wirf mich auf den Schlitten«, sagte der Bär.

»Nein, danke! ich kann mir schon selbst helfen«, sagte der Mann und warf den Bären auf den Schlitten.

»Solche Kienstämme pflegen wir nachher mit dem Strick festzubinden«, rief es im Walde: »Soll ich Dir helfen?« —

»Sag', Du kannst Dir schon selbst helfen, und binde mich fest«, sagte der Bär.

»Nein, danke! ich kann mir schon selbst helfen«, sagte der Mann und band den Bären fest mit all den Stricken, die er bei sich hatte, so daß er kein Glied rühren konnte.

»Und nachher, wenn wir sie festgebunden haben, pflegen wir in solche alte Kienstämme unsre Axt zu hauen«, rief's im Walde: »dann steuern wir besser über die großen Berge.« —

»Thu', als ob Du Deine Axt in mich hautest«, flüsterte der Bär.

Da nahm der Mann seine Axt und zerspaltete damit dem Bären die Hirnschale, so daß er nicht mehr muckste. Darauf kam Reineke hervor, und sie wurden gute Freunde mit einander.

Als sie nicht mehr weit von dem Gehöft waren, sagte der Fuchs: »Ich habe keine Lust, Dir weiter zu folgen, denn ich kann Deine Hunde nicht gut vertragen; ich will aber hier auf Dich warten, dann kannst Du mir den Bock herbringen; nimm aber einen, der brav fett ist.«

Der Mann gab ihm sein Versprechen und dankte ihm für seine Hülfe; und als er sein Pferd in den Stall gezogen hatte, ging er hinüber zu dem Schafstall.

»Wo willst Du hin?« fragte seine Frau.

»O, ich will nur in den Schafstall und einen fetten Bock für den Fuchs holen, der mein Pferd gerettet hat«, sagte der Mann: »denn ich hab' es ihm versprochen.« —

»Der Henker sollte dem Schelm einen Bock geben!« sagte die Frau: »Unser Pferd haben wir ja und den Bären dazu, und der Fuchs hat uns gewiß schon mehr Gänse gestohlen, als der Bock werth ist, und hat er's noch nicht gethan, so kann er's wohl noch thun. Nein«, sagte sie: »steck lieber ein Paar von Deinen bösesten Hunden in den Sack und schick ihm die auf den Pelz, dann werden wir den alten Schelm vielleicht dazu los.«

Das schien dem Mann ein guter Rath, und er steckte zwei seiner bösesten Hunde in den Sack und damit ging er fort.

»Hast Du den Bock?« fragte der Fuchs.

»Ja, komm und nimm ihn!« sagte der Mann, machte seinen Sack auf und ließ die Hunde heraus.

»Houf!« sagte der Fuchs und nahm einen Satz: »es ist wohl wahr, was ein altes Sprichwort sagt: ›Wohl gethan wird schlecht gelohnt‹«, und schwang die Fersen, während die Hunde hinter ihm drein waren.

48.) TREU UND UNTREU.

Es waren einmal zwei Brüder, der eine hieß *Treu,* und der andere hieß *Untreu.* Treu war immer gut und aufrichtig gegen Jedermann, aber Untreu war böse und voller Lügen, so daß Niemand auf sein Wort bauen konnte. Die Mutter war Wittwe und hatte nur kümmerlich zu leben; darum mußten die Söhne, als sie herangewachsen waren, in die Welt auswandern, um sich ihr Brod zu verdienen, und jedem von ihnen gab sie einen Schnappsack mit Essen auf den Weg.

Als sie nun so lange fortgewandert waren, bis es Abend wurde, setzten sie sich auf einen vom Sturm umgeworfenen Baum im Walde nieder, und jeder nahm seinen Schnappsack hervor. »Willst Du, wie ich«, sagte Untreu: »so wollen wir erst aus Deinem Sack essen, so lange Was drin ist, naher essen wir aus meinem.« Ja, Treu war's zufrieden, that seinen Schnappsack auf, und sie fingen an zu essen; aber all das Schönste und Beste pfropfte Untreu in sich hinein, und Treu bekam nur die Schwarten und die angebrannte Rinde. Am Morgen war Treu wieder der Wirth und am Mittag auch; da ward aber sein Schnappsack ganz leer. Als sie nun so lange gegangen waren, bis es wieder Abend wurde, und der Hunger sich einstellte, wollte Treu mit aus seines Bruders Schnappsack essen; aber Untreu sagte, das Essen wäre sein, und er hätte nicht Mehr, als er selbst gebrauche. »Ich hab' Dich aber doch aus *meinem* Schnappsack essen lassen, so lange was drin war«, sagte Treu. »Ja, warum bist ein solcher Narr gewesen und hast das gethan?« sagte Untreu: »Nun kannst Du Dir den Mund lecken, wenn Du nichts Andres hast.« — »*Untreu* heißt Du, und *untreu* bist Du, und das bist Du all Dein Lebtag gewesen«, sagte Treu. Als Untreu das hörte, gerieth er so in Wuth, daß er auf den Bruder zurannte, und ihm die Augen aus dem Kopf stach. »Nun kannst Du sehen, welche Leute treu, und welche untreu sind, Du Blindekuh!« sagte er, und damit ging er fort.

Der arme Treu ging nun und tappte blind und allein im dicken Wald umher und wußte nicht, Was er anfangen sollte.

Endlich kam er zu einem großen Lindenbaum und da kletterte er hinauf, um nur die Nacht über im Schutz vor den wilden Thieren zu sein. »Wenn morgen die Vögel singen, dann ist es Tag«, dachte er: »und dann muß ich zusehen, daß ich weiter komme.« Als er aber eine Weile da gesessen hatte, hörte er, daß Jemand unter den Baum kam und anfing zu kochen und zu braten; und es dauerte nicht lange, so kamen noch Mehr, und als sie einander grüßten, hörte er, daß es der Bär, der Wolf, der Fuchs und der Hase waren, die wollten den St. Johannistag feiern.

Sie fingen nun an zu essen und zu trinken und thaten sich gütlich; und als sie damit fertig waren, setzten sie sich hin und schwatzten mit einander. Darauf sagte der Fuchs: »Wir wollen einander Geschichten erzählen.« Der Vorschlag gefiel, und der Bär begann zuerst, denn der war der Vornehmste. »Der König von England«, sagte er: »hat schlechte Augen: er kann fast nicht einen Ellbogen weit vor sich sehen; aber wenn er des Morgens auf diese Linde stiege, während der Thau auf den Blättern sitzt, und sich damit die Augen bestriche, so würde er wieder eben so gut sehen lernen, als er's zuvor gekonnt hat.« »Ja«, sagte der Wolf: »der König von England hat auch eine taubstumme Tochter; aber wüßte er, Was ich weiß, so wäre ihr bald geholfen: Als sie nämlich voriges Jahr zum Abendmahl ging, spuckte sie das Altarbrod wieder aus, und da kam eine große Kröte und verschlang es. Wenn sie jetzt nur in der Kirche unter dem Fußboden nachgrüben, so würden sie die Kröte finden; denn die sitzt unter dem Altar, und das Brod steckt ihr noch im Halse; und wenn sie dann die Kröte aufschnitten und das Brod der Prinzessin zu essen gäben, so würde sie wieder eben so gut hören und sprechen lernen, als andre Leute.« — »Ja, ja«, sagte der Fuchs: »wenn der König von England wüßte, Was ich weiß, dann hätte er nicht so schlechtes Wasser in seinem Schloßhof; denn unter dem großen Stein mitten im Hof ist das klarste Brunnenwasser, das man sich nur wünschen kann, wenn er bloß so klug wäre und da nachgrübe.« — »Ja«, sagte der Hase: »der König von England hat den schönsten Obstgarten im ganzen Lande, aber er trägt ihm keinen Apfel, denn es liegt eine schwere goldene Kette dreimal rund um den Garten vergraben; wenn er aber die herausgrübe, so würde es der schönste Garten im ganzen Reich werden.« — »Nun ist es schon spät in der Nacht, und wir thun am besten, wir gehn wieder nach Hause«, sagte der Fuchs; und damit gingen Alle ihres Weges.

Als sie fort waren, schlief Treu, der oben in der Linde saß, sogleich ein; aber sowie am Morgen die Vögel zu singen begannen, erwachte er wieder, und nun nahm er von dem Thau, der auf den Blättern saß, und bestrich sich damit die Augen, und als er das gethan hatte, konnte er wieder eben so gut damit sehen, als zuvor, eh' Untreu sie ihm ausgestochen. Nun ging er gradesweges auf's Schloß zu dem König von England und bat um Arbeit, und die bekam er denn auch. Eines Tages kam der König hinaus auf den Hof, und als er da eine Weile auf- und abgegangen war, wollte er Etwas zu trinken haben aus seinem Brunnen, denn es war sehr heiß den Tag; als sie aber das Wasser aufschöpften, war es ganz schlammig und trübe. Darüber ward der König ärgerlich und sprach: »Ich bin der Einzige in meinem Reich, der schlechtes Wasser in seinem Hof hat, und doch muß ich es weit unter Berg und Thal herleiten.« — Treu aber sprach zu ihm: »Wenn Du mir nur etliche Leute zu Hülfe geben wolltest, damit ich den großen Stein aufbrechen könnte, der mitten in Deinem Hof liegt, dann solltest Du schon reines und gutes Wasser bekommen, und das so viel Du nur wünschen magst.« Dazu war der König sogleich bereit; und kaum hatten die Leute den Stein aufgebrochen und eine Weile gegraben, so sprang das Wasser in hellen Strahlen in die Höhe, und klareres Wasser fand man nicht in ganz England.

Einige Zeit darnach war der König eines Tages wieder auf dem Hof; da schoß plötzlich ein großer Habicht auf seine Hühner herab, und Alle klatschten in die Hände und riefen: »Da ist er! da ist er!« Der König griff nach seiner Büchse und wollte den Habicht schießen; aber er konnte nicht so weit sehen. Darüber war er sehr betrübt und sprach: »Wollte Gott, daß mir nur Jemand einen guten Rath für meine Augen geben könnte! Ich glaube, ich werde am Ende noch ganz blind.« — »Ich will Dir wohl sagen, wie Dir zu helfen ist«, sagte Treu, und erzählte ihm von dem wunderthätigen Thau auf der Linde, wodurch er selbst einmal sein Gesicht wieder erlangt hätte. Und der König begab sich noch denselben Abend nach dem Wald und schlief die Nacht über auf der Linde; und als er sich darauf am Morgen mit dem Thau, der auf den Blättern saß, die Augen bestrichen hatte, da konnte er wieder eben so gut sehen, als zuvor. Aber von der Zeit an hielt der König von Keinem mehr, als von Treu, und er mußte immer um ihn sein, wo er nur ging und stand.

Eines Tages gingen sie zusammen im Garten spazieren. »Ich weiß nicht, woher es kommt«, sagte der König: »aber Keiner in meinem ganzen Lande hat so Viel auf seinen Garten verwendet, als ich, und doch kann ich keinen einzigen Baum so weit bringen, daß er auch nur einen Apfel trägt.« Da sagte Treu zu dem König: »Willst Du mir Das geben, was dreimal rund um Deinen Garten liegt, und auch so viel Leute, um es aufzugraben, dann sollen die Bäume in Deinem Garten bald Früchte genug tragen.« Ja, das wollte der König gern. Treu bekam Leute zum Graben, so viel er nur wollte; und als sie eine Weile gegraben hatten, trafen sie auf die goldne Kette, die dreimal rund um den ganzen Garten ging; und als sie die herausgegraben hatten, fingen auch die Bäume im Garten an, Früchte zu tragen, und trugen bald so viel, daß die Zweige bis an die Erde herunterhingen. Treu war nun ein reicher Mann, weit reicher als der König selbst; aber dieser freute sich bloß, daß nun die Bäume in seinem Garten so schöne Früchte trugen.

Eines Tages gingen Treu und der König zusammen und schwatzten von Diesem und Jenem; da kam grade die Prinzessinn an ihnen vorüber, und der König wurde ganz betrübt, als er sie sah, und sprach: »Ist es nicht Jammer und Schade, daß eine so schöne Prinzessinn, wie meine Tochter ist, des Gehörs und der Sprache beraubt sein muß?« — »Dafür wäre wohl Rath«, meinte Treu. Als der König das hörte, ward er so froh, daß er dem Burschen die Prinzessinn und das halbe Reich versprach, wenn er ihr bloß das Gehör und die Sprache wieder verschaffen könne. Treu aber nahm ein paar Leute mit sich in die Kirche und grub die Kröte heraus, die dort unter dem Altar saß, schnitt ihr den Rachen auf, nahm das Brod heraus und gab es der Königstochter zu essen — und sowie sie das gegessen hatte, konnte sie wieder eben so gut hören und sprechen, wie andre Leute.

Nun war es so weit, daß Treu die Prinzessinn heirathen sollte, und es wurde zur Hochzeit angerichtet; das sollte aber eine Hochzeit werden, wovon man sich im ganzen Lande zu erzählen hätte. Während sie nun Alle lustig waren und sangen und tanzten, kam ein armer Bettler vor die Thür und bat um ein Wenig zu essen; aber er hatte so lumpige Kleider an und sah so entsetzlich elend aus, daß Alle sich vor ihm kreuzten. Treu aber erkannte ihn sogleich und sah, daß es sein Bruder Untreu war. »Kennst Du mich nicht?« fragte Treu ihn. »Ach, wo sollte ich wohl einen so großen Herrn gesehen haben, wie Ihr seid?« sagte Untreu. »Gesehen hast Du mich allerdings«, sagte Treu: »denn das war ich, dem Du vor einem Jahr die Augen ausstachst. *Untreu* heißt Du und *untreu* bist Du; das sagte ich Dir damals, und das sag' ich Dir auch noch jetzt; Du bist aber dessen ungeachtet mein Bruder, und darum sollst Du nicht hungrig von dannen gehen, sondern zu essen und zu trinken haben, und darnach kannst Du Dich zu der Linde begeben, auf der ich voriges Jahr in der Nacht saß — und erfährst Du dann Etwas, das zu Deinem Heil dienen kann, so ist es gut für Dich.« Untreu ließ die Worte nicht verloren sein. »Hat Treu, weil er eine Nacht auf der Linde saß, ein solches Glück davon getragen, daß er binnen einem Jahr König von halb England geworden ist, so — Wer weiß«, dachte er und machte sich auf den Weg nach dem Walde und stieg auf die Linde. Er hatte noch nicht lange da gesessen, so kamen die Thiere unter dem Baum zusammen, aßen und tranken und feierten den St. Johannistag. Als sie nun genug gegessen und getrunken hatten, machte der Fuchs wieder den Vorschlag, daß sie einander Geschichten erzählen wollten, und da kannst Du Dir wohl denken, wie Untreu die Ohren spitzte. Aber der Bär war das Mal verdrießlich, brummte und sprach: *»Es hat Jemand ausgeschwatzt, Was wir uns voriges Jahr erzählten, und darum wollen wir jetzt schweigen von Dem, was wir wissen!«* und darauf sagten die Thiere einander gute Nacht und gingen ihres Weges; und Untreu war nicht klüger geworden, als zuvor, das macht, weil er *Untreu* hieß und weil er *untreu* war.

49.) *PETER UND PAUL UND ESBEN ASCHENBRÖDEL.*

Es war einmal ein Mann, der hatte drei Söhne, die hießen Peter und Paul und Esben Aschenbrödel; aber weiter als die drei Söhne hatte er auch Nichts in der Welt, ja, er war so arm, daß er nicht einmal einen Knopf an seinem Rock hatte, und darum sagte er oft und alle Tage zu den Burschen, sie sollten fort in die Welt und sich ihr Brod verdienen, denn zu Hause bei ihm müßten sie doch am Ende nur todt hungern. Nun sollst Du mal hören, wie zuletzt die Burschen auf den Trab kamen; das ging nämlich so zu:

Nicht weit davon, wo der Mann wohnte, lag ein Königsschloß, und grade vor den Fenstern des Königs stand eine Eiche, die war so groß und so dick, daß sie alles Licht wegnahm, so daß die Sonne nicht ins Zimmer scheinen konnte. Darum hatte der König Demjenigen, der die Eiche umhauen könnte, viel Geld versprochen; aber dazu taugte Keiner; denn sobald Einer nur einen Span von dem Stamm abhaute, wuchs gleich wieder noch einmal so Viel daran. Ferner wollte der König einen Brunnen gegraben haben, der sollte das ganze Jahr hindurch Wasser halten; denn alle Großen in seinem Reich hatten Brunnen, nur er hatte keinen, und das, däuchte dem König, wäre doch Unrecht. Wer ihm nun einen solchen Brunnen graben konnte, der das ganze Jahr hindurch Wasser hielt, dem hatte er Geld und auch noch viele andre Dinge versprochen; aber Keiner konnt' es zu Stande bringen, denn das Schloß lag oben auf einem Berg, und kaum hatte man einige Zoll tief in die Erde gegraben, so kam man auf den harten Felsboden. Da sich aber der König einmal in den Kopf gesetzt hatte, daß die Sache zu Stande gebracht werden sollte, so ließ er zuletzt weit und breit bekannt machen in seinem ganzen Land, daß Der, welcher die große Eiche vor dem Schloß umhauen, und einen Brunnen graben könnte, der das ganze Jahr hindurch Wasser hielt, die Prinzessinn und das halbe Reich haben sollte. Nun kann man sich wohl denken, daß Viele kamen, um ihr Glück zu versuchen; aber was sie auch hauen und sägen und hacken und graben mochten, es half Alles nichts: die Eiche wurde bei jedem Hieb nur noch dicker, und der Felsboden wurde nicht weicher. Endlich wollten die drei Brüder auch fort und ihr Glück versuchen, und damit war der Vater wohlzufrieden; denn bekämen sie auch nicht die Prinzessinn und das halbe Reich, dachte er, so könnten sie doch wohl bei irgend einem braven Mann in Dienst kommen, und Mehr wünschte er nicht; und als darum die Brüder davon anfingen, daß sie zu dem Königsschloß wollten, sagte der Vater auch gleich Ja, und darauf machten Peter und Paul und Esben Aschenbrödel sich auf den Weg.

Als sie ein Ende gegangen waren, kamen sie an einem mit Tannen bewachsenen Berg vorbei, und oben da haute und haute es. »Das wundert mich, daß es da oben auf dem Berg so haut«, sagte Esben Aschenbrödel. »Du bist immer gleich bei der Hand mit Deinem Verwundern«, sagten Peter und Paul: »ist das zu verwundern, daß ein Holzhauer da auf dem Berg haut?« — »Ja, ich möchte aber doch wissen, Was es ist«, sagte Esben Aschenbrödel und ging hinauf. »Wenn Du ein solcher Narr bist, so sieh zu, dann wirst Du's erfahren!« riefen die Brüder ihm nach; aber Esben bekümmerte sich nicht darum, sondern ging grade nach dem Ort hin, wo er es hauen hörte, und da sah er nun eine Axt, welche ganz allein da stand und an einer Tanne haute. »Was stehst Du hier ganz allein und haust?« fragte Esben Aschenbrödel. »Ach, nun hab' ich hier gestanden und gehaut manchen lieben Tag, und hab' nur auf Dich gewartet«, sagte die Axt. »Gut, nun bin ich hier«, sagte Esben, schlug die Axt von dem Helft herunter und steckte sie in seinen Schnappsack. Als er nun wieder zu seinen Brüdern kam, machten sie sich über ihn lustig und fragten: »Na, was war denn Das für Schönes, was Du da oben sahst?« — »O, es war bloß eine Axt«, sagte Esben.

Als sie nun ein Ende weiter gegangen waren, kamen sie wieder zu einem Berg, und oben da hörten sie es hacken und graben. »Das wundert mich«, sagte Esben: »ich möchte doch wohl wissen, Was es ist, das da so hackt und gräbt.« — »Du bist immer gleich bei der Hand mit Deinem Verwundern«, sagten Peter und Paul: »hast Du denn nie die Vögel auf den Bäumen hacken und bicken hören?« — »Ja, aber ich hätte doch Lust, zu sehen, Was es ist«, sagte Esben und bekümmerte sich nicht darum, daß die Andern ihn wieder auslachten, sondern ging gradezu auf den Berg. Dort oben sah er nun eine Steinhacke, die stand da ganz allein und hackte und grub. »Guten Tag!« sagte Esben Aschenbrödel: »Was stehst Du hier ganz allein und hackst und gräbst?« — »Ach, nun hab' ich hier gestanden und gehackt und gegraben manchen lieben Tag und habe nur auf Dich gewartet«, sagte die Hacke. »Gut, nun bin ich hier«, sagte Esben, schlug die Hacke vom Stiel herunter, steckte sie in seinen Schnappsack, und damit ging er wieder fort. »Das war wohl was Schönes, was Du da oben sahst«, sagten Peter und Paul zu ihm, als er sie wieder eingeholt hatte. »O, es war nur eine Steinhacke«, sagte Esben Aschenbrödel.

Nun gingen sie ein gutes Ende weiter, bis sie endlich zu einem Bach kamen, und da nun alle Drei durstig waren von der Reise, legten sie sich nieder, um zu trinken. »Mich wundert nur dieser Bach«, sagte Aschenbrödel: »ich möchte doch wohl wissen, wo das Wasser herkommt.« — »Mich wundert nur, daß Du nicht recht im Kopf bist!« sagten Peter und Paul: »bist Du aber noch nicht verrückt, so wirst Du es wohl vor lauter Verwunderung bald werden. Hast Du denn noch nie gehört, daß das Wasser aus der Erde quillt?« — »Ja aber ich hätte doch Lust, zu sehen, wo es herkommt«, sagte Esben Aschenbrödel, und damit ging er an dem Bach entlang und bekümmerte sich nicht darum, daß seine Brüder hinter ihm herriefen und ihn auslachten. Als er nun ein weites Ende gegangen war, wurde der Bach schmäler und immer schmäler, und endlich sah er da eine große Wallnuß liegen, aus der sickerte das Wasser heraus. »Guten Tag«, sagte Esben: »Was liegst Du hier so allein und sickerst?« — »Ach, nun hab' ich hier gelegen und gesickert manchen lieben Tag und habe nur auf Dich gewartet«, sagte die Wallnuß. »Gut, nun bin ich hier«, sagte Esben, nahm einen Flausch Moos und stopfte es in das Loch, so daß das Wasser nicht heraus konnte, und dann steckte er die Wallnuß in seinen Schnappsack und ging wieder zurück zu seinen Brüdern. »Nun hast Du wohl gesehen, wo das Wasser herkommt; das sah wohl hübsch aus, kann ich mir denken«, sagten Peter und Paul. »O, es war bloß ein Loch, wo es herausfloß«, sagte Esben Aschenbrödel, und die Brüder lachten und machten sich über ihn lustig; aber Esben bekümmerte sich nicht darum, sondern sagte bloß: »Ich hatte nun einmal meine Lust daran, es zu sehen.«

Als sie nun noch etwas weiter gegangen waren, kamen sie zu dem Königsschloß. Aber da nun so viele Leute gehört hatten, daß sie die Prinzessinn und das halbe Reich gewinnen könnten, wenn sie es zu Stande brächten, die große Eiche umzuhauen und einen Brunnen im Schloßhof zu graben, der immer Wasser hielt, so waren schon so Viele gekommen, die ihr Glück versucht hatten, daß die Eiche noch einmal so groß und dick geworden war, als vorher; denn Du erinnerst Dich wohl noch, daß immer doppelt so Viel wieder anwuchs, als man mit der Axt abhaute. Darum hatte der König nun die Strafe ausgesetzt, daß wenn künftig Einer sein Glück versuchen wollte und die Eiche nicht umhauen könnte, ihm beide Ohren abgeschnitten werden sollten, und darnach sollte er auf eine Insel hinausgebracht werden, die mitten im Meer lag. Aber die beiden Brüder ließen sich dadurch nicht abschrecken, sie meinten, sie wollten die Eiche schon umhauen, und Peter, welcher der älteste war, sollte zuerst den Versuch machen. Aber es ging ihm nicht besser, als all den Andern, die vor ihm ihr Glück versucht hatten; denn für jeden Span, den er abhieb, wuchs gleich noch einmal so Viel wieder daran. Da nahmen die Leute des Königs ihn bei den Schlafitten und brachten ihn hinaus auf die Insel, nachdem sie ihm vorher beide Ohren abgeschnitten hatten. Nun wollte sich Paul daran machen; aber dem gings um Nichts besser. Als er zwei bis drei Hiebe gethan hatte, und die Leute sahen, daß die Eiche nur noch größer wurde, nahmen sie ihn ebenfalls beim Kragen und brachten ihn hinaus auf die Insel; ihm aber schnitten sie die Ohren noch dichter beim Kopf ab, weil er der Bruder von dem Andern war. Nun wollte sich Esben Aschenbrödel daran machen. »Möchtest Du gern aussehen, wie ein gemerktes Schaf, so wollen wir Dir lieber die Ohren gleich abschneiden, dann sparst Du die Mühe«, sagte der König und war gewaltig böse auf ihn, von wegen seiner Brüder. »Ich hätte doch Lust, erst mein Glück zu versuchen«, sagte Esben, und das durften sie ihm denn nicht verwehren. Er nahm nun seine Axt aus dem Schnappsack, steckte sie wieder auf den Helft und sprach dann: »Hau selber!« und sogleich fing die Axt an zu hauen, daß nur die Späne so flogen, und da dauerte es nicht lange, so war die Eiche herunter. Wie das gethan war, nahm Esben seine Hacke hervor, steckte sie wieder an den Stiel, und sprach dann: »Grabe und hacke selbst!« und sogleich fing die Hacke an zu graben und zu hacken, daß Erde und Steine umherflogen, und da kann man sich denn wohl denken, daß der Brunnen tief genug werden mußte. Als Esben ihn so tief und so groß hatte, wie er ihn haben wollte, nahm er seine Wallnuß und legte sie unten auf den Boden, dann zog er das Moos wieder aus dem Loch und sprach: »Fang' nun an zu sickern!« Da fing die Wallnuß an zu sickern, daß nur das Wasser so strömte, und da dauerte es nicht lange, so war der Brunnen bis an den Rand voll. So hatte nun Esben Aschenbrödel die Eiche umgehauen, die vor den Fenstern des Königs schattete, und einen Brunnen im Schloßhof gegraben, der beständig Wasser hielt; und da bekam er die Prinzessinn und das halbe Reich, so wie der König es versprochen hatte. Gut war es, daß Peter und Paul ihre Ohren verloren hatten, denn sonst hätten sie es immer und alle Tage hören müssen, daß Esben Aschenbrödel sich doch nicht so schlecht gewundert hatte.

50.) *DIE MÜHLE, DIE AUF DEM MEERGRUNDE MAHLT.*

Es waren mal in uralter Zeit zwei Brüder, der eine war reich, und der andre war arm. Als nun das Weihnachtsfest herankam, hatte der arme keinen Bissen Fleisch, noch Brod im Hause, ging darum zu seinem Bruder und bat ihn um eine Kleinigkeit in Gottes Namen. Nun war es aber nicht das erste Mal, daß der reiche Bruder dem armen Etwas gegeben hatte, und er war daher eben nicht sonderlich froh, als er ihn kommen sah. »Willst Du thun, Was ich Dir sage«, sprach er: »so sollst Du einen ganzen Schinken haben, so wie er im Rauch hangt.« Ja, das wollte der Arme gern und bedankte sich. »Da hast Du ihn!« sagte der Reiche, indem er ihm den Schinken zuwarf: »und geh nun zur Hölle!« — »Hab' ich es versprochen, so muß ich es thun«, sagte der Andre, nahm den Schinken und ging fort. Er wanderte wohl den ganzen Tag, und als es dunkel wurde, erblickte er vor sich einen hellen Lichtschimmer. »Hier muß es sein!« dachte er. Etwas weiter hin im Walde aber stand ein alter Mann mit einem langen weißen Bart und haute Holz. »Guten Abend!« sagte Der mit dem Rauchschinken. »Guten Abend! Wo willst Du hin?« sagte der Mann. »O, ich wollte nur zur Hölle, aber ich weiß nicht, ob ich recht gegangen bin«, versetzte der Arme. »Ja, Du bist ganz recht«, sagte der alte Mann: »denn das hier ist die Hölle«, und weiter sagte er: »Wenn Du nun hineinkommst, dann werden sie Dir wohl alle Deinen Schinken abkaufen wollen, denn Schweinfleisch ist ein seltnes Gericht in der Hölle; aber Du sollst ihn für kein Geld verkaufen, sondern sollst dafür die alte Handmühle verlangen, die hinter der Thür steht. Wenn Du dann wieder herauskommst, will ich Dir auch lehren, wie Du sie stellen mußt; denn die Mühle ist zu Etwas gut, mußt Du wissen.« Der Mann mit dem Schinken dankte für guten Bescheid und klopfte beim Teufel an.

Als er hineintrat, geschah es, wie der Alte ihm gesagt hatte: alle Teufel, groß und klein, kamen um ihn herum, und der eine überbot immer den andern auf den Rauchschinken. »Es war freilich meine Absicht, ihn zum Weihnachts-Heiligen-Abend mit meinem Weib zu verschmausen«, sagte der Mann: »aber weil Ihr alle so erpicht darauf seid, will ich ihn Euch wohl überlassen; aber ich verkaufe ihn für keinen andern Preis, als für die alte Handmühle, die da hinter der Thür steht.« Damit wollte aber der Teufel nicht gern heraus, und er dung und feilschte mit dem Mann; aber der blieb bei Dem, was er gesagt hatte, und da mußte ihm denn der Teufel endlich die Mühle überlassen. Als der Mann nun wieder aus der Hölle herausgekommen war, fragte er den alten Holzhauer, wie er denn die Mühle stellen müsse, und als der es ihm gesagt hatte, bedankte er sich und machte sich wieder auf den Heimweg; aber wie sehr er auch ausholte, so kam er doch nicht eher, als nachts um zwölf Uhr zu Hause an.

»Aber wo in aller Welt bist Du denn eigentlich gewesen?« sagte seine Frau, als er eintrat: »Ich hab' hier gesessen und gewartet von einer Stunde zur andern und habe nicht einmal zwei Holzsplitter kreuzweis über einander unter den Grützkessel zu legen, damit ich uns ein Weihnachtsessen koche.« — »O«, sagte der Mann: »ich konnte nicht gut eher kommen, denn ich hatte ein Geschäft zu besorgen und mußte deßhalb einen weiten Weg machen; aber nun sollst Du mal sehen, Was ich uns mitgebracht habe!« und damit stellte er die Mühle auf den Tisch hin und ließ sie mahlen, erst Lichter, dann ein Tischtuch, und darnach Essen und Bier und Alles, was zu einem guten Weihnachtsschmaus gehört; und so wie er es der Mühle befahl, so mahlte sie. Seine Frau stand da und kreuzte sich das eine Mal über das andre und wollte durchaus wissen, wo der Mann die Mühle herbekommen hätte; aber damit wollte er nicht heraus: »Es kann ganz einerlei sein, woher ich sie habe, Frau«, sagte er: »Du siehst, daß die Mühle gut ist, und daß das Mahlwasser nicht all wird, und das ist Genug«, und er mahlte Essen und Trinken und Alles, was gut schmeckt, für das ganze Weihnachtsfest, und am dritten Tag bat er seine Freunde zu sich, denn er wollte ihnen einen Gastschmaus geben. Als der reiche Bruder sah, Was da alles zum Schmaus bereit stand, lief es ihm heiß und kalt über die Haut, weil er seinem Bruder durchaus Nichts gönnte. »Am Weihnachts-Abend«, sagte er zu den Andern: »war er noch so bettelarm, daß er zu mir kam und mich um eine Kleinigkeit in Gottes Namen bat, und nun auf einmal lässt er's drauf gehen, als wenn er Graf, oder König geworden wäre. — Wo zum ewigen Satan! hast Du all den Reichthum herbekommen?« fragte er den Bruder. »Hinter der Thür«, sagte der, denn er hatte keine Lust, ihm zu beichten; aber gegen Abend, als er ein wenig in den Krüsel bekommen hatte, konnte er sich nicht länger halten, sondern kam mit der Mühle zum Vorschein. »Da siehst Du die Gans, die mir all den Reichthum gebracht hat«, sagte er und ließ die Mühle bald Dies, bald Jenes mahlen. Als der Bruder das sah, wollte er ihm die Mühle durchaus abkaufen; aber der Andre wollte sich anfangs gar nicht dazu verstehen; endlich aber, wie der Bruder so sehr darum anhielt, sollte er sie denn für dreihundert Thaler haben; aber bis zum Heumonat, das bedung er sich aus, wollte er sie noch behalten; »denn«, dachte er: »hab' ich sie noch so lange, kann ich mir Essen damit mahlen für manches liebe Jahr.« In dieser Zeit nun wurde die Mühle, wie man sich wohl denken kann, nicht rostig, und als der Heumonat herankam, erhielt der Bruder sie; aber der Andre hatte sich wohl gehütet, ihm zu sagen, wie er sie stellen müßte. Es war am Abend, als der Reiche die Mühle nach Hause brachte, und am Morgen sagte er zu seiner Frau, sie sollte mit den Schnittern ins Feld gehen und das Heu hinter ihnen kehren, er wolle derweile das Mittagsessen bereiten. Als es nun so gegen Mittag war, stellte er die Mühle auf den Küchentisch hin. »Mahl Hering und Milchsuppe, daß es Art hat!« sprach er. Da fing die Mühle an zu mahlen Hering und Milchsuppe, erst alle Schüsseln und Grapen voll, und nachher so viel, daß die ganze Küche davon schwamm. Der Mann stellte und drehte die Mühle; aber wie er sie auch handthieren mochte, so hielt die Mühle nicht auf, zu mahlen, und zuletzt stand die Milchsuppe schon so hoch, daß der Mann nahe daran war, zu ertrinken. Nun riß er die Stubenthür auf; aber es dauerte nicht lange, so hatte die Mühle auch die Stube vollgemahlt, und nur mit genauer Noth konnte der Mann noch die Thürklinke in der Fluth von lauter Milchsuppe erfassen. Wie er nun die Thür aufgemacht hatte, stürzte er hinaus ins Freie, und Hering und Milchsuppe immer hinter ihn drein, so daß der ganze Hof und das Feld davon strömte.

Indessen däuchte es der Frau, die das Heu auf dem Felde kehrte, es daure ziemlich lange, eh' der Mann käme und sie zum Mittag abriefe. »Wir wollen nur nach Hause gehen«, sagte sie zu den Schnittern: »denn ich kann es mir wohl denken, er kann mit der Milchsuppe nicht allein fertig werden, und ich muß ihm nur helfen.« Sie machten sich also auf und gingen nach Hause. Wie sie aber hinter den Berg kamen, schwamm ihnen Hering und Milchsuppe und Brod entgegen, alles durch einander, und der Mann lief immer voran. »Gott gebe, daß Jeder von Euch hundert Bäuche hätte, um in sich zu schlingen!« rief er: »Nehmt Euch aber in Acht, daß Ihr nicht in meinem Mittagsessen ersauft!« und damit fuhr er ihnen vorbei, als wär' der Teufel hinter ihm her, und hinüber zu seinem Bruder; den bat er nun um Gottes willen, er möchte doch sogleich die Mühle wiedernehmen; »denn mahlt sie noch eine Stunde dazu«, sprach er: »so vergeht das ganze Dorf in lauter Hering und Milchsuppe.« Der Bruder aber wollte die Mühle nicht wiedernehmen, wenn der Andre ihm nicht noch dreihundert Thaler dazu bezahlte. Weil nun durchaus kein andrer Rath war, so mußte der Reiche mit dem Gelde heraus. Nun hatte der Arme sowohl Geld, als die Mühle, und da dauerte es denn nicht lange, so hatte er sich ein Haus gebaut, noch weit prächtiger, als das, worin der Bruder wohnte. Mit der Mühle mahlte er so viel Gold zusammen, daß er die Wände mit lauter Goldplatten bekleiden konnte, und das Haus lag so nahe am Strande, daß man den Glanz davon schon von weitem auf dem Meer sah. Alle, die da vorbeisegelten, hielten dort an, um den reichen Mann in dem goldnen Hause zu besuchen und die wunderbare Mühle zu sehen; denn es ging davon ein Gerede weit und breit.

Einmal kam auch ein Schiffer dort vorbei, der wollte ebenfalls die Mühle sehen, und als er sie gesehen hatte, fragte er, ob sie auch wohl Salz mahlen könne. »Ja, Salz kann sie auch mahlen«, sagte der Mann; und nun wollte der Schiffer sie ihm durchaus abkaufen, sie möchte kosten, Was sie wolle; »denn habe ich die«, dachte er: »dann brauch' ich nicht immer so weit über's wilde Meer zu segeln, um Salz zu holen; sondern kann mir einen guten Tag pflegen.« Anfangs aber wollte der Mann sie durchaus nicht losschlagen; aber der Schiffer bat ihn so lange und so flehend, bis er sie ihm endlich für viele tausend Thaler verkaufte. Als nun der Schiffer die Mühle bekommen hatte, blieb er nicht lange in der Gegend; denn er dachte, dem Mann könne der Handel nachher wieder leid werden; er ließ sich auch nicht einmal so viel Zeit, daß er ihn fragte, wie er die Mühle stellen müßte, sondern ging schnell auf sein Schiff und stieß von Land. Als er ein Ende hinausgekommen war in die große See, nahm er seine Mühle hervor. »Mahl Salz, daß es Art hat!« rief er. Da fing die Mühle an und mahlte Salz, daß es knisterte und sprühte. Als der Schiffer sein Schiff voll hatte, wollte er die Mühle stopfen, aber wie er's auch anfing und sie stellen und drehen mochte, die Mühle mahlte immer fort, und der Salzhaufen wuchs höher und immer höher, und zuletzt versank das ganze Schiff ins Meer. Da steht nun die Mühle auf dem Meergrunde und mahlt noch den heutigen Tag, und daher kommt es, daß das Meerwasser salzig ist.

51.) DIE PRINZESSINN AUF DEM GLÄSERNEN BERG.

Es war einmal ein Mann, der hatte eine Heuwiese, die lag auf einem Berg, und auf der Wiese stand ein Schoppen, worin er das Futter aufbewahrte. In den letzten Jahren aber war der Schoppen immer ziemlich leer gewesen; denn allemal in der St. Johannisnacht, wenn das Gras am schönsten und üppigsten stand, wurde die Wiese ganz kahl, als ob eine Viehheerde da gegangen und das Gras abgefressen hätte. So geschah es das eine Jahr, und so geschah es das andre. Das verdroß endlich den Mann, und er sagte zu seinen Söhnen — er hatte drei, und der dritte hieß *Aschenbrödel,* mußt Du wissen — es solle einer von ihnen in der St. Johannisnacht im Heuschoppen liegen und Acht geben, wie das Ding zusammenhinge; denn es könne nicht angehen, daß jedes Jahr das Gras mit Stumpf und Stiel abgefressen würde, sagte er. Nun machte zuerst der älteste Sohn sich auf; er wollte schon aufpassen, sagte er, und es sollten ihm weder Menschen, noch Vieh, noch der Teufel selbst das Gras von der Wiese stehlen. Darauf ging er hin und legte sich in dem Heuschoppen schlafen. Wie es aber auf die Nacht kam, entstand plötzlich ein solches Getöse und ein Erdbeben, daß Dach und Wände krachten. Dem Burschen ward angst und bange, und er sprang auf und lief davon, ohne sich umzusehen, und die Wiese wurde in dieser Nacht wieder eben so kahl, als in den beiden letzten Jahren.

Den nächsten St. Johannis-Abend sagte der Mann wieder, es könne nicht angehen, daß sie jedes Jahr ihr Heu auf der Wiese einbüßen sollten, es müsse einer von den Söhnen die Nacht über im Schoppen schlafen und gut aufpassen. Da machte sich denn der zweite Sohn auf; aber es ging ihm nicht besser, als seinem Bruder; denn in der Nacht entstand wieder ein Getöse und ein Erdbeben, noch weit furchtbarer, als in der vorigen Johannis-Nacht. Dem Burschen ward angst und bange, und er sprang auf und schwang die Fersen, als ob's für Geld ginge.

Das Jahr darauf kam die Reihe an Aschenbrödel. Als er sich aber anschickte, nach der Wiese zu gehen, fingen die andern Beiden an zu lachen und machten sich über ihn lustig. »Ja, Du bist eben der Rechte, um das Heu zu hüten«, sagten sie: »Du, der Du nichts Anders gelernt hast, als in der Asche zu sitzen und Dich zu braten.« Aber Aschenbrödel bekümmerte sich nicht um ihr Geschwätz, sondern als es Abend wurde, ging er gradezu nach der Wiese. Als er eine Weile im Schoppen gelegen hatte, fing es an zu donnern und zu krachen. »O, wenn's nicht schlimmer wird, so kann ich's aushalten«, dachte Aschenbrödel. Als er noch eine Weile gelegen hatte, entstand ein Krachen und ein Erdbeben, daß die Heuhalme umherstoben. »O, wenn's nicht schlimmer wird, so halt ich's aus«, dachte Aschenbrödel. Bald darauf kam ein drittes Krachen und Erdbeben, so daß der Bursch glaubte, Dach und Wände würden zusammenstürzen; als das aber vorbei war, wurde es mäuschenstill. »Ob's wohl wiederkommt?« dachte Aschenbrödel; aber es kam nicht wieder. Nach einer Weile däuchte es dem Burschen, als ob draußen vor dem Schoppen ein Pferd stände und graste. Er schlich sich daher an die Thür und guckte durch die Ritze, und da sah er denn ein Pferd stehen, welches das Gras abbiß; aber ein so großes und stattliches Pferd hatte Aschenbrödel noch nie gesehen, und auf dem Rücken trug es Sattel und Gebiß und eine vollständige Rüstung für einen Ritter. Alles aber war von Kupfer, und so blank, daß es glitzerte. »Haha! bist Du es, der uns immer das Gras abfrisst?« dachte der Bursch: »aber das will ich Dir schon verbieten.« Er nahm darauf schnell sein Feuerstahl aus der Tasche und warf es über das Pferd; da konnte es sich nicht vom Fleck rühren, sondern war so zahm, daß der Bursch mit ihm machen konnte, Was er wollte. Er setzte sich nun darauf und ritt damit nach einem Ort hin, den Niemand kannte, als er allein, und da brachte er es in Verwahrsam. Als er wieder nach Hause kam, fingen seine Brüder an zu lachen und fragten ihn, wie es denn gegangen sei. »Du bliebst wohl nicht lange in dem Schoppen liegen«, sagten sie: »wenn Du sonst überhaupt nach der

Wiese gekommen bist.« — »Ich habe so lange in dem Schoppen gelegen, bis die Sonne aufging«, sagte der Bursch: »aber ich habe Nichts gehört, noch gesehen. Gott mag wissen, Was es ist, das Euch so in Furcht gejagt hat.« — »Ja, wir werden bald sehen, wie Du die Wiese gehütet hast«, versetzten die Brüder. Als sie aber hinkamen, stand das Gras da eben so hoch und so dicht, als den Tag zuvor.

Den nächsten Johannis war es wieder das alte Lied. Keiner von den beiden Brüdern wollte nach dem Schoppen gehen und die Wiese hüten, aber Aschenbrödel, der wollte. Nun ging es wieder eben so, wie in der vorigen Johannis-Nacht: zuerst kam wieder ein furchtbares Getöse und ein Erdbeben, dann noch einmal, und endlich zum dritten Mal; aber alle drei Erdbeben waren diesmal weit stärker, als das vorige Jahr. Darauf ward es plötzlich ganz still, und der Bursch hörte Etwas draußen vor dem Schoppen knuppern; er schlich sich nun wieder ganz leise nach der Thür und guckte durch die Ritze. Ja, richtig! da stand wieder ein Pferd dicht an der Mauer und fraß das Gras ab; aber das war noch weit größer und stattlicher, als das vorige, und auf dem Rücken lagen Sattel und Gebiß und eine vollständige Rüstung für einen Ritter — Alles von blankem Silber, und so prächtig, wie man's nur sehen kann. »Haha! bist Du es, der uns in dieser Nacht das Gras abfressen wollte?« dachte der Bursch: »aber das will ich Dir verbieten«, und damit nahm er schnell sein Feuerstahl aus der Tasche und warf es dem Pferd über die Mähne, und nun stand es da, so fromm und so zahm, wie ein Lamm. Da setzte der Bursch sich drauf und ritt damit nach demselben Ort hin, wo er das andre Pferd stehen hatte, und dann ging er wieder nach Hause. »Heute sieht es wohl schön aus auf der Heuwiese«, sagten die Brüder. »O ja, ganz gut,« versetzte Aschenbrödel. Sie wollten nun hin und zusehen, und als sie hinkamen, stand das Gras da so hoch und so schön, daß es nur eine Lust war; aber die Brüder wurden darum nicht freundlicher gegen Aschenbrödel.

Als die dritte Johannis-Nacht herankam, wollte wieder Keiner von den beiden ältesten Brüdern in dem Heuschoppen liegen und die Wiese hüten; denn sie waren noch so eingeschüchtert von der ersten Nacht her, die sie da gelegen hatten, daß sie's gar nicht wieder vergessen konnten. Da mußte sich denn Aschenbrödel wieder aufmachen; und nun ging es wieder eben so, wie die beiden vorigen Male: es kamen wieder drei Erdbeben, das eine noch immer stärker, als das andre, und bei dem letzten tanzte der Bursch von der einen Schoppenwand zur andern; aber darauf wurde es mäuschenstill. Als der Bursch nun noch eine Weile gelegen hatte, hörte er wieder draußen vor dem Schoppen Etwas knuppern. Er schlich sich nun leise nach der Thür und guckte durch die Ritze — da stand denn wieder ein Pferd da, noch weit größer und staatlicher, als die beiden andern, die er schon gefangen hatte. »Haha! bist Du es, der mir diese Nacht das Gras abfressen wollte?« dachte der Bursch: »aber das will ich Dir schon verbieten«; und damit nahm er sein Feuerstahl und warf es über das Pferd, und da stand es auf dem Fleck so fest, als wär' es dran genagelt, und der Bursch konnte mit ihm machen, Was er wollte; er ritt es nun nach demselben Ort hin, wo er schon die beiden andern Pferde stehen hatte, und ging dann nach Hause. Die beiden Brüder machten sich wieder über ihn lustig, eben so wie die beiden vorigen Male. Diese Nacht, sagten sie, hätte er die Wiese wohl gut gehütet, denn er sähe ja aus, als ob er noch im Schlaf ginge, und Was Dergleichen Mehr war. Aber Aschenbrödel that, als ob er nicht darauf achte, sondern sagte bloß, sie möchten nur hingehen und zusehen; das thaten sie denn auch; aber das Gras stand da eben so schön und üppig, als den Tag zuvor.

Um diese Zeit geschah es, daß der König des Landes, in welchem Aschenbrödels Vater wohnte, ein Aufgebot in seinem ganzen Reich ergehen ließ. Der König hatte nämlich eine Tochter von wunderlieblicher Schönheit, und die wollte er verheirathen. Die Tochter aber saß mit drei goldnen Äpfeln in ihrem Schoß oben auf einem hohen gläsernen Berg, der war so glatt wie Eis und so blank wie ein Spiegel. Wer nun auf den Berg reiten und ihr die drei Äpfel aus dem Schoß nehmen könnte, der sollte die Prinzessinn und das halbe Reich haben; das hatte der König in allen Kirchdörfern in seinem ganzen Reich und noch in vielen andern Königreichen bekannt machen lassen. Weil nun die Prinzessinn so außerordentlich schön war, daß Jeder, der sie nur ansah, sogleich in sie verliebt ward, er mochte wollen, oder nicht, so hatten alle Prinzen und Ritter große Lust, sie und das halbe Königreich zu gewinnen, und kamen daher von allen Enden der Welt geritten, so stattlich, daß man den Glanz schon von weitem sah; und ihre Pferde gingen einher, als ob sie unter ihnen tanzten — kurz, es war Niemand, der nicht daran dachte, die Prinzessinn und das halbe Reich zu gewinnen.

Als nun der Tag gekommen war, den der König zu dem Ritt bestimmt hatte, waren so viele Prinzen und Ritter um den gläsernen Berg versammelt, daß es von ihnen wimmelte; und Jeder, der nur kriechen konnte, wollte hin und sehen, Wer die Königstochter gewönne, und die beiden Brüder von Aschenbrödel wollten auch hin, aber Aschenbrödel wollten sie nicht mit haben, denn hätten sie einen solchen Wechselbalg bei sich, so schwarz und abscheulich wie er, der immer da liege und in der Asche wühle, sagten sie, dann würden die Leute sich nur über sie lustig machen. Aschenbrödel aber sagte, es wär' ihm ganz einerlei, er bliebe auch so gern zu Hause. Als nun die beiden Brüder zu dem gläsernen Berg kamen, versuchten schon alle Ritter und Prinzen den Ritt, und sie ritten, daß die Pferde unter ihnen schäumten; aber es half ihnen Alles nichts; denn sowie nur das Pferd den Fuß an den Berg setzte, glitt es immer wieder aus, und es war kein Einziger da, der nur ein paar Ellen lang an dem Berg hinauf gekommen wäre, und das war eben nicht zu verwundern, denn der Berg war so glatt wie ein Spiegel, und so steil wie eine Wand. Alle aber wollten gern die Königstochter und das halbe Reich gewinnen, und sie ritten und sie glitten, aber Alles umsonst. Zuletzt waren alle Pferde schon so ausgemattet, daß sie nicht mehr vom Fleck konnten, und über und über waren sie mit Schweiß bedeckt, und der Schaum stand ihnen vor dem Mund. Da mußten sich denn die Prinzen und Ritter endlich geben. Der König wollte nun schon bekannt machen lassen, daß das Wettreiten den nächsten Tag wieder anfangen sollte, ob's dann vielleicht Einem gelingen möchte; aber in demselben Augenblick kam ein Ritter in einer kupfernen Rüstung daher, die war so blank, daß man sich darin spiegeln konnte, und das Pferd, das er ritt, war so groß und so stattlich, wie noch Keiner ein solches Pferd je gesehen hatte. Die andern Prinzen und Ritter aber riefen ihm zu, er könne sich gern die Mühe sparen, den Ritt zu versuchen, denn es würde ihm doch nichts helfen. Jener konnte aber auf dem Ohr nicht hören, sondern ritt grade auf den gläsernen Berg zu und hinan und hinauf, als wär' es gar Nichts gewesen. Als er aber um das erste Drittheil hinaufgekommen war, lenkte er mit dem Pferd um und ritt wieder zurück. Einen so schönen Ritter hatte die Prinzessinn noch nie zuvor gesehen, und sie dachte bei sich selbst: »Ach Gott, wenn er doch nur heraufkäme!« Als sie aber sah, daß er mit dem Pferd wieder umlenkte, warf sie ihm einen von den goldnen Äpfeln nach, und der rollte hinab in seinen Schuh. Sobald der fremde Ritter wieder unten war, gab er seinem Pferd die Spornen und jagte davon, und Niemand wußte, wo er gestoben oder geflogen war. Am Abend sollten alle Prinzen und Ritter vor dem König erscheinen, damit Der, welcher an dem gläsernen Berg hinaufgeritten sei, den goldnen Apfel aufzeigen könne, den die Königstochter ihm zugeworfen hatte. Aber da war Keiner, der Etwas aufzeigen konnte; der Eine kam nach dem Andern, aber den goldnen Apfel hatte Niemand.

Als nun die Brüder Aschenbrödels wieder nach Hause kamen, erzählten sie ein Langes und Breites von dem Ritt auf den gläsernen Berg: wie zuerst Keiner auch nur einen Schritt lang an dem Berg hätte hinaufkommen können, und wie nachher Einer gekommen wäre in einer kupfernen Rüstung, so blank, daß man sich darin spiegeln konnte, »und das war ein Bursch«, sagten sie: »der konnte reiten; er ritt wohl über den dritten Theil an dem gläsernen Berg hinauf, und er hätte auch wohl ganz hinaufreiten können, wenn er bloß gewollt hätte; aber da kehrte er wieder um, denn er mochte wohl denken, es sei Genug für das Mal.« — »O, den hätt' ich auch wohl sehen mögen!« sagte Aschenbrödel — er saß auf dem Herd und wühlte in der Asche, wie er gewöhnlich zu thun pflegte. »Ja, Du!« sagten die Brüder: »Du siehst auch darnach aus, daß Du Dich vor so hohen Herrschaften kannst sehen lassen, Du abscheuliches Biest, so wie Du da sitzest!«

Den andern Tag wollten die Brüder wieder nach dem gläsernen Berg, und Aschenbrödel bat sie auch das Mal, sie möchten ihn doch mitnehmen, damit er auch zusehen könne;

aber nein, das ging nicht an, dazu wär' er viel zu häßlich, sagten sie. »Ei nun, so bleib' ich auch eben so gern zu Hause«, sagte Aschenbrödel. Als die Brüder zu dem Berg kamen, begannen eben die Ritter und Prinzen wieder ihr Wettreiten, und das Mal hatten sie ihre Pferde gehörig beschlagen lassen, kannst Du glauben; aber es half ihnen doch Alles nichts, sie ritten und sie glitten eben so, wie den vorigen Tag, und Keiner kam auch nur eine Elle lang an dem Berg hinauf; und als sie ihre Pferde so lange abgequält hatten, daß sie nicht mehr von der Stelle konnten, mußten sie alle wieder aufhalten. Nun wollte der König schon bekannt machen lassen, daß das Wettreiten den nächsten Tag zum letzten Mal vor sich gehen sollte, ob's dann vielleicht noch Einem gelänge; da fiel ihm aber der Ritter mit der kupfernen Rüstung ein, und er beschloß, noch ein wenig zu warten, ob er sich etwa noch einfinden möchte. Aber der Ritter mit der kupfernen Rüstung fand sich nicht ein; dagegen aber kam nach einer Weile ein anderer Ritter daher gesprengt, der trug eine silberne Rüstung, die blitzte schon von weitem, und das Roß, welches er ritt, war noch weit größer und stattlicher, als das des kupfernen Ritters von gestern. Die Ritter und Prinzen riefen ihm zwar zu, er könne sich gern die Mühe sparen, den Ritt zu versuchen, denn es würde ihm doch nichts helfen; aber er achtete nicht darauf, sondern ritt grade auf den gläsernen Berg zu und hinan und hinauf, noch viel weiter, als der in der kupfernen Rüstung. Als er aber um zwei Drittheile hinaufgekommen war, lenkte er mit seinem Pferd um und ritt wieder zurück. *Den* Ritter mochte nun die Prinzessinn noch lieber leiden, als den von gestern, und sie wünschte, daß er doch nur ganz hinaufkommen möchte. Als sie aber sah, daß er wieder umkehrte, warf sie ihm den andern Apfel nach, und der rollte hinunter in seinen Schuh. Der Ritter aber jagte schnell davon, und Niemand wußte, wo er geblieben war.

Am Abend sollten wieder Alle vor dem König und der Prinzessinn erscheinen, damit Der, welcher den goldnen Apfel hätte, ihn aufweisen könne; aber den goldnen Apfel hatte Niemand.

Die Brüder erzählten zu Hause wieder, wie sich Alles zugetragen hatte. »Alle Prinzen und Ritter, die da versammelt waren«, sagten sie: »konnten Nichts ausrichten; zuletzt aber kam Einer mit einer silbernen Rüstung — Wetter nicht mal! der konnte reiten! Er kam wohl über zwei Drittheile an dem Berg hinauf, und da kehrte er wieder um. Aber das war ein Bursch! und die Prinzessinn warf ihm den zweiten Apfel nach.« — »Ach, den hätt' ich auch wohl sehen mögen!« sagte Aschenbrödel. »Ja, er war ein wenig blanker, als die Asche, worin Du wühlst, Du schwarzes Biest!« sagten die Brüder.

Am dritten Tag ging es wieder ungefähr eben so: Aschenbrödel wollte wieder mit und zusehen; aber die Brüder wollten ihn durchaus nicht mitnehmen. Als sie zu dem gläsernen Berg kamen, konnte wieder Niemand auch nur eine Elle lang hinaufkommen. Alle warteten nun auf den Ritter mit der silbernen Rüstung; aber der war weder zu sehen, noch zu hören. Endlich kam ein Ritter in einer goldenen Rüstung dahergesprengt, die strahlte, daß man den Glanz schon weit in der Ferne sehen konnte, und das Pferd, das er ritt, war so groß und so stattlich, daß Keiner noch dergleichen je gesehen hatte. Die Prinzen und Ritter konnten vor lauter Verwunderung ihm nicht einmal zurufen, daß er sich die Mühe sparen solle, den Ritt zu versuchen, und ehe sie sich's versahen, war er schon bei dem gläsernen Berg und sprengte hinauf, als wär' es gar Nichts gewesen, so daß die Prinzessinn nicht einmal Zeit bekam, zu wünschen, er möchte doch ganz hinaufkommen. Oben nahm er ihr den dritten goldnen Apfel aus dem Schoß, lenkte dann mit seinem Pferd wieder um — und fort war er, als wär' er verschwunden.

Als am Abend die Brüder nach Hause kamen, erzählten sie wieder ein Langes und Breites von dem Wettreiten an dem Tage, und zuletzt erzählten sie auch von dem Ritter mit der goldnen Rüstung. »Das war aber ein Bursch!« sagten sie: »einen so stattlichen Ritter giebt's nicht mehr in der Welt.« — »O, den hätt' ich auch wohl sehen mögen!« sagte Aschenbrödel. »Ja, es blitzt nicht völlig so in der Asche, worin Du immer wühlst, Du schwarzes Biest!« sagten die Brüder.

Tages darauf sollten alle Prinzen und Ritter vor dem König und der Prinzessinn erscheinen, — denn am Abend, glaub' ich, war es schon zu spät geworden — damit Der, welcher den goldnen Apfel hätte, ihn aufweisen könne. Es kam nun Einer nach dem Andern, erst kamen alle Prinzen, und dann die Ritter; aber den goldnen Apfel hatte Niemand. »Ja, Einer muß ihn doch haben«, sagte der König; »denn wir sahen es ja alle mit unsern Augen, wie *er* da den Berg hinaufritt und ihn der Prinzessinn aus dem Schoß nahm.« Da sich aber Niemand meldete, gab endlich der König den Befehl, daß alle Leute in seinem ganzen Land aufs Schloß kommen sollten, damit Der, welcher den goldnen Apfel hätte, ihn aufweise. Es kam nun Einer nach dem Andern; aber den goldnen Apfel hatte Niemand. Endlich kamen auch die beiden Brüder von Aschenbrödel; sie waren die letzten. Darauf fragte der König, ob denn gar nicht mehr Leute in seinem Reich wären. »Ja, wir haben noch einen Bruder zu Hause«, sagten die Beiden: »aber der hat den goldnen Apfel wohl nicht genommen; denn er ist in der Zeit nicht aus dem Aschhaufen gekommen.« — »Einerlei«, sagte der König: »sind alle die Andern hier gewesen, so mag er auch kommen!« und da mußte denn Aschenbrödel auch aufs Schloß. »Hast Du den goldnen Apfel, Du?« fragte ihn der König. »Ja, hier ist er, und hier ist der andre, und hier ist der dritte«, sagte Aschenbrödel, indem er alle drei goldenen Äpfel aus der Tasche nahm; und in demselben Augenblick warf er seine russigen Kleider ab und stand nun da in seiner goldenen Rüstung, daß es nur so blitzte. »Ja, Du sollst meine Tochter und das halbe Reich haben«, sagte der König: »denn Du hast beides ehrlich verdient.« Darauf wurde die Hochzeit gehalten, und Aschenbrödel bekam die Prinzessinn und das halbe Reich. Bei der Hochzeit aber ging's lustig her; denn Hochzeit feiern konnten sie alle, wenn sie auch nicht auf den gläsernen Berg reiten konnten; und haben sie nicht aufgehört zu feiern, so feiern sie noch.

52.) SCHMIERBOCK.

Es war einmal eine Frau, die hatte einen kleinen Knaben, der war so dick und so fett und mochte immer so gern gute Bissen, und darum nannte die Mutter ihn *Schmierbock;* auch hatte sie einen kleinen allerliebsten Hund, welchen sie *Goldzahn* nannte. Nun stand die Frau einmal beim Backtrog und backte Brod; da fing der Hund plötzlich an zu bellen.

»Lauf mal hinaus, Schmierbock«, sagte die Frau: »und sieh zu, wonach Goldzahn so bellt.« Da lief der Knabe hinaus, kam wieder herein und sagte:

»Na, Gott steh uns bei! da kommt ein großes, langes Trollweib her mit dem Kopf unter dem Arm und einem Sack auf dem Rücken.« —

»Kriech unter den Backtrog und versteck Dich!« sagte seine Mutter.

Nun kam das Trollweib an. »Guten Tag!« sagte sie.

»Schönen Dank!« sagte die Mutter von Schmierbock.

»Ist Schmierbock nicht zu Hause?« fragte das Weib.

»Nein, er ist mit seinem Vater im Holz und fängt Waldhühner«, versetzte die Frau.

»Das wär' der Troll!« sagte das Weib: »ich hab' ein kleines silbernes Messer, das wollt' ich ihm gern schenken.« —

»Pip! pip! hier bin ich!« sagte Schmierbock unter dem Backtrog und kroch hervor.

»Ich bin so alt und bin schon so steif im Rücken«, sagte das Trollweib: »Du mußt in den Sack kriechen und es Dir selbst holen.«

Wie nun Schmierbock in den Sack gekrochen war, schwang das Weib ihn auf den Rücken und ging damit fort. Als sie aber ein Ende gegangen war, wurde sie müde und fragte: »Wie weit ist es noch bis zur Schlafstelle?« —

»Ein Halbviertel Weges«, antwortete Schmierbock.

Da setzte das Weib den Sack am Wege nieder, strich durch's Unterholz und legte sich schlafen. Nun benutzte Schmierbock die Gelegenheit, nahm sein Messer, schnitt damit ein Loch in den Sack und kroch heraus; dann legte er eine große

Kienwurzel an die Stelle und lief wieder nach Hause zu seiner Mutter. Als nun das Trollweib in ihrer Wohnung ankam und sah, Was sie im Sack hatte, da wurde sie so böse, daß es gar nicht zu sagen ist.

Tages darauf stand die Frau abermals beim Trog und backte Brod; da begann der Hund plötzlich wieder zu bellen. »Lauf mal hinaus, Schmierbock«, sagte die Frau: »und sieh zu, wonach Goldzahn so bellt.« —

»Nun seh mal Einer das abscheuliche Biest!« sagte Schmierbock: »da kommt sie wieder mit dem Kopf unter dem Arm und einem großen Sack auf dem Rücken.« —

»Kriech unter den Backtrog und versteck Dich!« sagte seine Mutter.

Nun kam das Trollweib an. »Guten Tag!« sagte sie: »ist Schmierbock nicht zu Hause?« —

»Ei, was wollt' er zu Hause sein!« sagte die Frau: »er ist mit seinem Vater im Holz und fängt Waldhühner.« —

»Das wär' der Troll!« sagte das Weib: »ich hab' ihm sonst eine schöne silberne Gabel mitgebracht, die wollt' ich ihm schenken.«

»Pip! pip! hier bin ich!« sagte Schmierbock und kroch hervor.

»Ich bin so steif im Rücken«, sagte das Trollweib: »Du mußt selbst in den Sack kriechen und sie Dir holen.« Als nun Schmierbock in den Sack gekrochen war, schwang das Weib ihn auf den Rücken und ging fort. Wie sie aber ein Ende gegangen war, wurde sie wieder müde und fragte: »Wie weit ist es noch bis zur Schlafstelle?« —

»Eine halbe Meile«, antwortete Schmierbock.

Da setzte das Weib den Sack am Wege nieder, strich durch den Wald und legte sich schlafen. Indessen aber benutzte Schmierbock die Gelegenheit, schnitt ein Loch in den Sack und kroch heraus; dann legte er einen großen Stein an die Stelle und lief wieder nach Hause zu seiner Mutter. Als nun das Trollweib in ihrer Wohnung ankam, machte sie ein großes Feuer auf dem Herd an, hängte einen großen Kessel darüber und wollte Schmierbock kochen. Als sie ihn aber in den Kessel schütten wollte, fiel der Stein heraus und schlug den Boden entzwei, so daß alles Wasser herauslief und das Feuer auslöschte. Da wurde das Weib ganz wüthend und sagte:

»Wenn er sich auch noch so sehr sträubt, ich will ihn doch schon kriegen.«

Das dritte Mal ging es wieder eben so. Goldzahn fing wieder an zu bellen, und da sagte die Mutter zu dem Knaben: »Geh mal hinaus, Schmierbock, und sieh zu, wonach Goldzahn so bellt.«

Schmierbock lief hinaus, kam wieder herein und sagte: »Na, Gott steh uns bei! Da kommt wieder das Trollmensch mit dem Kopf unter dem Arm und einem Sack auf dem Rücken.« —

»Kriech unter den Backtrog und versteck' Dich!« sagte die Mutter.

Es dauerte nicht lange, so kam das Trollweib an. »Guten Tag!« sagte sie: »ist Schmierbock nicht zu Hause?« —

»Ei was wollt' er zu Hause sein!« sagte die Mutter: »er ist mit seinem Vater im Holz und fängt Waldhühner.« —

»Das wär' der Troll!« sagte das Weib: »ich habe sonst einen hübschen silbernen Löffel mitgebracht, den wollt' ich ihm schenken.« —

»Pip! pip! hier bin ich!« sagte Schmierbock und kroch unter dem Backtrog hervor.

»Ich bin so steif im Rücken«, sagte das Trollweib: »Du mußt selbst in den Sack kriechen und ihn Dir holen.« Als Schmierbock hineingekrochen war, schwang das Weib den Sack wieder auf den Rücken und ging fort. Das Mal aber legte sie sich nicht wieder im Wald schlafen, sondern trug Schmierbock gradesweges nach ihrem Hause. Als sie dort ankam, war es grade Sonntag; darum sagte sie zu ihrer Tochter:

»Nimm diesen Schmierbock und schlachte ihn und koch Suppe davon; die muß aber fertig sein, wenn ich zurückkomme; denn ich gehe jetzt mit Deinem Vater in die Kirche, um Fremde zu bitten.«

Als nun das Trollpack gegangen war, wollte die Tochter den Schmierbock schlachten; aber sie wußte gar nicht, wie sie das anfangen sollte.

»Wart, ich will Dir's zeigen, wie Du's machen mußt«, sagte Schmierbock: »Lege nur Deinen Kopf auf die Bank, dann sollst Du mal sehen.«

Das that denn das arme Mädchen auch; aber da nahm

Schmierbock die Axt und hieb ihr damit den Kopf ab, als wär's ein Küken gewesen. Dann legte er den Kopf ins Bett und den Rumpf in den Kessel und kochte Suppe davon; und als er das gethan hatte, nahm er die Kienwurzel und den Stein und kroch damit in den Schornstein hinauf.

Als darauf das Trollweib mit ihrem Mann wieder nach Hause kam, und sie den Kopf im Bett liegen sahen, meinten sie, es wäre die Tochter, die schliefe; sie wollten sie nun nicht aufwecken, sondern gingen zum Kessel, um die Suppe zu kosten.

»Schmeckt gut, die Schmierbocksuppe!« sagte das Trollweib.

»Schmeckt gut, die Tochtersuppe!« sagte Schmierbock oben im Schornstein; aber das hörten sie nicht recht.

Darauf nahm der Troll den Löffel und wollte auch die Suppe kosten.

»Schmeckt gut, die Schmierbocksuppe!« sagte er.

»Schmeckt gut, die Tochtersuppe!« sagte Schmierbock im Schornstein.

Da wurden sie aufmerksam und konnten nicht begreifen, Wer es sei, der da im Schornstein schwatze; sie stiegen daher auf den Herd und wollten zusehen. Aber da nahm Schmierbock die Kienwurzel und den Stein und warf sie damit auf den Kopf, so daß sie todt umfielen. Als Schmierbock das sah, stieg er wieder herunter, nahm all das Gold und Silber, was er da vorfand, und reiste damit nach Hause zu seiner Mutter. Und nun war Schmierbock ein reicher Mann.

Ende.

INHALTSVERZEICHNIS.

1.) Von Aschenbrödel, welcher die silbernen Enten, die Bettdecke und die goldne Harfe des Trollen stahl 5
2.) Der Gertrudsvogel 10
3.) Der Vogel Dam 11
4.) Die wortschlaue Prinzessin 22
5.) Der reiche Peter Krämer 24
6.) Aschenbrödel, der mit dem Trollen um die Wette aß 35
7.) Von dem Burschen, der zu dem Nordwind ging und das Mehl zurückforderte 38
8.) Die Jungfrau Maria als Gevatterin 41
9.) Die drei Prinzessinnen aus Witenland 46
10.) Es giebt noch mehr solche Weiber 52
11.) Einem Jeden gefallen seine Kinder am besten . . . 57
12.) Eine Freiergeschichte 58
13.) Die drei Muhmen 59
14.) Der Sohn der Wittwe 63
15.) Die Tochter des Mannes und die Tochter der Frau 72
16.) Hähnchen und Hühnchen im Nußwald 81
17.) Der Bär und der Fuchs 84
18.) Gudbrand vom Berge 87
19.) Kari Trästak 91
20.) Der Fuchs als Hirte 103
21.) Vom Schmied, den der Teufel nicht in die Hölle lassen durfte 104
22.) Der Hahn und die Henne 110
23.) Der Hahn, der Kukuk und der Auerhahn 111
24.) Lillekort 112
25.) Die Puppe im Grase 126
26.) Das Kätzchen auf Dovre 128
27.) Soria-Moria-Schloß 130
28.) Der Herr Peter 140
29.) Aase, das kleine Gänsemädchen 145
30.) Der Bursch und der Teufel 148

31.) Die sieben Füllen 149
32.) Gidske 156
33.) Die zwölf wilden Enten 161
34.) Der Meisterdieb 168
35.) Die drei Schwestern im Berge 182
36.) Von dem Riesen, der kein Herz im Leibe hatte . . 188
37.) Die Grimschecke 195
38.) Es hat keine Noth mit Dem, in welchen alle Weiber verliebt sind 205
39.) Die Lügenprobe 213
40.) Die drei Böcke Brausewind, die nach der Koppel gehen und sich fett machen wollten 215
41.) Östlich von der Sonne und westlich vom Mond . . 217
42.) Von dem Huhn, das nach dem Dovresfjeld wollte, damit nicht die Welt vergehen sollte 227
43.) Der Mann, der das Haus beschicken sollte 230
44.) Däumerling 232
45.) Haakon Bokenbart 234
46.) Die Meisterjungfer 241
47.) Wohl gethan und schlecht gelohnt 256
48.) Treu und Untreu 259
49.) Peter und Paul und Esben Aschenbrödel 264
50.) Die Mühle, die auf dem Meergrunde mahlt 269
51.) Die Prinzessin auf dem gläsernen Berg 274
52.) Schmierbock 283

Die NORWEGISCHEN VOLKSMÄRCHEN von Peter Christian Asbjørnsen und Jørgen Moe sind am 24. Mai 1985 als fünfter Band der ANDEREN BIBLIOTHEK bei der Greno Verlagsgesellschaft m. b. H. in Nördlingen erschienen.

Asbjørnsen und Moe brachten die von ihnen gesammelten und aufgezeichneten NORWEGISCHEN VOLKSMÄRCHEN erstmals in den Jahren 1841 bis 1844 in einer Reihe von vier Heften unter dem Titel NORSKE FOLKE-EVENTYR SAMLEDE AF P. CHR. ASBJØRNSEN OG JØRGEN MOE heraus. Auf diesen Text geht die 1846 in zwei Bänden bei M. Simion in Berlin erschienene Übersetzung von Friedrich Bresemann zurück, der die vorliegende Ausgabe in Wortlaut und Schreibweise folgt.

Die Photographien, die dieser Ausgabe beigegeben sind, hat der norwegische Photograph Anders Beer Wilse in der Zeit zwischen 1886 und 1935 aufgenommen.

Dieses Buch wurde in der Werkstatt von Franz Greno in Nördlingen aus der Borgis Garamond Monotype gesetzt und auf einer Präsident-Schnellpresse gedruckt. Das holzfreie mattgeglättete 100 g/qm Werkdruckpapier stammt aus der Papierfabrik Niefern. Den Einband besorgte die Buchbinderei G. Lachenmaier in Reutlingen.
16.–21. Tausend, Juli 1986. ISBN 3921568293.
Printed in Germany.

Von jedem Band der ANDEREN BIBLIOTHEK gibt es eine Vorzugsausgabe mit den Nummern 1–999.

Informationen bietet das zu jedem Band der ANDEREN BIBLIOTHEK erscheinende Magazin.